O Mistério dos Deuses

Do Autor

TRILOGIA
O IMPÉRIO DAS FORMIGAS

As Formigas
Vol. 1

O Dia das Formigas
Vol. 2

A Revolução das Formigas
Vol. 3

TRILOGIA
O CICLO DOS DEUSES

Nós, os Deuses
Vol. 1

O Sopro dos Deuses
Vol. 2

O Mistério dos Deuses
Vol. 3

Bernard Werber

O Ciclo dos Deuses

O Mistério dos Deuses

Volume 3

Tradução
Jorge Bastos

Rio de Janeiro | 2014

Copyright © Éditions Albin Michel et Bernard Werber, 2007.

Título original: *Le Mystère des Dieux*

Capa: Raul Fernandes

Editoração: DFL

Texto revisado segundo o novo
Acordo Ortográfico da Língua Portuguesa

2014
Impresso no Brasil
Printed in Brazil

CIP-Brasil. Catalogação na publicação
Sindicato Nacional dos Editores de Livros, RJ

W516m	Werber, Bernard, 1961- O mistério dos deuses / Bernard Werber; tradução Jorge Bastos. – 1. ed. – Rio de Janeiro: Bertrand Brasil, 2014. 532p.; 23 cm. (O Ciclo dos deuses; 3) Tradução de: Le mystère des dieux Sequência de: O sopro dos deuses ISBN 978-85-286-1926-3 1. Ficção francesa. I. Bastos, Jorge. II. Título. III Série.
14-09045	CDD – 843 CDU – 821.133.1-3

Todos os direitos reservados pela:
EDITORA BERTRAND BRASIL LTDA.
Rua Argentina, 171 – 2º andar – São Cristóvão
20921-380 – Rio de Janeiro – RJ
Tel.: (0xx21) 2585-2070 – Fax: (0xx21) 2585-2087

Não é permitida a reprodução total ou parcial desta obra, por quaisquer meios, sem a prévia autorização por escrito da Editora.

Atendimento e venda direta ao leitor:
mdireto@record.com.br ou (0xx21) 2585-2002

A todos os leitores que, apesar dos atrativos
da televisão
da internet
das brigas domésticas
dos video games
do esporte
das boates
e do sono,
conseguiram algumas horas para sonharmos juntos...

"Sou apenas a linha que amarra as flores do buquê. Não fui eu que concebi as flores: suas formas, cores e perfumes. Meu mérito foi apenas o de selecionar e reagrupar, para apresentá-las de uma maneira nova."
Edmond Wells,
Enciclopédia dos saberes relativo e absoluto.

"Não reclame do escuro. Torne-se uma pequena luz."
Li Van Pho
(filósofo chinês do século III).

Podia-se ler, gravado com a ponta de um compasso numa escrivaninha de escola:
"Deus está morto. Assinado: Nietzsche."
Embaixo, acrescentaram com uma caneta marcadora:
"Nietzsche está morto. Assinado: Deus."

"O ser humano faz parte de um todo que chamamos 'Universo'. Ele permanece limitado no tempo e no espaço. Tem a experiência do seu ser, de seus pensamentos e sensações como se estivessem separados do restante, numa espécie de ilusão ótica da consciência. Essa ilusão é uma prisão para nós, limitando-nos aos desejos pessoais e a uma afetividade que se limita aos nossos próximos. Nossa tarefa consiste em nos libertarmos dessa prisão, ampliando o círculo da compaixão para que ele abrace todos os seres vivos e a natureza inteira, em seu esplendor."
Albert Einstein.

I. OBRA EM AMARELO: A VOLTA AO PARAÍSO

1. COM A CABEÇA NAS ESTRELAS

Sonho.
Estou sonhando.
Estou sonhando que sou humano e que levo uma vida normal.
Acorde...
Permaneci com os olhos fechados, para me manter naquele mundo onírico.
"Vamos, acorde!"
Será que estou sonhando com alguém me mandando acordar ou alguém, de fato, está falando comigo?
Apertei bem os olhos para me proteger dessa realidade à qual não quero voltar.

No sonho, eu estava dormindo tranquilamente, no aconchego de uma cama de madeira escura, com lençóis brancos de algodão, num quarto de paredes azuis com fotografias do pôr do sol dependuradas.

Pela janela, ouço o barulho do arranque de automóveis, o ronco dos ônibus a diesel, algumas buzinas irritadas e pombos arrulhando. Um rádio-despertador disparou.

– Vamos, de pé!

Será que isso é dentro da minha cabeça?

Alguém me sacode com a mão.

— Michael, acorde!

Todos os elementos do sonho: os carros, ônibus e árvores foram arrancados e sumiram. Na rua, pegas de surpresa, as pessoas desapareceram com um ruído de sucção. Em seguida, os prédios, as casas, as estradas asfaltadas, as calçadas, os gramados, as florestas, a camada de terra e areia formando a epiderme do planeta foram aspirados, sobrando apenas uma esfera completamente lisa, como uma bola de bilhar. O planeta encolheu.

Dei um salto acrobático para deixar meu minúsculo planeta e me movimentei a braçadas pelo vazio sideral, nadando entre as estrelas.

— Vamos, acorde!

Saí de uma realidade e entrei em outra.

— De pé, Michael! Está atrasado!

Lábios rosados se abriram, mostrando um túnel. No fundo dele, um palato, uma língua, dentes que brilhavam. Logo depois, a glote vibrando.

— Por favor, movimente a boca, não durma de novo. Não temos muito tempo mais!

Com os olhos bem abertos, vi a quem pertencia a boca. Uma mulher de rosto redondo e harmonioso, com cabelos castanhos torneados, o olhar bem vivo.

Sorriu para mim, e eu a achei incrivelmente bonita.

Esfreguei os olhos.

Estava num quarto com o pé-direito alto e as paredes em pedra de cantaria. Os lençóis prateados eram de seda. Pude ver pela janela aberta uma montanha cujo cimo se perdia nas nuvens. Tudo estava bem calmo. O ar fresco tinha o cheiro bom de flores e de relva umedecida pelo orvalho. Nada de

fotos do pôr do sol, nada de automóveis e nenhum rádio-despertador.
Pronto, estou me lembrando.
Eu me chamo Michael Pinson.
Já fui mortal: médico anestesista, encarregado de doentes que eram tratados por mim.
Fui anjo: responsável por três almas que apoiei durante sucessivas existências.
Tornei-me deus (pelo menos aluno-deus). Tenho a meu encargo toda uma população que tento ajudar a sobreviver o maior tempo possível, através dos séculos.
Estou em Aeden, em algum ponto do cosmo, na Escola dos Deuses, tentando ser o melhor de uma turma de 144 alunos-deuses concorrentes
Inspirei profundamente. As tantas peripécias que aconteceram comigo nos últimos tempos se atropelaram em minha mente.
Lembrei-me de ter visto meu povo em grande dificuldade, de ter fugido e subido a montanha para descobrir que claridade era aquela a luzir nas brumas do topo.
Ainda aquela mesma vontade de alçar minha consciência até uma dimensão que a ultrapassa...
À minha frente, a mulher sublime mergulhou seus olhos escuros nos meus e acrescentou:
— Nenhum minuto a perder, Michael. É preciso ir embora imediatamente!
Encostei-me nos travesseiros e, enfim, consegui articular:
— O que está havendo?
— O que está havendo é que se passaram sete dias desde que você se foi. Nesses sete dias, o jogo da divindade continuou sem que você participasse. E dentro de uma hora será a final.

Quando acabar, vamos saber qual aluno será declarado vencedor e terá o privilégio de subir aos Campos Elísios para conhecer o Criador em pessoa. É isso o que está acontecendo.
A final da divindade hoje? Não, não é possível!
O sonho se tornava pesadelo.
– Mexa-se, Michael! Se não se aprontar em poucos minutos, todos os esforços terão sido inúteis. O seu povo vai morrer e você perderá.
Um arrepio me percorreu a espinha. Bruscamente me dei conta de onde estava, de quem eu era e de tudo que eu tinha que fazer.
Tive medo.

2. ENCICLOPÉDIA: 3 FASES

A trajetória de evolução de todas as almas se desenvolve em três fases:
1 – O medo.
2 – O questionamento.
3 – O amor.
E todas as histórias voltam sempre a contar essas três etapas do despertar. Podem ocorrer na duração de uma vida inteira, em diversas reencarnações, ou acontecer num só dia, uma hora, um minuto.

Edmond Wells,
Enciclopédia dos saberes relativo e absoluto, tomo VI.

3. CAFÉ DA MANHÃ

Beijo.
A maravilhosa mulher à minha frente me deu um beijo leve e outro, em seguida, mais profundo. Era Mata Hari, a ex-dançarina franco-holandesa, acusada de espionagem, minha companheira em Aeden.
— Rápido! É uma questão de segundos apenas.
Lançou-me um ankh, o instrumento divino que nos permite produzir raios e observar os mortais. Pendurei no pescoço a joia que simbolizava o nosso poder e, enquanto rapidamente eu me vestia, ela explicou:
— Hoje de manhã os centauros o trouxeram para a cama. Muita coisa aconteceu nesses sete dias de ausência.
Ela me passou as sandálias de couro que eu calcei de qualquer jeito, pegou uma sacola e saímos às pressas, sem nem mesmo trancar a porta da casa.
Do lado de fora, havia vento. Tomei a direção da porta oriental, a mesma dos Campos Elísios e dos palácios dos Mestres-deuses que tinham se encarregado da nossa formação até ali, mas Mata Hari me puxou pelo braço:
— As aulas já acabaram. A final foi marcada no Grande Anfiteatro.
Corremos pelas amplas avenidas da cidade de Olímpia. Estavam desertas. Não havia alunos-deuses, nem Mestres-deuses, nem quimeras, nem insetos e nem pássaros. Só ouvíamos de passagem o rumor das fontes antigas e o sacudir das folhas. A majestade do lugar mais uma vez me impressionou, com os jardins bem cuidados, as aleias floridas, os tanques esculpidos, as oliveiras nodosas: tudo ali era feérico.

O céu tinha uma coloração escura, enquanto o chão era branco. O clarão de um raio traçou um risco na altura das nuvens escuras, mas não chovia. Tive uma sensação estranha.
Uma sensação de fim de mundo.
Como se uma catástrofe fosse subitamente acontecer.
O vento aumentou suas rajadas. O frio se intensificou. Sinos começaram a bater. Mata Hari puxou-me ainda pelo braço e corremos juntos até perder o fôlego.
Manhãs de inverno da minha última vida de mortal me vieram à memória. Minha mãe me puxava daquele jeito, me levando à escola, onde as provas de fim de ano me esperavam. Ela dizia: "Tenha ambição. Aposte nos objetivos mais altos. Desse modo, mesmo que chegue apenas à metade do caminho, já vai estar num ponto razoável." O que acharia de tudo isso, se me visse no Olimpo, na prova final da divindade?
Continuamos a correr por Olímpia.
Na minha frente, os cabelos castanhos de Mata Hari esvoaçavam na borrasca. Sua silhueta miúda e musculosa me guiava por ruas a avenidas.
— Rápido, Michael, já estão fechando as portas!
Chegamos ao Grande Anfiteatro, monumental construção em pedra de cantaria. Alguns baixos-relevos representavam titãs lutando contra heróis armados de lanças e escudos. Dois centauros, em carne e osso, porém, controlavam a entrada principal. De braços cruzados, batiam no chão com os cascos, e jatos de vapor saíam das suas narinas, no ar gelado.
Assim que nos viram, pegaram os olifantes e anunciaram nossa chegada. A pesada porta de carvalho rangeu e um Mestre-deus barbudo, de dois metros e meio de altura, surgiu, com a cabeça coroada de folhas de vinha.

— Michael Pinson! — exclamou Dioniso. — Realmente continua mantendo a fama: "Aquele que se espera." Muitos já achavam que fosse perder a final.

O Mestre-deus nos deu passagem e fechou atrás de nós o sólido portal.

— Já começou? — perguntou Mata Hari, preocupada e sem fôlego.

Dioniso cofiou a barba e piscou um olho em nossa direção.

— Não, não, as portas já iam fechar, mas a partida ainda não começou. Têm, inclusive, uma boa hora pela frente, para tomarem o café da manhã tranquilamente. Vou deixá-los aos cuidados da senhorita.

Uma semideusa apareceu, era a Hora Diké. Guiou-nos por corredores de mármore e pátios lajeados, até o refeitório do Anfiteatro. À direita, vinham de um bufê os odores dos bules de café, chá, leite e chocolate quente.

Ao redor de uma mesa central grande, vi os demais alunos-deuses finalistas, fazendo sua refeição.

Éramos 144 no início. Quando fugi para explorar o cume da montanha, mais da metade já havia sido eliminada, sem falar dos que foram assassinados pelo deicida. Naquele momento, éramos apenas 12.

Reconheci:

Georges Méliès, deus dos homens-tigres.
Gustave Eiffel, deus dos homens-cupins.
Simone Signoret, deusa dos homens-garças.
Bruno Ballard, deus dos homens-falcões.
François Rabelais, deus dos homens-porcos.
Toulouse-Lautrec, deus dos homens-cabras.
Jean de La Fontaine, deus dos homens-gaivotas.
Édith Piaf, deusa dos homens-galos.

Além deles, um rapaz de quem eu tinha esquecido o nome, pois não fazia parte do meu círculo de amizades.

Era um lourinho gorducho que Mata Hari parecia conhecer.

– É Xavier Dupuis, deus dos homens-tubarões – murmurou ela no meu ouvido. – No início, seu reino tinha um tamanho médio. Depois, ele conseguiu organizar uma aristocracia militar. Teve sucesso em confederar a seu redor todos os Estados vizinhos e está em pleno crescimento industrial. Suas cidades crescem e prosperam. Além disso, preocupe-se com ele, pois os tubarões estão tendo um rápido crescimento demográfico.

Todos nos cumprimentaram.

Nossos rivais, no entanto, estavam concentrados na partida que viria, como atletas antes dos Jogos Olímpicos.

Um pouco isolado do restante dos jogadores, num canto, estava Raul Razorback, deus dos homens-águias. Seu rosto comprido como uma lâmina de faca, o olhar sombrio e sua placidez me eram bem familiares.

Bebia café a pequenos goles, mas se levantou e veio falar comigo, assim que nos viu. Com a xícara na mão esquerda, estendeu-me a direita. Apenas olhei-a, sem responder.

– Não vai me dizer que ainda está zangado, Michael.

– Como não estaria? Você transformou a mensagem de tolerância do meu profeta em racismo contra meu povo!

Franziu o cenho. Ele que sempre se mostrara fleumático, parecia estar nervoso.

– Ainda essa história antiga. Não vai me dizer que leva isso a sério. Faz parte do jogo, Michael. São apenas mortais! E como o nome indica, "mortais" estão destinados a morrer. Nós, por outro lado, somos deuses. Estamos bem acima disso. Eles não passam de peças em um gigantesco jogo de xadrez. Quem vai chorar por um peão que foi eliminado pelo adversário?

Simulou um gesto desenvolto e me estendeu a mão.
— Você e eu fomos amigos. E sempre seremos — declarou.
— Não são "peões". São seres vivos, capazes de sofrer, Raul.

Razorback afinal abaixou o braço, fixando-me ironicamente.
— Você se coloca emocionalmente demais no jogo. Sempre teve uma visão ingênua da função divina. Quer sempre ser o "mocinho do filme", Michael. Será sua perdição. O importante é ganhar e não ser o mais simpático.
— Creio que seja meu direito não concordar com seu ponto de vista.

Ele balançou os ombros e engoliu o restante do café, de uma só vez.
— Os cemitérios estão cheios de heróis simpáticos, e os panteões transbordam de crápulas cínicos. São esses últimos, porém, que no final escolhem os historiadores que vão apresentar a versão oficial para as gerações futuras. Os "crápulas cínicos" podem, então, e graças à magia da propaganda, se tornar heróis fulgurantes. Estamos bem-situados aqui para uma visão objetiva de tais acontecimentos.
— É nisso que somos diferentes, Raul. Você constata as injustiças, e eu me esforço para lutar contra elas.

O olhar sombrio do meu rival em divindade brilhou de forma diferente.
— Está esquecendo, Michael, que fui eu que lhe incentivei a se alçar até o continente dos mortos? Esqueceu o nosso lema dos tanatonautas, na época em que nossas almas deixavam nossos corpos e iam explorar o além?
— "Juntos contra os imbecis."
— Isso, e também: "Em frente, rumo ao desconhecido."
É esse o sentido da nossa missão de alma: revelar o que ignoramos. Sem julgar, apenas observar e compreender. Sem escolher um lado, apenas avançar na direção do desconhecido. Nossa

busca é a de procurar a realidade escondida atrás das aparências. Não buscamos ser "mocinhos".

Raul pronunciou essa última palavra com todo desprezo. Os demais nos ouviam sem participar.

— Esqueceu o outro lema, de quando vivíamos no império dos anjos? "O amor como espada." É em nome do amor que lutamos!

— A divisa inteira rezava: "O amor como espada e o humor como escudo". O humor é a capacidade de nos relativizarmos. Você sabe disso. Foi em nome do amor, ou de alguma religião ou pátria, que ocorreram os piores massacres. E muitas vezes foi em nome da sensação de derrisão que, finalmente, guerras terminaram e tiranos foram derrubados. O que aconteceu com o seu senso de humor, Michael?

Raul Razorback foi se sentar e pegou uma fatia de bolo com frutas secas.

— Desapareceu quando os homens-águias utilizaram o símbolo do suplício do meu profeta como sinal de cooptação. Meu símbolo era o peixe, e não um homem empalado!

Ele me respondeu, enquanto mastigava:

— Foi para que a sua mensagem perdurasse que fiz tal escolha. Era importante marcar os espíritos. Reconheça que a representação de uma tortura impressiona mais do que o desenho de um peixe.

O tom da minha voz subiu:

— Você assassinou o meu profeta! Aproveitou-se e deformou sua mensagem!

— Você não passa de um pobre coitado, Michael. Não entende nada da grande História do mundo.

Agarrei Raul pela garganta e derrubei-o no chão, estrangulando-o. Para minha grande surpresa, ele não se defendeu.

Quando começou a tossir, Gustave Eiffel e Georges Méliès me puxaram. Ergueram-nos e nos afastaram um do outro.

— Ei, a final é hoje! — exclamou Bruno Ballard. — Se querem brigar, façam por intermédio dos seus povos.

Édith Piaf acrescentou:

— De qualquer maneira, após a partida teremos um só vencedor, e os 11 outros serão eliminados.

— Somos como gladiadores nos minutos antes dos jogos na arena — confirmou Xavier Dupuis. — Não vamos nos matar antes de ser dado o sinal.

Mata Hari ajudou a arrumar minha toga.

— Coma um pouco — sugeriu ela, estendendo-me um croissant. — Vai precisar de suas forças para a partida.

Tomei um café.

Todos nos entreolhávamos com desconfiança. Jean de La Fontaine tentou descontrair o clima:

— Os mortais não se dão conta da sorte que têm... de não serem deuses!

— E de ignorarem os mundos que estão além do seu entendimento — completou François Rabelais.

— Às vezes, acho que preferiria não saber e não ter poderes tão importantes. Tanta gente nos venerando, é muita responsabilidade — admitiu Simone Signoret.

— Dentro de algumas horas isso vai estar resolvido — resmungou Toulouse-Lautrec.

Bebi ainda várias xícaras de café, até Mata Hari afastar o bule, me proibindo de continuar.

— Pare, senão sua mão vai estar tremendo, sem conseguir controlar o raio divino.

Ela me abraçou e senti a maciez do seu corpo, dos seus seios que se apertaram contra as minhas costas.

— Ainda quero fazer amor com você — murmurou no meu ouvido.
— Agora, aqui?
— Isso mesmo, antes da partida. Depois, de qualquer maneira, será tarde demais.
— Não sei fazer assim, às pressas.
Ela me puxou por um comprido corredor lateral.
— Vai aprender. Eu sou como as plantas: é preciso falar muito comigo e me molhar.
Passamos por sucessivos corredores pintados de vermelho.
Quando Mata Hari achou que já estávamos suficientemente longe dos outros, sem me soltar, se deitou diretamente no chão de mármore e ali, abraçados, começamos a nos beijar e acariciar.
Ela tomou todas as iniciativas. Tornou-se o maestro de uma orquestra, tocando uma valsa horizontal, cuja cadência ela ditava. Quando afinal caímos, com a respiração entrecortada, um ao lado do outro, ela me passou um objeto embrulhado que tinha guardado na bolsa.
— O que é?
— Nossa ajuda.
Afastei o tecido que protegia e vi a capa tão familiar da *Enciclopédia dos saberes relativo e absoluto*.
— Continuei a escrever para que a herança não se perdesse. São tantos conhecimentos que corriam o risco de desaparecer... Retranscrevi de cor alguns fragmentos. Não se surpreenda, então, de voltar a vê-los, apesar de já ter tantas vezes estudado isso. Acrescentei outros, graças a descobertas feitas durante a sua ausência.
Na primeira página, revi a lição que Edmond Wells achava ser a mais importante de todas. Aventura após aventura, ele a repetia constantemente. Mata Hari havia certamente modificado um pouco o estilo, mas o sentido milenar permanecia o mesmo.

4. ENCICLOPÉDIA: SIMBOLISMO DOS ALGARISMOS

Os algarismos contam (nos dois sentidos) em seu simbolismo a história da evolução da consciência. Todos os dramas e romances talvez estejam incluídos nesses desenhos que temos constantemente diante dos olhos, mas que nunca nos damos ao trabalho de examinar as formas com atenção.
É preciso, para decriptá-los, considerar o seguinte:
As linhas horizontais são o sinal da ligação.
As curvas são o sinal do amor.
As cruzes são o sinal da encruzilhada ou da provação.
Desse modo, podemos obter:
1 – O mineral. Um traço vertical. Sem traço horizontal, ou seja, sem ligação. Sem curva: sem amor. A pedra não tem ligação e não ama nada. Sem cruz, ou seja, sem provação. Trata-se do início da aventura da matéria. Apenas matéria inerte.
2 – O vegetal. O início da vida. O traço horizontal em baixo significa a ligação da planta com o chão. Ela não pode se mover, presa à terra pela raiz. A curva superior significa o amor, que dedica ao céu, ao sol, à luz. Está ligada ao solo, amando o céu.
3 – O animal. Duas curvas. Ele ama o céu, ama a terra, sem estar fixado nem ao céu, nem à terra. Na verdade, o animal é a boca que beija a boca que morde. Ele é pura emoção. Vive exclusivamente no medo e no desejo. Sem ligação.

4 – O homem. O cruzamento. A encruzilhada entre o animal 3 e a fase posterior que é:
5 – O homem consciente. É o contrário do 2. Uma barra no alto significa que ele está ligado ao céu, uma curva embaixo mostra que ele ama a terra. Ele plana e observa a distância a humanidade, para compreendê-la e amá-la.
6 – O anjo. Uma curva de amor se dirigindo em espiral ao céu. É pura espiritualidade.
7 – O aluno-deus. Uma cruz. Outra vez um cruzamento. É o contrário do 4. O aluno-deus é a encruzilhada entre o anjo e o nível acima.

Edmond Wells,
Enciclopédia dos saberes relativo e absoluto, tomo VI
(retranscrição de cor do tomo III).

5. PREPARATIVOS

– "Tomo VI"?
Por modéstia, Mata Hari tinha assinado com o nome do iniciador do projeto: Edmond Wells.
– "Somos apenas a linha que amarra as flores do buquê"... – recordou ela.
Reli o trecho.
– "Retranscrição de cor do tomo III"?
– Fiz o que pude, o importante era manter o espírito e a ideia.
Fechei a obra preciosa, contente de ver que ela tinha procurado não deixar o nosso saber se perder.

– Que horas são?
Mata Hari olhou o mostrador do seu ankh.
– Ainda temos mais de 15 minutos.
Ela tirou da sacola um maço de cigarros e uma caixa de fósforos. Acendeu um e me ofereceu outro.
Antigamente, quando era mortal e, além disso, médico, eu detestava esse tipo de veneno que suja os pulmões. Mas as circunstâncias ali eram excepcionais o bastante para que eu deixasse isso de lado.
– O último cigarro do condenado?
– O cigarro seguinte ao amor – corrigiu.
Aspirei uma grande baforada que fez disparar um acesso de tosse.
– Perdi o hábito.
Ela se aninhou em mim.
– Eu amo você – cochichou.
– Por quê?
Ela esfregou o nariz no meu, zombando.
– Talvez por você ser... amável. É o sujeito mais angustiado, o menos carismático que já vi, com uma autoconfiança mínima e o mais desajeitado, mas, mesmo assim, foi o único que tentou escalar a montanha para encontrar Zeus. Você ousou fazer isso.
Eu dei um salto.
– Mas eu não apenas tentei: eu realmente falei com ele.
Ela esboçou um gesto de carinho, como se faz com uma criança mentirosa.
– Isso é o seu lado sonhador.
– Não, não foi um sonho. Eu realmente subi a montanha até o alto e vi o que há lá em cima.
Peguei-a pelos ombros para que me olhasse bem de frente.
– Acredite em mim!

— *Eles* nos disseram que...
— Não se deve ouvir o que *eles* dizem. *Eles* nos manipulam. Eu não sabia por onde começar.
— O que acha que aconteceu comigo?
— Você roubou o cavalo alado de Atena, chegou até uma certa altura da montanha e, em seguida, Pégaso o derrubou. Depois foi capturado pela polícia dos centauros. Eles o trancaram por uma semana, punindo o atrevimento. Deixaram que saísse hoje, para que participe da final.
— Não foi o que aconteceu.
Ela olhou para mim, incrédula.
— E qual é a sua versão, então?
— Não é a *minha versão*. É a verdade. Fui de fato até lá em cima e ninguém conseguiu me impedir. De qualquer maneira, aonde cheguei, centauro algum e nenhum grifo pode ir.
Acendi um cigarro.
— Temos quanto tempo?
Ela se sentou nos meus joelhos, à minha frente.
— Dez minutos. Dá tempo. Conte a sua versão.
Fechei os olhos, tentando lembrar bem tudo que tinha acontecido.
— Pois bem...
Aspirei sofregamente a fumaça picante, senti que entrava na minha carne e me relaxava, ao mesmo tempo que poluía.
— Com Pégaso se dirigindo ao cume, eu ganhei muita altura. Foi a chuva que me obrigou a aterrissar. O danado do cavalo alado não gosta das gotas e tem medo de tempestade. Continuei sozinho a subida. Num primeiro patamar coberto por uma floresta, encontrei Hera, a deusa da Família. Ela insistiu que eu voltasse atrás, mas não lhe dei ouvidos.

— Não perca tempo com detalhes.
— Cheguei num segundo patamar coberto por um deserto amarelo. Caí frente a frente com a Esfinge, que tomava conta de um desfiladeiro rochoso. Apresentou o enigma: "O que é melhor do que Deus e pior do que o diabo..."
— Eu sei, o grande enigma que impede que qualquer um se aproxime do alto.

Mata Hari fechou os olhos e recitou de cor:
— "O que é melhor do que Deus e pior do que o diabo? Os pobres têm e aos ricos falta. E quem comer, morre."
— Eu encontrei a resposta.
— E qual é?
— Nada.

Mata Hari franziu as lindas sobrancelhas, zangada. É incrível como as pessoas não gostam de ouvir a verdade. Como disse Edmond Wells: "Não se pode oferecer um presente sem preparar as pessoas para recebê-lo. De outra forma, são incapazes de apreciá-lo."
— Garanto que é: "Nada".
— Por que não quer me dizer a resposta? Estamos juntos. Não deve mais esconder nada de mim.
— A resposta é: "Nada".

Edmond Wells também dizia: "Eles escutam, mas não ouvem; veem, mas não enxergam; sabem, mas não compreendem."

Um simples problema de atenção.
— "Nada" é melhor do que Deus. "Nada" é pior do que o diabo. "Nada" falta aos ricos. E se você comer "Nada", morre.

Mata Hari não parecia estar convencida.
— E o que isso significa, afinal?
— Uma vez que Deus se define como sendo "Tudo", talvez esse "Tudo" só exista através do seu oposto, isto é: Nada.

Ela mostrou continuar sem compreender, e eu então prossegui:

— É "o que você não é" que define por inversão "o que você é". E o contrário de Tudo é... Nada.

Mata Hari mudou de posição e se sentou no chão com as pernas cruzadas. Sentei-me à sua frente.

— Você realmente encontrou o Grande Zeus?

Fiz que sim com a cabeça.

Seu olhar mudou, muito imperceptivelmente.

— Está mentindo!

Eu tinha esquecido o poder da evocação de Zeus. É verdade que, se alguém me dissesse que tinha conseguido encontrar Zeus, eu teria dificuldade de acreditar.

Ela me pegou pelos ombros.

— Você, Michael Pinson, está dizendo que subiu no topo da montanha e que "O" viu frente a frente?

— É o que afirmo.

— Tem alguma prova?

— Sinto muito, não trouxe do alto da montanha, como lembrança, as Tábuas dos Mandamentos, como Moisés. Meu corpo não tem auréolas de luz e nem curo as chagas apenas aplicando minhas mãos. O encontro com Zeus não me transformou. No entanto, posso jurar que o vi como estou vendo você.

— E eu vou acreditar assim, só porque está dizendo?

Ela nunca vai acreditar em mim.

— Não a estou obrigando a isto.

Ela enroscou uma mecha dos cabelos castanhos em torno dos dedos.

— Então, conte, como "Ele" é, para você?

— Ele é grande. Muito grande. Muito impressionante. Uns cinco metros de altura, talvez. Na verdade, é exatamente como todos o imaginamos. Tem uma barba branca. Uma toga pesada como cortinas forradas. A voz grave e poderosa. Tem o raio na palma da mão.

– Tem certeza de não ser alguém que tenha tomado essa aparência justamente para zombar de você? Muitas entidades por aqui têm talentos de mimetismo. Basta vestir uma toga branca e falar imitando um barítono, para dizer que é o rei do Olimpo...

– Eu o vi no seu próprio palácio, com os ciclopes que o protegem.

– Os sentidos podem tê-lo enganado.

Ela ainda me olhava desconfiada e depois, de modo conciliador, perguntou:

– Era ele o olho gigante no céu?

– Ele é multiforme. Era ele o olho gigante, mas também o coelho branco, o cisne branco etc. Ele pode se transformar em qualquer coisa.

– E ELE, ele viu você?

– Claro.

– E você falou com ELE?

Ela pronunciava ELE com todo respeito.

– No início não consegui. Estava emocionado demais. Ele me testou e precisei lutar...

– Contra um monstro?

– Pior. Contra mim mesmo.

Senti voltar o ceticismo da minha companheira.

– Na verdade, enfrentei um reflexo de espelho encarnado.

Ela dobrou os joelhos sob as nádegas, como uma aluna estudiosa ouvindo uma aula estranha.

– Ele, então, pediu que lutasse contra você mesmo e...?

– Eu ganhei. Depois me obrigou a jogar contra o meu povo.

— Contra os homens-golfinhos?

— Quis me colocar à prova, antes de oferecer SUA verdade. Quis saber se eu estava disposto a sacrificar o que me é mais caro.

Dessa vez, ela parecia conceder um crédito maior à minha narrativa.

— Pare de se perder nos detalhes. Qual era, então, a SUA verdade?

— Zeus tem admiração pelos mortais, por criarem obras que nem ele havia imaginado.

Ela pediu que eu prosseguisse.

— Ele me mostrou o palácio. Tem museus, onde observa e vigia as mais belas criações humanas.

— É assim que passa o seu tempo o rei do Olimpo? É uma espécie de... voyeur?

— Em vez de responder ao somatório das minhas questões, o encontro com Zeus, na verdade, abriu mais um imenso campo de novas interrogações. Sobretudo por eu ter descoberto o segredo do seu palácio.

— Pare de bancar o misterioso.

— Abri uma janela escondida, nos fundos do salão principal do trono e vi...

— O quê?

— ... Existe uma segunda montanha, mais alta ainda, mais distante e que está oculta pela primeira. E no alto dessa segunda montanha há uma luz.

— A mesma da primeira montanha?

— Na verdade a luz que percebemos não vem da primeira montanha, mas da que está por trás e que a domina.

Mata Hari se mostrou surpresa.

— Uma outra montanha, mais alta?

– Isso mesmo, mais a leste de Aeden. Zeus acabou reconhecendo haver algo acima dele próprio, uma entidade mais poderosa. Zeus ignora do que – ou de quem – se trata realmente. Ele também observa a luz na segunda montanha.
– Por que ele não sobe para ver?
– Contou que um campo de força envolve o topo. Somente o vencedor do jogo de Y vai poder atravessá-lo.
Mata Hari permanecia meio incrédula.
– É o último e maior mistério – admiti.
– Em que nível Zeus se coloca, na escala das consciências?
– Ele se define como um ser de nível de consciência "8", com o 8 representando a forma do infinito. Aliás, você precisaria completar a Enciclopédia. Depois do 7, o aluno-deus, o 8.

O Deus infinito. Uma curva de amor que não para de se contorcer, mas que gira em círculos, sem subir nem descer.
Após alguma hesitação, Mata Hari pegou a Enciclopédia e um lápis, anotando a continuação do trecho que eu havia indicado.
– E como ele chama a entidade que está acima?
– "Nove".
A ex-espiã holandesa parou de escrever.
– Precisa acreditar. Eu não posso ter inventado uma lembrança dessas. Realmente passei por isso – afirmei.
– E o que é um "9", para você?
– Uma espiral, no sentido inverso daquela do 6, do anjo. Do amor que, em vez de subir, desce. Do céu para a terra. Uma espiral que gira e dá a consistência à mistura da receita.
– O 9... – balbuciou, como se tentasse apreender aquela nova emoção.
– Ao meu ver é o Criador do Universo.

– Quem ganhar a partida, então, vai poder encontrar esse famoso 9?

– Mais do que isso. Pelo que disse Zeus, a nossa turma difere de todas as outras que a precederam... Ele acha que o vitorioso não vai apenas vencer o jogo, ele terá acesso ao nível superior e vai se tornar o novo 9 a reinar sobre todos os mundos.

Mata Hari, dessa vez, realmente não conseguia mais acreditar.

– E de onde ele tirou tal informação?

– De uma mensagem vinda da montanha. Ele acha que o Grande Deus está cansado e querendo se aposentar. Por isso o resultado da partida que vai começar daqui a pouco é tão importante. Precisamos ganhar, senão...

Mata Hari mordeu os lábios.

– Eu ainda não lhe contei tudo. Aqui também, durante suas peregrinações, aconteceram alguns... incidentes – disse ela.

– Estou ouvindo.

– O seu povo, quer dizer, o povo dos golfinhos, passou por tragédias. Muitas tragédias. Encontra-se em grande dificuldade.

– Eles, sem dúvida, continuam vivos... ou eu não estaria aqui.

– É verdade. Ele sobreviveu como pôde durante todos esses séculos, mas reduzido, em dispersão, espalhado. Georges Méliès e Gustave Eiffel abrigaram alguns sobreviventes das diversas provações pelas quais passaram.

– Se ainda restarem alguns, vou jogar para ganhar.

– Não vai ser tão fácil. Os seus se habituaram de tal forma a serem perseguidos que, hospedados por esses novos povos, preferiram ser assimilados, para se misturarem melhor na população local. Abandonaram a religião que tinham e abraçaram as dos seus hospedeiros. Eu mesma e Édith Piaf recebemos e protegemos um grande número deles, mas conosco também

os homens-golfinhos preferiram abandonar suas tradições e particularidades próprias.
Deve estar exagerando.
– Vou usar os que não tiverem sido completamente assimilados.
– Sabe, a maioria dos que ainda não se converteram tem a sensação de que... Como posso dizer...?
– O quê?
– O deus que tinham... os abandonou.
Trombetas soaram, vindas da arena do Anfiteatro.
Corremos. Lembrei que quando deixei o jogo, "Terra 18" tinha o aspecto de "Terra 1", na época dos antigos romanos.
O conjunto da humanidade de "Terra 18", após o período de supremacia do império das águias, progressivamente deslizava na direção da barbárie. Sete dias haviam se passado, e eu estava curioso para saber onde estavam os mortais e quais eram os seus líderes.

6. ENCICLOPÉDIA: NERO

Nero nasceu no ano 37 depois de Cristo, filho de Domício Enobardo e Agripina.
Livrando-se do marido, Agripina se tornou a quarta mulher do imperador Cláudio e o convenceu a adotar o filho.
Mais ainda: conseguiu que Nero casasse com a filha do imperador Cláudio, Otávia.
Desse modo, por manobras de sua mãe, Nero se tornou simultaneamente filho adotivo e genro do mais poderoso dirigente da época.

Influenciado por Agripina, o imperador Cláudio designou em seguida o filho adotivo como seu sucessor único, em detrimento de Britânico, filho de seu próprio sangue.

Logo depois de designar Nero, o imperador Cláudio foi assassinado no ano de 54 (provavelmente envenenado pela mulher, com medo que ele mudasse aquela decisão).

O senado romano, então, graças a hábeis articulações de Agripina, confirmou a última escolha de Cláudio e proclamou Nero novo imperador, em detrimento de Britânico.

Sob as influências da mãe e de seu preceptor Sêneca, o jovem imperador Nero teve um início de reino "razoável". Tomou decisões de agrado popular e administrou o império com discernimento.

Mas isso não durou muito. Temendo que Britânico ambicionasse o trono imperial ao se tornar adulto, Nero o mandou envenenar.

Algum tempo depois, cansando-se das constantes críticas da mãe a respeito de sua nova e linda amante Popeia Sabina, pediu-lhe que fosse morar fora do palácio.

Numa viagem de navio, Agripina escapou por um triz de uma armadilha em que um peso de chumbo caiu sobre a sua cama. Uma amiga, no entanto, morreu esmagada. Assim que se recuperou dessas emoções, ela quis ir ver o filho.

Nero ordenou que os guardas a prendessem, e eles também a espancaram e apunhalaram. Astrólogos, no entanto, haviam dito a Agripina que o seu filho seria imperador, mas que a mataria. Naquela época, ela teria declarado: "Que me mate, mas que reine".

Na mesma sequência, Nero encomendou um outro crime: a morte da esposa Otávia (acusada de ser estéril). Pôde, em seguida, casar-se com a amante Popeia.

Como Sêneca insistia em lhe dar bons conselhos, foi destituído.
A partir daí, o filho de Agripina entrou num período de reino despótico. Acreditando-se atleta, participou de corridas de carros. Acreditando-se poeta, participou de concursos de poesia. Foi sistematicamente declarado vencedor.
Grande amador de orgias, saía à noite, disfarçado de simples cidadão, e ia às grandes festas, onde todos fingiam não saber quem ele era. Muitas vezes, após as libações, divertia-se escolhendo um dos convivas para espancar e, em seguida, lançar nos esgotos.
Ao ser informado de que Sêneca continuava a criticá-lo, encomendou seu assassinato.
Num acesso de raiva, deu pontapés em Popeia Sabina, que no entanto estava grávida e morreu em consequência dos ferimentos.
Nero casou-se então com Estatília Messalina (depois de mandar executar seu marido, para livrá-la dos deveres conjugais). No ano de 64, orquestrou o incêndio de dois terços da cidade de Roma, para realizar o grande projeto de renovação dos bairros insalubres. Inclusive compôs uma poesia e música celebrando o espetáculo da capital em chamas. Como a população não havia sido previamente avisada a respeito daquela "operação imobiliária", houve milhares de mortes. A revolta fervilhou entre os habitantes. Nero então procurou bodes expiatórios e acusou os cristãos de serem os responsáveis pelo incêndio. Após caçadas maciças, mandou que os torturassem para que confessassem a culpa, organizando grandes espetáculos de suplícios públicos, para acalmar a raiva popular.
Mas o império, mal-administrado, passava por muitas agitações internas. Fome, epidemias e guerras de revolta.

O senado romano acabou decretando Nero inimigo público e proclamou o cônsul Galba novo imperador. Informado de que fora condenado à morte, Nero se suicidou, em 9 de junho de 68, com a ajuda de uma escrava, chorando e repetindo até morrer: "Que grande artista o mundo está perdendo!"

Edmond Wells,
Enciclopédia dos saberes relativo e absoluto, tomo VI.

7. O GRANDE MOMENTO

— Não quero perder você.
Mata Hari apertou forte a minha mão.
Juntos, fomos nos juntar aos outros alunos-deuses no refeitório.
Vendo nossos cabelos e roupas desarrumados, os outros competidores podiam bem imaginar o que estivemos fazendo nos bastidores.
Mas eles se mantinham concentrados na partida que começaria.
Para que se ocupassem enquanto esperavam, as Horas haviam distribuído livros de "Terra 1".
Bruno Ballard estava mergulhado num livro de história moderna. O tal Xavier Dupuis se interessara por um sobre estratégia militar chinesa; Georges Méliès devorava um compêndio de magia antiga; Gustavo Eiffel, um livro de arquitetura; François Rabelais, um de cozinha; Toulouse-Lautrec, outro de pintura; e Raul Razorback estudava algo sobre tecnologia. Simone Signoret mantinha os olhos fechados e Édith Piaf salmodiava uma oração.

– Ouvimos tocarem as trombetas. Está na hora? – perguntei.
– Ainda não – respondeu Raul Razorback.
Dioniso tinha avisado que tocariam as trombetas apenas para testar a acústica do Grande Anfiteatro.
– Aproveite para ver se o ankh está bem carregado – sugeriu Georges Méliès. – Seria uma pena enguiçar em pleno jogo.
Agradeci, constatando que de fato o instrumento tinha apenas metade da carga.
Mata Hari começou uma ginástica de relaxamento que parecia muito o tai chi chuan que eu às vezes via sendo praticado nos parques parisienses, quando era mortal em "Terra 1".
Os gestos lentos lhe permitiam se centralizar, e ela se movimentava como se nadasse no espaço.
Sentei-me ao lado de Simone Signoret e também fechei os olhos.
Eu sabia que dentro de alguns minutos viria, para mim e para os meus mortais, o tumulto das revoluções, das guerras, das crises, das paixões e das traições.
Tinha certeza de que meus 11 concorrentes não me fariam muitas gentilezas. Cabia a mim ser visionário. *Surpreender.*
Esta era a palavra-chave.
Edmond Wells havia ensinado: "Não é necessariamente o mais inteligente que ganha, mas quem sabe se antecipar, estar onde ninguém espera e agir de maneira imprevisível."
Se as coisas degringolarem, posso apelar para um novo profeta.
Não. Precisava desistir dessa ideia. Nada de milagre, nada de profeta. São soluções fáceis para deus sem confiança em si mesmo e na capacidade de sobrevivência dos seus fiéis.
Dioniso veio avisar que devíamos esperar ainda uns dez minutos, para que a produção organizasse tudo da melhor maneira.

A produção?

Era esse então o sentido daquela última partida: um espetáculo com boa produção, como uma peça de teatro ou um filme.

Tive medo. Mas os outros também.

Palavras de Zeus me vieram à mente: "Em todos os jogos, a aposta é encontrar a si mesmo. Conhecemos todas as respostas para todos os problemas, pois já passamos por eles em vidas passadas. A única fraqueza é o esquecimento. Ou estarmos distraídos por manipulações e mentiras alheias. Se voltarmos à nossa essência, se nos amarmos realmente pelo que somos e não pelo personagem que os outros querem que representemos, nesse momento estamos na verdade e tudo se desfecha naturalmente a nossa volta."

Tentei compreender bem o sentido e o peso de cada uma daquelas palavras.

Zeus não era o deus final, mas, sendo 8, provavelmente havia me concedido uma boa dica.

Lembrar quem eu sou realmente.

Voltar à minha essência.

Ele dissera:

— MI-CHA-EL... o seu nome é uma informação. Você é Michael. Em hebraico significa: "Mi": Quem?, "Cha": Como, e "El": Deus. Quem é como Deus...

Quem sou eu?

Droga, quem sou eu, realmente?

As terríveis palavras de Mata Hari voltaram à minha cabeça: "o seu povo acha que o deus que tinha o abandonou".

Depois de tudo que fiz por eles no passado.

Quando lembro que durante minha vida de mortal eu fazia pedidos, reclamações e rezas o tempo todo a um deus imaginário... não me dava conta de que a questão não é: "O que

Deus pode fazer por mim?" e sim: "O que posso fazer por Deus?".

Meus mortais, quanto a eles, confundem "templo" com "guichê de reclamações". Exigem saúde, amor, fortuna, glória, juventude eterna, sem falar da destruição dos inimigos. Nunca estão satisfeitos com a própria vida. Sempre querendo mais. Todos se sentem vítimas de injustiças. Mesmo que a gente se esgote ajudando, só recebemos queixas. Se os seus desejos derrisórios não são imediatamente satisfeitos, começam inclusive a blasfemar.

Quer dizer, então, que o meu povo dos golfinhos, que eu tanto amo e que sem mim nem existiria, chega a duvidar de mim. Está se convertendo, se assimilando, esquecendo os meus ensinamentos. E tudo isso só porque eu me ausentei por "míseros" 1.500 anos.

Como esquecem rápido o bem, e só lembram o mal! Como são ingratos.

Dioniso voltou a aparecer.

– Mais cinco minutos apenas, estejam preparados.

Mata Hari, depois de andar de um lado para outro, se aproximou de mim e se enfiou nos meus braços.

– Precisamos vencer – murmurou.

Raul Razorback me olhou fixamente, de maneira estranha, como se pretendesse cuidar pessoalmente do meu caso assim que a partida começasse.

– Que o melhor ganhe – disse de longe.

– Só espero que não seja você – respondi, igualmente rápido.

E, no entanto, é verdade que tudo começara quando o encontrei no cemitério parisiense de Père-Lachaise, em "Terra 1". Sem ele, eu provavelmente teria seguido uma vida mais banal. Foi o meu melhor amigo e abriu para mim horizontes extraordinários. Em seguida, me decepcionou.

Em sua opinião, o fim justifica os meios.

De repente as trombetas soaram em uníssono, com um grande e poderoso sopro. Dioniso surgiu novamente.

– Esperem um pouco mais – disse. – Avisarei quando for a hora.

As trombetas subiram nos agudos.

Mata Hari aproximou o rosto do meu e cochichou:

– Não esqueça que você é um deus.

Empurrou-me contra a parede e me beijou. Senti o seu hálito suave.

– Vamos lá, seus apaixonados, não é hora para arrulhos, está tudo pronto – anunciou Dioniso. – Vamos lá!

As pesadas portas se afastaram, revelando um corredor de mármore negro.

Respirei fundo. Avançamos todos, bem lentos. Como os gladiadores de antigamente se encaminhavam para os seus destinos.

Eu tinha a impressão de que tudo que pudesse me acontecer já estava escrito.

Um de nós sobreviveria e se tornaria o Mestre de todos os mundos.

No final do corredor, dois batentes de porta em bronze maciço lentamente se abriram com um ranger metálico.

Um clamor nos ensurdeceu.

Entramos na arena com passadas cuidadosas.

Naquele instante, vi apenas o azul do céu imenso, um azul que me cegava e, embaixo, a multidão de pé, aplaudindo. Nunca tinha visto tanta gente junta no Olimpo. O burburinho vinha de todo lugar.

Alguns assobiavam ou aplaudiam, outros soletravam o nome do seu candidato favorito. Acho que ouvi até o meu. O céu ficou ainda mais azul.

8. ENCICLOPÉDIA: COR AZUL

Durante muito tempo o azul foi desprezado. Os gregos da Antiguidade achavam que não era uma cor de verdade. Só eram percebidas como tal o branco, o preto, o amarelo e o vermelho. Havia, além disso, um problema técnico de corante: os tintureiros e os pintores não sabiam fixar o azul.
Apenas o Egito dos faraós considerou o azul a cor do além. Ali se fabricou a coloração a partir de uma base de cobre. Na Roma antiga, o azul era considerado a cor dos bárbaros. Provavelmente porque os germanos passavam um pó cinza-azulado no rosto, para ter um aspecto fantasmagórico. No latim e no grego o azul não se definia claramente, e muitas vezes se confundia com o cinza ou o verde. Em francês, a palavra propriamente veio do germânico "blau". Para os romanos, uma mulher com olhos azuis era certamente vulgar, e um homem de olhos azuis, brutal e estúpido.
Na Bíblia, a cor azul é raramente citada, mas a safira, pedra preciosa azul, é a mais estimada.
O desdém pela cor, no Ocidente, durou até a Idade Média. Quanto mais forte fosse o vermelho, melhor simbolizava a riqueza. O vermelho, por isso, estava nas vestimentas dos padres e, sobretudo, nas do papa e dos cardeais.
Reviravolta de tendências: no século XIII, graças à azurita, ao cobalto e ao índigo, os artistas conseguiram, enfim, fixar o azul. Tornou-se a cor da Virgem, que é representada com um manto azul ou um vestido azul, por habitar no

céu ou porque o azul fosse considerado como quase negro, que era a cor do luto.
A partir dessa época, o céu passou a ser pintado em azul, enquanto até então era em preto ou em branco. O mar, que era verde, também se tornou azul nas gravuras.
Com essa nova tendência, a cor se tornou aristocrática, e os tintureiros seguiram a moda. Rivalizavam na arte de compor tonalidades de azul cada vez mais diversificadas. O "pastel-dos-tintureiros", planta utilizada na confecção do azul, era cultivado na Toscana, na Picardia e ao redor da cidade de Toulouse. Regiões inteiras prosperaram graças à indústria desse corante azul. A catedral de Amiens foi construída com as contribuições dos negociantes de pastel, enquanto em Estrasburgo os fornecedores de garança, planta que produzia a cor vermelha, tinham dificuldade para financiar sua catedral. Por isso, os vitrais das catedrais alsacianas sistematicamente representam o diabo em... azul. Assistiu-se a uma verdadeira guerra cultural entre as regiões que apreciavam o azul e as que preferiam o vermelho.
Por ocasião da Reforma protestante, Calvino declarou haver cores "honestas": o preto, o marrom, o azul; e cores "desonestas": o vermelho, o laranja e o amarelo.
Em 1720, um farmacêutico de Berlim inventou o azul da Prússia, que permitiu aos tintureiros diversificarem ainda mais as tonalidades do azul. O progresso da navegação favoreceu a entrada do índigo das Antilhas e da América Central, cujo poder de coloração é mais forte do que o do pastel.
A política se envolveu: na França, o azul se tornou a cor dos revoltosos republicanos, opondo-se ao branco dos monarquistas e ao negro dos partidos católicos.

Mais tarde, o azul republicano se opôs ao vermelho dos socialistas e dos comunistas.

Em 1850, uma roupa garantiu ao azul seu último certificado de nobreza. Foi o jeans, inventado por um alfaiate, Levi-Strauss, em São Francisco.

Na França, atualmente, a grande maioria das pessoas consultadas citam o azul como cor preferida. Na Europa, apenas a Espanha prefere o vermelho.

O único campo em que o azul não consegue penetrar é o da a alimentação. Os iogurtes com potes azuis não vendem tão bem quanto os que vêm em potes brancos ou vermelhos. Praticamente não há alimentos azuis.

Edmond Wells,
Enciclopédia dos saberes relativo e absoluto, tomo VI.

9. SINFONIAS

O azul clareou, deixando aparecer o branco ofuscante do sol das onze horas.

As trombetas emudeceram bruscamente. A multidão também se calou. O silêncio que se estabeleceu parecia ainda mais ensurdecedor que o tumulto. Não ventava mais. Até os pássaros e os insetos estavam quietos.

Cheiros de areia, pó, pedra e suor.

O barulho da minha própria respiração cobriu os demais sons.

Estávamos, os 12 alunos-deuses, de pé, no centro da arena.

A multidão voltou a se sentar e nos observava em silêncio. As arquibancadas estavam repletas de semideuses, assistentes, quimeras, sátiros, pequenos e gigantescos seres, híbridos de todo tipo e outros monstros vindos da mitologia grega. Eu nunca me dera conta de que os habitantes de Aeden eram tantos e tão diversos.

Atena, a deusa da Justiça, tinha um trono no centro de um estrado coberto de veludo vermelho, acima de nós. Nossos outros Mestres-deuses: Cronos, o deus do Tempo, Hefesto, o deus da Forja, Ares, o deus da Guerra, e também Hera, Apolo, Hermes, Dioniso, Ártemis, Deméter... se aproximaram.

Senti que um olhar esmeraldino me observava intensamente. *Afrodite.*

O que ainda quer comigo?

Na lateral, distingui seu filho, Hermafrodite, que me deu uma piscada de olho e fez um gesto obsceno com a língua. Lembrei-me de ter escapado por um triz, quando quis me transformar em carregador de planeta.

Ícaro se levantou e aplaudiu efusivamente. Foi como se desse um sinal, e toda a plateia imediatamente o imitou. Todos tinham seguido nossas aventuras – e as dos nossos povos – desde o início. Para eles, tudo aquilo devia ser tão palpitante quanto uma série de TV com suspense e tramas. Só que, em vez de algumas dezenas de atores conhecidos, ali eram multidões de figurantes que há dias se amavam e se matavam uns aos outros, para oferecer um espetáculo aos deuses.

Raul tinha dado uma definição exata: "'Terra 18' é um jogo de xadrez com bilhões de peões vivos".

Notando a atenção com que Afrodite me olhava, Mata Hari segurou minha mão, deixando claro que eu lhe pertencia e que não pretendia de forma alguma ceder seus direitos.

Com a coruja no ombro, Atena se endireitou no trono e brandiu a lança, para acalmar a multidão.

— Declaro aberta a final da 18ª turma de alunos-deuses de Aeden.

Centauros surgiram com tambores a tiracolo e começaram a bater um ritmo sincopado. O coro de músicos e público dialogou em uníssono. As mãos batiam em cadência.

Carroças empurradas por grifos trouxeram grandes tanques em que surgiram sereias com seus cantos agudos.

Um coral polifônico de jovens cáritas e Horas entoou um canto de alegria que se amplificou, provocando intensa emoção.

O canto ganhou ainda maior dimensão, sustentado por uma orquestra de musas, dirigida por Apolo. Reconheci, entre as jovens trajando togas vermelhas, Carmem, a metamorfose de Marilyn Monroe, que passara a ser a musa do cinema, e a do rabino Freddy Meyer, que se tornou a musa do humor. Fizeram-nos, aliás, um rápido gesto de cumplicidade que não me atrevi a responder, dada a solenidade do momento.

Os cantos de repente diminuíram, quando surgiu Orfeu com sua lira de nove cordas. Deu início a um solo do instrumento que manejava com extrema habilidade. A melodia encheu o Anfiteatro e nos permitiu, por um instante, que esquecêssemos nossas responsabilidades imediatas. Com uma última variação, Orfeu fez seu cumprimento e foi aplaudidíssimo. Atena bateu no chão com a ponta da lança e um voo de rolinhas bruscamente cobriu o céu. Os cantos pararam. Os artistas, por sua vez, se dirigiram às arquibancadas.

Com um gesto, a deusa da Justiça obteve um respeitoso silêncio.

— Senhoras e senhores, chegou o momento há tanto tempo esperado por todos nós. O último capítulo da história de "Terra 18". Um mundo nasceu, um mundo amadureceu. Acompanhemos sua apoteose!

Grande clamor da multidão. Atena continuou:

— Todos nós vibramos observando o trabalho dos deuses desse mundo. Após um início caótico, os alunos-deuses da presente turma se recuperaram e nos ofereceram instantes de grande espetáculo, como tanto gostamos de apreciar aqui em Olímpia.

Os 12 professores de divindade concordaram.

— Gostaria de agradecer a paciência dos Mestres-deuses que educaram esses ex-mortais, elevando-os a ponto de transformá-los em deuses responsáveis. Vocês, que eram escravos do próprio destino, passaram a dominá-lo, e tecem não só os destinos de outros indivíduos, mas de civilizações inteiras. Apesar da dureza de alguns de nós, indispensável para essa formação, temos orgulho de tê-los tornado... deuses dignos desse nome.

Afrodite parecia querer me dizer alguma coisa. Seus lábios articulavam sílabas que eu não compreendia. Atena terminou seu discurso:

— O momento não é de falar, mas sim de agir. Sejam fortes, com relação às suas próprias almas e com relação àquelas de que tomam conta.

— O que acontecerá com quem perder? — perguntou Simone Signoret.

Atena balançou os ombros diante da interrupção intempestiva.

— Serão como nós, habitantes dessa ilha, mas sob outra forma...

— E quem ganhar? — interrompeu Bruno Ballard.

— Quem ganhar subirá aos Campos Elísios.

A um sinal da deusa da Justiça, Apolo começou a soprar num chifre de carneiro. As portas se abriram à direita, e centauros trouxeram um suporte de mármore em forma de oveiro gigante.

Atlas, então, apareceu carregando nas costas a esfera de vidro contendo "Terra 18".

Caminhando com dificuldade e demonstrando total esgotamento físico, como um halterofilista, com ufas de cansaço, ergueu o mundo nos braços, num terrível esforço.

Olhei o planeta transportado como uma bola de criança.

"*Terra 18*"...

O titã finalmente largou no oveiro a esfera de três metros de diâmetro e depois, delicadamente, ligou o continente dos mortos e o império dos anjos locais. Os dois anexos permitiriam a reciclagem e a gerência das reencarnações das almas autóctones.

– Pronto, aí está – anunciou Atlas. – Mas aproveito o ensejo para lembrar que minhas condições de trabalho não condizem com meu status de...

– Cale a boca, titã! – cortou rispidamente Atena.

Atlas desafiou os deuses com um olhar furioso e ameaçou:

– Não, isso não vai continuar assim. Também sou um deus.

– Você cumpre esse trabalho para pagar a dívida adquirida com Zeus, a quem traiu. Retire-se. Peço agora que os jogadores se aproximem.

O titã, então, ergueu o planeta, ameaçando jogá-lo no chão caso Atena não satisfizesse seu pedido.

Mas a deusa da Justiça não pareceu estar impressionada.

– Está esquecendo uma coisa, querido Atlas. Isso não passa de uma projeção de "Terra 18". Se espatifar essa esfera, vai destruir apenas a tela em que os alunos trabalham.

– Mas, se eu lançar esse objeto em cima de você, vou provocar um estrago – respondeu ele.

Eu sabia que aquilo se tratava de uma ressurgência da velha querela entre os deuses olímpicos, ligados a Zeus, e os titãs, ligados a Cronos.

Atlas teve um momento de hesitação e finalmente desistiu, deixando a esfera de vidro e indo se sentar nas arquibancadas, com um grupo de outros titãs.

Centauros instalaram grandes mastros nos degraus mais altos da arquibancada. Esticaram lonas que serviriam de tela. Em seguida, os projetores foram acesos.

Dessa maneira, os espectadores podiam ver as 12 capitais dos jogadores com um simples movimento da cabeça. Havia tomadas a partir do alto, vistas panorâmicas, o traçado das ruas, os monumentos, os mercados e os templos. Do pouco que pude perceber, minha capital dos homens-golfinhos estava sob ocupação estrangeira, mas padres e filósofos preservavam as tradições que não tinham sido esquecidas. Observei as outras telas. Consegui me dar conta do nível global de evolução de "Terra 18".

Estava em plena fase industrial. A maior parte das capitais era cortada por amplas avenidas pelas quais já circulavam os primeiros automóveis barulhentos e fumacentos, junto com fiacres puxados por cavalos. No céu, voavam algumas aeronaves, biplanos e dirigíveis a hélio. Em "Terra 1", estaríamos mais ou menos no ano de 1900.

Grifos davam curtos voos ao redor para colocar as escadas e escadinhas que nos ajudariam a nos posicionar próximos da superfície da esfera e continuarmos a partida. Segurei com as duas mãos o meu ankh. Já íamos prosseguir quando uma voz ordenou:

– Parem!

Todos ficamos onde estávamos, surpresos. Afrodite murmurara algo no ouvido da deusa da Justiça, que foi quem interrompeu nosso avanço. Ela, em seguida, interpelou Dioniso, que se levantou, muito espantado:

– O que foi, agora?

– Não banque o inocente. Você se esqueceu dos banhos rituais. Sabe muito bem que os alunos devem se apresentar purificados para a final e prontos para o sacramento.

— Mas estão todos bem limpos — protestou o deus da Festa. Todos tomaram banho ao acordar.

— Isso não basta. Os banhos rituais são indispensáveis para a última partida, antes que comecem a agir pela última vez sobre os seus povos. Lembre-se da frase: "Para quem não estiver purificado, as núpcias químicas causarão males". O espetáculo pode esperar.

— Tenho certeza de falar em nome desse grande público — interveio. Atena, esperamos esse momento há tanto tempo. Sugiro que deixe de lado essas formalidades, por mais respeitáveis que sejam. Os jogadores estão prontos, e seria tão cruel com eles quanto conosco prolongar essas preliminares. Estamos todos ansiosos para saber quem será o vencedor. Vamos começar logo a partida.

Atena interrompeu o intrometido:

— Apolo, ouvi com atenção o seu pedido e minha resposta será breve: não se meta nisso! A tradição é indispensável para o prosseguimento do jogo divino. Sem o ritual, nosso ensino perderia todo sentido. Que os alunos-deuses sigam para o banho.

Um clamor de decepção atravessou a plateia. Apolo cuspiu no chão, hesitou em desafiar ou não a deusa e depois, com um gesto de irritação, arrumou a toga e voltou a se sentar, resignado.

10. ENCICLOPÉDIA: APOLO

Filho de Zeus e de Leto, Apolo é o irmão gêmeo de Ártemis. A irmã tomou a lua como emblema, e ele, então, escolheu o sol. Alimentado pela deusa Têmis com néctar e ambrosia, em poucos dias ele chegou a um tamanho adulto. Grande, bonito, com uma longa cabeleira loura, tornou-se o queridinho do Olimpo. Tinha também uma força incomum e, além disso, era muito bem dotado para a música e a adivinhação.

Hefesto, deus da Forja, ofereceu-lhe flechas mágicas. Com elas, Apolo partiu na companhia da irmã para libertar a cidade de Delfos do domínio do dragão Píton. A partir de então, passou a ser chamado Apolo Pítio, o que deu origem, mais tarde, aos Jogos Píticos, uma sucessão de provas musicais e atléticas, assim como o nome de pitonisa para a sacerdotisa que, no templo de Delfos, previa o futuro.

Muito sedutor, Apolo colecionou amantes, sobretudo entre as ninfas, que lhe deram filhos célebres como Calíope e Asclépio. Uma mulher, no entanto, resistiu a seus encantos: Dafne. Para escapar, ela se transformou em loureiro, árvore que passou, então, a ser dedicada ao deus. Apolo teve também aventuras com rapazes, como Jacinto e Ciparisso. A morte desses dois namorados o abalou muito, e o primeiro foi metamorfoseado na flor do mesmo nome, e o segundo, em árvore, o cipreste. Deus da Música e padroeiro das musas, Apolo criou um instrumento, o alaúde. Ele recebera a lira das mãos de seu meio-irmão, Hermes, por devolver uma parte do rebanho que ele lhe havia roubado. Enfrentou o sátiro Marsias numa competição musical em que o vencedor poderia fazer com o vencido o que bem entendesse. Tendo extremo talento com a lira, que ele sabia tocar com as duas mãos, Apolo mandou esfolar vivo o pobre Marsias. O sátiro ainda o provocou com uma flauta, e o deus da Música proibiu o uso desse instrumentista até o dia em que um instrumentista inventasse outra flauta, que a ele fosse dedicada.

Muitos animais foram associados a Apolo, entre os quais o lobo, o cisne, o corvo, o abutre (pela observação do voo dessa ave de rapina, os adivinhos tentavam identificar as vontades do deus), assim como o grifo, a ave-lira e, mais tarde, o golfinho. A origem do deus Apolo é provavelmente asiática, pois ele não era representado com sandálias gregas, mas com botinas típicas dos países da Ásia. Foi, além disso, o único deus do Olimpo que os romanos adotaram com o próprio nome grego, uma vez que até mesmo Zeus se tornou Júpiter, e Afrodite, Vênus.

Edmond Wells,
Enciclopédia dos saberes relativo e absoluto, tomo VI.

11. BANHOS RITUAIS

Vapores.

Corredores de mármore branco com nervuras cinzentas.

Dioniso nos guiou através de um novo dédalo do Anfiteatro. Já fervíamos de impaciência e, para todos nós, aqueles banhos rituais eram uma prova a mais a atravessar.

Num cruzamento, Dioniso indicou aos homens que seguissem à direita e às mulheres, à esquerda. Cáritas substituíram a partir dali o deus da Festa. Levaram-nos até uma sala de banho turco, onde mandaram que nos despíssemos e distribuíram toalhas felpudas para amarrarmos na cintura. Raul Razorback, Bruno Ballard, Xavier Dupuis, Georges Méliès, Gustave Eiffel, Jean de La Fontaine, François Rabelais, Toulouse-Lautrec e eu fomos, então, conduzidos a vastas salas brumosas, com paredes brancas cobertas de mosaicos representando cenas mitológicas.

Entramos em banhos de vapor em que as cáritas nos ensaboaram com esponjas espumantes. Depois, vieram duchas geladas. Aparentemente, o ritual consistia em alternar imersões quentíssimas e jatos frios. As cáritas terminaram seu trabalho nos esfregando em ramos de loureiro.

Fomos em seguida chamados a nos deitar em amplas mesas de mármore, e moças vestidas com finas túnicas de algodão branco nos passaram óleo de amêndoa doce e massagearam. Enquanto eu estava de bruços, uma jovem com longos cabelos louros me massageou os dedos da mão, e outra me alongou, um a um, os dos pés. As duas partiram dessas extremidades e se juntaram para me comprimir, a quatro mãos, a região dos rins, zona do meu corpo que sempre acumulou maior tensão.

Os outros jogadores estavam sendo tratados da mesma forma.

– Até que o tal ritual não é nada mau – suspirou a meia-voz Georges Méliès, deitado na mesa ao meu lado. – Posso entender por que Atena insistiu em nos obrigar a isto, antes da partida. Relaxados dessa maneira, vamos ser mais eficazes daqui a pouco.

– Deve ser uma tradição antiga – declarou Raul. – Os gladiadores também tinham direito a uma massagem, para em seguida serem lançados na arena.

– Um pequeno agrado antes da brutalidade – ironizou François Rabelais.

– Eu teria preferido jogar logo – opinei. – Tenho a impressão de ter sido interrompido em pleno aquecimento.

Em meu íntimo, na verdade, reconhecia que as mãos graciosas das cáritas começavam a ter um efeito relaxante. Os dedos procuravam uma a uma cada contratura nas minhas costas e pressionavam até que desaparecesse. Em seguida, outra moça vestindo túnica nos chamou para dar prosseguimento à sessão e nos guiou até pequenas salas fechadas, ao lado. Um sistema de barra, no teto, permitia que outras cáritas, menores e mais leves, trabalhassem. Sozinho no meu cômodo, senti, de fato, uma delas tirar minha toalha e subir nas minhas costas para pisoteá-las. Os demais alunos-deuses deviam estar recebendo o mesmo tratamento nas celas vizinhas. Nesse momento, uma silhueta entrou na sala e fez um sinal à cárita que pisava em mim, tomando o seu lugar.

Reconheci o perfume antes de vê-la.
— Preciso falar com você, Michael, é grave.
— Acha que o momento adequado, querida Afrodite?

Ela não subiu nas minhas costas, mas começou a me massagear de forma bem nervosa.
— Há quem diga que você encontrou a Esfinge e sobreviveu.

Sua voz estava estranhamente tensa. Nunca tinha visto a deusa do Amor em tal estado.
— É verdade.
— Ela lhe perguntou o enigma?
— De fato.
— Você encontrou a resposta?
— Encontrei.

Ela parou imediatamente de me massagear.
— E qual é?
— Nada.

Ela parou, pensou e começou a rir.
— Muito bom.

Voltou a me massagear, quase alegre.
— E... Ele falou de mim?

Eu me virei, sentei e fiquei de frente para ela.

De perto, mais uma vez sua magia entrou em ação. Era um puro encanto para os sentidos. Os olhos amendoados em tons de esmeralda e turquesa, os cabelos dourados ondulados, os seios apenas disfarçados pela túnica de seda branca, os brincos compridos, o diadema, o cinto de pedras preciosas que lhe dava a atitude exata do que era: a deusa do Amor. Fez um gesto carinhoso com a boca, consciente do seu poder. Tentou me alisar o rosto, mas afastei-a.

– Não se preocupe. Foi concedida uma hora para o ritual do banho. A multidão está sendo distraída com acrobacias de quimeras. Podemos conversar. Há algo importante que gostaria de dizer. Quero que você ganhe.

– Por quê?

– Você representa a força A. Os outros alunos-deuses são machões que demonstraram desprezo pelas mulheres e em suas civilizações misoginia.

– Há também Simone Signoret, Édith Piaf e Mata Hari.

Afrodite assumiu um ar pouco à vontade.

– Elas não têm a sua... feminilidade.

De novo adiantou a mão para me alisar o rosto e deixei que se aproximasse. Lembrei todos os horrores que Hermafrodite, filho de Hermes e de Afrodite, me contara a respeito da mãe.

Antes de ser deusa, Afrodite era como qualquer um de nós, simples mortal. Fora, naquela época, abandonada pelo pai, que partira com uma mulher mais jovem. Ela passou a detestá-lo e decidiu se vingar dos homens seduzindo-os, manipulando-os e brincando com eles. Lembrei-me do coração vivo com pezinhos que me ofereceu como prova de união. "Ela só fala de amor e insiste tanto nessa palavra por que é o que mais lhe falta", afirmara Hermafrodite.

A deusa percorreu com a mão meu pescoço e meu queixo.

– Eu lhe fiz uma promessa, Michael. Se resolvesse o enigma, faria amor com você.

– Eu agora tenho uma namorada – respondi. – Amo a ela apenas.
– Isso não me incomoda. Não sou ciumenta – replicou, teimosa. Prometi fazer amor com você, não prometi me casar.
– Deu um risinho zombeteiro. – Saiba que fazer amor com a deusa do Amor em pessoa é uma experiência única, que não se compara com nenhuma outra, tanto em intensidade quanto em diversidade. Tudo que já viveu com outras "fêmeas" vira uma piada. Em geral, os homens que passaram por tal experiência absoluta afirmam terem tido a sensação de fazer amor pela primeira vez.

Ela esboçou um gesto convidativo.

– Agora? Aqui?

– Por que não?

Aproximou-se bem lentamente e depois se debruçou sobre mim. Os lábios estavam a poucos centímetros dos meus. Continuou a avançar. Os olhos me devoravam como se eu fosse um doce. Seu perfume me invadiu. Eu me perguntava se era o cinto mágico que me enfeitiçava. Não me mexi mais, como o coelho hipnotizado pelo farol do automóvel que vai atropelá-lo.

Seus lábios tocaram meu rosto e senti sua respiração na minha pele. Sua boca esboçou um sorriso.

Fechei os olhos, com a impressão de estar sendo conduzido a algo que eu sabia ser errado. Ao mesmo tempo, a urgência daquele instante, a sensação de que talvez morresse dentro de poucas horas me levavam a querer gozar aquela experiência.

Nossos lábios estavam a apenas um suspiro do contato.

Foi quando ouvimos um urro.

12. ENCICLOPÉDIA: TAJ MAHAL

A saga do Taj Mahal começou em 1607, no momento em que, como todos os anos, o mercado real era aberto ao povo, num dia excepcional. O acontecimento era como um carnaval anual em que todos os comportamentos normalmente proibidos eram tolerados. As mulheres do harém real tinham o direito de se exibir, de falar alto e de se misturar ao restante da população para comprar perfumes, unguentos, joias e roupas. Conversavam livremente com os comerciantes e clientes. Todos se dirigiam uns aos outros sem se conhecerem. Jovens príncipes participavam de competições poéticas, tentando seduzir as moças mais bonitas.

Naquele ano de 1607, então, o príncipe Khurram, filho do imperador Jahangir, tinha apenas 16 anos de idade. Era um belo rapaz, tido também como guerreiro valoroso e talentoso para as artes. Enquanto passeava com alguns amigos entre as bancadas do mercado de Meena, percebeu uma jovem cuja simples visão bastou para deixá-lo paralisado. Arjumand Banu Begam, de 15 anos de idade, era princesa também de alta linhagem. Foi amor à primeira vista. No dia seguinte, o príncipe Khurram pediu a seu pai a permissão para se casar com Arjumand.

O pai aceitou a ideia, mas aconselhou que esperasse ainda um pouco. No ano seguinte, incentivou o filho a se casar com uma princesa persa. Os costumes muçulmanos não admitiam a monogamia, e os príncipes mongóis eram obrigados a ter várias mulheres. Khurram precisou esperar cinco anos sem poder ver nem falar com a amada, até os astrólogos da corte autorizarem esse segundo casamento, em 27 de março de 1612. Constatando seu encanto e beleza, o pai do príncipe batizou a nora como "Mumtaz Mahal", que significa "luz do palácio". O jovem casal não se separava mais. Tiveram juntos 14 filhos, dos quais sete sobreviveram. Em 1628, Khurram iniciou uma rebelião contra o pai. Destituiu-o e se tornou imperador em seu lugar, assumindo o nome de Shah Jahan.

Descobriu então que o pai, bon-vivant e mau administrador, tinha deixado muitos problemas políticos e econômicos que ele resolveu enfrentar. Precisou declarar guerra a um vassalo dissidente. Sua mulher o acompanhou nessa campanha militar, mas deu à luz, durante a viagem, ao 14º filho, uma menina. As coisas pioraram. O imperador Shah Jahan permaneceu ao lado de Mumtaz Mahal enquanto ela agonizava. Antes de morrer, em 1631, a rainha expressou dois desejos: que o esposo não tivesse mais filhos com outra mulher e que mandasse construir um mausoléu à sua memória, simbolizando a força do amor que os uniu. Tais trabalhos tiveram início na capital mongol de Agra, no ano seguinte. Para o projeto, o imperador Shah Jahan convocou os melhores arquitetos e artesãos da Índia, da Turquia e também da Europa. O Taj Mahal foi construído em mármore branco para refletir o rosado na aurora, o branco ao meio-dia e o dourado no fim da tarde.

Mas o imperador Shah Jahan se tornou despótico e integrista. Em 1657, aproveitando o fato de o pai estar doente e acamado, seu próprio filho, Aurangzeb, ainda mais integrista, mandou prendê-lo e se lançou numa grande guerra de conversão contra províncias hinduístas.

Shah Jahan pediu um único favor ao filho: que um buraco na parede do seu calabouço lhe permitisse acompanhar a progressão das obras no palácio de sua amada. Isso lhe foi concedido. Em 1666, ele morreu na prisão.

Edmond Wells,
Enciclopédia dos saberes relativo e absoluto, tomo VI.

13. O DEICIDA

Sem sequer amarrar a toalha em torno da cintura, precipitei-me, nu, em direção à área dos banhos femininos.
Por favor, tudo menos isso!
Corri pelos corredores de mármore branco. Quando afinal cheguei ao local, já havia uma aglomeração de pessoas. Fui empurrando com força todo mundo e vi um corpo que jazia dentro de uma poça de sangue.
Mata Hari.
Apertei-a contra mim.
– NÃOOOO!!!
Sacudi seu corpo inerte e me levantei aos gritos:
– ELA NÃO! LEVEM A MIM NO LUGAR! DOU A MINHA VIDA POR ELA!
Ergui o punho.
– Escute Deus! Grande Deus, Criador do Universo ou quem quer que seja que possa decidir, se estiver me ouvindo, não tem o direito de fazer isso! Dou-lhe uma chance ainda. Se tudo está ao seu alcance, volte no tempo. Desfaça. Desfaça isso ou vou dizer o que penso. Pois sendo um deus capaz de deixar uma coisa dessas acontecer, não é um deus de amor, mas um

deus de morte. Tem prazer em assistir à nossa desgraça! Só nos dá algo pela alegria de ver nossa dor ao nos tomar aquilo. Não tem o direito de fazer isso, não tem esse direito. Volte atrás. Volte o tempo, Grande Deus, refaça a história. Eu o desafio a recuar o tempo até um momento anterior a esse horror...

Uma voz me interrompeu.

— Pare de falar!

Era Mata Hari. Ainda estava consciente. Escorria sangue por sua boca.

— Tarde demais. Não é possível voltar atrás. Se me ama de verdade... cale-se e ganhe. Ganhe por mim.

— Mata...

— Ganhe, por favor... Amo você, Michael. Ganhe por mim!

Em seguida, fechou os olhos.

Logo atrás, ouvi as cáritas comentarem em voz baixa:

— Era um homem de toga, usava uma máscara de teatro grego.

Levantei-me com um salto.

— Apareceu quebrando uma janela, atirou à queima-roupa. Consegui ver tudo — acrescentou outra voz.

— Ele fugiu por ali.

— Por onde?

Arranquei o ankh de Mata Hari e, sem perder tempo de me vestir, corri pelos corredores escuros.

Uma porta escancarada de carvalho maciço se abria para o exterior da arena. Luz.

Eu estava na grande avenida de Olímpia. Vazia. O vento tinha voltado a soprar, mas eu não sentia o frio reinante. Meu corpo fervia de adrenalina e de raiva.

Uma silhueta corria na direção oeste.

Vou pegá-lo.

Ele se dirigiu para a porta de entrada da cidade de Olímpia. De muito longe, fiz pontaria e atirei. Longe do alvo. Dei um grito. Nem sei o que gritei. Era apenas uma forma de extravasar minha raiva.

Ele olhou para trás, deve ter me visto e correu fazendo uma curva, querendo alcançar a floresta azul.

Vai sumir no meio do mato.

Atirei mais uma vez de muito longe e errei.

Corri. Tinha perdido ele de vista.

Parei, sem fôlego. Virei na direção contrária. Foi quando vi à minha frente uma pequena borboleta com corpo de mulher em miniatura. Tinha uma cabeleira ruiva e olhos verdes.

Moscona!

A querubina abriu a boca e desenrolou a língua comprida como uma fita, me indicando uma direção.

Corri.

Meu coração batia forte dentro do peito. Pela primeira vez, sentia-me inundado de um frenesi de matança.

A querubina esvoaçava à frente, me guiando. Atravessei um matagal e cheguei numa clareira. O deicida estava ali, mas não estava só. Outro plantara-se à sua frente, com a mesma máscara e a mesma toga rasgada.

Mas não era a mim que ameaçavam. Apontavam os ankhs um contra o outro.

Ergui minha arma e hesitei, indo de um para o outro.

– Não atire, sou eu, Michael – disse uma voz rouca por trás da máscara.

– "Eu" quem? – perguntei.

– Eu, Edmond! – exclamou a voz rouca.

– Edmond Wells está morto – respondi, apontando minha arma.

– Não, eu lhe explicarei.

— Eu é que posso explicar, Michael – anunciou o que estava em frente, com uma voz semelhante. Pois sou o verdadeiro Edmond Wells.

— Nesse caso, tenho uma pergunta para o Edmond Wells que ressuscitou: qual era o nosso lema?

Os dois permaneceram calados. Um tossiu. O outro emendou rapidamente outro acesso de tosse.

— Estou do seu lado. É preciso matá-lo, aperte de uma vez o botão da esquerda.

— Não faça isso, sou eu – respondeu a outra voz.

— Tire a máscara – ordenei, nervoso. – Assim saberei quem é quem. Caro Edmond, se for você, nada tem a perder tirando a máscara.

— Se eu me mover, ele atira – disse um deles.

— Não, ele é que vai atirar – respondeu o outro.

As duas vozes se pareciam. Uma parecia apenas ligeiramente mais rouca.

— Derrube-o logo – aconselhou o da direita.

Atirei naquele que acabara de falar.

Ele caiu para trás. Nesse momento, o outro tirou a máscara.

Era Edmond Wells. O mesmo rosto triangular e as orelhas altas, parecendo um pouco com Kafka. Seu olho brilhou, e ele tossiu.

— Por que não recitou o lema?

— Qual? Havia muitos. "O amor como espada, o humor como escudo", "Em frente, rumo ao desconhecido" ou, mais antigo ainda, "Juntos contra os imbecis".

Sentimentos confusos se atropelavam em mim: dor pela perda de Mata, satisfação vingativa e prazer de encontrar meu instrutor.

— Não reconheci sua voz – expliquei.

– Peguei um resfriado, dormindo na floresta. Devo estar com uma espécie de faringite, mas vai passar.
– Achei que tinha morrido...
Meu velho guia sorriu.
– Não, consegui escapar do antro de Atlas e me escondi na floresta, justamente para vigiar e neutralizar esse aí.
Parafraseando um trecho da *Enciclopédia dos saberes relativo e absoluto*, recitei:
– "Só se compreende um sistema ao sair dele."
Ele suspirou.
– Sinto muito por Mata Hari. Suspeitei que o deicida entraria em ação durante a final, mas agi tarde demais.
Debrucei-me e tirei a máscara do homem estendido no chão. Saberia, enfim, quem era o famoso deicida.
Vi e recuei de surpresa.
Céus, esperava que fosse qualquer um, menos ele.
Lá longe, a multidão que vinha em perseguição já se aproximava.
Edmond Wells me soltou.
– Por enquanto, prefiro continuar escondido. Logo nos encontraremos de novo. É essencial que ganhe, Michael, não imagina o quanto é importante. Ganhe!
Ele sumiu. Os outros já estavam perto. À frente da multidão que corria, a deusa da Caça, Ártemis, cavalgando um centauro, me mantinha na mira do seu arco.
Ela se debruçou sobre o corpo do deicida, levantou a máscara, fez uma careta de nojo e, depois, de espanto. Exclamou apenas:
– Quer dizer então que era ele...

14. ENCICLOPÉDIA: TRÊS VEXAMES

A humanidade passou por três vexames.
O primeiro foi com Nicolau Copérnico que deduziu, a partir das suas observações do céu, que a Terra não é o centro do universo.
O segundo foi com Charles Darwin e sua conclusão de que o homem descende de um primata, sendo então um animal como os outros.
O terceiro veio com Sigmund Freud, que apontou a sexualidade como a motivação real para a maioria dos nossos atos políticos e artísticos.

Edmond Wells,
Enciclopédia dos saberes relativo e absoluto, tomo VI.

15. O DEICIDA

Ártemis ordenou que eu largasse minha arma e erguesse os braços. Ameaçadores centauros já me cercavam.
Não lhe dei atenção e agarrei o deicida.
— Por quê? Por quê?
Minha vítima fez uma careta, me olhou e disse:
— Esse jogo é horrível. Eu disse e repeti: não podemos jogar, não se deve brincar com seres mais fracos, que fazemos sofrer. Ser aluno-deus não é torturar animais pequenos para fazer experiências e torneios. O culpado de tudo é o sistema atroz de Olímpia. Minha intenção era matar todos os alunos, para não haver vencedor algum. Fracassei. Enquanto houver alunos

sobreviventes, o jogo vai continuar, e os mortais de "Terra 18" vão sofrer, para a diversão dos deuses. Fracassei.

Ártemis ordenou que eu o largasse.

Um grupo se formou ao nosso redor.

— Eu tentei e fracassei... — repetiu ele. — Eu imploro, desistam do jogo. Ninguém tem o direito de brincar com os mortais. Eles não devem pagar por nossas ambições pessoais.

Quer dizer então que era ele.

Lembrei-me que uma das suas primeiras vítimas, Bernard Palissy, tinha conseguido balbuciar apenas a letra "L" para acusá-lo. Era a primeira letra do seu nome.

Lucien Duprès.

Se me lembro bem, aquele homem sofrendo de estrabismo era oculista. Era vesgo e, no entanto, fora o melhor aluno da primeira partida. Foi quem conseguiu, na aula de Cronos, o deus do Tempo, salvar os humanos que tinha sob sua responsabilidade. Foi o primeiro a criar uma comunidade hippie igualitária e festiva, em pleno período de caos terrorista de fim de mundo, em "Terra 17".

Quando Cronos, em seguida, anunciou tratar-se apenas de um jogo, e uma vez que havíamos compreendido o princípio, "Terra 17", planeta-rascunho, desapareceria para dar vez a "Terra 18", Lucien Duprès se revoltou. Quis nos convencer da iniquidade daquele jogo e dos poderes abusivos dos alunos-deuses sobre os pobres mortais, considerados como brinquedos.

"Não são mundos, são matadouros", tinha declarado.

Lucien Duprès suplicara que não continuássemos aquele jogo de massacres e nos revoltássemos todos contra os mestres olímpicos. Dada a nossa submissão, preferiu ir embora. Pouco antes de sair, declarou: "Se for isto ser deus... sejam sem mim."

Evidentemente achamos que tinha sido executado pelos centauros e reciclado como quimera, como se fazia com qualquer aluno deficiente. No entanto, não. Como a situação era inédita, ninguém lhe prestou atenção. Deve ter perambulado sozinho pela floresta, ruminando sua raiva.

Até o momento em que encontrou uma resposta. Já que não podia parar o jogo despertando nossas consciências, daria fim aos participantes, eliminando um a um.

E pensar que havíamos condenado Proudhon só porque era anarquista. O verdadeiro inimigo do jogo era aquele modesto oculista idealista, excelente administrador de mortais, mas que recusava as regras impostas pelos mestres de Olímpia.

Seus olhos se imobilizaram. A boca se contorceu. Fechei para sempre as pálpebras de Lucien Duprès, o assassino da minha amada.

Os centauros já se preparavam para recolher o corpo e colocá-lo numa maca. Atena, a deusa da Justiça, chegou montada em Pégaso, com a coruja pousada no ombro e a lança na mão.

— Não cabe a você, Pinson, fazer justiça — foi logo dizendo.
— Proíbe-se a violência em Aeden. É uma das leis absolutas. Um ankh nunca deve ser apontado contra um indivíduo...

Fosse ele um renegado. Fosse um assassino.

Respirei fundo. Olhei-a, nada impressionado.

— ... Aliás, o exibicionismo também.

Nem me dei ao trabalho de me esconder.

— O público já esperou demais. Vamos voltar para que a final comece, de uma vez por todas — concluiu Atena.

Chegando no Anfiteatro, não se perdeu mais tempo. A multidão voltou a se sentar nas arquibancadas, ao ritmo dos tambores dos centauros.

Grifos acenderam os 11 telões que transmitiam as imagens das capitais. O 12°, o de Mata Hari, permaneceu apagado.

Fiz sinal para que me dessem um novo ankh carregado. Uma cárita veio me trazer o instrumento divino de trabalho, assim como uma túnica e uma toga limpa.

Não devo mais pensar em Mata Hari. Nem em Edmond Wells. Nem em Lucien Duprès. Vou me concentrar exclusivamente na partida a ser vencida.

Ouviu-se um murmúrio entre os demais alunos. Certamente lhes tinham contado o ocorrido.

Estávamos os 11 diante dos 12 deuses do Olimpo.

Atena pediu silêncio.

— Tivemos algumas "formalidades de última hora" a serem resolvidas. A partida pode agora realmente começar.

Ela bateu no gongo, que ecoou no Anfiteatro.

Corremos para a esfera central. Cada um escolheu uma escada ou escadinha.

Subi numa alta. Vi-me diante da parede de vidro.

— Que os alunos examinem o jogo tal como foi deixado na última partida!

Nova pancada no gongo.

Eu não sentia mais o peso da gravidade.

Minhas mão tremeram. Coloquei o ankh sobre a superfície da esfera e colei meu olho naquela lupa superpoderosa.

De início, percebi apenas multidões de humanos fervilhando como insetos. Regulei a alavanca do zoom e *vi*.

Minha capital dos homens-golfinhos fora ocupada em parte pelos homens-falcões, que tinham feito aliança com os homens-raposas para invadir meu território. Os homens-raposas policiavam e os homens-falcões proliferavam na cidade, mas havia ainda uma grande comunidade de homens-golfinhos, mantendo nossa tradição, no próprio centro da capital e também em bairros específicos.

Novo ajuste, para alterar o ângulo de visão.

Apesar de muitas vezes terem os templos incendiados, os túmulos profanados, os vestígios arqueológicos dinamitados ou, ainda, de serem convertidos à força pelos homens-falcões, a tradição dos homens-golfinhos se mantinha viva.

Brasas quase apagadas que precisarei reavivar com meu Sopro.

Procurei minhas outras comunidades de golfinhos espalhadas em territórios estrangeiros.

Não iam nada bem. Os homens-golfinhos frequentemente estavam reagrupados em bairros vetustos, insalubres, isolados. Muitas campanhas de calúnia contra meu povo haviam ocorrido durante a minha ausência e tinham gerado massacres coletivos, sobretudo entre os homens-cabras e, mais recentemente, os homens-ursos.

Meu povo, afetado por campanhas de racismo e por matanças, era reduzido ou tinha sido assimilado e convertido. Muitos viviam na miséria. Única tênue vantagem: os poucos sobreviventes desenvolveram formas excepcionais de resistência.

Estão vacinados contra a estupidez.

Engoli em seco.

É esse o preço da minha escapada, montanha acima, para encontrar Zeus.

Raul e os demais competidores também mostravam estar preocupados. Verificavam as situações dos seus peões no tabuleiro planetário.

Vou ganhar por você, Mata.

Precisava surpreender todo mundo com uma estratégia nova.

Um esvoaçar de asas. Com a cabeleira ruiva ao vento, Moscona pousou no meu ombro, como um minúsculo anjo da guarda vindo me incentivar.

Atena ainda não tinha dado o sinal para começarmos. Esperamos. De onde estava, vi Édith Piaf trepada numa escada alta, com o dedo na alavanca central do ankh. Raul também segurava o seu e parecia um operário soldador, pronto a acender a chama do maçarico.

Gustave Eiffel limpava a lente do ankh. Georges Méliès se concentrava. De longe, devíamos parecer uma equipe de médicos operando um ovo gigante.

Nas telas acima da arquibancada, novas imagens aéreas das capitais eram exibidas.

Fechei os olhos. Centenas de ideias fervilhavam em minha cabeça.

Melhor aproveitar os pontos fortes do que se preocupar com os pontos fracos.

De nada serviria armar meus homens-golfinhos. Em menor número que os demais e com o respeito que tinham pela vida, seriam sempre menos agressivos e rapidamente sucumbiriam.

No ponto em que estou, é melhor deixar de lado o estilo, não tenho escolha. Vou criar profetas. Nem um, nem dois: três. Para ter certeza de que pelo menos um consiga alguma coisa. Não profetas religiosos, mas profetas "leigos" que possam iniciar verdadeiras revoluções das mentalidades. Não tenho opção. É preciso ganhar. Vou agir em três caminhos paralelos: a economia, a ciência e a psicologia.

Três gênios. Três bombas. Resta saber onde colocá-los.

Mata Hari me aconselhou a desconfiar dos homens-tubarões. Muito bem, vou plantar meus grãos em seu território. É no húmus que as flores crescem mais viçosas.

Concentrei-me para visualizar meus três profetas. Não devia mais pensar na dor da perda de Mata.

Preciso ganhar por ela.

– Atenção... prontos?

Atena ergueu mais uma vez o malho e, como se fosse em câmera lenta, bateu pela terceira vez no gongo.
O som metálico ecoou por muito tempo no Anfiteatro.
Um imenso clamor selvagem atravessou a multidão de espectadores.

16. ENCICLOPÉDIA: JOGO DE TRINCHEIRAS

Em seu livro intitulado *Gödel, Escher, Bach*, o matemático Hofstadter descreveu um jogo que se joga a dois, sem serem necessários cartas, peões ou qualquer outro objeto. Apenas duas mãos.
Ao ser dado o sinal, cada participante estende a mão e mostra com os dedos um número de 1 a 5.
O número maior ganha a quantidade de pontos de diferença entre as duas mãos.
Por exemplo, se uma das mãos indica 5 e a outra 3, a mão que indicou 5 ganha a diferença: 2 pontos. Aparentemente, então, basta escolher sempre o 5 para ganhar, mas há uma segunda regra que completa a primeira.
Caso a diferença entre as duas mãos for de 1 ponto, o menor número ganha a soma das duas mãos.
Exemplo: se uma das mãos mostra 5 e a outra 4, a que escolheu o 4 ganha o somatório das duas, ou seja, 9 pontos.
Se as duas indicarem o mesmo número, considera-se empate e o jogo prossegue. E assim em diante. O primeiro que somar 21 pontos ganha.
Alguns, é claro, podem apostar dinheiro. O jogo, que é muito simples, sem necessidade de qualquer material

e com regras fáceis de se decorarem, exige grande e refinada psicologia, pois é preciso o tempo todo imaginar o que o outro está pensando e, sobretudo, o que ele acha que estamos pensando.
Assim que determinada estratégia dá certo é preciso substituí-la, para surpreender de novo.

Edmond Wells,
Enciclopédia dos saberes relativo e absoluto, tomo VI.

17. OS GOLFINHOS

Do alto, podia-se perceber uma aglomeração em que se espremiam milhões de indivíduos. As amplas avenidas cheias de postes de iluminação. As charretes tracionadas por cavalos eram ultrapassadas pelos primeiros veículos com motores a explosão. Eles produziam muito barulho e fumaça, para alegria das crianças, que pediam aos motoristas que tocassem a corneta da buzina .
Os homens usavam cartolas de feltro a base de pelo de coelho e tinham nas mãos bengalas com empunhaduras prateadas. Alguns fumavam compridos cigarros ou charutos, como sinal de distinção. As esposas trajavam vestidos longos bufantes que escondiam espartilhos com barbatanas, realçando o busto. Agulhas compridas prendiam os chapéus nas cabeleiras. Nos bairros pobres, prostitutas procuravam atrair os transeuntes, enquanto as crianças que não eram suficientemente estropiadas para mendigar tentavam roubar relógios de bolso e carteiras de dinheiro de quem passava.

As fábricas, muito frequentemente construídas em pleno centro da cidade, soltavam nuvens negras de fumaça nauseante e libertavam hordas de operários com roupas cinzentas que circulavam em bicicletas, voltando para seus bairros-dormitórios. Às vezes se viam no céu dirigíveis sustentados por gás hélio que transportavam viajantes com lentidão acima das nuvens, e que tinham, na popa, hélices grandes girando preguiçosamente no ar.

No meio da multidão apressada nos centros de negócios, um jovem com barba e cabelos longos deambulava, parecendo preocupado.

Vinha de uma família de homens-golfinhos que viajara muito, fugindo das perseguições contra o seu povo. Era pobre e se estabelecera na capital dos homens-tubarões, cidade em plena expansão, onde vivia num quartinho em mansarda, num bairro operário. Seu maior prazer eram os livros de história, de economia e, sobretudo, os que versavam sobre utopias.

Tinha 21 anos e já era jornalista.

Pôde, desse modo, entrevistar todos os grandes pensadores do seu tempo e acabou desenvolvendo teorias próprias, anotadas num diário íntimo. Definia o homem por suas ações e não mais como um ser pensante, devendo, como tal, ser julgado por seus atos e não por suas ideias.

Tendo alcançado o posto de grande repórter, ele viajava, observava, e tinha um especial interesse pelo mundo do trabalho, em plena reestruturação.

Escrevera um grande livro que intitulara simplesmente *A utopia*.

Achava que tanto a religião quanto o Estado eram atividades que serviam apenas para enriquecer preguiçosos improdutivos e que o homem não precisava de padres e nem de políticos.

Observando que a vida na fábrica gerava uma oposição automática entre exploradores e explorados, propusera um ângulo novo de enfoque da história. Ela evoluía — era a sua opinião — pela luta incessante entre exploradores e explorados. Tudo isso, um dia, levaria ao desaparecimento dessa divisão, restando então na Terra apenas uma massa de pessoas com direitos, riquezas e poderes igualitários.

Após a ditadura dos reis e após a ditadura dos exploradores, ele previa a ditadura dos explorados, para enfim haver uma pacificação planetária, por ele denominada Estabilidade Final.

Depois de um início de carreira bastante tímido, seu livro *A utopia* acabou obtendo algum sucesso nos meios estudantis e intelectuais, emergentes nas capitais mais modernas. Grupos se formaram para comentar sua visão da história e, em seguida, movimentos políticos reivindicaram para si aquele pensamento, até que surgiu um partido *igualitário*, anunciando que, um dia, ninguém possuiria nada a mais do que seu vizinho. Dessa maneira, o movimento *utopista* foi lançado.

Logo após os intelectuais e os estudantes, também os sindicatos operários se filiaram ao pensamento utopista, provavelmente por esperança com relação à passagem para a fase da "ditadura dos explorados", depois da fase "reino dos exploradores". O fato do Utopista não ter se declarado um pensador originário dos golfinhos facilitara a adesão de um número maior de pessoas à sua visão do futuro.

A apenas poucos quilômetros do quarto do Utopista, na mesma capital dos tubarões, mas no bairro dos estudantes, um outro rapaz desenvolvia um projeto pessoal, só que dessa vez no campo da física. Seus pais também eram descendentes dos golfinhos.

Durante a infância e, depois, na adolescência solitária, seus professores o achavam medíocre, pois era muito lento em suas respostas, parecendo o tempo todo imerso em devaneios pessoais. Tendo, mesmo assim, conseguido passar por todas as etapas da educação colegial, finalmente ingressou numa das mais prestigiosas faculdades de física do país. Tornou pública, nessa época, uma teoria concebida a partir das suas próprias intuições: haveria uma ligação entre energia, matéria e velocidade. Com velocidade e energia, seria possível fabricar matéria. Com matéria e velocidade, podia-se fabricar energia. Com energia e matéria, fabricava-se velocidade. Essa lei foi definida por ele como "Lei da ligação", pelo simples fato de *tudo estar ligado*. Com isso, foi-lhe dado o nome de "Ligacionista".

Ele ostentava um grande e espesso bigode, encimado por pequenos olhos risonhos. Era muito brincalhão, e se os diplomas não confirmassem sua inteligência, a teoria ligacionista provavelmente seria vista como um embuste.

A relação entre os três maiores elementos da física revolucionava a ciência, pois subentendia uma ligação entre tudo que existe.

Essa teoria gerou uma corrente de pensamento, no estreito âmbito das ciências. Outros cientistas começaram a refletir e a fabricar uma nova forma de energia, capaz de substituir o petróleo, a partir daquela visão. Foi criado um centro de física em que cientistas, colocando uma matéria numa máquina que a fazia girar muito rapidamente, geravam uma energia superpoderosa: a energia ligacionista.

Ainda no país dos homens-tubarões, mas dessa vez nos bairros abastados, um terceiro jovem desenvolvia um pensamento original. Vinha também de uma família de homens-golfinhos que fugira das perseguições. Seu campo de estudo era a medicina. Usava a barba bem-aparada, pequenos óculos redondos e fumava com uma longa piteira de marfim que lhe dava uma aparência de dândi.

Como os outros dois, não era religioso. E também procurava mudar a mentalidade das pessoas da sua época. Enquanto médico, se apaixonou pelas doenças mentais, sobretudo aquelas que os livros da época agrupavam sob o rótulo "melancolia".

Tendo escrito uma tese sobre os efeitos das drogas e outra sobre a hipnose, ele teve um sonho que lhe pareceu dar uma explicação para a compreensão do espírito humano. Essa explicação era a de que os sonhos, precisamente, são mensagens do inconsciente. E que descodificando os sonhos se poderia encontrar o fato causador da melancolia.

Ele escreveu um livro explicando sua teoria sobre os sonhos: *Atrás da máscara*.

Dando continuidade à pesquisa sobre os mecanismos profundos do comportamento de seus semelhantes, ele se interessou pelas comunidades primitivas e pelas comunidades animais, até encontrar na sexualidade uma nova chave. Achou que a ação dos hormônios de reprodução constituía a principal motivação para a maioria dos atos. Escreveu, então, o seu segundo livro: *Sexo e pulsão de vida*.

Levando mais longe ainda o estudo, anunciou que a maior parte dos comportamentos sexuais dos indivíduos estaria ligada à primeira infância e aos primeiros gestos percebidos, vindos dos pais.

Em sequência às obras sobre os sonhos e sobre a sexualidade, ele escreveu então uma terceira, sobre a infância traumatizada pelos pais: *A marca*.

Por último, propôs um método terapêutico a partir da análise do passado dos indivíduos, com o intuito de desviar os traumas ligados à infância que, segundo sua teoria, levavam os indivíduos a reproduzirem situações esquemáticas de fracasso.

O método foi aplicado e obteve inúmeras curas em casos de melancolia até então considerados sem solução. Pessoas trancadas em hospitais psiquiátricos, com comportamentos obsessivos, conseguiram superar suas deficiências e se exprimir, se comunicar e até recuperar atividades criativas.

Foi uma pequena revolução no mundo médico. Até então só se tratava a melancolia com soníferos e analgésicos. E isso quando não se usavam choques elétricos ou prisões com celas acolchoadas.

Ele ficou conhecido então como o "Analista".

Em alguns anos, sua reputação se estendeu por todo o país dos tubarões e até mesmo pelos países vizinhos. Chefes de Estado enviavam suas mulheres e filhos para se tratarem de obsessões e de crises melancólicas. Pessoas com tendência suicida recuperaram o gosto pela vida.

Incentivado por um grupo de admiradores, o Analista falava francamente de um mundo futuro em que todos, livres dos traumas do passado, gozariam de uma sexualidade feliz, sem transmitir aos próximos suas dores da infância.

Os movimentos revolucionários do Utopista, do Analista e do Ligacionista agitaram primeiro o mundo intelectual dos tubarões da época, se espalhando em seguida pelo mundo inteiro. Na maioria das capitais, pesquisadores apaixonados deram prosseguimento, sustentaram e difundiram aquelas teorias inovadoras, encontrando aplicações e desdobramentos.

Eram como três rastos de gasolina que se incandesciam e transmitiam o incêndio. Ao lado disso, outros cientistas oriundos de comunidades sobreviventes dos homens-golfinhos também lançaram ideias para mudar o mundo. Um deles, apelidado como "Respeitoso", inventou os "Direitos do homem", que retomavam os conceitos dos Mandamentos e permitiam a qualquer ser humano não ser morto e nem violentado, torturado ou humilhado.

Um outro, denominado "Legitimista", lançou o projeto de fazer todos os homens-golfinhos voltarem à terra de seus ancestrais, ocupada pelos povos vizinhos. Apesar de a capital dos homens-golfinhos não estar mais sob a sua administração, eles mantinham uma comunidade ativa de guardiães da antiga mensagem. O Legitimista organizou então um grande movimento, por ele chamado de "a volta dos peixes ao local de origem".

Para não criar tensões com os povos invasores que tinham ocupado a terra natal, os homens-golfinhos começaram se estabelecendo em zonas consideradas insalubres. Eles arregaçaram as mangas, secaram áreas pantanosas e construíram sistemas de irrigação para a conquista de terrenos desérticos. As condições de vida daqueles pioneiros eram muito rudes, mas viviam pelo sonho do retorno à terra ancestral.

Criaram-se inclusive vilarejos que, dentro do espírito utopista, funcionavam pelo modelo igualitário, sem exploradores nem explorados, sem religião nem chefes. Nesses vilarejos com referências utopistas e mantidos pelos pioneiros golfinhos, não havia dinheiro, nem polícia e nem propriedade. Tudo pertencia a todos. Os lucros obtidos a partir das atividades agrícola e industrial pertenciam à coletividade, e cada um ganhava em função das suas necessidades e não em função dos seus méritos

As comunidades "utopistas igualitárias" atraíram muitos jovens homens-golfinhos, que viam no projeto uma nova maneira de assumirem sua identidade. Voltaram a falar a língua ancestral, redescobriram a história dos antepassados e buscaram na sabedoria antiga valores novos a serem vividos na modernidade. Eram constantes as festas nesses vilarejos, com costumes muito livres. Muitos jovens de povos não golfinhos rapidamente se integraram para compartilhar aqueles sonhos e também as festas. À noite, no final de um dia de trabalho cansativo, todos conversavam diante do fogo sobre desarmamento mundial, ecologia, amor livre, desaparecimento do dinheiro, novas maneiras de se educarem os filhos sem violência. Tinham a impressão de que a nova visão seria contagiosa e de que um dia o mundo inteiro, naturalmente, viveria como eles. A humanidade se tornaria uma grande comunidade hippie igualitária em que todos estariam em festa.

18. ENCICLOPÉDIA: O PARADOXO DA RAINHA VERMELHA

O paradoxo da Rainha Vermelha foi desenvolvido pelo biólogo Leigh Van Valen. Ele se remete ao livro de Lewis Carroll, *Do outro lado do espelho* (continuação de *Alice no país das maravilhas*). No romance, Alice e a Rainha Vermelha do baralho se lançam numa louca corrida. "É estranho, Rainha Vermelha, estamos correndo muito e a paisagem em volta não muda", observa a menina. "Corremos para permanecer no mesmo lugar", responde a Rainha. Leigh Van Valen usa essa metáfora para ilustrar a corrida evolutiva entre as espécies. Não avançar significa recuar. Para permanecer no mesmo lugar deve-se ir tão rápido quanto os outros em volta.
Concretamente, se em determinado momento a seleção das espécies favorece os predadores mais rápidos, favorece também as presas mais rápidas, que vão poder escapar. O resultado é que essa relação de forças não sofre mudança. O conjunto, porém, produz indivíduos cada vez mais velozes.
O enunciado da teoria do paradoxo da Rainha Vermelha é o seguinte: "O meio ambiente em que vivemos evolui e nós devemos evoluir pelo menos na mesma velocidade

para permanecer no mesmo lugar e não desaparecer".

Leigh Van Valen usou também o exemplo da borboleta que mergulha sua tromba na orquídea para se alimentar do néctar. Com isso, fica salpicada de pólen, que ela transporta e fertiliza outras flores.

Mas as borboletas ficaram maiores, as trombas encompridaram e elas passaram a aspirar o néctar sem encostar no pólen. Com isso, sobreviveram à mudança apenas as orquídeas com o colo mais profundo, que continuaram fazendo o inseto tocar em suas zonas sexuais.

A flor se adaptou e encompridou seu receptáculo de néctar, o nectário, causando o desaparecimento das borboletas menores e favorecendo o desenvolvimento das borboletas maiores. Há uma seleção, a cada geração, com orquídeas mais alongadas e borboletas com trombas maiores. Encontram-se, hoje em dia, nectários a 25 centímetros de profundidade! A teoria de Darwin, dessa maneira, foi ultrapassada pelo paradoxo da Rainha Vermelha, com as espécies evoluindo juntas e se transformando, para permanecerem em sintonia com o meio ambiente. A seleção ocorre pela capacidade de seguir a evolução do meio ambiente.

Leigh Van Valen estendeu sua metáfora até o ponto de se referir à corrida armamentista entre predadores e presas e, em seguida, entre a espada e o escudo humanos. Quanto mais afiadas as espadas, mais se tornaram resistentes os escudos. Quanto mais destrutivos os mísseis nucleares, mais profundos os abrigos e mais rápidos os mísseis antimísseis.

Edmond Wells,
Enciclopédia dos saberes relativo e absoluto, tomo VI.

19. O POVO DOS TUBARÕES

— Tudo isso é culpa dos homens-golfinhos!
O homenzinho nervoso, de barbicha no queixo, empoleirado numa mesa, nunca abandonaria o refrão.
— Esses dos homens-golfinhos criaram o movimento utopista que contaminou o espírito dos nossos jovens e colocou em perigo o país. Os homens-golfinhos são do mal. Usam a arte, a cultura, a ciência e os livros para espalhar seus pensamentos degenerados!
O homenzinho raivoso de barbicha bateu com o punho na parede e martelou:
— São a causa de todos os nossos problemas. É preciso esmagá-los. É preciso matar todos que pudermos. Vamos livrar o país dessa praga. Vamos livrar o mundo! Que não sobre um único vivo!
Risos e zombarias vieram de todos os lados.
— Vai curar a bebedeira lá fora, seu pinguço!
Sob as vaias dos que bebiam, o homem de barbicha afinal deixou a taberna, prometendo voltar para pôr fogo naquela birosca já contaminada pelo pensamento podre dos golfinhos.
No início, suas arengas suscitavam apenas deboche, e inclusive se atiravam nele vários objetos. Mas o país dos homens-tubarões se afundava numa crise social, motivada pelo crescimento demográfico inadequado ao desenvolvimento econômico. Uma nova classe de pobres vinha criando uma insegurança geral.
Um industrial da metalurgia, cansado dos conflitos que se repetiam com seus operários cada vez mais influenciados pelo pensamento igualitário do Utopista, ouviu o discurso do barbicha na taberna e o seguiu até a rua.

— O senhor é um visionário. Descobriu a verdadeira causa e propôs uma boa solução. A propaganda dos golfinhos já causou suficiente estrago entre os ingênuos e os operários. É preciso acabar com essa calamidade, de uma maneira ou de outra. Acreditar que os homens sejam iguais é mesmo a ideia mais idiota que pode haver. Foi o que gerou a revolução na Úrsia, e o país está em plena crise de fome. Dizem que os pioneiros no território dos golfinhos vivem em permanente orgia sexual. Eu também não gosto deles. Posso lhe emprestar alguns homens para ensinar a esses intrusos que eles não vão impor a sua lei em nosso país. Na verdade, o que lhe peço é um trabalho de... limpeza.

Financiado pelo industrial, aquele que passou a se denominar a partir dali "o Purificador", começou atacando operários que protestavam. Nas manifestações, os brutamontes "purificadores" estavam na primeira fila.

Organizaram grandes autos de fé em praças públicas. Livros escritos por homens-golfinhos foram queimados, sobretudo os do Utopista, do Analista e do Ligacionista que foram chamados pelo Purificador de os "Três Cavaleiros do Apocalipse".

Nas tabernas, protegido por capangas armados com barras de ferro, o barbicha não era mais alvo de zombarias. Falava cada vez mais violentamente, com perdigotos raivosos, martelando o ar com o punho, arrotando ódio.

— Os golfinhos querem reduzir os tubarões à escravidão, mas vão esbarrar em mim nesse caminho! O pensamento deles é como a água que enferruja o metal, enferrujando os espíritos. Faz tudo apodrecer, tudo fermentar. Fingem falar de igualdade, mas é para subjugar melhor; fingem falar de liberdade, mas desenvolvem nas pessoas os instintos mais baixos; fingem falar de utopia, mas nos propõem um mundo caótico. Eles se dizem herdeiros da filosofia do peixe. Pois bem, vamos levar esses golfinhos de volta para o mar! E vamos afogá-los!

A multidão passara a responder a isso com aplausos e gritos: "Morte aos golfinhos! Morte aos golfinhos!" Alguns mais corajosos, que se atreviam a vaiar, eram sistematicamente espancados.

O barbicha concluía:

— Prometo que, se me ajudarem a chegar ao poder, não haverá mais tubarões pobres mendigando, enquanto golfinhos ricos desfilam nas ruas. Vamos pegar de volta o dinheiro que roubaram do povo. Nenhum deles vai escapar.

Com seus brutamontes, o Purificador se postava diante de templos dos homens-golfinhos para insultar e bater em todos que saíam. E quebrava as vitrines das lojas que pareciam pertencer a eles.

O governo dos tubarões, no entanto, apesar das dificuldades políticas e econômicas, não podia permitir tanta violência gratuita. O Purificador foi preso como agitador público. Ficou dois anos isolado e, aproveitando o tempo disponível, escreveu *Minha verdade*, obra que apresentava seu projeto de purificação do mundo, com o assassinato sistemático de todos os homens-golfinhos. Seus critérios foram definidos: "Serão considerados golfinhos todos que nasceram golfinhos, primos de golfinhos, maridos ou esposas de golfinhos, até o sexto grau de parentesco. Um primo de primo de primo de golfinho é um golfinho e merece ser tratado como tal." O Purificador propunha a eliminação de todos os utopistas e a escravidão de todos os povos não tubarão. "Os estrangeiros vão ser forçados a trabalhar para a glória dos tubarões. Vão se curvar ou desaparecer", anunciava. Prometeu a influência do pensamento e da cultura dos tubarões no planeta inteiro. E concluiu, com a intenção de atrair os mais místicos:

"Foi uma mensagem de Deus que recebi num sonho e que espero realizar."

Para a grande surpresa de todos, o livro *Minha verdade* teve um enorme sucesso de vendas. Os que tinham menores recursos apreciaram a ideia de roubar e distribuir entre si as riquezas dos golfinhos. Os "purificadores" ofereciam refeições populares para atrair mendigos e desempregados sem o que fazer, propondo que se juntassem à pequena milícia privada financiada pelo mecenas industrial.

O Purificador alistava também os ex-presidiários. Sua propaganda invadia inclusive as prisões antes da libertação dos presos. "Até aqui, a força e a coragem de vocês foi mal-utilizada. A serviço da causa da purificação, os condenados hão de obter a redenção. Deem-nos a violência e a habilidade que têm, e faremos bom uso delas."

As tabernas onde os frequentadores riam dos seus discursos foram incendiadas. Os autos de fé dos livros se multiplicaram, e os purificadores cantavam: "Morte aos golfinhos! Morte aos utopistas! Viva a grande limpeza!"

Depois das fogueiras de livros, dos incêndios de templos e das violências contra os sindicatos operários, as milícias do Purificador passaram ao assassinato. Dirigidas por ex-bandidos, elas caçavam os golfinhos nas suas casas, matavam e repartiam entre si o saque dos apartamentos. A polícia não dava conta de tantos ataques. Além disso, como não faltavam admiradores do Purificador dentro da própria instituição, havia pouco empenho em se perseguirem os infratores.

Enquanto no país vizinho, a Galia, o presidente da República – não por acaso de longínqua ascendência do povo dos golfinhos – propunha um referendo sobre os direitos humanos e a proposta de um desarmamento mundial, em Tubarínia tudo se encaminhou no sentido contrário. O industrial metalúrgico que financiava o Purificador abandonou momentaneamente a fabricação prioritária que tinha, no ramo automobilístico, e se dedicou ao armamentismo. Seus engenheiros passaram a se concentrar na criação de novos fuzis, novos tanques e aviões modernos.

O movimento político Antigolfinho se apresentou oficialmente em eleições democráticas. Duas vezes foi minoritário; na terceira, porém, obteve a maioria das cadeiras na Assembleia. O Purificador foi assim indicado primeiro-ministro. Em questão de dias, graças a leis de exceção, os homens-golfinhos foram escorraçados de toda a administração pública. Certas profissões consideradas estratégicas também lhes foram proibidas.

Os professores golfinhos foram todos destituídos. Impediu-se o ingresso nas universidades aos estudantes "malnascidos".

Mas o Purificador não parou por aí. Ele discretamente ordenou que construíssem fábricas inspiradas em abatedouros de animais, para onde deportou e depois assassinou os homens-golfinhos. Seu ódio com relação a esse povo era tamanho que ele procurou meios de fazê-lo sofrer ao máximo, com privações e humilhações, antes de exterminá-lo naqueles locais da morte.

Todo mundo sabia, mas fingia não saber. Nenhum país reagiu, preferindo considerar que eram "negócios internos" daquele país. Surpreso com tanta facilidade para cometer os piores atos, o Purificador anunciou que esperava realmente prosseguir sua obra de limpeza mundial. Em nome da luta antigolfinhos, ele se autoproclamou imperador dos tubarões e constituiu um grande exército armado graças a seu amigo do meio industrial, com as últimas descobertas em matéria de destruição.

Num magistral ato teatral, ele se aliou ao novo ditador utopista ursiano que, esquecendo que seu partido se originava dos homens-golfinhos, declarou que compartilhava verdadeiramente das opiniões antigolfinhos do imperador barbicha.

O Purificador, tranquilo em sua fronteira leste, pôde atacar os países vizinhos do oeste e do sul com seus tanques e sua moderna aviação. Começou invadindo a Galia e conseguindo uma vitória fácil e rápida sobre o exército dos galos, muito atrasado com relação ao avançado armamento dos tubarões.

Em seguida, o exército dos homens-tubarões invadiu o povo dos homens-porcos, o povo dos homens-lobos, o povo dos homens-gaivotas, nações que pareciam ter sido abandonadas por seus deuses. Apenas o povo dos homens-raposas, protegido em sua ilha, opôs uma resistência ferrenha, graças à sua força naval bem treinada.

Alguns povos, vendo o sucesso dos tubarões, preferiram se render sem combate, ou instituir à sua frente um ditador que fizesse aliança com o Purificador. As comunidades de homens-golfinhos implantadas nesses territórios, algumas há dez ou vinte gerações, foram recenseadas, identificadas, presas e reagrupadas em campos de trânsito, até serem deportadas para as fábricas-matadouros.

Bairros inteiros foram incendiados e vilarejos sumiram dos mapas.

O novo imperador dos tubarões parecia invencível. Muitos já se preparavam para o seu reinado planetário e para a hegemonia do povo dos tubarões, como também se previa o total aniquilamento de toda a população dos homens-golfinhos do mundo.

O Purificador, no entanto, detestava de tal forma tudo que de perto ou de longe tivesse qualquer parentesco com o pensamento originário dos golfinhos que resolveu, tendo vencido todos os territórios do oeste, do sul e do norte, atacar seu aliado do leste, o ditador da Úrsia.

Este último, que desenvolvera uma grande admiração pelo Purificador, foi quem mais se surpreendeu com a invasão de seus territórios pelo ex-amigo pessoal. Engoliu as primeiras derrotas, sem compreendê-las. Continuou achando que o Purificador mudaria de ideia e que juntos poderiam massacrar os últimos homens-golfinhos resistentes.

O exército dos tubarões mergulhou então no imenso território dos homens-ursos como uma agulha quente na manteiga. A fraca resistência que tentava dificultar o avanço era destroçada com encenações macabras, para espalhar o pavor. Pelo terror e pela crueldade levados ao extremo, o povo dos homens-tubarões rapidamente conseguiu riquezas e poder.

À medida que avançavam por todos os territórios vizinhos, os homens-tubarões se apoderavam não só das matérias-primas e das culturas dos países invadidos, mas também dos seus cientistas, que passavam a ser obrigados a trabalhar para eles, na invenção de armas ainda mais destrutivas. Os países submetidos eram obrigados a pagar impostos exorbitantes destinados aos gastos com a guerra, além de entregar todos os homens-golfinhos que estivessem em seus territórios. Eram obrigados, além disso, a dispor de todos os seus homens válidos, que seriam soldados, buchas de canhão na linha de frente do exército dos tubarões, ou operários escravizados nas fábricas de armas que funcionavam a pleno vapor.

Até mesmo o Purificador se espantava pela facilidade com que tudo cedia diante do seu avanço. "Talvez Deus esteja realmente conosco, e eu apenas cumpro o seu desejo secreto", acabou achando. Inclusive o industrial metalúrgico que o apoiara, vendo seus lucros se multiplicarem, acabou acreditando que o tal Purificador fosse mesmo um homem abençoado pelo céu, cumprindo um projeto indispensável.

A guerra mundial já parecia ganha pelo povo dos tubarões. E ninguém via o que poderia pará-lo.

20. ENCICLOPÉDIA: COSMOGONIA NÓRDICA

Na mitologia nórdica, o Valhalla é o "paraíso dos heróis".
Ninguém que tenha morrido de doença ou de velhice ingressa nele. Apenas os guerreiros mortos em combate são autorizados a penetrar.
As Valquírias, ninfas da guerra, depois de excitar os homens na embriaguez das matanças, vão buscá-los nos campos de batalha para levá-los à Sala de Asgard, que tem o telhado coberto de lanças e escudos. Eles são ali recebidos pelo deus Wotan em pessoa. Odin, em seguida, lhes explica que continuarão a combater como haviam combatido da Terra.
Os guerreiros do Valhalla se enfrentam uns aos outros do amanhecer ao anoitecer, morrem e renascem para mais uma vez lutar até que toque o sino da hora do jantar.
Passam, então, a grandes festins, em que comentam as batalhas do dia.
Para recuperar as forças, bebem o leite da cabra Heidrun, devoram a carne do javali Sæhrímnir e fazem amor com as Valquírias, que também lhes servem cerveja à vontade. Durante esses banquetes festivos, Odin não come e se contenta apenas em beber e alimentar seus lobos assassinos.
Ele não deixa, no entanto, de lembrar a todos que estão apenas se preparando para a grande batalha final: o esperado Ragnarök.
Nessa ocasião, surgindo das 540 portas da Sala de Asgard, os guerreiros do Valhalla enfrentarão o deus do fogo, Loki, e seu exército, em cujas fileiras se encontram

o lobo Fenrir, a serpente do Midgard e os inúmeros aliados demoníacos. Dizem que, se os guerreiros do Valhalla perderem a batalha de Ragnarök, o então triunfante Loki soltará uma imensa risada para assistir ao almejado fim do universo.

Edmond Wells,
Enciclopédia dos saberes relativo e absoluto, tomo VI.

21. O POVO DAS ÁGUIAS

Arranha-céu cercado de pássaros que giram ao redor, amplas avenidas repletas de cinemas iluminados, longas filas de homens e mulheres, em roupas de gala, esperando para entrar nas salas de espetáculo da rua principal, com os primeiros engarrafamentos de reluzentes automóveis, a cidade Nova Aquilínia, capital do país dos homens-águias, se situava a milhares de quilômetros das guerras de expansão dos tubarões.

O clima geral era de despreocupação, de música ritmada e de danças engraçadas. Todos tinham na lembrança a história dos antepassados. Nova Aquilínia tinha sido fundada há mais de quatrocentos anos por colonos, homens-águias que fugiram da decadência do seu império no Velho Mundo.

Seguindo o princípio dos homens golfinhos, "quando as coisas vão mal, melhor pegar um navio e partir", os antepassados haviam armado uma esquadra e rumado para outro continente, do outro lado do oceano.

Tendo facilmente derrotado as tribos nativas dos homens-perus, abandonados por seus deuses, os homens-águias se estabeleceram ali definitivamente. Construíram cidades imponentes, rivalizando em tecnologia com as mais belas capitais da época. Consideravam-se pioneiros num mundo novo e, no entanto, guardavam na lembrança o fausto do império das águias de outrora, que consideravam ter sido o precursor de todas as modernidades.

Quando as primeiras informações começaram a chegar, contando a respeito das invasões dos homens-tubarões no velho continente, o presidente das águias fez um discurso na rádio:

"Mantenhamos a calma... Os fatos que ocorrem do outro lado do oceano não nos dizem respeito diretamente."

Os homens-águias, então, naquele momento, continuaram vendendo aço e petróleo aos beligerantes dos dois lados, tanto para os homens-tubarões, que precisavam cada vez mais de armas, quanto para os homens-raposas, que resistiam em sua ilha. No próprio seio da população das águias, as opiniões estavam divididas. Em nome do pacifismo e da tranquilidade, a maioria achava que não deviam se meter naquele conflito estrangeiro. "Não vamos enviar nossos filhos para correrem o risco de morrer por territórios distantes, sobre os quais, de qualquer maneira, não temos direito algum. Afinal de contas, não é uma guerra nossa", afirmava em voz alta a maioria dos homens-águias. "Nada temos a ganhar com isso, e muito a perder."

Algumas águias, atores, cantores, sindicalistas e políticos, inclusive, não escondiam o entusiasmo pelo carisma do Purificador.

O discurso simples e claro, o culto pela força e pela violência, assim como seu extremismo seduziam os espíritos mais fracos. Também intelectuais e industriais se deixavam levar por seu charme. Reconheciam a genialidade militar que tinha, o crescimento econômico do país, e achavam possível a aliança entre águias e tubarões para vencer a Úrsia, país revolucionário utopista perigoso.

Apenas a minoria de homens-golfinhos vivendo no país dos homens-águias se atrevia a exprimir que era necessário deter o tirano racista. Mas eram acusados de "partidarismo" e de serem solidários aos demais homens-golfinhos que tinham "pequenos problemas de ordem administrativa" no território dos tubarões. Ninguém os ouvia. Alguns intelectuais e livres-pensadores entre os homens-águias também admitiam ser preciso parar o Purificador. Diziam que, tendo invadido o velho continente, podia muito bem querer invadir o novo. "Não anunciou com todas as letras, em *Minha verdade*, que esperava reduzir todos os povos estrangeiros à escravidão, para que sirvam aos homens-tubarões?"

O governo das águias hesitava a entrar em guerra. Os estrategistas do Estado-Maior aconselhavam esperar. Melhor seria aguardar que todos os beligerantes estivessem bem exaustos, para atacar no momento em que as tropas descansadas fariam toda a diferença. Nesse meio-tempo, o presidente das águias discretamente aumentou a produção de armas, caso elas viessem a se mostrar necessárias. Como homem precavido, sabia que precisariam de armas novas e de uma tecnologia de ponta para fazer frente ao poderoso e experiente exército dos homens-tubarões.

O momento certo pareceu chegar quando as tropas purificadoras ficaram paralisadas no território da Úrsia pelo... frio.

De fato, o território dos homens-ursos se situava ao norte e seus invernos eram rigorosíssimos. Ao redor de uma grande cidade dos ursos, as tropas dos tubarões começaram a não mais conseguir avançar. Os tanques e caminhões de transporte atolavam na lama e na neve.

Para atrasá-los ainda mais, o ditador ursiano, com os olhos enfim abertos, não deixou de enviar à morte centenas de milhares de combatentes de seu povo que morriam como moscas, enfrentando o invasor.

E afinal chegou o dia em que os tubarões, exaustos, conheceram a primeira derrota. Seu exército estava tão enfraquecido pelo inverno que não conseguiu mais fazer frente às hordas de soldados ursos que atacavam em ondas de assalto ininterruptas. Depois de invadirem uma das maiores cidades locais, os tubarões foram obrigados a se retirar, deixando mortos, feridos e prisioneiros.

O mito do soldado tubarão invencível acabava bruscamente de cair.

Os homens-águias estrategistas militares resolveram dar início a uma grande investida na frente oeste. Viriam pelo mar e fariam um desembarque de infantaria.

Apesar do maior número, da tecnologia, da motivação e do efeito surpresa, o exército das águias teve muita dificuldade para pôr o pé no litoral ocupado por tropas tubarões. A meteorologia não estava boa. O raio cortava o céu, atingindo às vezes as barcaças metálicas. Os soldados, maltratados pelas ondas, desembarcaram mareados e inseguros. Adiante, as metralhadoras os derrubaram com facilidade. Os tubarões tinham construído casamatas ao longo de toda a costa oeste. A primeira leva de águias a desembarcar foi massacrada, a segunda, obrigada a recuar.

O destino do planeta estava sendo disputado naquela ofensiva. Cada minuto era determinante. As condições climáticas já bastavam para fazer a diferença. O sol finalmente espalhou as nuvens e parou de chover. Uma terceira leva de soldados águias particularmente corajosos conseguiu, à custa de pesadas baixas, fincar o pé no litoral, por trás das dunas. Voltou, então, a esperança às tropas antitubarões.

Mas a guerra ainda não estava ganha. Vendo suas duas frentes – a do leste e a do oeste – se deteriorarem, os tubarões se lançaram numa grande campanha de massacre acelerado contra os golfinhos. "Que pelo menos todos os golfinhos desapareçam conosco, se tivermos que desaparecer. Livrar o mundo desses parasitas é uma obra de saneamento público. É o nosso dever sagrado. Pois antes de mais nada, somos Antigolfinhos!", discursou o Purificador à multidão de adoradores. Crianças uniformizadas eram os mais fanatizáveis.

Condicionadas desde a primeira infância a se sacrificar pela causa purificadora, viviam fascinadas pelo ditador. O condicionamento especial e a permanente lavagem cerebral as preparavam para viver odiando os golfinhos.

Os abatedouros humanos aceleraram o ritmo da matança.

Estabeleceu-se uma corrida contra o tempo. Na frente oeste, os soldados tubarões, furiosos com as sucessivas derrotas, trancafiaram civis em igrejas e as incendiaram, para queimá-los vivos. As árvores da frente leste estavam cheias de homens-ursos civis enforcados e pendurados como se fossem frutos sinistros.

As crianças dos homens-tubarões eram alistadas com 9 anos de idade nas tropas dos fanáticos camicases que se autoexplodiam nas tropas adversárias aos gritos: "Glória ao purificador! Morte aos golfinhos!"

Apesar de a vitória parecer estar mudando de lado, o avanço das tropas das águias era difícil. As fábricas antigolfinhos de morte funcionavam em tempo integral e suas chaminés soltavam a fumaça negra dos corpos queimados.

Por um bom tempo o resultado da guerra mundial pareceu indefinido. Um grupo de generais tubarões, querendo acabar com a loucura assassina do Purificador, tentou eliminá-lo, colocando uma bomba sob sua escrivaninha. Com uma intuição de último minuto, ele evitou a morte por um triz, se protegendo atrás de uma mesa de madeira maciça. Ele ordenou então uma depuração de todo o Estado-Maior, mantendo apenas os mais exaltados, dispostos a combater até a morte contra o que ele denominava o "complô mundial dos golfinhos".

Os mortais guerreavam na terra, mas também nos ares, nos mares e sob as águas, graças à tecnologia dos submarinos, uma grande especialidade dos tubarões.

As carnificinas se repetiam. Era como se a humanidade inteira estivesse com uma energia de autodestruição a devorá-la, matando indiscriminadamente militares e civis, homens e mulheres, crianças e velhos. Continente algum, nenhuma ilha, nenhum país conseguiu se isolar da histeria destrutiva. O mundo estava claramente dividido entre os que se alinhavam atrás da bandeira dos tubarões e os que se alinhavam ao redor da bandeira das águias. Os homens-cientistas tubarões multiplicaram sua criatividade para conseguir fabricar armas cada vez mais mortíferas. Aperfeiçoaram foguetes cheios de explosivos que cruzavam bem alto o céu, até as camadas mais elevadas da atmosfera, caindo nas cidades dos homens-raposas.

Exaustos, os tubarões assistiram finalmente ao recuo de toda a frente de resistência e tiveram sua capital bombardeada e sitiada. O Purificador preferiu se suicidar. Antes de morrer, ainda declarou: "É tudo culpa dos golfinhos! Que todos que me amaram dediquem sua existência à destruição deles!" O armistício foi assinado.

Até o último minuto, as fábricas de morte antigolfinhos funcionaram. Inclusive depois da assinatura do armistício, alguns tubarões fanáticos, alegando o não recebimento de contraordens, continuaram matando golfinhos ao máximo.

Com o retorno da paz, pouco a pouco se descobriu a extensão da fúria e do ódio dos antigolfinhos.

O povo das águias saiu como grande vencedor daquela guerra mundial. Sua glória foi total.

Com a indústria bélica funcionando a todo vapor, a economia lucrara e eles não tinham mais desemprego. Conseguiram uma influência política planetária. Todos os países, sucessivamente, reconheceram sua liderança. Depois dos horrores da guerra, o desejo de paz era geral. Um órgão de união de todos os países do mundo foi criado e estabelecido, em comum acordo, em Nova Aquilínia.

Tendo acolhido os melhores cientistas dos homens-golfinhos enquanto era tempo, antes que fossem aniquilados com seu saber, os homens-águias acentuaram ainda mais o seu avanço tecnológico. Gratos, os golfinhos se puseram a seu dispor com dedicação. Criaram os primeiros computadores. Inspirando-se nos trabalhos do Ligacionista, construíram as primeiras centrais elétricas a energia nuclear.

Um homem-tubarão cientista, cooptado após o armistício, contribuiu para a construção de um foguete, do mesmo tipo daqueles usados anteriormente no bombardeio da ilha das raposas. O objetivo, no entanto, passara a ser cruzar o céu o mais alto possível, para enviar astronautas a outro planeta. Após vários anos de tentativas fracassadas, os engenheiros conseguiram fabricar um foguete capaz de voar com astronautas no interior, até o planeta mais próximo.

Decolaram. Todos os mortais de "Terra 18" seguiram o acontecimento pelo rádio e pela televisão.

O foguete subiu, atravessou o vazio sideral, alcançou sua meta e soltou uma cápsula com os astronautas. Eles aterrissaram no planeta.

O primeiro deles saiu e pronunciou, entrecortado pelo microfone do capacete, a frase que tinha recebido em sonho, na véspera do desembarque:

"Ganhamos!"

E, em seguida, plantou a bandeira das águias na rocha empoeirada do planeta estrangeiro.

22. ENCICLOPÉDIA: PITÁGORAS

Na escola aprendemos o teorema de Pitágoras: "Se abc for um triângulo retângulo, o quadrado da hipotenusa será igual à soma dos quadrados dos dois outros lados". Pitágoras, no entanto, foi muito mais do que um simples matemático.

Ele nasceu na ilha de Samos, no início dos século V a.C. e era filho de um rico comerciante de joias preciosas. A pítia de Delfos, que foi consultada por seus pais durante uma viagem, lhes anunciara "um filho que seria útil a todos os homens, por todos os tempos" e aconselhou que o levassem a Sídon, na Fenícia, para que a criança recebesse a benção num templo hebreu.

Quando jovem, Pitágoras foi atleta e participou dos Jogos Olímpicos. Viajou, em seguida, por vários países, recebendo ensinamentos que muitas vezes eram contraditórios. Em Mileto, teve aulas com o matemático Tales. No Egito, foi iniciado pelos sacerdotes de Mênfis. Mas os persas invadiram o Egito, e ele e outros estudiosos foram presos e levados para Babilônia. Pitágoras conseguiu fugir e foi para Crotona, na Itália (que fazia parte da Magna Grécia, na época), onde começou a ensinar noções universais que atravessavam diferentes graus, numa escola mista e leiga.

No primeiro grau, de "Preparação", os novatos deviam respeitar o silêncio por um período de dois a cinco anos. Esperava-se com isso que desenvolvessem a intuição. Descobriam o sentido do mandamento de Delfos: "Conhece-te a ti mesmo e conhecerás o céu e os deuses."

No segundo grau, de "Evolução", começavam o estudo dos números. Vinha, em seguida, o estudo da música, considerada uma combinação de números.
Pitágoras enunciava:
"A Evolução é a lei da Vida.
O Número é a lei do Universo.
A Unidade é a lei de Deus."
No terceiro grau, de "Perfeição", iniciava-se o ensino da cosmogonia. Para Pitágoras, os planetas tinham se originado a partir do sol e giravam ao seu redor (opondo-se a Aristóteles, que colocou a Terra no centro do universo). As estrelas compunham outros sistemas solares semelhantes. Ele afirmou: "Os animais têm parentesco com o homem, e este tem parentesco com Deus"; os seres vivos se transformam segundo a lei da seleção, mas segundo também as leis da perseguição e da ação de forças invisíveis.
No quarto grau, de "Epifania" (literalmente: "revelação da verdade vista do alto"), o iniciado pitagórico devia chegar a três perfeições: encontrar a verdade na inteligência, a virtude na alma e a pureza no corpo. O aluno poderia, então, procriar com uma mulher (de preferência também iniciada), para permitir que uma alma se reencarnasse.
Pitágoras igualmente enunciou:
"O Sono, o Sonho e o Êxtase são as três portas abertas para o além, de onde vêm a ciência da alma e a arte da adivinhação."
Quando terminavam os estudos, os alunos da escola eram encorajados a abraçar a vida pública. Um dos mais brilhantes, Hipócrates, foi fundador da medicina antiga e autor do célebre juramento epônimo.

Quando Crotona foi atacada pelo exército da cidade de Síbaris, um hábil general pitagórico conseguiu revirar a situação e invadir a cidade inimiga. Mas um aluno rejeitado nos exames inaugurais da escola pitagórica se aproveitou da confusão gerada pela vitória e espalhou uma calúnia, fazendo os habitantes de Crotona acreditarem que os discípulos de Pitágoras queriam dividir entre si o saque da cidade derrotada. Os crotonenses, então chefiados pelo invejoso intrigante, atacaram e incendiaram a escola, matando Pitágoras e 38 discípulos que tentaram defendê-lo. Após sua morte, os iniciados foram perseguidos e seus livros queimados.

Sócrates, que teve a sorte de poder consultar uma das três obras milagrosamente salvas do incêndio, nunca escondeu que o seu ensinamento vinha diretamente do de Pitágoras.

Edmond Wells,
Enciclopédia dos saberes relativo e absoluto, tomo VI.

23. FINAL DO JOGO

Eu estava louco.

A multidão urrava nas arquibancadas.

Um arrepio me percorreu a espinha e um suor frio desceu ao longo da coluna vertebral. Eu devia estar com febre, meu corpo inteiro estava quente.

O ankh caiu dos meus dedos úmidos e ficou pendurado no pescoço.

Os demais jogadores também estavam igualmente exaustos. Os olhos de Édith Piaf, deusa dos homens-galos, pareciam saltar das órbitas. Jean de La Fontaine tinha o rosto coberto de gotinhas que brilhavam. Rabelais, todo vermelho, tremia. O nariz de Bruno Ballard sangrava, provavelmente devido ao estresse. Georges Méliès parecia não se aguentar nas próprias pernas. Gustave Eiffel desceu calmamente da escada, mas se afundou no chão. Simone Signoret chorava. Toulouse-Lautrec permaneceu imóvel no alto de um banco, com medo de cair.

Os espectadores em peso no Anfiteatro de Olímpia estavam indóceis. A visão da pura selvageria de nossa última guerra mundial os tinha deixado excitados ao extremo. Aqueles massacres todos, para eles, eram um espetáculo. Como se presenciassem gladiadores se matando uns aos outros. Eram bilhões de "subgladiadores".

Nos gigantescos telões via-se a bandeira das águias tremular sobre o planeta, com multidões de mortais em massa nas capitais, aclamando a "aterrissagem" das águias astronautas no planeta vizinho.

Raul ergueu a mão como sinal da vitória, e os espectadores aplaudiram ainda mais forte, nas arquibancadas e nas telas. Os Mestres-deuses pareciam encantados.

Sinto muito, Mata, eu perdi.
Subestimei os adversários.
Achei que as ideias eram mais fortes do que a violência primitiva e estava redondamente enganado.
Um cara com um porrete e vontade de destruir sempre estará em vantagem em relação a outro, com raciocínio lógico e vontade de construir.
Os espectadores não paravam de ovacionar o campeão do momento.
Pronto, está tudo terminado.

Continuei olhando, pasmo, "Terra 18", aquele pequeno planeta, jogo derrisório, terreno do meu fracasso.

Não conseguia compreender. É claro, eu via que no final do jogo todos tentamos de tudo, mas eu não esperava *aquilo*!

Meu olhar buscou Xavier Dupuis e se fixou nele com uma intensidade inédita para mim.

Ele tinha não só tentado me vencer, mas aperfeiçoara uma máquina industrial de destruição sistemática do meu povo. Como se temesse que eu pudesse ganhar.

O sucesso dos meus três profetas deixou-o preocupado!

Mas ele não se limitara a matar os homens-golfinhos, ele os tinha sistematicamente reagrupado, despido, raspado os pelos, tatuado e asfixiado com gases venenosos. Mulheres, crianças e velhos. Destruiu meus templos, livros, músicas, pinturas e tudo que se remetesse à minha cultura. Como se quisesse apagar qualquer lembrança da existência do meu povo.

Por que tanto ódio?

Uma imensa onda de adrenalina me invadiu. A lava líquida percorreu minhas veias.

Olhei o deus dos homens-tubarões, tão exausto quanto eu. Ele acenou para mim, com cumplicidade, como se cumprimentam atletas perdedores no final de alguma competição particularmente difícil.

Fez um gesto com o braço, como alguém que lamenta ter jogado mal.

Tudo parecia se passar em câmera lenta em meu espírito. Apontei para ele o meu ankh e apertei o gatilho. Mas não tinha mais energia, então fui até onde ele estava e lhe enfiei a mão em pleno rosto. Senti o seu nariz quebrar, explodindo numa onda de sangue, ao mesmo tempo em que meu segundo soco lhe acertava a ponta do queixo. Minha força se multiplicara, e de novo senti os ossos do maxilar se partirem sob meu punho. Os dentes dentro da boca quebraram como se fossem de vidro.

Suas mãos subiram para se proteger, mas meu joelho, então, acertou em cheio suas partes baixas, entre as pernas. Ele caiu de joelhos e eu, tomando um pouco de fôlego, enviei-lhe outro soco na cabeça. Ele foi caindo de lado, todo encolhido, e dei-lhe um chute nas costelas.

Os centauros correram para me prender, mas peguei o ankh do deus dos homens-tubarões, verifiquei se estava carregado e os coloquei sob a mira. Eles pararam e, em seguida, recuaram. Minha expressão tensa deve tê-los impressionado.

Girei e dirigi o ankh para Raul Razorback. A multidão de espectadores voltou a reagir com um clamor. Na minha cabeça havia uma sensação confusa de "capítulo final". Eu nada mais tinha a perder, e era melhor deixar as pulsões primárias agirem. A boca de Raul Razorback se movia lentamente, deixando escapar um som grave e entrecortado.

– Ão-i-e. E-u-ei. E-im-a-ia-rto.

O efeito de câmera lenta parou e o som voltou ao normal. Meu cérebro então entendeu como eu devia ter ouvido.

– Não atire. Eu o salvei. Sem mim, já estaria morto.

Engoli em seco.

– Você deixou os homens-tubarões massacrarem meus homens-golfinhos. Perdeu muito tempo até o desembarque. Fez de propósito para não ter que se preocupar comigo.

Meu braço continuou apontado para ele.

– Eu recolhi uma boa parte dos seus. Somente comigo os seus cientistas puderam estar protegidos, quando foram abandonados por todos.

– Por que esperou tanto para intervir?

– Eu não estava pronto – admitiu. – Se desembarcasse antes, poderia falhar a ofensiva e Xavier teria ganho. Reconheça que isso quase aconteceu.

Ninguém mais ousava se meter. O público, espantado, seguia nossa conversa.

— O que aconteceu é terrível, mas poderia ter sido muito pior. Os homens-tubarões poderiam ter ganho, Michael.

Eu não abaixava a arma, mantendo o dedo indicador no disparador de raios. Raul continuou sua defesa:

— Lembre-se do que dizia Ghandi: "É possível que momentaneamente se ache que os maus vão ganhar, pois com violência e mentira eles podem rapidamente tomar a frente. Mas devemos lembrar que, no final, são sempre os bons que ganham".

— Isso não passa de uma frase.

— Não, é uma realidade histórica. E sabe por quê? Porque a cordialidade é a melhor forma da inteligência. Os maus nunca vão ganhar. Meu novo império das águias vai defender os valores de paz e de liberdade que nos são caros, Michael.

— Por quanto tempo?

— Não sou seu inimigo, Michael. Sou seu amigo. Você poderia ter ganhado, mas foi idealista demais. Eu que consegui a melhor posição para estabelecer uma ordem mundial sólida e estável. Primeiro a força e depois a razão. O mais importante é que a humanidade seja forte. A razão é um luxo.

— Eu teria criado um mundo utopista..

— A palavra utopia significa literalmente "lugar que não existe". A própria escolha da palavra já é significativa.

— Eu o teria feito existir — continuei, teimoso.

— Se você tivesse ganhado, "Terra 18" estaria nas mãos de um belo sonhador. Isso não é "razoável". Primeiro, solidez. Depois, o sonho.

Perdi um pouco a segurança. Meu braço foi abaixando devagarzinho.

— Você sabe muito bem que não se ganham batalhas com bons sentimentos. Seus três profetas, inclusive, estavam maladaptados à época. A revolução igualitária foi tragada por um ditador, a revolução ligacionista foi aproveitada pelos militares para fabricar uma arma de destruição. Até sua revolução analítica, chegando cedo demais, foi deturpada por manipuladores.

Voltei a colocá-lo sob a mira, mas nem por isso ele parou de falar.

– Você jogou bem, mas não levou em consideração a realidade. Os mortais de "Terra 18" são ainda uns... macacos. Não pode tirá-los da pulsão de morte simplesmente com ideias. O medo dos soldados e da polícia será sempre mais eficaz.

Pensei a toda velocidade, sem nada encontrar como resposta para este último raciocínio. A meia-voz, então, reconheci:

– Estou cansado de ser gentil.

Larguei minha arma e me virei para os deuses. Centauros já vinham de todos os lados para me prender. Antes que chegassem em mim, disse aos Mestres-deuses do Olimpo:

– Quero...

Não me deixaram terminar a frase e me jogaram no chão. Atena pediu que me pusessem de pé e me deixassem falar. Sem me soltar, cumpriram a ordem.

– Quero o direito de voltar a jogar essa final.

A deusa da Justiça me olhou surpresa e depois começou a rir. A multidão inteira nas arquibancadas caiu na gargalhada.

Foi quando aconteceu algo extraordinário.

Um espectador albino de olhos vermelhos começou a crescer até se tornar um gigante de cinco metros de altura. Reconheci Zeus.

O rei do Olimpo tinha se misturado à multidão de espectadores para assistir de perto à final.

Todos estavam assombrados, alguns se prosternaram.

A aura de Zeus se tornou ofuscante, obrigando muitos a desviarem o olhar. O rei do Olimpo estendeu os braços em sinal de paz.

Foi um estupor geral. Para os que não o conheciam, era uma revelação.

Ele falou com uma voz forte e cavernosa que fez todos estremecerem.

— Que se conceda a Michael Pinson o que ele pede.

Atena, protegendo os olhos da luz divina, balbuciou:

— É claro, Grande Zeus, mas como?

O rei do Olimpo, então, franziu as sobrancelhas.

— Esqueceu onde estamos? Esqueceu quem somos? Esqueceu quem eu sou?

Ele brandiu então seu enorme ankh como se fosse um cetro e apontou para "Terra 18", acionando uma combinação de botões. Nos telões da parte alta do Anfiteatro, assistimos, então, ao incrível. Como em marcha a ré, vimos a toda velocidade a bandeira das águias plantada no planeta estrangeiro sendo arrancada. Os astronautas, andando de costas, subiram na cápsula que se alçou e voltou ao foguete, que por sua vez retornou à Terra e ao seu lugar na rampa de lançamento. A marcha a ré se acelerou, com o sol girando no sentido contrário.

A chuva saía do chão, voltando às nuvens. A fumaça negra expelida dos abatedouros dos homens-tubarões transformou-se em homens nus que se vestiram e pegaram o trem, regressando a seus locais de origem. A terra cobrindo as valas comuns se retirava, e os cadáveres empilhados que pareciam dormir despertaram e foram se vestir.

Os soldados dos homens-águias que desembarcaram correram de costas e subiram de volta nas barcaças, enquanto as balas das metralhadoras dos homens-tubarões saíram dos seus corpos e voltaram ao interior dos canos.

As feridas se fecharam, todos retornaram para casa.

Por toda parte, mortos escaparam dos túmulos, com as pernas bambas.

Caixões vieram buscá-los e os devolveram aos hospitais, aos retiros de idosos ou às suas famílias.

A saúde deles melhorou.

Voltaram a ficar de pé. Recuperaram os dentes. As rugas desapareceram. Os pelos brancos ficaram louros, castanhos ou ruivos. Cabelos voltaram aos carecas.

Os velhos retrocederam como adultos.

Os adultos encolheram e viraram crianças,

As crianças retrocederam como bebês andando de gatinhas.

Os bebês se tornaram recém-nascidos.

Os recém-nascidos voltaram às barrigas das mães.

As mães viram suas barrigas encolherem.

Os fetos se tornaram óvulos, dos quais escapavam os espermatozoides, que retornaram ao pênis e se realojaram nos testículos.

Tudo andava para trás, da mesma maneira.

As galinhas viraram pintos.

Os pintos viraram ovos.

As roupas humanas se tornaram bolas de algodão ou pelos de carneiro.

Os sapatos, crocodilos e camurças.

Os hambúrgueres, bois.

As salsichas, porcos.

Os objetos metálicos, rochedos.

As árvores, grãos.

Os grãos, frutos.

Os frutos, flores.

Que espetáculo maravilhoso é o retorno.

Como é bonito ver os seres e os objetos voltarem à sua origem.

De repente, tudo parou.

– Que a final seja novamente jogada – anunciou Zeus, simplesmente.

E ninguém se atreveu a contradizer o rei dos deuses do Olimpo.

24. ENCICLOPÉDIA: REI NEMROD

De acordo com a Bíblia, após o dilúvio em que Noé salvou a humanidade graças à sua embarcação miraculosa, seus descendentes, desembarcados no Monte Ararat, voltaram a viver em terra firme. Eles se multiplicaram em grande velocidade e se espalharam pelas planícies. Surgiu entre eles um líder carismático, o rei Nemrod, famoso por ser um bom caçador e que reagrupou os homens em tribos, e as tribos, em cidades. Ele construiu Nínive e Babel, assim como criou o primeiro Estado organizado pós-Dilúvio, com um exército e uma polícia. O historiador judeo-romano Flavio Josefo contou, em seu livro *Antiguidades judaicas*, que o rei caçador Nemrod se tornou tirânico, achando que a única maneira de livrar o homem do medo com relação à Deus seria criando, na Terra, um terror superior ao que Ele inspirava. O rei prometeu ao povo que o defenderia contra qualquer nova tentativa divina de inundar a Terra, lançando um projeto extraordinário: construir em Babel (futura Babilônia) uma torre mais alta que o Monte Ararat. Flavio Josefo escreveu: "O povo aceitou ouvir Nemrod porque considerava a obediência e o temor a Deus uma escravidão. Os homens se puseram, então, a construir a torre muito rapidamente, bem mais do que se teria imaginado".

Já estando bem alta a torre, o rei Nemrod subiu até o alto e anunciou: "Vejamos se daqui de cima se pode avistar Deus." Nada enxergando, pegou seu arco de caçador e disse: "Vejamos se daqui podemos atingir Deus." Disparou uma flecha contra as nuvens, e ela, em seguida, voltou a cair. O rei Nemrod exclamou: "A Torre de Babel ainda não está suficientemente alta, continuem o trabalho". O capítulo 10 do Gênese, no entanto, conta que Deus, irritado com tanto atrevimento, fez com que os homens que trabalhavam na construção da torre não falassem mais a mesma língua e, sem se compreenderem mais, o edifício ficou fora de prumo e desmoronou. O rei Nemrod, por sua vez, foi punido de forma terrível. Um mosquito penetrou em seu nariz e lhe causou enxaquecas terríveis. O rei pedia a todos que encontrava que lhe dessem tapas na cabeça, com esperança de expulsar o inseto que tanto lhe causava sofrimento. Dessa maneira, aquele que tentara lançar uma flecha e ferir Deus morreu pelo ferrão da mais fraca e menor das criaturas: o mosquito.

Edmond Wells,
Enciclopédia dos saberes relativo e absoluto, tomo VI.

25. NOVO JOGO

O que foi feito, então, pode ser desfeito.
E o que foi desfeito pode ser refeito.
De outra forma.
Uma sensação confusa me invadiu.
Se Zeus pode voltar o tempo, talvez possa trazer de volta meu amor, minha Mata Hari.

Mas entendi que só seria possível em "Terra 18", que era um mundo artificial, um rascunho.

Era mais ou menos como um video game. Quando vivia em "Terra 1", é verdade que eu também me divertia com jogos de guerra. Era possível interromper, quando estava perdendo, voltar ao "menu inicial" e repetir o jogo a partir do ponto em que eu começara a ficar em desvantagem na história.

Raul tinha razão. Eu me envolvi emocionalmente demais com aquilo. Esqueci que era apenas um jogo, como o xadrez, no qual é possível refazer jogadas à vontade.

Zeus encolheu até um tamanho ligeiramente maior que os demais deuses olímpicos. Colocou-se no centro dos Mestres-deuses, com um saco de pipoca nas mãos, para deixar claro que estava num espetáculo e querendo descansar, aproveitando o filme da próxima história de "Terra 18".

Frustrado na posição de vencedor, Raul Razorback ainda murmurou: "Mas fui eu que ganhei!" sem se atrever a reclamar em voz mais alta, com medo de contradizer o rei dos deuses.

Xavier Dupuis se ergueu, ajudado pelas cáritas. Cuspiu um pouco de sangue, e seu rosto parecia uma só ferida aberta, em que surgiam zonas claras que talvez fossem de algum osso ou cartilagem. Ele soltou alguns grunhidos. Sem sequer olhar em minha direção, ele recebia o cuidado das cáritas.

Está com medo de mim.

Acho que, durante minha vida de mortal, nunca tinha causado medo em quem quer que fosse. Tudo tem início, um dia. A violência. O medo. Afinal, podem ser um instrumento para resolver certas situações. Devo confessar que ver o carrasco do meu povo com a toga ensanguentada e a cabeça com o dobro do tamanho normal me causou uma estranha sensação de incômodo e fascínio.

Quer dizer que é assim a vingança.
— Sente-se capaz de voltar ao jogo, Xavier? — perguntou Atena.

Ele balançou afirmativamente a cabeça com um turbante de curativos avermelhados. As cáritas literalmente o carregaram e o deixaram junto à esfera de três metros. Jean de La Fontaine sacudiu os ombros, achando divertida a situação. Édith Piaf, Rabelais, Simone Signoret, Georges Méliès, Toulouse-Lautrec, Bruno Ballard e Gustave Eiffel também viam, é claro, na final "repetida", uma nova possibilidade de ganhar.

Com o recuo, pude enxergar melhor o restante dos territórios de "Terra 18" a que eu antes prestara pouca atenção. Toulouse-Lautrec, ex-deus dos homens-cabras, se apoderara do povo dos homens-ursos, abandonados por seu antigo aluno-deus.

Jean de La Fontaine, deus dos homens-gaivotas, da mesma forma assumira o território dos homens-raposas. Como novo deus das raposas, ele conseguira resistir aos tubarões.

Bruno Ballard, deus dos homens-falcões, controlava, sob a cultura do seu povo, um imenso território, graças a ferozes invasões pelas regiões sul.

Rabelais, deus dos homens-porcos, possuía um território limitado.

Quanto à Georges Méliès e à Gustave Eiffel, deuses dos homens-tigres e dos homens-cupins, respectivamente, agiam em territórios superpovoados e com culturas requintadas.

Por ordem de Atena, as três Horas distribuíram entre nós ankhs recarregados e sanduíches. Rabelais pediu um copo de vinho, para relaxar. Édith Piaf, um cigarro. Xavier Dupuis quis um analgésico. Bruno Ballard, cocaína. Eu pedi um café para me manter acordado.

Preocupada em não deixar esperando o rei dos deuses, que estava sentado ao seu lado, Atena mal nos deu tempo de recuperarmos as forças.

As Horas nos tomaram os copos e os guardanapos. Os centauros trouxeram de volta e firmaram bem as escadas e escadinhas.

O gongo soou.

Voltamos aos nossos respectivos lugares. As cáritas ajudaram Xavier a subir.

– Que a partida recomece – proclamou Atena.

Nova pancada no gongo.

Com a forte lembrança do fracasso anterior, deixei de lado as revoluções intelectuais e me concentrei na criação de uma força clandestina: o exército de defesa dos homens-golfinhos. Não quis mais dispersar minha energia em arte, ciência e saber: importava, sobretudo, a constituição de uma força militar. Caso os homens-tubarões tentassem novamente aniquilar meu povo, encontrariam uma resistência feroz e não apenas intelectuais movidos por ideais pacíficos e respeitosos que os impeçam de matar e, portanto, de se defender.

A partir dali, meus golfinhos se tornaram bons fabricantes de novas armas, sobretudo pequenos fuzis-metralhadoras fáceis de esconder e que praticamente não davam "coice".

Como deixei de inventar o conceito de utopia, os homens-ursos não fizeram a revolução utopista, o que permitiu a manutenção da monarquia entre eles.

Mesmo assim, surgiu de novo a ameaça de um conflito. De início foram apenas confrontos leves de fronteira, brigas em torno da taxação de produtos importados, pequenos territórios que dois lados reivindicavam, diplomatas que achavam ter sido insultados.

Eu sabia aonde tudo isso podia levar. Precisava abafar no ovo essas primícias de guerra. Era o meu reflexo natural:

abandonei os esforços armamentistas e voltei ao grande projeto de paz mundial. Para preservá-la, meus homens-golfinhos tiveram a iniciativa de reunir uma vasta assembleia, a União das Nações. Querendo salvar os meus, precisava salvar o mundo. Minha única saída era a paz, para evitar as carnificinas da partida anterior.

Os homens-golfinhos se entusiasmaram pelo projeto de paz mundial. Criaram instituições de caridade e minhas belas espiãs seduziram políticos de diferentes países, inclusive ditadores, para levá-los a desistir das conquistas militares. Com a sexualidade, conseguia acalmar os ímpetos de guerra.

Um dos meus políticos conseguiu até mesmo a votação unânime de uma lei planetária proibindo a posse de armas de fogo. Eu tinha boas esperanças de instaurar uma verdadeira paz.

A calma durou cerca de vinte anos. Achando estar garantida, voltei às ideias de Utopia, Ligação e Análise.

Mas, de repente, algo estranho se sucedeu no jogo: movimentos antigolfinhos começaram a surgir em todo lugar. Boatos se espalharam, dizendo que o meu povo, que tanto defendia a paz, queria apenas obter vantagens pessoais. Em todo lugar jornalistas denunciaram o "complô da paz". Políticos mencionavam a "coragem de se declarar guerra" e a "necessidade de defesa da pátria". Os homens-golfinhos foram acusados de laxismo, de serem molengas, enganadores e vendidos às potências estrangeiras.

É como se cada geração quisesse sua guerra própria para extravasar, esquecendo o preço que se paga e os sofrimentos dos parentes.

Os discursos demagógicos de guerra geravam um entusiasmo garantido, enquanto os discursos de paz eram vaiados e seus autores, considerados covardes.

De novo surgiu um personagem carismático entre os homens-tubarões. Não se chamava mais Purificador, mas

Exterminador. Também não usava mais barbicha, mas um bigode fino e pontudo. A bandeira deixara de ser verde, passando à cor negra. Os hinos tinham outras letras, mas continuavam gerando ódio.

O Exterminador conseguiu assumir o poder, com um golpe de Estado audacioso.

Um general fez o mesmo na Úrsia.

O ditador dos ursos e o ditador dos tubarões fizeram aliança e denunciaram o "complô mundial dos golfinhos". As calúnias e a propaganda faziam dos meus homens uns traidores pagos por potências estrangeiras.

E mais uma vez os ursos e os tubarões perseguiram os golfinhos. Tive inclusive a impressão de os homens-tubarões estarem ainda mais raivosos, já que seu deus, Xavier Dupuis, no caso, me detestava pessoalmente, pelo maxilar deslocado e pelo nariz quebrado.

A partida continuou com a minha gente sendo de novo massacrada e os tubarões cheios de si. Xavier Dupuis exibia sua alegria destruidora.

Raul Razorback, dessa vez, fez o império das águias agir um pouco mais cedo, provavelmente temendo que eu o acusasse ainda de não intervenção. O sucesso do desembarque foi mais rápido, mas a progressão continente adentro esbarrou em tropas de tubarões bem obstinadas. Como resultado, o avanço acabou sendo tão lento quanto na partida precedente. Lembrei o que dizia Edmond Wells: "E se estivermos condenados a eternamente reviver a mesma história, por ser a única possível ao ser humano?"

Pensei que talvez Aeden inteira servisse somente para isso: verificar, turma a turma, se conseguíamos construir alguma trama melhor do que a história traçada por "Terra 1".

Fiz tudo da forma mais vigilante. Tentei salvar o que podia ser salvo. Ou seja, não muito. De novo Raul Razorback ganhou nos últimos instantes a guerra mundial e, de novo, meus cientistas o ajudaram a conquistar o espaço.

Os demais jogadores nada puderam fazer para mudar o curso dos acontecimentos.

A cápsula das águias "aterrissou" no planeta vizinho e o astronauta pronunciou sua frase histórica: "Esta é a nossa nova fronteira."

O gongo soou, anunciando o fim do jogo e a vitória de Raul Razorback.

A multidão de espectadores aplaudiu com muito menos entusiasmo do que na vez precedente. Todos se voltaram para Zeus, para saber o que ele pensava. Mas o rei do Olimpo não se mexeu, não aplaudiu, parecia pensativo.

– Quero reiniciar a partida – exclamei.

Um burburinho de censura atravessou a plateia. Palavras como "mau perdedor", "chorão" eram as mais ouvidas. Até os Mestres-deuses visivelmente se escandalizaram com minha insistência. Mantiveram-se, no entanto, na respeitosa expectativa pela reação de Zeus. Ele, afinal, se levantou lentamente e, com um gesto, mandou todos se calarem.

Raul Razorback murmurou, entre os dentes:

– Essa não, chega, eu ganhei.

Os demais alunos-deuses estavam pasmos com meu atrevimento.

– Faça-se como ele está pedindo! – determinou o rei do Olimpo.

As Horas e as cáritas distribuíram ankhs novos e serviram mais uma vez sanduíches e bebidas quentes, em garrafas térmicas.

Como caía a noite, centauros acenderam tochas espalhadas por todos os lugares.

Lembrei-me que quando encontrei Zeus, ele me disse que um dos seus filmes favoritos era *O feitiço do tempo*, a história de um sujeito que repetia incessantemente o mesmo dia até que ele fosse perfeito. Talvez por isso estivesse deixando que eu refizesse aqueles cinquenta anos finais da partida, até que estivessem perfeitos. Meio século situado entre 1920 e 1970, em "Terra 1". Década de 1920: a expansão dos nacionalismos. Julho de 1969: chegada da Apollo na lua.

A diferença é que, para cada jogador, a perfeição seria diferente.

Como no paradoxo da Rainha Vermelha, a gente se aperfeiçoa, mas, como os outros também se aperfeiçoam, nada muda.

Marcha a ré. De novo se fez a magia.

As telas mostrando o estandarte das águias foram rebobinadas. A bandeira foi arrancada. O foguete deu meia-volta.

Os mortos saíram dos túmulos.

Os recém-nascidos foram aspirados para dentro das barrigas.

Todos os personagens foram trazidos de volta e dispostos como marionetes, prontos para uma nova versão do mesmo filme.

Eu nunca me cansaria daquele espetáculo.

Talvez isso me libere do medo do tempo que passa e da impossibilidade de se consertar o passado.

Terceira gongada, lançando a terceira versão da história de "Terra 18".

Joguei.

Não hesitei mais em discutir com os outros participantes durante o jogo. Dei conselhos a Raul Razorback para que ganhasse mais rapidamente a batalha contra Xavier Dupuis.

Conduza as barcaças do desembarque por aquele lado, vou deixar as tropas dos tubarões cegas com meus relâmpagos.

Apesar da vantagem do recuo gerado pelo conhecimento das histórias anteriores, os adversários tinham a mesma vantagem e voltávamos a um roteiro quase idêntico.

De novo clareou o dia, e eu me sentia como se estivesse em transe. Vi que Édith Piaf estava muito cansada. Várias vezes seu ankh lhe escapou das mãos e ela precisou descer da escada para buscá-lo.

A bandeira das águias voltou a ser fincada.

Uns raros e fracos aplausos festejaram o acontecimento.

Pedi uma nova partida. Zeus fez sinal para que satisfizessem meu desejo. As cáritas trouxeram ankhs recarregados e distribuíram sanduíches. Cestos de comida também circularam nas arquibancadas.

Em "Terra 18", o que foi destruído foi reconstruído. O que estava morto voltou à vida.

Quando as peças foram de novo arrumadas no tabuleiro, soou mais uma vez o gongo e a luta recomeçou.

Uma segunda noite caiu. O público estava esgotado, e nós também. Nas arquibancadas, muitos dormiam e alguns roncavam.

Nós, os deuses, continuávamos a reescrever aquela metade de século imperfeito. Consegui evitar as grandes invasões dos tubarões, mas outros acontecimentos fizeram com que o resultado continuasse o mesmo. Sempre favorável a Raul Razorback.

Durante uma partida, talvez a sétima, cheguei a criar um Estado independente para os homens-golfinhos, protegido por fronteiras seguras. Isso, porém, não bastou para gerar um efeito determinante. Mais uma vez foi Raul que ganhou.

Tentei outras estratégias nas partidas seguintes.

Criei uma nova religião, com um messias. O mundo inteiro o ouviu. Mas foi ainda Raul que se apropriou da mensagem inovadora, usando-a para o apogeu do povo das águias e o envio de uma nave espacial ao planeta mais próximo, "em nome da mensagem do Messias".

Tentei entender onde as coisas emperravam. Talvez faltasse um pouco de combatividade aos meus homens-golfinhos. No entanto, quando necessário, revelavam-se excelentes soldados, apesar de não pilharem e nem torturarem como os outros, sendo isso contrário às leis dos antepassados.

Terminei uma partida em que estive quase tão bem quanto Raul.

Em outra, um homem-golfinho se tornou presidente do Estado dos homens-tubarões.

Depois, voltei a criar um novo Estado para os golfinhos numa ilha do oceano, afastado de qualquer perigo.

Raul, no entanto, ganhava sempre a última jogada, às vezes com facilidade, às vezes por um triz. O gongo soou quando o 13º foguete dos homens-águias vitoriosamente aterrissou no planeta estrangeiro e a bandeira com a ave de rapina de bico curvo foi plantada.

O astronauta fez sua declaração histórica: "Somos nós os melhores".

Dessa vez, ninguém aplaudiu. A maior parte dos espectadores dormia nos degraus da arquibancada.

Zeus se ergueu. Dirigiu-se diretamente a mim:

– Michael... Você queria saber... Muito bem, agora já sabe. A história apenas se repete. Com nuances, é verdade, mas se repete. E sempre chega a um resultado semelhante.

– Deve haver um meio de escapar desse ciclo. Tem que haver!

Zeus fez um gesto, mostrando que, infelizmente, não.

– Quer dizer que nada pode mudar, por mais que se tente? – insisti.

Ele meneou a cabeça.
— Você precisa aceitar a verdade. — O rei do Olimpo foi categórico. — Os mortais humanos são assim, e você nunca vai poder mudar o destino deles.

Com essa conclusão, Zeus se metamorfoseou em majestoso cisne e voou na direção da montanha.

Fiquei olhando ele desaparecer no horizonte.

— A partida está DEFINITIVAMENTE terminada! — anunciou a deusa da Justiça, lançando-me fixamente um olhar reprovador.

Os espectadores nas arquibancadas suspiraram aliviados.

O deus dos homens-tubarões olhou para mim, com os olhos brilhando de raiva e apontou o indicador, fazendo um gesto obsceno. Sem pensar muito no que fazia, peguei meu ankh e apontei para a cabeça com o turbante de faixas ensanguentadas. Raul, que foi o primeiro a entender minha intenção, tentou um gesto para impedir. Com a atenção voltada para o seu dedo apontado, Xavier Dupuis, viu com surpresa o raio partir da minha arma. A cabeça do deus dos homens-tubarões saltou do pescoço, se ergueu nos ares e depois, com uma trajetória circular, caiu no chão e quicou como uma bola pesada, indo parar na parte baixa dos degraus do Anfiteatro. Quanto ao corpo, permaneceu ainda de pé, até desabar por cima dos próprios joelhos. Ficou como se estivesse apoiado em alguma coisa, com o torso reto. Um sangue púrpura jorrou das carótidas. Depois, despencou para a frente.

Os sorrisos se transformaram em caretas de horror.

Os centauros reagiram rapidamente. Abati o primeiro deles, e os outros ficaram paralisados, pateando. Minha determinação fez com que se assustassem. Soprei o cano da arma e joguei-a adiante.

Atena mandou os centauros me segurarem, antes que eu voltasse a agir com violência. Sem resistir, deixei que me prendessem, enquanto outros recolhiam os pedaços daquele que fora o deus dos homens-tubarões.

Pronto, está terminado.

Com os rostos escavados e lívidos, as togas amarfanhadas, Édith Piaf, Jean de La Fontaine, Gustave Eiffel, Georges Méliès, Simone Signoret, Toulouse-Lautrec, François Rabelais, Bruno Ballard e Raul Razorback olhavam para mim sem entender direito. No alto das arquibancadas, nos telões, os astronautas do povo das águias continuavam a saltitar alegremente no planeta estrangeiro com baixa força de gravidade. Onde estávamos, o crepúsculo punha nervuras cor-de-rosa no céu que se tornava violeta.

Atena usou sua lança para dar mais solenidade ao que anunciou:

— E o vencedor é... Raul Razorback.

Aclamações.

— Agora, vamos rever essa final na íntegra.

Outra pancada no gongo.

Desfilou então nas telas toda a história de "Terra 18", vista de todos os ângulos. O primeiro oceano se espalhando na superfície, depois da exigência do nosso primeiro professor, Cronos, de derreter o gelo que cobria o planeta. Surgiram as bactérias, os vegetais aquáticos, os paramécios, os peixes. Os primeiros continentes se ergueram acima da superfície do mar. Peixes se tornaram lagartos, e lagartos, dinossauros. Mamíferos de todos os tamanhos saíam das tocas, pássaros de todas as cores voavam dos ninhos. Surgiram finalmente os primeiros homens, inicialmente em hordas nômades, depois em vilarejos protegidos por tapumes. Domaram cavalos, aprisionaram cães, descobriram os enterros cerimoniais, a agricultura, a tecelagem, a roda, a forja, a cerâmica, a carpintaria. Primeiras guerras em massa. Construção de cidadelas antigas, com altas muralhas de pedra.

Começaram as feiras, as estradas, os aquedutos, as escolas, os castelos, os ateliês, os motores a vapor, os motores a gasolina, os motores elétricos, as fábricas, os fuzis, os automóveis, os aviões, as televisões. Tudo brotava, crescia, se transformava, evoluía, até chegar à decolagem da espaçonave das águias, num grande buquê de chamas amarelas.

Raul se curvou, agradecendo a multidão que o aclamava e repetia seu nome:

— Razorback! Razorback!

Lançaram-lhe flores, coroas de louros, bilhetinhos amarrados com fitas.

— Quanto àquele ali, tranquem-no na prisão — ordenou a deusa da Justiça, apontando para mim. — Amanhã será julgado. Deverá pagar por seus crimes.

Todos olharam para mim. Afrodite parecia perturbada, mas não se atreveu a dizer qualquer coisa, preferindo desviar os olhos.

Apenas murmurei:

— Desculpe Mata Hari, eu perdi...

26. ENCICLOPÉDIA: APOPTOSE

A apoptose é um programa de autodestruição das células. O surgimento dos dedos no feto humano, por exemplo, é uma apoptose.

No início da sua formação, a mão se assemelha a uma nadadeira chata, como a dos peixes ou a das focas. Em seguida, as células entre os dedos morrem, permitindo que a mão humana seja esculpida. O "suicídio" dessas células é necessário para a existência da forma da mão. É o fim da nossa fase "peixe". O desaparecimento, igualmente, de uma pequena cauda no fundo das nádegas faz parte de um processo semelhante.

A autodestruição dessa cauda significa o fim da nossa fase "animal primitivo", desenhando a coluna vertebral sem rabo, que define o ser humano.

No mundo vegetal, a apoptose por exemplo se manifesta com a queda das folhas das árvores, no outono. É o que lhes permite se regenerarem.

Todo ano a árvore fabrica células que servirão para sua evolução, mas devendo desaparecer para que a evolução prossiga.

No corpo humano, as células estão o tempo todo perguntando ao cérebro qual é a sua utilidade e missão. O cérebro indica a cada uma como crescer e evoluir, mas a algumas ele pode pedir que morram.

A compreensão do fenômeno da apoptose abre novas vias para a pesquisa, sobretudo com relação ao câncer. De fato, o câncer resulta de células que recusam aceitar as mensagens de apoptose. Continuam a crescer, apesar dos sinais de pedido de autodestruição enviados pelo cérebro. Alguns cientistas acham que a morte do conjunto do corpo ocorre por essas células recusarem o suicídio, buscando de maneira "egoísta" a imortalidade por meio da proliferação.

Edmond Wells,
Enciclopédia dos saberes relativo e absoluto, tomo VI.

27. PRISÃO

A porta bateu. Várias fechaduras pesadas foram acionadas.

Os centauros se mostraram ainda mais brutais, provavelmente por terem me visto matar um deles.

A cela era bem espaçosa, com uma cama parecendo confortável. Pelas barras da janela, podia ver a primeira montanha de Aeden, com seu cume nebuloso.

Deitei-me no colchão.

De novo a pergunta que me fiz a vida inteira voltou: "Afinal, que diabos estou fazendo aqui?"

O que estava fazendo naquela prisão em Olímpia, nos confins do universo, tão longe da Terra onde nasci?

Tentei dormir.

O sono parecia um gato que tive antigamente: nunca vinha quando era esperado e chegava sempre nas piores horas.

Na minha cabeça, todos os acontecimentos do dia se atropelavam.

Permaneci de olhos abertos, sem me mexer, respirando por arranques.

A partir daquele momento, então, eu sabia: de qualquer maneira, nada pode ser feito, os humanos estão condenados a repetir os mesmos erros, que estão inscritos nas profundezas do seu programa.

DNA.

Não por acaso o D, de Destruição, está presente.

Zeus me dera o privilégio de recomeçar apenas para que eu tomasse consciência da impossibilidade de mudar o curso da história dos mortais.

Os indivíduos têm um destino.

Os povos têm um destino.

E também as espécies animais.

Isso me fez lembrar os dois truques de mágica de Georges Méliès: qualquer que fosse o número que eu escolhesse no início, acabava na palavra "kiwi".

Em seguida, foi o truque com o baralho: quaisquer que fossem as cartas e a maneira como as cortasse, no final caía sempre num agrupamento de reis, rainhas, valetes e ases. "Você acha que escolhe, mas não escolhe nada. Apenas se inclui num roteiro, cujo final já foi escrito há muito tempo."

Edmond Wells, por sua vez, dizia: "A Natureza tem projetos. Se não passam por um caminho, ela toma outro."

Eu andava de um lado para outro, na minha cela.

Descobri num canto uma ânfora e peguei-a. Em cima, lia-se: *Cuvée* Dioniso. Pelo menos o deus dos bêbados não tinha me abandonado completamente.

Destapei a ânfora, cheirei e virei o líquido direto na boca. O álcool de mel começou a me fazer formigar a cabeça. Meu cérebro ficou turvo.

De repente, um barulho na minha porta.

Alguém estava abrindo a enorme fechadura da cela. Uma silhueta feminina surgiu na contraluz, na entrada.

– Fora! Não quero ver ninguém! Saia já daqui! – exclamei.

– Amanhã os Mestres-deuses vão se reunir para decidir a sua punição. Precisa saber que alguns estão do seu lado. Acham que agiu em legítima defesa.

Sacudi os ombros.

– Vou advogar em sua causa – adiantou a deusa do Amor.

Seu perfume me envolveu. Não causava mais o mesmo efeito mágico de antes. Lembrei-me de como fiquei subjugado na primeira vez que o senti. Tinha passado a ser apenas uma informação olfativa como qualquer outra.

— Sou sua aliada, mesmo que tenha duvidado muitas vezes.
— E acrescentou, ainda se mantendo na sombra: — Amo você, Michael.
— De que vale o amor de uma deusa que já o distribuiu a tanta gente?

Ela se aproximou mais, e a luz da lua, passando pela janela, iluminou-lhe a boca e a parte inferior do rosto.

— O amor de uma deusa não é menor que o amor de uma mulher. Eu prometi amá-lo. Sua derrota no jogo da divindade não diminuiu sua importância para mim. Meu amor por você sempre foi sincero, apesar de sempre ter desconfiado de mim. O medo impede que se veja a verdade.

— Vá embora, Afrodite. Você sempre quis afastar Mata Hari, o único amor verdadeiro da minha vida aqui. Vá, pois receio não controlar minha vontade de lhe fazer algum mal. Matar a deusa do Amor até que poderia ser minha última façanha.

No ponto em que chegara, nada mais tinha a perder.

Ela se aproximou um pouco mais e a claridade lunar iluminou seus olhos esmeralda.

— Não me amedronta, Michael. Vejo na minha frente apenas uma criança desamparada. E é meu dever ajudar as crianças. Por mais agressivas que sejam.

Aproximou-se mais e ficou a apenas alguns passos.

— De qualquer maneira, não tem escolha.

— Tenho sim. Sempre há escolhas. Para começar, esta.

Peguei a ânfora de hidromel e bebi bastante, até minha cabeça estalar com umas picadas novas, até minhas veias darem a impressão de se aquecerem.

— Foi essa Mata Hari que mudou você. Ela não era nada demais. Esqueça-a.

— Não pronuncie mais o nome dela! — articulei entre dois soluços. Agarrei de novo a ânfora e continuei: — Não amo você,

Afrodite. Não passa de uma manipuladora. É incapaz de amar de verdade. Nunca vai chegar aos pés de Mata Hari.

— É admirável o amor que tem pela lembrança dessa pessoa. Causa inveja.

— Pare de se lamentar. Todos os homens a amam.

— Todos os homens me "desejam". Por meu charme, por meu corpo. Mas o verdadeiro amor não vem do "corpo a corpo", mas da "alma a alma".

Sacudi os ombros.

— Seu próprio filho, Hermafrodite, me contou sobre sua vida de mortal e a vingança contra os homens. Você os seduz apenas para fazê-los sofrer. Disse que você escolheu ser deusa do Amor como certos médicos se especializam na própria doença, acreditando que, ao cuidarem dos outros, estão cuidando de si mesmos.

Olhei-a, cheio de arrogância.

— É a pessoa mais incapaz de amar que já encontrei.

Ela acusou o golpe e pareceu abalada.

— O que acabou de dizer não está totalmente errado. Eu fui assim. Mas mudei. Seu mentor, Edmond Wells, escreveu: "No início, o medo; em seguida, o questionamento; e, afinal, o amor." Acho que ultrapassei uma fronteira. Espero que também seja capaz de mudar e evoluir, mesmo em circunstâncias difíceis.

Aproximou-se ainda e segurou minha mão. Com a outra, bebi mais um pouco de hidromel, diretamente no gargalo.

— Você me detesta tanto assim, Michael?

— Sim — respondi, livrando minha mão. — Eu a detesto.

— E eu amo você — respondeu. — Realmente. Pelo que é, no fundo da alma, Michael. É uma pessoa boa. *"Uma pessoa boa."*

Bebi sofregamente, até esvaziar a ânfora. Em seguida, joguei-a contra a parede, e ela se espatifou com estardalhaço.

— Não consegue compreender? Não acredito em mais nada. Se pudesse, incendiaria Aeden inteira. Gostaria que essa ilha, esse planeta e essa escola desaparecessem para sempre.

— Talvez seja esta a força do amor. Continuo amando-o e o seguiria, mesmo estando tão destrutivo.

Afastei-a.

— Você me enoja, Afrodite.

— Você *se* enoja. Tem tanto desprezo por si mesmo. Preciso ajudá-lo a se reconquistar. É um sujeito formidável, mas se esqueceu disso por estar cego de raiva.

Aproximou-se lentamente, como faria com algum bichinho que quisesse capturar.

— Tudo vai ficar bem. Já passou. Não tem mais porque sofrer. Já passou e seu coração pode ficar tranquilo. Você é como todo mundo, Michael. O problema é apenas não ter sido amado o bastante...

Tomou de volta a mão que a havia afastado e acariciou-a.

— Eu antes também estava repleta desse não amor. E depois algo aconteceu, durante essa última partida de divindade. A injustiça feita contra você e contra o seu povo me despertou. Quis ajudá-lo. Acredito na frase que Edmond escreveu num dos seus livros: "Só percebemos o que possuímos no momento em que o oferecemos." Tenho algo a lhe oferecer, sincero e desinteressado.

Senti seus seios em meu peito. Eu queria afastá-la, mas não consegui. Ela me estreitou em seus braços compridos e musculosos. Senti seu corpo quente contra o meu. Permaneci um bom tempo captando o seu calor e depois algo cresceu em mim e me queimou os olhos. Lágrimas escorreram. Como se a pressão inteira daqueles últimos dias se transformasse em água salgada.

— Tudo bem — murmurou ela.

Beijou minha testa e a face. Seus lábios procuraram os meus.

– Eu prometi amá-lo se resolvesse o enigma. Não quero faltar com a minha palavra.

Forçou minha boca e penetrou.

Fechei os olhos. Tinha a impressão de estar cedendo a algo ruim, mas o álcool e a dor me devoravam. Eu percebia apenas uma energia reconfortante, à qual não tinha mais força para rejeitar.

– Esqueça por um instante, esqueça – cochichou em meu ouvido.

Fechei os olhos.

Senti-me vazio. Desarticulado. Desabei na cama.

Afrodite me empurrou.

– Vamos fazer amor, Michael, por favor.

O que aconteceu em seguida está além de qualquer experiência carnal conhecida. Tendo chegado ao Nada, podia me aproximar do Tudo. Tendo batido no fundo da piscina, subi rapidamente. As cores, o calor, a luz brotaram em minha cabeça. Meus neurônios se tornaram sóis, na abóbada estrelada do meu crânio.

Rios de ouro líquido correram em minhas veias.

Meu corpo inteiro, inundado de endorfinas, era puro prazer.

Não sabia mais quem eu era.

Perdi toda consciência do passado e do futuro, para habitar apenas no presente delicioso, em que o corpo de uma deusa se fundia ao meu, fazendo-o vibrar como um instrumento mágico que se revelasse, entre os beijos e as carícias.

Minha boca voltou a surgir, apenas para pronunciar uma palavra:

– Afrodite...

– Michael.
"Durante a muda, a serpente fica cega."
E também amnésica.
Fizemos amor várias vezes, como uma dança sagrada. Nunca minha carne tinha registrado sensação tão voluptuosa. Dormi, exausto e sorridente, nos braços da suave deusa. Tinha vontade de viver por muito mais tempo.

28. ENCICLOPÉDIA: TELA E ESTADO DESPERTO

Em seu filme *O tubo*, o diretor de documentários Peter Entell mostrou como as imagens agem em nós. Ele fez uma experiência, apontando uma diferença entre o espectador de cinema e o espectador de televisão.
Num mesmo pano usado como tela, foi projetado um filme. Só que a metade do público tinha o projetor às costas, como no cinema, e a outra metade o projetor em frente, ou seja, uma luz que vinha diretamente no rosto, como uma televisão. No final, ao entrevistar os espectadores, os que tinham a luz nas costas haviam guardado a capacidade de análise e o espírito crítico com relação ao filme. Os que a receberam de frente se sentiam, pelo contrário, passivos e sem uma verdadeira opinião.
Da mesma forma, os que receberam a luz de frente demonstraram, durante o filme, uma capacidade cerebral mais fraca do que os que a receberam pelas costas. Peter Entell referiu-se à televisão como causadora de uma "frouxidão do espírito". Fica-se preso à luz que se recebe no

rosto e, com isso, se perde o distanciamento. No cinema, pelo contrário, pode-se continuar a pensar, pois vê-se apenas o reflexo dessa luz.

Edmond Wells,
Enciclopédia dos saberes relativo e absoluto, tomo VI.

29. MEU PROCESSO

Sonhei que estava morto.
A vida, afinal, é uma linha com pontilhados.
Os sonhos ocupam esses pontilhados.
A morte é o ponto final.

Para o enterro, uma longa procissão carregava o meu caixão nas mãos, atravessando colinas e encostas violáceas escarpadas.

Percebi que o meu povo, o povo dos golfinhos, é que transportava os meus restos. Todos trajavam smoking negros, alguns tinham uma cartola na cabeça, e silhuetas femininas usavam véus. Aproximando-me, vi que não tinham rostos, e as cabeças eram... peças de xadrez.

Os menores tinham cabeças de Peões, esféricas e lisas; os maiores, cabeças de Cavalos, com as bocas e as narinas abertas. Outros tinham cabeças de Bispos, com uma fenda de viés; e uns ainda maiores eram Reis, com a coroa encimada pela cruz. Com vestidos longos e bufantes, as Rainhas usavam coroas em ameias. Sem olhos, sem pele, apenas a madeira lisa e laqueada, num tom claro de bege.

Eram milhares a avançar em silêncio, lentamente, na direção do cemitério.

Vestido com minha toga divina, com as mãos cruzadas segurando meu ankh, o rosto adormecido, pálpebras fechadas, eu jazia no caixão. A carruagem fúnebre era puxada por peças com cabeça de cavalo e a testa enfeitada com longa plumagem negra. No alto do carro, bandeiras com o emblema do golfinho, que guiou minha civilização.

A procissão parou numa alameda.

Um grupo de Reis retirou meu caixão. Carregam-no por alguns metros e entregaram a um grupo de Rainhas. Em seguida, a um grupo de Bispos. Foram os Bispos que me levaram até o buraco da minha tumba.

Desceram o caixão com cordas negras.

Um pouco mais adiante, Peões gravavam ao buril um epitáfio em mármore turquesa.

Ele tentou e fracassou.
Da parte do seu povo.
Sem rancor.

Os sinos soaram.

Não tinha vontade alguma de voltar a abrir os olhos. Estava fascinado por meu túmulo e pelo terrível epitáfio.

Sem rancor.

Eles sequer me queriam mal. No sonho, a que tentei dar continuidade apesar dos sinos, as peças de xadrez vinham, uma atrás da outra, jogar uma flor no meu caixão. Olhando bem, atrás das peças em smoking, outras bem magras apareciam com uniformes de prisioneiro, e outras com trajes do Renascimento, malhas medievais e até peles de animais dos homens das cavernas.

Uma peça com cabeça de Bispo, trajando uma batina de padre, se encarregara da oração fúnebre.

– Nós não escolhemos nosso deus. Não escolhemos nossos profetas. Não escolhemos nossos guias. Não escolhemos nossas guerras. Não escolhemos nossas desgraças. Este que aqui enterramos decidiu tudo isso em nosso lugar e nos apresentou como imposição. Não escolhemos nossos destinos. Não escolhemos ser pacíficos. Este que aqui enterramos achou ser o melhor para nós. Agora que morreu, podemos olhar sua obra em perspectiva e julgá-la. Ele se enganou em todos os pontos. Foi um fiasco. Ele tentou e fracassou. Da parte do seu povo. Sem rancor.

A pesada lápide foi colocada depois de a terra cobrir completamente o caixão.

Os sinos tocaram mais forte.

– Acorde!

Abri os olhos de repente. Vi uma cela de prisão. Fechei rapidamente os olhos.

"*Ele tentou e fracassou. Da parte do seu povo. Sem rancor.*"

Achei que tinha vontade de dormir. Por muito tempo. Dormir pode ser um objetivo na vida. Sonhar.

Sonhei que minha alma fazia apenas isso: *dormir*. Como a Bela Adormecida.

Começaria a dormir desde o nascimento e seria alimentado por perfusão. Envelheceria lentamente, sem doenças, sem ferimentos, sem vitórias, sem derrotas, sem escolhas e, com isso, sem risco de erros.

Sem culpa.

Não faria nada.

Uma vida em que fecharia os olhos e sairia planando por mundos imaginários, sem que meus atos tivessem qualquer consequência.

Um suave beijo tentou me acordar.

Depois um outro. Mais profundo.

Voltei a abrir os olhos.

Um perfume.

Não era o de Mata Hari.

Uma boca feminina.

Não era a de Mata Hari.

– Teve um sono muito agitado. Deu-me muitos pontapés – disse uma voz delicada.

O rosto à minha frente era redondo, rosado, sorridente, vivaz.

– Quis estar aqui, com você, nesse último capítulo – disse, beijando-me na testa –, para que saiba que sempre estive do seu lado e estarei ainda, por muito tempo.

Afrodite se levantou de uma só vez e pude vê-la, sublime em sua nudez inteira. Saltitou graciosamente e se vestiu depressa.

– Não posso ficar. Mas lembre que farei tudo para salvá-lo. Realmente tudo.

Mal ela saiu, um grupo de centauros entrou ruidosamente na cela. Agarraram-me e me obrigaram a me vestir.

Obedeci, resignado.

Guiaram-me até o Anfiteatro, circunstancialmente transformado em sala de tribunal.

Os 12 Mestres-deuses tinham suas poltronas atrás de uma mesa comprida. Os espectadores estavam de volta. Para eles, era uma prolongação do espetáculo da véspera.

Atena ergueu-se e fez soar o gongo.

– Acusado Michael Pinson, levante-se!

Endireitei-me lentamente. Os Mestres-deuses discutiam e se contradiziam quanto ao procedimento a seguir naquele processo excepcional. Finalmente concordaram com uma fórmula que pareceu convir a todos. Se bem entendi, Dioniso seria meu advogado.

Apolo faria a acusação.

Atena, presidente do tribunal, tinha um martelo, com que batia na mesa, pedindo calma.

– O procurador tem a palavra.

Apolo me qualificou como assassino contumaz e reincidente. Lembrou que eu tinha matado dois competidores, Lucien Duprès e Xavier Dupuis, e um centauro. Sublinhou também que eu apresentara um comportamento de mau jogador, trapaceando e, em seguida, recusando minhas sucessivas derrotas. Lembrou todas as regras do Olimpo, declarando que o réu as havia violado. Acrescentou que eu demonstrara, desde o início, possuir um comportamento "desordeiro". Inclusive no decorrer do jogo com "Terra 18", tinha abusado de milagres e de profetas, incapaz de me comportar dentro das boas regras da arte.

A testemunha Atlas contou como eu trapaceara, penetrando sub-repticiamente em sua casa para deturpar a partida, lançando meu famoso messias, o Educado.

A testemunha Hermafrodite sublinhou que eu vandalizara seu laboratório e libertara quimeras, havendo ainda algumas foragidas na floresta azul, o que expunha a ilha a mutações biológicas imprevisíveis.

Sereias, numa banheira, relataram em cantoria como eu havia batido nelas com um porrete para atravessar o rio numa jangada.

Assumi um ar de zombaria.

Que horrível cidadão de Aeden devo ser.

E as coisas continuaram. A quimera de três cabeças veio contar que eu a tinha enlouquecido com um espelho. A górgona Medusa acusou a desarrumação dos campos de esculturas realistas.

Só falta fazerem vir a baleia gigante que me engoliu com Saint-Exupéry para reclamar dos problemas digestivos causados.

Raul Razorback pediu a palavra. Insistiu em dar seu testemunho.

Atena autorizou. Meu antigo amigo lembrou que meu trabalho como deus fora exemplar, que eu difundira, com meu profeta, o Educado, valores de convivência cordial entre os mortais, de conhecimento, de tolerância. Acrescentou que mesmo que eu tivesse, às vezes, me comportado inadequadamente, fora mais por ingenuidade e maniqueísmo do que por vontade de prejudicar o jogo.

Os juízes pareceram irritados, vendo o ganhador defender o perdedor. Raul lembrou que meus homens-golfinhos nunca invadiram países vizinhos, nem converteram pela força populações que tivessem outras religiões. Sempre fizeram progredir e evoluir os países que os acolheram e foram sistematicamente perseguidos apenas por inveja do sucesso que obtinham.

– Qualquer jogador poderia perder a paciência e o controle diante de situação que lhe parecesse tão injusta – concluiu. – No seu lugar e nas mesmas circunstâncias, eu provavelmente teria agido do mesmo modo.

Algumas pessoas na plateia aprovaram, e Atena bateu com o martelo, exigindo silêncio.

Dioniso, como advogado de defesa, tomou a palavra. Lembrou todos os benefícios que minha civilização de homens-golfinhos trouxera à humanidade de "Terra 18". Afirmou que se eu tinha subido a montanha para encontrar Zeus, fora por vontade de me elevar. Sublinhou que eu matara o deicida e o quanto este último criara problemas que eles foram incapazes de resolver.

– Esse suposto crime foi uma obra de higiene pública! Deveríamos todos agradecer, como agradeceríamos ao policial que pusesse fora de combate um serial killer.

A multidão reagiu assobiando, vaiando e debochando.

Alguns começaram a gritar: "Matem Pinson. Matem Pinson!"

Atena foi novamente obrigada a bater com o martelo, para acalmar a algazarra pública.

Iniciou-se um debate sobre o tema: "É um crime assassinar um assassino?" Cada deus tinha um palpite.

Eu estava cansado.

Uma batida de asas, à minha esquerda, me alertou sobre a chegada de Moscona. A minúscula jovem com asas de borboleta pousou no meu dedo e sorriu.

— Tenho a impressão de tê-la conhecido em outra época — cochichei-lhe. Ela fez que sim com a cabeça e balançou a cabeleira ruiva.

— Conhecemo-nos em "Terra 1"? Fomos amigos?

Pareceu achar engraçada a palavra. Concordou.

— Nós nos amamos?

Tornou mais afirmativos seus sinais, balançou mais os cabelos, mordeu forte minha unha e voou, bem leve.

Manteve-se batendo asas ao redor.

Posídon pediu a palavra. Perante Atena, o deus dos Mares quis compartilhar sua grande estima pelo deus dos golfinhos, que soubera criar boa animação num mundo de repetitiva rotina. Lembrou o quanto as turmas 16 e 17 se comportaram bem, sem trapacear e nem matar, mas o quanto eles, mestres imortais, tinham se entediado com seus espetáculos previsíveis.

Nova testemunha, Ares achou que a falta de pugnacidade me condenava. O deus da Guerra me descreveu despido de méritos. Deveria ter montado um exército consistente, deveria ter invadido e convertido, pois esse era o jogo dos deuses. Acrescentou que eu me comportara como um jogador de xadrez que recusasse tomar as peças adversárias. Era o antijogo. Atrapalhava o espetáculo. Concluiu declamando:

— O senhor Pinson, em nome de suas noções simplistas de moral, provavelmente quis que todos os povos se entendessem cordialmente. Inclusive inspirou várias assembleias de representantes das nações, visando a desmilitarização planetária! É o cúmulo. É como se gladiadores fizessem acordo para não lutar!

Nova reação do público, burburinho, vaias versus aplausos.

Ártemis, deusa da Caça, lembrou que eu jogara suficientemente bem, a ponto de chegar à final, o que, em si, já configurava uma boa performance.

Olhei para Afrodite. Apesar da promessa de me ajudar, ela não falou nada, dando a impressão de lhe ser indiferente a minha situação. Não me olhava e parecia mergulhada em reflexões pessoais.

Um novo debate se estabeleceu entre os Mestres-deuses sobre o tema da legítima defesa, do dever de proteção dos povos, da moral das civilizações e da ética dos deuses.

Todos concordavam que eu fora um deus muito moral com relação ao meu povo e muito imoral com relação aos colegas.

Atena anunciou que os jurados se retirariam para deliberar.

Os 12 Mestres-deuses do Olimpo me deixaram sozinho diante da multidão de espectadores de Aeden, que me observava, cochichando entre si.

Fechei os olhos e novamente tive vontade de dormir.

No fim, o que é extraordinário quando dormimos é que os atos produzidos não têm a menor consequência. Podemos até matar. Podemos deixar que nos matem. Sem nada sofrer.

Fechei os olhos e cochilei, para escapar daquela realidade desagradável.

Gostaria de retomar o último sonho no ponto em que o havia deixado. Lembrei que Edmond Wells me falara sobre um "sonho dirigido".

A gente dorme, tendo na cabeça um início de história.

Quando se consegue dormir, o sonho se encaixa num trilho e avança sozinho. Edmond Wells dizia, inclusive, que uma tribo da floresta malaia, os Senoí, dedicava a isso a maior parte do dia.

Tentei.

Posso sonhar e agir.

Agir nos sonhos.

Devo voltar a assumir o controle.

No caixão imaginário, debaixo da pedra tumular, da terra e da tampa de madeira, abri os olhos. Estava escuro e com cheiro de naftalina. Contorci-me procurando o ankh.

Apoiei no gatilho e arrebentei a tampa de carvalho. Depois fui abrindo um túnel que fez com que eu me livrasse da terra. Parti a lápide. Surgi da terra.

Sacudi os detritos.

Subi na carruagem das pompas fúnebres, em que as bandeiras dos golfinhos ainda estavam desfraldadas. Vi a procissão de homens e mulheres peças de xadrez e fui falar com eles.

Era mais ou menos como se quisesse ser julgado por meu povo, já tendo sido julgado pelos Mestres-deuses do Olimpo.

– Estou aqui, voltei, posso conversar com vocês – proclamei.

Minha saída do túmulo os transformou.

Os rostos de madeira lisa viraram rostos humanos.

Inclusive reconheci alguns líderes da minha gente: a velha que foi a primeira a nadar com um golfinho e que deu, a partir disso, um nome ao meu povo; a médium obesa que fugiu na embarcação que os levou para a Ilha da Tranquilidade; o Educado, o Ligacionista, o Utopista, o Analista.

– Deus, oh deus, por que nos abandonou? – clamaram em coro.

– Eu não os abandonei. Fiz o melhor que pude, respeitando o livre-arbítrio de vocês. Outros deuses se saíram melhor do que eu. Precisam admitir e compreender isso.

— Por que não nos armou para resistirmos aos que nos perseguiam? — perguntou um homem muito magro, vindo de um grupo de sobreviventes do massacre do Purificador.

— A violência não é o remédio para a violência.

— E nem a não violência — respondeu de imediato o mesmo mortal. — Se o que nos propõe é nos deixar abater como gado, nossa cultura não tem chance alguma de sobreviver.

— Entre se deixar abater e se tornar violento, há soluções intermediárias.

— Fugir? — perguntou uma mulher com os cabelos arrumados em trança.

— Viajar, inventar novas maneiras de pensar.

— Nossas "novas maneiras de pensar", como diz, serviram aos que nos perseguem; foram deformadas e usadas contra nós — acrescentou o Educado. — Tudo o que produzimos como energia de luz se transforma em energia de sombra.

— Podemos inventar o martelo — explicou o Utopista. — Em nossas mentes ele serve para pregar pregos e construir uma casa. Damos à humanidade o martelo e os outros se apropriam disso para esmagar cabeças.

— E costumam preferir as nossas cabeças — completou um grandalhão magro, com rosto de pássaro.

— É normal, já que sabemos para que serve o martelo e é o que eles querem que se esqueça — explicou um velho.

— Quando nos roubam as ideias, precisam nos matar, para que não acusemos o roubo — disse a mulher com trança.

Um murmúrio de raiva atravessou a multidão dos homens-golfinhos.

Esqueceram quem eu sou. Falam comigo como se eu fosse um semelhante.

— Não sou responsável pela pulsão destrutiva dos outros povos — reclamei.

— É responsável por nós, como um pai por seus filhos. E nos educou mal. Deu valores equivocados — lembrou um padre com batina.

— Ensinei arte, ciência, sabedoria...

— ... E tudo isso pesa muito pouco, diante da agressividade, da tolice e do ódio — continuou a mulher com trança.

Outros mais a apoiaram.

— Prefiro morrer como homem puro a viver como canalha — opinou o Ligacionista.

— Eu não — respondeu a mulher das tranças. — Quem morre é sempre perdedor. Enquanto há vida, há esperança. Estando mortos, tudo está perdido. A cultura do sacrifício é idiota.

— Ainda mais quando nosso deus quer que nos sacrifiquemos não só por nosso povo, mas por toda a humanidade! — acrescentou o Analista.

Uma discussão se estabeleceu na multidão dos enlutados por mim. Tinha esquecido que havia de tal maneira incentivado o senso crítico dos homens-golfinhos. Discutiam qualquer coisa, a qualquer hora. Bastava que um assumisse uma posição para que outro afirmasse o contrário. Por pura diversão.

Aproveitando ter poder de domínio no meu mundo de sonho, resolvi descer da carruagem e crescer, chegando a dois e depois a três metros de altura.

Isso os impressionou o suficiente para que aceitassem me ouvir.

— Não tenho razões para me justificar enquanto deus — disse. — Sempre quis o bem de vocês. E que eu saiba, no momento em que deixei a partida, vocês ainda existiam.

— Mais de um terço de nós foi morto pelos tubarões, sem que nada nem ninguém viesse nos ajudar.

— Têm um país de vocês.

— Tão minúsculo que mal se vê nos mapas — retorquiu a mulher de tranças.

— E os países vizinhos, além de não o reconhecerem, declaram planejar uma invasão.

— Sequer escondem querer nos destruir — lembrou o Legitimista. Aumentei mais meu tamanho e não me dei por satisfeito.

— Continuam a trabalhar nas ciências e nas artes. Seus cientistas estão entre os melhores do mundo. Têm artistas famosos.

— Nossos cientistas são muitas vezes plagiados e suas patentes roubadas. Nossos artistas despertam inveja e são caluniados.

Meus mortais começavam a me irritar.

— Vocês são uns paranoicos — afirmei.

— Culpa de quem? — respondeu o Analista, que entendia do assunto.

Um silêncio pesado se estabeleceu. Cresci ainda mais e fiz um gesto apaziguador.

— Não sou um deus infalível. Vocês têm que compreender. Dei-lhes uma festa chamada festa do Perdão... Podem aplicá-lo também a mim. Perdoem o deus de vocês por nem sempre ter sido capaz de salvá-los. Vocês contam os massacres que sofreram, mas saibam que haveria muito mais se eu não tivesse agido.

Isso não parecia tranquilizá-los. Quanto a mim, estranhamente, estava me sentindo cada vez melhor.

Como se contar a verdade me livrasse do peso da culpa.

Olhavam-me fixamente e não se percebia a menor intenção de perdão em suas expressões.

— Você nos abandonou — repetiu a mulher de tranças.

Senti que precisava me impor. Um deus tem que marcar sua autoridade. Cresci ainda mais. Acho que já media uns cinco metros de altura. Era o mínimo necessário para impressionar aqueles milhares de descrentes ingratos.

— Nunca deixei de apoiá-los.
Um menino ergueu a mão.
— Por que então veio pedir desculpa?
— Não estou pedindo desculpa. Só não quis que me enterrassem e me esquecessem nesse cemitério, sem falar com vocês.
— Enquanto não dizia nada, a gente podia imaginar suas palavras — continuou o menino.
— Enquanto não era visto, podíamos imaginá-lo — disse a mulher de tranças.
— Enquanto não se desculpava, podíamos achar que não era culpa sua — acrescentou o padre de batina.
— Inventávamos seus motivos para agir assim — acrescentou o Analista.
— E sempre inventamos desculpas elaboradas — afirmou o Educado.
— Achávamos que, na última hora, com algo formidável e espetacular, descobriríamos que tudo fora planejado, e isso reviraria e justificaria tudo — disse o Ligacionista.
— E agora vem dizer que fez o que pôde, como um trapalhão! E quer que o perdoemos!
A multidão murmurou.
— Devia ter ficado no caixão — afirmou o padre. — A palavra é poderosa, mas a um deus cabe guardar o mistério.
Todo mundo concordou.
— Era melhor nos indagarmos quanto à sua existência do que vê-lo assim — declarou o menino.
"Nunca explicar-se. Nunca justificar-se", tinha, no entanto, ensinado Edmond Wells. "Assim que se começa a querer legitimar os próprios atos, acham que está errado."
Bruscamente compreendi que um deus não pode aparecer para o seu povo.

Os homens-golfinhos olhavam para mim em silêncio, e senti que não havia mais a menor veneração, o menor respeito. Apenas olhares que pareciam dizer: "Se tivéssemos podido escolher nosso deus, certamente não seria você."

Uma mão me sacudiu sem muito cuidado. Dessa vez, não havia boca carnuda alguma à minha frente.

Apenas uma careta de centauro barbudo, com hálito fétido. Não sei por quê, mas nunca fiquei tão contente de deixar o mundo onírico e voltar ao real.

Era apenas um sonho.

O que quer que acontecesse ali em Aeden, seria pouco em comparação àquele pesadelo horrível, o pior para um aluno-deus.

Prestar contas a seus mortais.

As trombetas tocaram.

Os jurados voltaram. Sentaram-se, evitando o meu olhar.

Não sentia mais a menor inquietação. O que podiam fazer comigo? Transformar-me em centauro? Condenar-me a empurrar um rochedo, como Sísifo? Ter o fígado devorado, como Prometeu? Condenar-me à morte? Mesmo que minha alma parasse de reencarnar e que esse corpo, meu último corpo, se transformasse em um monte de carne podre e alimentasse vermes, eu estaria aliviado. Trocaria facilmente um minuto de culpa divina por vários séculos de repouso eterno.

Atena anunciou o veredicto.

– À pergunta "Michael Pinson é considerado culpado de homicídio em Aeden?", a resposta é... sim.

Grande rumor na multidão.

– À pergunta "Michael Pinson é considerado culpado de trapaça em 'Terra 18'?", a resposta é... sim.

Que acabem rápido.

– À pergunta "Qual castigo para seus crimes?", os jurados decidiram que Michael merece o maior dos castigos.

Minha respiração parou.
Novo rumor percorreu a sala.
Como um pugilista exausto no fim do combate, pessoalmente eu me sentia insensível aos golpes. Não me dei conta de imediato da dimensão da catástrofe.
– Acusado Pinson, tem algo a declarar para comentar sua condenação? Uma palavra que possa nos esclarecer quanto ao seu comportamento criminoso?
Nem me dei ao trabalho de pensar e soltei a palavra cuja força e cujo valor levei tanto tempo a compreender:
– Nada.
Atena estava satisfeita, e a multidão de espectadores também.
Não é porque são muitos a estarem errados que eles têm razão.
Os centauros vieram me pegar. Não reagi minimamente. Deixei que me levassem. Meu corpo estava todo relaxado.
Cansei de ser deus. Que se virem sem mim. Devolvo minha toga e meu ankh.
Pouco antes de fechar os olhos para me acalmar, vi o rosto transtornado de Afrodite. Os outros Mestres-deuses, ao lado dela, estavam tranquilos.
Minha condenação é o preço dessa tranquilidade.

30. ENCICLOPÉDIA: AUTOESTIMA

Sociólogos fizeram uma experiência sobre o tema da autoestima. Primeiramente, fizeram um grupo de rapazes passar por um teste de cultura geral bem fácil. Eles o resolveram com facilidade e depois foram levados a uma sala onde estavam algumas moças. Os que tinham sido bem-sucedidos no teste, ou seja, todos, se dirigiram às mais bonitas.

Tomou-se um outro grupo de rapazes, que foi submetido a uma bateria de testes de cultura geral, dessa vez dificílimos. Nenhum deles teve bom resultado.

Deixados em contato com as moças, alguns permaneceram em seus cantos, e outros se dirigiram apenas às menos atraentes.

A experiência se repetiu no sentido inverso com as moças. Passando no exame bem fácil, elas não se acanharam em se dirigir aos rapazes mais atraentes. E desprezaram os que acharam não estar à altura.

Com esse simples teste, então, pode-se condicionar a autoestima de uma pessoa. Permanentemente, porém, os indivíduos recebem notas boas e ruins do restante da sociedade humana, e sua autoestima sobe e desce em função dos elogios e das críticas negativas. O objetivo de alguém que se queira realmente livre é o de escapar desses estímulos de tipo "recompensa-castigo" e buscar seus prêmios pessoais, em exames que ela própria tenha inventado. Nesse caso, uma das maneiras de aumentar a autoestima pode ser "assumindo riscos", tentando algo difícil para descobrir seus limites. Mas, em seguida, não se deve se autodesvalorizar, em caso de fracasso. A vitória depende de inúmeros fatores, além do talento. Deve-se celebrar não a vitória, mas o simples fato de se ter assumido um risco.

Edmond Wells,
Enciclopédia dos saberes relativo e absoluto, tomo VI.

II. OBRA EM VERDE: ENTRE OS MORTAIS

31. COMO UM DEUS NO EXÍLIO

Eu dormia profundamente.
Sonhei que era um deus e tinha uma vida extraordinária.
Estava em Aeden e podia governar povos com um simples gesto ou um simples pensamento canalizado por uma cruz ansada. Fiz amor com Afrodite, a deusa do Amor em pessoa. Vivia entre os deuses do Olimpo antigo. Nas ruas, havia centauros, gigantes e sátiros. Nos rios, sereias. No céu, querubins com asas de borboleta e grifos com asas de morcegos. Era um mundo maravilhoso, revelando...
– "... um placar de 5 a 3 para o nosso time da Galia. Essa vitória nos leva às quartas-de-final da Copa do Mundo de futebol, que acontecerá mês que vem, em Cupinícia. Notícias do exterior: um novo atentado atingiu, hoje cedo pela manhã, o metrô de Nova Aquilínia. O ataque, ocorrido em horário de grande movimento, causou cerca de vinte mortos e deixou centena de pessoas gravemente feridas. Esse número pode aumentar nas próximas horas. Medicina: o Ministério da Saúde adverte que a população deve se vacinar contra a gripe. O novo vírus em mutação pode provocar epidemias e..."
Minha mão automaticamente procurou o rádio-despertador para interrompê-lo.

De passagem, vi que eram oito horas e oito minutos.
Um vida em pontilhado?
Abri os olhos.
Estava num quarto moderno, com paredes azuis e fotografias do pôr do sol alaranjado penduradas. A cama era em madeira escura, e os lençóis, de algodão branco. Uma barata caminhava pelo teto.
O despertador voltou a acender e continuou a ladainha:
– "... pela morte de 13 pessoas, cujos corpos foram encontrados enterrados em seu quintal, debaixo de um pé de tomate. Meteorologia: o tempo se apresenta bastante suave para um mês de novembro. Segundo os especialistas, essa anomalia pode ser consequência do aumento do buraco na camada de ozônio dos polos que..."
Minha mão arrancou o fio elétrico do despertador.
Pela janela, ouvi o barulho de trânsito dos automóveis e de pombos arrulhando.
O rádio-despertador era transparente, e eu podia ver no interior os elementos eletrônicos com fios de diversas cores e as engrenagens movimentando a agulha dos minutos.
Levantei e fiquei de frente para o espelho.
Vestia um pijama de cetim azul. Meu rosto parecia cansado, e a barba por fazer coçava. Senti um gosto ruim na boca.
Dirigi-me à janela e olhei a cidade. Visão panorâmica. Percebi amplas avenidas cheias de carros estranhos, a maioria com três faróis na frente e uma única lanterna atrás. Telhados e chaminés soltavam fumaça. Policiais com uniformes vermelhos multavam os veículos mal-estacionados. À direita havia um monumento bem alto. Na verdade, uma torre vermelha com uma cabeça gigante de galo no topo. Luzes saíam dos olhos do galo, e a crista de pano no cocuruto batia ao vento como uma bandeira.

No noticiário haviam feito referência à Galia.

"Nosso time da Galia".

Galia? O país dos homens-galos...

Fiquei paralisado. De repente, percebi tudo.

Fui um mortal.

Fui anjo.

Tornei-me aluno-deus.

Participei do jogo.

Perdi.

Matei.

Fui condenado.

E agora...

SOU NOVAMENTE MORTAL!

E o que via pela janela era o tabuleiro em que joguei a partida.

Estou dentro do jogo. Estou em "TERRA 18"!

Tive uma irreprimível vontade de vomitar. Procurei o banheiro e me soltei.

Até o fim, tinha evitado acreditar.

Devem ter me dopado e me transformado em miniatura para depois me enfiar nessa cama e nesse mundo pequeno.

SOU UM MORTAL EM "TERRA 18"!

Afundei numa poltrona.

Dei um beliscão bem forte em mim mesmo.

Não estava sonhando. Os deuses tinham aplicado a mesma punição dada a Proudhon: voltar a ser simples mortal, mas guardando o conhecimento adquirido no mundo dos deuses.

Tinham dito: "O que nos faz sofrer é o fato de saber. Enquanto não se sabe, tudo é suportável." Sabendo o que há acima, minha perspectiva do mundo dos homens evidentemente é bem diferente.

Voltar a ser mortal, para um deus, é como voltar a ser macaco para um homem, ou voltar a ser musaranho para um macaco. Um retrocesso na evolução da consciência.

Era certamente a pior das punições.

Saber e não poder transmitir esse saber aos seus congêneres primitivos demais.

Saber e ter a certeza de que ninguém irá acreditar, se contarmos. Entendi que a única forma de não enlouquecer seria esquecendo.

Esquecer que fui deus.

Voltei à janela, contemplei a cidade e compreendi a frase: "Felizes os pobres de espírito, porque deles é o reino do céu." Para ser feliz é preciso ser ignorante, e o peso dos meus conhecimentos, em vez de ajudar, estava impedindo toda possibilidade de levar uma vida serena.

Precisava esquecer Mata Hari, Afrodite, Raul, Atena, Zeus.

Percorri meu apartamento humano em "Terra 18".

Parecia aqueles em que tinha morado quando era Michael Pinson, médico anestesista em Paris. Um pouco maior, mais moderno.

Havia uma cozinha branca com um fogão elétrico para cozinhar, uma geladeira e armários grandes. A maioria do que havia na geladeira estava fora de validade.

Na sala de estar, uma enorme coleção de jogos de xadrez de todos os países e de todas as épocas.

Um corredor decorado com máscaras sofisticadas de carnaval levava ao meu espaçoso escritório. Três mesas juntas formavam uma ampla superfície em forma de U, com vários computadores portáteis e outro grande, de tela plana. A cada um estava ligado um fone.

A parede em frente da janela ostentava uma coleção de marionetes.

Prateleiras cheias de livros ocupavam as demais paredes.

Em fichários grandes com a etiqueta IMPRENSA, encontrei artigos de jornais falando dele, isto é, de mim.

Pois o rosto nas fotografias era muito semelhante ao que vira há pouco no espelho do banheiro.

Podia realmente perguntar: "Que diabos estou fazendo aqui?" Devia começar tentando descobrir meu nome de mortal em "Terra 18".

Por sorte me deixaram um sistema de compreensão automática da língua, tanto oral quanto escrita. Já havia entendido normalmente o noticiário no rádio e podia ler com facilidade os artigos.

O nome que aparecia com maior frequência nos recortes de jornais era "Gabriel Askolein". Se alguém chamasse na rua esse nome, devia me lembrar de olhar.

Procurei sua profissão. Os artigos mencionavam "romances". Devia ser um escritor. Ah, como um dos meus clientes quando eu era anjo, Jacques Nemrod!

Qual seria minha idade?

Examinei minhas mãos, toquei a pele do rosto. Não tinha rugas. Provavelmente estaria entre os 35 e os 40 anos.

Remexi as gavetas e acabei encontrando um passaporte: 46 anos!

Parecia bem mais jovem. Na certa levava uma vida saudável, tendo me cuidado bem. Até que era uma boa notícia. Examinei-me atentamente no espelho.

Gabriel Askolein tinha a mesma aparência que Michael Pinson.

Será mais fácil viver assim.

Na linha "estado civil", mencionava-se "solteiro". Com 46 anos, sem estar casado, me pareceu estranho. Talvez fosse um playboy paquerador ou meio ermitão, precisava me informar.

Revirei todas as gavetas e encontrei um álbum com fotografias de uma dezena de mulheres sorridentes, algumas posando comigo, quer dizer, com Gabriel, diante da câmera fotográfica.

Olhei o telefone e constatei haver alguns números anotados para ligações diretas. Eu, então, tinha amigos, família, contatos profissionais específicos.

Seria bom ligar para saber quem são... Mas seria estranho fazer perguntas como quem não quer nada, para me dar conta do tipo de relação que tínhamos.

Vi um nome, "Solena", e apertei a tecla da chamada automática. Chamou uma só vez e uma voz feminina atendeu.

– Ah! Até que enfim ligou!

– Eeeh...

– Depois do que aconteceu ontem à noite, achei que estava chateado.

Era o que eu temia. Precisava levar em consideração a noção de tempo paralelo. Aquele personagem, aquele invólucro de carne, Gabriel Askolein de "Terra 18", em que eu acabava de entrar, levava uma vida simultânea à minha de Michael Pinson de Aeden.

Eu sabia que, pelas necessidades do jogo, o tempo ali corria muito rápido, mas Gabriel Askolein vivia num decorrer "normal" do tempo.

– Desculpe, eu estava de ressaca. Não me lembro mais o que fiz ontem à noite.

– Você, de ressaca? Está brincando, Gabriel, você nunca bebe!

– Ah, é? Pode me dizer, então, o que fiz?

– Você sabe muito bem. Foi com meu pai, vocês jogaram xadrez, ele perdeu e se irritou. Lembrou todas essas críticas que fazem aos seus livros, e você preferiu ir embora.

– Ah, foi isso... é claro. Você sabe que me ofendo à toa.

Enquanto falava, peguei o álbum de retratos e soltei as fotos, para ver se tinham os nomes atrás. Por sorte sim. Qual daquelas moças seria Solena? Procurei entre as mais recentes e descobri, afinal, uma bonita morena de olhar romântico.

— Essa noite já passou. É verdade que a história de ontem me subiu mesmo um pouco à cabeça. Quis ficar sozinho por um tempo, para refletir um pouco.

— Ah, prefiro assim, da última vez que emburrou, ficou duas semanas sem ligar e lembra o que aconteceu depois!

— Não tem nada a ver — disfarcei, me perguntando o que poderia ter acontecido.

— Bom, a gente se vê amanhã? Gostaria muito.

— Eeeh... não, amanhã não.

— A última vez que me disse isso foi desculpa para ir ver uma das suas ex!

Começava a me dar conta do personagem. Queria terminar aquela conversa. No entanto, precisava saber.

— Verdade, qual?

— Ah, não banque o inocente, você mesmo confessou. Aquela idiota da Julie!

Distraído, folheei as fotos, procurando a tal Julie. Era outra morena bem parecida com a anterior, mas mais segura de si. Parecia mais maliciosa.

— Julie é uma história antiga.

— Vamos nos encontrar amanhã à noite, então!

— Estou com vontade de escrever.

— Você, escrever à noite? Sua regra de vida, então, não é mais: "Só escrever pela manhã, mas todas as manhãs?"

— Eeeh... estou atrasado com meu último texto, preciso trabalhar mais. Azar o das minhas "rotinas".

— Por isso não quer me ver amanhã? Já faço parte das suas "rotinas"?

Por que aquela moça insistia tanto? É verdade, estava esquecendo, as mulheres mortais temem o abandono e precisam sempre ser tranquilizadas.

— Vou olhá-lo, então, essa noite — disse, se despedindo.

Desliguei. O que ela queria dizer com aquilo?

O telefone tocou.

Um nome surgiu no mostrador: *Robert*.

Peguei o fone e fiquei calado.

— Alô? Gabriel?

Uma voz quente e grave.

— Sim?

— É Robert. Está pronto para hoje à noite? Vou poder finalmente ir com você até lá, para apoiá-lo. Pelo visto, não vai ser nada fácil.

— É? Obrigado.

Tinha que arriscar, não podia ficar sem saber.

— Só duas perguntas: aonde vamos hoje à noite? E quem é você?

Ele deu uma risada.

— Pare com isso, é Robert, seu editor. E você foi convidado para o programa literário "Estilhaços de verve e cacos de romanceiro" dessa noite, para falar do seu último livro.

"Estilhaços de verve e cacos de romanceiro". Era certamente um trocadilho com "estilhaços de vidro e cacos de vidraceiro". A televisão realmente adora esse tipo de coisa.

— Qual, aliás?

— Espero que esteja brincando! Seu último livro, é claro: *Como porcelana numa loja de elefantes.*

Deu uma risada.

Bem que tive vontade de perguntar sobre o que era o livro, mas imaginei que deixaria o tal Robert desconfiado.

Como porcelana numa loja de elefantes. Procurei o livro, mantendo o telefone ainda na orelha.

– Não está se sentindo ansioso com isso?

Acabei achando um livro com uma menininha na capa, de vestido cor-de-rosa e rodeada de sem-teto barbudos e esfarrapados.

Máscaras de carnaval... jogos de xadrez... marionetes... e agora isso.

Na quarta capa, minha fotografia olhava o horizonte ao longe. Abaixo, esta frase: "Não é porque são muitos a estarem errados que eles têm razão".

Mais um rebelde. Precisava encontrar a biografia daquele tal Gabriel Askolein, quem sabe na internet. E ler o bendito livro. Mas nunca terei tempo para isso e, além do mais... acho que não gosto de ler. Tinha enorme vontade de escrever e muito pouca de ler. Será que é normal para um escritor? Uma frase de Victor Hugo me veio à mente: "As vacas não bebem leite."

Senti certo nervosismo do outro lado da linha.

– Além disso, precisamos conversar sobre o próximo livro. Você falou de uma saga em que trabalha há sete anos, um trabalho imenso com pelo menos mil e quinhentas páginas que você pretende apresentar como trilogia, mas quanto ao resto... Agora que este último saiu, precisa me esclarecer com relação ao grande projeto secreto. Não pode mais me deixar esperando.

Era necessário reagir rápido. A respeito do que eu poderia falar a ponto de ocupar mil e quinhentas páginas, sem vir a ficar sem assunto?

– ... Dos deuses. Quer dizer, uma escola para deuses, num planeta distante. Alunos-deuses que aprendem a governar povos em mundos paralelos, cópias do nosso mundo.

– É meio delirante.

– Não, é novidade. Tudo que é novo, não tendo referências, parece delirante. Em determinado momento, porém, alguém precisa lançar alguma coisa para que isso comece a existir.

— Esperava outra coisa. Por que não continua com os romances policiais? Um livro com algum enigma impossível, como os que sabe fazer?

— Já foi feito milhares de vezes.

— Exatamente, porque é do que as pessoas gostam. Já essa história de escola de deuses nunca fizeram porque não interessa a ninguém.

— Tudo tem um início. A melhor maneira de saber ao certo não seria tentando?

Pude sentir a decepção do outro lado da linha.

— Não me entusiasma tanto, mas se quiser podemos voltar a falar disso. Quanto a essa noite, não esqueça que precisa estar lá às nove e meia, para a maquiagem. Não chegue atrasado, como tem o péssimo hábito. Aliás, o mais fácil é que eu passe para buscá-lo às nove. Combinado?

— Ótimo.

Desliguei. Pensei um pouco e acionei a tecla de chamada automática. Voltei a ouvir a voz do editor.

— Desculpe, mas para fazer um levantamento inicial a respeito daquele tema inédito, tenho uma pergunta a fazer: "Se encontrasse o deus do seu povo, isto é, quer dizer, do planeta, quer dizer, deus, simplesmente, o que você pediria?"

— Bom... tenho um problema de cálculo renal. Quando tenho uma crise é uma dor do cão. Os remédios já não funcionam mais. Pediria que me livrasse disso em definitivo.

— E para a humanidade, em geral?

— Hein? Ah, para a humanidade em geral, não tenho ideia. Bom... menos impostos. Até logo.

Tomei uma chuveirada e me vesti. Pensava comigo mesmo que tudo aquilo era para me punir por ter sido um deus assassino e trapaceiro, mas que, se me organizasse direito, aquela vida de mortal até que podia ser suportável. Para começar, precisava criar a matéria-prima: ideias.

Sentei ao computador e escrevi:

"Notas anexas para o romance sobre os deuses. Lembranças de minha vida em Aeden." Para minha grande surpresa, meus dez dedos corriam muito rapidamente pelo teclado.

O cara no corpo de quem estou deve ter tido aulas de datilografia.

Nem precisava olhar as teclas. Bastava pensar em algo para que meus dedos agissem e a ideia se inscrevesse instantaneamente na tela. Bem prático.

Quanto mais escrevia, mais me sentia relaxado.

Tudo que me perturbava desde cedo, ao acordar, nada era senão vontade de escrever. E somente ao escrever comecei a me sentir melhor.

Quanto mais escrevia, mais me sentia leve, livre de um peso. Voltava a me encontrar.

Será possível que esse Gabriel Askolein tenha a "vontade matinal de escrever" no sangue?

Não, deve ser por força de hábito. Como deve escrever todas as manhãs, há muito tempo, o corpo inteiro fica pronto para isso assim que o sol desponta. Como um reflexo de Pavlov. A luz do sol nascente lhe dá, automaticamente, vontade de escrever.

Entendi também o sentido daquele trabalho. Precisava anotar tudo para não esquecer. Sabia que era na lembrança do que vivi no reino dos deuses que se encontrava a solução para um novo problema: não enlouquecer. Meus dedos agiram.

Anotei nomes: Edmond Wells, Georges Méliès, Dioniso, Afrodite, Mata Hari, Raul Razorback.

Parei.

Raul...

O jogo terminava com a sua vitória ou continuaria? Todas as probabilidades indicavam que "Terra 18" seria como "Terra 17", após as atividades da turma de alunos-deuses. Ou seja, entregue a si mesma.

Eu era um peão, num tabuleiro abandonado pelos jogadores.

Aquele mundo, "Terra 18", passara a ser um mundo abandonado pelos deuses. Estes, naquele momento, deviam estar celebrando a partida de Raul na direção dos caminhos para os Campos Elísios.

Um mundo entregue a si mesmo e à seu próprio embalo... Como "Terra 18" ficava entre duas aulas nossas, enquanto dormíamos.

Aquela humanidade ignorava, mas, por motivos externos, tinha recuperado seu total livre-arbítrio. Pelo menos até a próxima turma de alunos-deuses. E como o tempo agora vinha diluído, isso podia acontecer dentro de uns dois mil anos somente.

Sem ninguém nos observando, as coisas ficavam diferentes. Eu ali podia fazer de tudo. Mais ou menos como um jogo de xadrez em que as peças ganhassem o direito de ter escolhas pessoais e assumi-las.

Talvez o conhecimento que eu tinha do mundo dos deuses, em vez de ser uma punição, pudesse se tornar uma vantagem determinante.

Andei de um lado para o outro na sala, pensando.

Como aproveitar minha desvantagem e transformá-la em vantagem?

Tocaram a campainha da porta.

32. ENCICLOPÉDIA: ASTRONOMIA MAIA

Para os maias, o mundo se dividia em três camadas: o subsolo, a terra e o céu.
A Terra era chata e quadrada. Cada um dos quatro ângulos era representado por uma cor. O branco ao norte, o preto a oeste, amarelo ao sul, vermelho a leste. E verde no centro.
Essa laje quadrada estava sobre o dorso de um crocodilo gigante, que se encontrava dentro de um tanque de água coberto de nenúfares.
O céu se apoiava em quatro árvores coloridas, colocadas nos quatro pontos cardeais. No centro, a árvore verde sustentava o meio do céu.
A laje do céu para os maias se compunha de 13 camadas, cada uma guardada por uma divindade particular.
A laje do mundo subterrâneo, todavia, possuía apenas nove camadas, também guardadas por deuses específicos. Cada deus tinha uma representação especial no mundo subterrâneo e no mundo celeste.
Considerava-se que a alma de quem morria seguia o caminho do sol, isto é, descia aos mundos subterrâneos como fazia o sol no cair da noite, voltando ao céu pela manhã e subindo bem alto, até alcançar os deuses do mundo celeste.
Os maias eram excelentes matemáticos. Descobriram o zero e o sistema vigesimal de números, isto é, de vinte em vinte – enquanto nós utilizamos um sistema decimal, de 10 em 10 –, bastante eficiente. Eram, sobretudo, notáveis astrônomos. Construíram observatórios que lhes permitiram identificar a maioria dos planetas e anotar

em seu calendário os ciclos lunares e solares com uma precisão que chegou, entre outras coisas, a um calendário profano de 365 dias, o *haab*, bem anterior ao ocidental. Seus sacerdotes diziam que essa forma de medida do tempo permitia que se projetassem no futuro ou no passado. Podiam, com isso, anunciar eclipses e cataclismos. Os maias consideravam que o mundo nasce e morre de forma cíclica. De acordo com seu livro sagrado, o *Popol Vuh*, o mundo nasceria e morreria quatro vezes. A Primeira Era foi a dos homens de argila. Eles eram tão moles e idiotas que os deuses preferiram eliminá-los. Em seguida veio a Segunda Era, dos homens de madeira, aos quais faltava coração e inteligência. Os deuses os afogaram num dilúvio. Dois heróis, na sequência: Hunahpu e Ixbalanquê, que vieram enfrentar monstros terrestres, permitindo o nascimento dos homens de milho que, enfim, tiveram a humildade de venerar o raio celeste.
O final desse ciclo, ocasionado por um cataclismo que destruiu definitivamente o mundo, foi previsto pelos sacerdotes maias para uma data correspondendo, em nosso calendário ocidental, ao ano 2012.

Edmond Wells,
Enciclopédia dos saberes relativo e absoluto, tomo VI.

33. TEMPLO E CRENÇA

Pelo olho mágico, vi um sujeitinho gorducho, com um bigode fino e reto, colete verde-garrafa e camisa quadriculada. Abri a porta.

Era o meu vizinho, do mesmo andar. Pedia que eu assinasse uma petição para despejar outro vizinho que dava festas muito barulhentas e tirava o sono do prédio inteiro.

Olhei para ele, com curiosidade.

— Concorda que é preciso dar fim a tal calamidade?

Tinha esquecido que os mortais são assim.

— O senhor... como é o seu nome? — perguntei.

— Michel, o senhor sabe, Michel Audouin.

— Isso, é claro.

— E tem também o problema do elevador. Não sei o que fazem. Na certa são os meninos do segundo andar que brincam com o botão de emergência. É preciso colocá-lo fora do alcance deles.

Olhei meu vizinho cheio de compaixão. Edmond Wells tinha uma frase: "Eles querem reduzir a infelicidade, em vez de construir a felicidade."

Não soube o que responder. Aquilo tudo parecia extremamente determinante para ele. Uma vida que tinha como motivação histórias de elevador e de luta contra o barulho.

— De fato, é chato — concordei.

Ele me olhou de maneira estranha.

— Está tudo bem, senhor Askolein? Parece muito cansado.

Perigo. Estou dando a impressão de ser diferente deles. Rápido. Passe por um mortal normal ou será o caos. Como é que tinham dito, se referindo a Proudhon? "Se tentar comunicar o que sabe, vai passar por bruxo."

Empertiguei-me.

— Diga-me onde devo assinar, o senhor tem toda razão, precisamos acabar com isso.

Consegui inclusive franzir o cenho, fingindo uma raiva contida. Precisava me lembrar dos antigos reflexos de mortal. Ter pequenas ambições, pequenas raivas, habituar-me à vida

sem nada relevante, para me manter à altura e me identificar à norma. Caso contrário me rejeitarão. Ou me quebrarão.
Como porcelana numa loja de elefantes.
— Está indo bem o próximo livro?
— Está sim — respondi evasivamente.
— E vai tratar de quê? Se não for indiscreto.

Minha vontade foi responder: "Dos deuses que nos governam", mas me controlei.

— De extraterrestres, sabe? Homenzinhos verdes de orelhas pontudas, com naves espaciais e fuzis a laser. Meio como um faroeste, mas, em vez dos índios, extraterrestres. E raios mortais, no lugar das flechas.

— Entendo — disse ele, educadamente.

Dei-me conta de ter exagerado um pouco. De nada servia bancar o maluco. Estava deixando o vizinho perturbado.

— Na verdade, escrevo para tranquilizar as pessoas. Pois o verdadeiro problema é: e se não houver extraterrestres? Se estivermos sozinhos, completamente sozinhos no universo? Nessa hipótese, quando tivermos destruído o planeta, não restará nada em lugar algum do universo. Nada. Apenas o frio, o escuro e o silêncio, por toda a eternidade.

A frase me tinha vindo espontaneamente, lembrando um trecho da Enciclopédia.

Suas sobrancelhas formaram uma barra de preocupação. Precisava voltar atrás.

— Meu filho adora os seus livros. Fala disso o tempo todo. Ele antes nem lia. Graças ao senhor, começou a ler. Minha esposa e eu não gostamos tanto desse tipo de literatura, preferimos coisas mais... sérias.

— Entendo.

— Ela adora o grande acadêmico Arquibaldo Goustin. Aprecia o estilo. Pessoalmente, prefiro os romances autobiográficos.

Acho que os escritores deviam falar apenas do que conhecem e que o único tema sério para um livro é a própria vida.

— Com certeza. Romances inventados pela imaginação do autor são sobretudo... para as crianças — tranquilizei-o.

E para quem guardou sua alma infantil.

Olhou para mim, se perguntando se eu não estaria zombando.

Estampei o sorriso mais conciliador.

— Bom, assino onde essa petição?

Ele estendeu uma folha de papel, que eu rubriquei.

— Uma última perguntinha: se o senhor encontrasse Deus, o que pediria?

— Ah, boa pergunta! Ganhar na loteria, é lógico.

Parecia contente com a resposta. Em seguida, estendeu a mão, com um sorriso.

— Vou vê-lo essa noite.

Afastou-se.

Voltei ao escritório. A curiosidade, porém, era maior do que a disposição para trabalhar. Não tinha vontade de escrever. Nem de ler o livro de que devia falar logo mais. Acabaria achando algo a dizer.

Calcei rapidamente uns sapatos e resolvi visitar a capital da Gália, em "Terra 18", para descobrir as diferenças com relação à Paris, capital da França, em "Terra 1".

Caminhei pelas ruas. As pessoas pareciam idênticas às do meu mundo natal. Mas os carros tinham modelos diferentes, e os nomes das marcas eram estranhos. No referente às roupas, a moda também não era a mesma, e as mulheres usavam vestidos largos, de cores suaves.

Atravessei avenidas e me aproximei do grande monumento que substituía a Torre Eiffel, aquele com a cabeça de galo.

Era bem impressionante. Perguntei-me se as águias possuíam algo similar, com uma águia no alto.

Notei que os carros andavam na mão esquerda, como antigamente na Inglaterra.

Entrei num supermercado. O formigueiro humano fervilhava como já se podia observar em Aeden. Só que eu agora estava ali, no mesmo nível. Chamou-me a atenção a existência de frutos azuis.

Andei ao acaso e, de repente, me deparei com um edifício que me causou um choque. Numa praça grande, erguia-se uma catedral das águias com suas esculturas, gárgulas, torres complicadas e, bem no alto, o pássaro de bico curvo.

Tudo, então, me voltou à lembrança.

Eu enviara um profeta que trazia uma mensagem de paz e amor. O "Educado". Ele dizia: "Não vim para criar uma nova religião, mas para lembrar as leis tradicionais dos golfinhos a quem as esqueceu ou deformou." Acabou preso e empalado.

Alguns anos depois, o chefe de polícia responsável por sua prisão declarou ter tido uma revelação. Tomando o título de Herdeiro, criara a "Religião Universal", extraída da mensagem do meu Educado. Abandonando o símbolo do peixe, ligado demais à cultura dos golfinhos, ele o substituiu pelo símbolo do suplício do Educado: a estaca.

Depois, decretou que os antigos companheiros golfinhos do Educado nada tinham compreendido da sua mensagem e apenas ele, o Herdeiro, captara o sentido profundo. Sob esse pretexto, seus adeptos acabaram expulsando os amigos iniciais do Educado e lançaram uma grande campanha de perseguição aos golfinhos.

Ali, à minha frente, eu via o resultado daqueles eventos: uma imponente e luxuosa catedral da Religião Universal.

Penetrei no templo e descobri uma imagem terrível para mim: a representação do meu Educado nu e empalado, numa escultura gigantesca de dois metros de altura. Nos vitrais, a representação em imagens da versão do Herdeiro: a perseguição do Educado pelos golfinhos.

O mundo está pelo avesso.

Como fundo sonoro, ouvia-se uma música vinda de um órgão com centenas de tubos dourados.

A nave estava repleta de fiéis ajoelhados.

Pedi para ver um padre. Um homem se aproximou, com uma longa batina escarlate em que contrastava um avental branco. No centro, bordado em cores realistas, o rosto do Educado, com a boca aberta e contorcida numa careta, parecendo paralisado num urro de dor.

Tentei não olhar para a imagem obscena.

– Bom-dia, meu...

– Pode me chamar meu pai.

– Bom-dia, meu pai. Poderia conversar com o senhor sobre a sua religião? Por pura curiosidade. Sou estrangeiro.

– Ah, e de onde vem?

Devia escolher algo bem longe.

– De Tigria.

Se minhas lembranças eram exatas, isso correspondia à China.

– Parabéns. Não tem qualquer sotaque, parece falar perfeitamente nossa língua. O que gostaria de saber?

– Bem... Sua religião, a Religião Universal. Um culto sob o símbolo de um homem torturado. Não é uma imagem violenta demais? Lembro-me que o Educado falava apenas de amor e de paz.

— Foi essa a paixão do Educado. Pelo sacrifício ele nos mostrou o caminho.

— Mas ele não falava de sofrimento, mencionava apenas o prazer, nunca a dor...

O padre me olhou desconfiado e, em seguida, articulou em tom didático:

— O Educado foi vítima dos homens-golfinhos.

— Mas o Educado *era* um homem-golfinho! — não pude deixar de exclamar.

Ele não viu como me contradizer e eu, então, continuei:

— E ele propagava uma mensagem dos golfinhos, dirigindo-se a eles. Creio que na época em que viveu o Educado, seu pequeno país tinha sido invadido pelas águias. E creio que foi a polícia das águias que o prendeu e as águias o empalaram. Creio que...

— O senhor crê em muitas coisas, meu filho. Cuidado, não blasfeme. Está falando como se estivesse lá!

Eu simplesmente estava lá, seu grosseirão! E vi tudo. Nós, deuses, sabemos a verdadeira história! Não essa que têm, fabricada por historiadores pagos pelos tiranos e tampouco a da propaganda que procura manipular a multidão!

— Acho que ignoram o verdadeiro sentido da sua própria religião — declarei.

Pessoas ao redor faziam "psiu!", pedindo silêncio.

O padre não perdeu o autocontrole.

— Acho que devia ouvi-lo no confessionário, meu filho. Venha.

Guiou-me até uma pequena cabine de madeira, construída no interior da catedral. Indicou-me onde sentar, e conversamos através de uma grade divisória.

– Qual é o problema, meu filho? – perguntou.
– Está pronto para ouvir a verdade, meu pai?
– Claro. A "sua" verdade me interessa.
– Fui eu que inventei a sua religião.
Por trás da grade de madeira, vi que ele balançou devagar a cabeça, compreensivo, com os olhos fechados e parecendo concentrado em minhas palavras, para captar todo o seu alcance.
– Continue, meu filho, estou ouvindo.
Soletrei bem distintamente, para que compreendesse.
– Fui eu que enviei o Educado. Aqueles que vocês dizem ser o Messias.
O padre balançou de novo a cabeça, cheio de paciência.
Eu, que jurara me manter discreto, para não passar por louco, já tinha posto tudo a perder.
– Estou ouvindo, meu filho. Continue.
Como explicar a um mortal que acredita saber tudo sobre o planeta em que vive?
– Vocês nada entenderam da mensagem daquele de quem se pretendem porta-voz. O Herdeiro traiu o Educado. A religião de vocês se baseia num mal-entendido.
O padre cruzou os dedos sob o queixo, em sinal de intensa reflexão.
– Meu filho, temo que esteja sobrecarregado por sua atividade profissional. Eu o reconheci. É um célebre escritor de ficção científica, não é? A ficção científica é uma atividade perturbadora. Ela permite que se fale de tudo, a respeito de qualquer coisa e de qualquer maneira. A palavra, no entanto, tem um valor. As palavras têm um valor. Não se deve utilizar levianamente certas palavras santas. Isso se chama blasfemar. Se veio até aqui, foi certamente em busca de redenção. Deveria pegar uma vela e acendê-la, deixar um donativo na caixinha das nossas obras de caridade e se ajoelhar, pedindo que Deus perdoe suas

errâncias. Pois é aqui, neste templo, que poderá encontrar paz para a sua alma.

Como dizer àquele "sabe-tudo cheio de si" que os deuses – o seu e todos os demais – se comunicam com os mortais em qualquer lugar e de qualquer maneira, sem necessidade alguma de templos e nem de padres?

Como lhe dizer que os deuses – o seu e os demais – não gostam dos carolas?

Como dizer que nós, deuses, preferimos os ateus e os agnósticos, cujo espírito disponível é capaz de ouvir em sonho nossas mensagens novas, enquanto os religiosos, retrancados em suas certezas, impedem qualquer acesso à comunicação?

Como dizer àquele imbecil de batina que naquele momento não havia mais a quem rezar, pois os deuses não estavam mais jogando?

– Meu pai, creio que está enganado. A ficção científica é mais forte do que a religião. Pois ela abre os espíritos, enquanto vocês fecham.

– Meu filho, creio ser hora de terminarmos essa conversa. Deixarei que reze tranquilamente, como aconselhei há pouco.

Levantou-se e, após ligeira hesitação, se afastou.

Resolvi ir até o altar e peguei o microfone.

– Voltem para casa! Não há mais deus algum nesse planeta!

Furioso, o padre veio correndo em minha direção e arrancou o microfone, gritando que eu me retirasse ou chamaria a polícia.

Desci do altar e andei lentamente ao longo da nave. Ouvi comentários enquanto passava.

– Herege.
– Louco.
– Anarquista.
– Quem ele acha que é?

— Sei quem é. Já o vi na televisão. É Gabriel Askolein, um escritor.
— Meu filho o lê e adora.
Vi o padre pegar seu celular e olhar em minha direção.
Ele está chamando a polícia.
Então era assim. Nada havia mudado. Estava cansado de saber: qualquer ação na direção da luz gera uma reação da escuridão.
Se o Educado, meu profeta, viesse ali e visse o que haviam feito da sua Palavra, ficaria horrorizado. Se descobrisse ter sido pregado por toda eternidade em seu suplício, ficaria enojado. Se ouvisse o padre falar em seu nome, estouraria de rir.
Parei junto de um fiel, um velho que parecia irritado com minha atuação.
— Senhor — falei baixinho. — Já estou saindo, mas diga: se encontrasse Deus, o que lhe pediria?
— Eu? Bem... pediria que castigasse meu patrão que, após quarenta anos de bons e leais serviços, teve a cara de pau de me despedir. Um sujeito que se dizia meu amigo. Quero que seja roído pelos vermes, que lhe devorem as entranhas. É o que pediria a Deus!
A felicidade deles está na desgraça alheia.
— O que ele perguntou, Yannick?
— Não fale com ele, é um ateu!
— Tem um jeito esquisito,
— É um maluco, isso sim!
— Não fale com ele!
— É perigoso.
— Provocador.
— Herege.
— Não é como nós.
Fiz uma reverência, cumprimentando a todos.
— Obrigado pela atenção. Um dia vão compreender o que lhes disse. Pelo menos é o que espero, por vocês.

O único problema é que a mentira sempre será mais atraente do que a verdade.
Era preciso agir, com urgência.
Escreveria o tal livro sobre os deuses.
Era um primeiro ponto, mas não pensava ficar nisso.
Precisava aproveitar minha situação de mortal, num mundo abandonado pelos deuses, para agir na base. De fato, Edmond Wells dizia: "Uma gota de água pode fazer transbordar o oceano."
Andei ao longo das grandes avenidas da capital, procurando a ideia que me permitisse tomar a ofensiva.
De repente, vi diante de mim um anúncio publicitário. Pareceu ser o grande sinal que eu esperava.
Aproximei-me e li calmamente, para me inteirar bem de cada termo.

34. ENCICLOPÉDIA: PAPISA JOANA, LENDA OU REALIDADE?

Joana nasceu no ano de 822, em Ingelheim, perto de Maiença, na Germânia. Era filha de um monge evangelista chamado Gerbert, que foi para a Inglaterra pregar aos saxões. Querendo estudar, ela resolveu se disfarçar de homem, com o nome Johannes Anglicus (João da Inglaterra) e trabalhou como monge copista.
Viajou assim de monastério em monastério. Em Constantinopla, conheceu a imperatriz Teodora. Em Atenas, aprendeu medicina com o rabino Isaac Istraeli. Na Germânia, conversou com o rei Carlos, o Calvo. Obteve, finalmente, uma cátedra de ensino eclesiástico em Roma, no ano de 848.

Sempre escondendo seu verdadeiro sexo, subiu todos os degraus do poder, graças a uma grande cultura e boa diplomacia. Encontrou o papa Leão IV e conseguiu se tornar indispensável, a ponto de ser nomeada conselheira para os assuntos internacionais. Quando Leão IV morreu, em 855, ela foi eleita papa pelos cardeais, com o nome João VIII. Após dois anos de pontificado sem problemas, João VIII, no entanto, engravidou. A papisa escondeu nos trajes largos a barriga proeminente. No dia da Ascensão, entretanto, sobreveio o drama, na igreja São Clemente. Fazendo a saudação aos fiéis, João VIII se contorceu de dor e caiu do mulo em que estava montada. Algumas pessoas acorreram para ajudar e descobriram sob as vestes um recém-nascido. Foi um choque. De acordo com Jean de Mailly, a multidão enfurecida foi tomada pela histeria, e a papisa Joana e o bebê foram lapidados. Depois desse caso, os cardeais decidiram verificar ritualmente a virilidade dos papas. O recém-eleito tinha que se sentar numa cadeira vazada que deixava passar seus testículos. Um homem vinha verificar e pronunciava a fórmula: *Habet duos testiculos et bene pendentes.* ("Ele tem dois testículos, que pendem bem.")

A papisa Joana inspirou o segundo arcano do Tarô de Marselha. O personagem com as vestes papais e portando a tiara possui um livro aberto sobre os joelhos, símbolo da primeira etapa da iniciação: a abertura ao conhecimento pelos livros. (Pequeno detalhe que muitas vezes passa despercebido: ao lado dela, bem pequeno, do lado direito da carta, se vê um ovo.)

Edmond Wells,
Enciclopédia dos saberes relativo e absoluto, tomo VI.

35. BORBOLETA AZUL

Em letras grandes, estava escrito no cartaz:
VOCÊ ESTÁ CANSADO DESSE MUNDO SEM GRAÇA E TRISTE EM QUE TUDO PARECE DAR ERRADO?
DESCUBRA UMA NOVA DIMENSÃO MARAVILHOSA: O 5º MUNDO!
Em baixo, o slogan que me era familiar:
1º mundo: o Real
2º mundo: o Sonho
3º mundo: o Romance
4º mundo: o Cinema
5º mundo: o Jogo de Informática
Como subtítulo: *O 5º mundo, à venda em todas as lojas de departamentos e em casas especializadas, funciona em qualquer sistema e em computadores de rede.*

Tudo me veio à mente... Quando estava em Olímpia, na sala da minha casa, havia um aparelho de televisão como distração. Eu podia seguir as aventuras de três mortais em "Terra 1". Por nostalgia, ou pela perspectiva que isso abria.

Um desses três mortais, no entanto, era uma jovem coreana genial, Eun Bi, que trabalhava com um amigo, chamado Korean Fox, num jogo de informática de última geração.

O tal video game copiava virtualmente a realidade do mundo normal. O cenário era muito realista e os jogadores se encontravam para dar vida a seus personagens em forma de avatar. A originalidade do jogo era que estes não só eram idênticos fisicamente aos jogadores reais, a partir de uma foto do rosto e das medidas exatas do corpo, mas também intelectualmente, a partir de um questionário que permitia determinar muito exatamente as forças e fraquezas de cada jogador, os medos e aspirações mais profundas, suas manias, traumas de infância e experiências extremas da adolescência.

Com o personagem-avatar, seu duplo, o jogador podia, então, viver uma vida paralela, num mundo que igualmente em tudo se assemelhava ao verdadeiro. Podia, sem perigo, testar situações antes de experimentá-las na vida real. Podia também se colocar na posição de "livre-arbítrio" e ver como o avatar reagiria por si só a determinadas situações. Isso, inclusive, apresentava eventualmente um exemplo a se seguir.

O Quinto Mundo imaginado por Korean Fox tinha sido, de início, um conceito encontrado para dar uma aparência de vida a um morto querido. Rapidamente, porém, atingiu um público ansioso por encontros sentimentais. Suas múltiplas aplicações atraíram todo tipo de interesse. Alguns o abordaram achando que, mesmo que morressem, uma espécie de clone virtual continuaria a viver por eles no Quinto Mundo.

"Composição em abismo."

Olhando o cartaz, fiquei surpreso que em "Terra 18" o jogo tivesse exatamente o mesmo nome que em "Terra 1".

É impossível. Korean Fox e Eun Bi não podem circular entre os dois planetas. Ou então... não sendo os inventores que circulam, são as ideias.

Voltou-me à mente uma frase terrível de Edmond Wells: "As ideias pertencem àqueles que as desenvolvem." Era sua célebre teoria da noosfera, do inconsciente coletivo formado pelos inconscientes de todos os seres humanos. Os artistas teriam a capacidade de, em sonho, irem ali buscar inspirações, sem esquecê-las ao acordar. Dessa forma, circulariam no ar ideias captáveis não só por várias pessoas em diferentes lugares, mas também em diversas dimensões. Uma noosfera transdimensional.

Lembrei que meu mentor acrescentava: "E as promessas dos políticos só envolvem os que lhes dão ouvidos."

De repente, tive vontade de verificar *quem* estaria por trás disso tudo.
Não sendo meu casal de coreanos apaixonados, quem seria? Num dos cantos do cartaz, havia uma indicação. Tratava-se da empresa B.A.P.: BORBOLETA AZUL PRODUÇÕES, rua do Moinho, 22.
Confirmei haver dinheiro no bolso da calça e chamei um táxi.

Chegamos numa pequena construção de cor creme. Em cima de uma porta, havia um letreiro em néon turquesa: BORBOLETA AZUL PRODUÇÕES.
Entrei.
No hall de entrada, cartazes com vistas de praias, imagens do pôr do sol, moças em trajes de banho, casais de mãos dadas ou se beijando.
Frases de propaganda enchiam a parede: 5º MUNDO, *Experimente um novo prazer, torne-se outra pessoa, e continue a ser você mesmo.*
Mais adiante havia uma sequência de retratos: de um lado a fotografia, do outro, seu avatar, ambos idênticos.
"O 5º MUNDO. Seu melhor amigo: você mesmo."
Sob a foto de um homem tendo em volta três beldades gêmeas, em biquíni topless: O 5º MUNDO, *e se você fizesse em outro lugar o que não ousa fazer aqui?*
A impressão era a de que uma agência de publicidade tinha feito trabalhar seu pessoal de criação e, sem saber qual slogan escolher, havia guardado todos.
No fundo do saguão, uma recepcionista parecendo muito atarefada me perguntou o motivo da visita e, tendo anotado num papel e feito uma ligação, me pediu que esperasse.

Foi o que fiz, revendo as publicidades que se espalhavam pelo hall.

Um barbudo grande, parecendo um viking, com cabelos compridos e louros, vestindo um pulôver grosso de lã, finalmente apareceu.

É claro! Entendi tudo: a única pessoa que tinha acesso à minha televisão em Aeden era Mata Hari. Durante meus sete dias de ausência, ele deve ter olhado os meus três canais e descoberto minha jovem protegida coreana, Eun Bi, e sua história de amor com o técnico em informática, especialista em mundos virtuais, Korean Fox. Em seguida, agiu à distância, com intuições lançadas a seus mortais. Como seu povo dos lobos era um povo nórdico, correspondente aos escandinavos, ela lhe passara a informação. Como não tinha mercado econômico necessário em seu próprio país, a Lupinía, acabaram vindo criar o jogo na Galia.

O homem me olhou.

– De que se trata?

– Sou romancista e gostaria de propor uma ideia de jogo de informática ligado a um dos meus futuros livros.

Outro homem, albino, apareceu.

– Você não sabe quem é, Eliott? É Gabriel Askolein, ora, escritor de ficção científica.

– "O" Gabriel Askolein?

Alguns minutos depois, vi-me sentado num salão com o viking, o albino e outro sujeito, careca e bem sorridente. Eram os três dirigentes da Borboleta Azul Produções. A pedido meu, descreveram o principal produto da empresa, o Quinto Mundo. Era exatamente o projeto de Korean Fox.

Ofereci um conceito complementar. Como já propunham aos jogadores encontrarem os seus "iguais" no mundo virtual, sugeri que encontrassem seus "inferiores".

Dessa forma, pelo fato de criarem sua própria humanidade, eles se transformariam em... deuses.

A ideia surpreendeu meus interlocutores.

— Sabe, criando "iguais" já temos um bocado de problemas, de que ninguém fala — explicou o albino.

— Como assim?

— Problemas econômicos, para começar. O acesso ao Quinto Mundo é gratuito. Vendemos apenas as casas e terrenos virtuais, assim como os objetos: roupas, armas, móveis. No entanto, temos... roubos.

— Pessoas usam programas especiais para desviar bens virtuais de outros jogadores — acrescentou o viking.

— Há também os piratas. Fabricam programas para vender mais barato as casas e os terrenos, sem copyright. De forma que, num mesmo terreno, às vezes duas pessoas coabitam sem sequer saber.

Isso me lembrava uma frase de Edmond Wells: "Se acha que é fácil criar um mundo, tente você mesmo fabricar um. Criá-lo, controlá-lo e não deixar que ele naufrague é tão difícil quanto preparar um suflê de queijo. A tendência natural do mundo é desmoronar. Mantê-lo permanentemente de pé e tendo um sentido exige uma energia considerável."

— Roubos virtuais no Quinto Mundo são delitos virtuais — observei.

Meus interlocutores se agitaram.

— Não exclusivamente — respondeu o careca.

— É preciso que se diga que o dinheiro do Quinto Mundo pode se converter em dinheiro normal — reconheceu o viking.

— Para que se possa jogar no cassino com um verdadeiro envolvimento — explicou o albino.

— E tem também as prostitutas. Vai saber por quê, as pessoas têm mais prazer quando pagam de verdade — afirmou o viking.

— O ato sexual só ganha sua verdadeira dimensão quando vem acompanhado de um sentimento de sacrifício — argumentou o albino.

— Além disso, é tentador para diversas quadrilhas se aperfeiçoarem em roubos de bancos e em cassinos virtuais — completou o careca.

— Mas há coisa pior: alguns jogadores criaram um sistema de destruição dos avatares alheios.

— Assassinam-se virtualmente.

— Roubam.

— Há inclusive... estupros!

— Estupros? Como é possível violentar um avatar que não passa de uma sequência de algarismos num computador? — exclamei.

— É o poder dos números. Dão existência a um ser. Alguns algarismos 1 e 0 enfileirados constroem um conjunto, formando uma entidade virtual que pode ser... roubada, mutilada, morta ou violentada por outros conjuntos de 0 e de 1.

— Em vez de se tornar um local de virtude e de educação, como imaginamos de início, o Quinto Mundo se tornou uma zona de quebra das convenções sociais em que tudo que é proibido no mundo real pode se realizar.

— Em vez de se testarem o amor e a cooperação, o mundo virtual se tornou um lugar em que os avatares testam tudo que é imoral.

Era compreensível que os criadores do Quinto Mundo se sentissem tão aflitos.

— Atualmente se fazem processos, em nosso mundo real, por roubos, estupros e assassinatos cometidos no mundo virtual — acrescentou o albino.

— Pervertidos desenvolvem novas doenças, específicas do Quinto Mundo.

— Epidemias de gripe, peste bubônica, cólera.
— Os médicos de dentro do jogo têm muita dificuldade para encontrar vacinas.
— Há epidemias de doenças desconhecidas. Avatares enlouquecem, alguns acabam recusando o controle dos seus próprios jogadores.

Os três dirigentes da Borboleta Azul Produções pareciam à beira de uma crise nervosa. Pensei um pouco.

— Mas é uma prova do sucesso. Pessoas que têm tanto trabalho para prejudicá-los fazem com que o mundo de vocês exista. Os seus inimigos os definem.

Não pareciam tão convencidos disso.

— Quantas pessoas estão conectadas? — perguntei.

— Quanto à isso, é verdade, o jogo foi além das nossas expectativas. Em seis meses, o produto teve um sucesso fulminante. Esperávamos uns quinhentos mil assinantes e temos mais de oito milhões.

— Não podemos esconder que se o Quinto Mundo está em franca ebulição é porque não esperávamos tal sucesso.

— E nem tanta energia gasta por pessoas querendo nos prejudicar por dentro — lembrou o albino.

— Digamos que nos sentimos meio perdendo o controle da nossa criação. Com a sua proposta, então, de levarmos a todo mundo uma experiência de poder ainda mais forte... acho que não daremos conta da velocidade com que os instintos mais baixos se tornarão predominantes.

— Sobretudo quando se permite que os jogadores fiquem livres das sanções ligadas a seus atos.

— Alguns vêm ao jogo apenas para matar e se livrar dos recalques.

— É como no cinema e na internet. A pornografia e a violência são o que mais atraem — disse o viking.

Os três balançaram as cabeças.

Eu não queria desistir tão facilmente.

– O que proponho não é um mundo "similar", mas um mundo "abaixo". Um mundo em que os jogadores sejam responsáveis por multidões. Se forem assassinos, trapaceiros ou sádicos, a sanção virá dos demais jogadores. Automaticamente.

– O caos em grande escala – resmungou o albino, fatalista.

O viking e o careca pareciam compartilhar o mesmo ponto de vista.

– De jeito nenhum. Pois vocês, Borboleta Azul, controlariam os controladores. Será mais fácil controlar deuses do que mortais.

A frase saíra com naturalidade, como quando falei disso com Mata Hari. Edmond Wells, porém, me tinha advertido: "Podemos lhes dizer a verdade, pois, de qualquer maneira, são incapazes de compreendê-la. Têm orelhas que não ouvem. Interpretam as palavras para eliminar o significado e diluir o sentido."

Olhei meus companheiros e achei que devia moderar ainda minha fala, para não chocá-los.

– De minha parte, devo escrever um romance chamado *O reino dos deuses*. Conta a história de deuses que manipulam seres menores, mas parecidos com eles, num mundo menor, mas parecido com o deles.

Cravaram os olhos em mim.

– Parece legal – concordou o grandalhão com ares de viking.

– Mais ou menos como uma partida de xadrez com milhões ou mesmo bilhões de peças – acrescentei. – Cada deus terá seu próprio povo, tendo como rivais os outros deuses jogadores.

– E quando um povo entra em decadência?

– O deus perde pontos.
– E quando um povo morre?
– O deus é eliminado. Game over.

O albino e o careca não estavam muito convencidos, mas o barbudo louro parecia intrigado.

– É o que se chama, na literatura, de "composição em abismo". Mais ou menos como se nosso próprio mundo fosse também controlado por deuses superiores.

Pisei no freio. Não devia entrar no assunto.

– E nesse caso seria como as bonecas ursianas. Um mundo em cima, um mundo embaixo. Infinitamente.

– O que acha disso, Eliott? – perguntaram ao viking.

– É uma bobagem e nunca vai funcionar – disse uma voz atrás de mim.

Virei-me. Era uma mulher jovem, nada volumosa, de olhos escuros e penetrantes, cabelos negros e lisos, presos em rabo de cavalo com uma fita violeta, na porta da sala. Usava uma blusa branca e calças jeans.

– Ah... Delfina, está aí? – espantou-se o careca.
– Sinto muito. Mas sou contra o projeto.
– Verdade? E por qual motivo? – perguntou Eliott.
– Seria uma blasfêmia. Não temos nada que bancar os deuses. Em minha religião, aliás, a simples menção de seu nome já é uma forma de pecado.

O careca se inclinou na minha direção e cochichou:
– É a diretora de arte. Ela é "delfiniana"...

Teria ouvido direito?

O albino foi mais adiante:
– Ah, esses delfinianos, têm sempre que parecer mais espertos do que todo mundo.

Eliott se levantou.

— Você fará o que lhe mandarem, Delfina. Sou eu o dono. O projeto de Gabriel nos agrada. Vamos levar adiante esse tal *O reino dos deuses*. Vai dar ao jogador a impressão de viver no alto e poder dominar tudo. Um prazer demiurgo. Já tenho até ideia para o slogan: "Ouse se imaginar um deus, nem que seja numa partida de video game." Talvez com isso os jogadores entendam melhor como os deuses nos manipulam. Além do mais, estou cheio do Quinto Mundo. Vamos para o Sexto!

Eliott me deu um forte tapa amistoso nas costas e propôs marcar um encontro para estabelecermos as bases do projeto.

— Considere que o *O reino dos deuses* já começa a existir a partir de agora.

A moça morena a que tinham chamado Delfina me lançou um olhar glacial e se retirou, batendo violentamente a porta.

36. ENCICLOPÉDIA: COSMOGONIA TAITIANA

Para os taitianos, no início de tudo havia Taaroa o Único.
Ele vivia sozinho, num ovo que girava no universo vazio.
Mas Taaroa se entediava muito. Então ele quebrou a casca e saiu do ovo.
Lá fora, porém, nada havia e Taaroa, com a parte de cima da casca do ovo, fez uma cúpula para o céu e, com a parte de baixo, uma base de areia.
Com sua coluna vertebral, ele criou as cadeias de montanha.
Suas lágrimas formaram os oceanos, lagos e rios.
Com as unhas, cobriu de escamas os peixes e as tartarugas.
Seu sangue coloriu o arco-íris.

Depois, ele chamou artesãos que esculpiram Tane, o primeiro deus. Tane encheu o céu de estrelas, para que ficasse mais bonito. Colocou o sol iluminando o dia, e a lua para a noite. Taaroa criou, em seguida, outros deuses: Ru, Hina, Maui e centenas mais. E concluiu sua obra criando o homem.

O universo concebido por Taaroa se organizava, então, em sete plataformas empilhadas umas sobre as outras. Na plataforma inferior estava o homem e, quando esse primeiro andar ficou completamente cheio de humanos, de animais e de vegetais, Taaroa aplaudiu, mas achou ser mais inteligente fazer um buraco, para que eles pudessem ter acesso à plataforma superior. Desse modo, em cada andar um buraco permitia que os mais corajosos avançassem na direção do saber...

Edmond Wells,
Enciclopédia dos saberes relativo e absoluto, tomo VI.

37. DELFINA

Ela subiu por um elevador público transparente. Eu a segui pelas escadas enquanto ela saía numa praça em um nível acima. Mantive boa distância.

Andava com um passo apressado e nervoso.
Misturou-se na multidão.
Aproximei-me um pouco.
Ela seguia reto.
O pequeno rabo de cavalo ia de um lado para o outro, como se tivesse vida própria.

Atravessou uma rua.

De repente, quase fui atropelado por um carro. Tinha esquecido que circulavam na mão esquerda.

O motorista me xingou, mas eu estava são e salvo; continuei a perseguição.

Cruzamos uma espécie de carnaval, um desfile com balizas, banda e pessoas fantasiadas.

O carnaval é um ponto em comum entre muitas civilizações, as pessoas têm necessidade de relaxar suas pressões, pelo menos um dia do ano.

Ela se meteu na multidão e precisei me aproximar mais e empurrar alguns, para não perdê-la de vista.

Deu uma olhada no relógio e apertou o passo.

Estava a ponto de perder seu traço, pois o povaréu impedia que me aproximasse. E, como era miúda, ficava escondida por trás das fantasias.

Atravessei o bloco e a vi.

Estava virando uma esquina... Desapareceu do meu campo de visão.

Corri para um lado e para o outro. Quando afinal voltei a vê-la, por pura sorte, estava entrando numa estação de metrô.

Fui atrás.

Partiu rápido em direção às plataformas. Não pude segui-la, não tinha o bilhete nem tempo de comprar, então saltei a roleta, correndo o risco de ser pego pela fiscalização.

Num labirinto de direções diversas, multidões iam em sentido contrário, mas eu já sabia como não perdê-la. Um trem do metrô chegou. Consegui entrar no mesmo vagão que ela, pouco antes de a porta fechar. Em certo momento, ela olhou na minha direção, e abaixei a cabeça para não ser reconhecido.

Ao meu redor, as pessoas pareciam tristes e cansadas. O vagão avançava com a mesma barulheira dos metrôs de

"Terra 1". No interior, aparelhos de televisão transmitiam um canal com noticiários permanentes. Consegui ouvir o que o jornalista dizia:

— "... esse processo. Alegou ser apenas uma engrenagem da rede de pedofilia que funciona no continente inteiro. A polícia encontrou uma centena de corpos de crianças enterrados no quintal, que serão identificados pela perícia, graças às arcadas dentárias. Durante o processo, ele contou que no início tomava muito cuidado, mas, constatando a facilidade do sequestro das crianças, começou a agir à luz do dia e até diante de testemunhas. Tudo indica que atuava impunemente há mais de dez anos e sua mulher, que vivia com ele, fingia ignorar. Quando foi preso, ela não quis se meter na vida paralela do marido e deixou as crianças morrerem de fome, tapando os ouvidos para não ouvir os pedidos de socorro que vinham da cave..."

O metrô seguia em frente.

De longe, pude ver que Delfina não ouvia o noticiário. Estava mergulhada na leitura de um livro, isolada dentro de uma bolha protetora.

Uma primeira parada e a porta se abriu, despejando uma avalanche de passageiros e deixando entrar outra igual.

Precisei me levantar, espremido entre pessoas com o olhar apagado. O cheiro de suor e de respiração era insuportável. Como uma civilização podia evoluir até o ponto de achar normal se trancarem mais de cem pessoas dentro de uma lata de metal de poucos metros quadrados.

De novo as informações:

— "... o principal problema planetário, segundo ele, é a soberania dos Estados. Lembrou não haver sombra de fome no mundo. Se algumas populações ainda morrem por falta de alimentos, a culpa era dos próprios governos, capazes de deixar intencionalmente seus povos na penúria. Ele propôs um dever de ingerência de uma polícia planetária, diante de injustiças flagrantes. Essa polícia interviria também nos casos de poluição. Alguns Estados, é verdade, talvez estivessem propositalmente poluindo nascentes de rios que banham países vizinhos."

As expressões se mantinham inalteradas, não se sentindo concernidas e sem reações hostis, apenas saturadas daquela massa de informações desmoralizantes.

Nova parada, nova abertura de portas e novo fluxo de passageiros.

De repente, o metrô parou no meio de um túnel. Todos continuaram quietos, sem qualquer reação. A atmosfera ficou pesada no vagão, o cheiro era horrível.

O apresentador do telejornal continuava sua ladainha:

– "... O mais incrível é que essas escolas que funcionam como seitas eram financiadas pelo Ministério da Educação, em nome da liberdade de culto. Para ter certeza de que as crianças seriam motivadas apenas pelo desejo de martírio, proibiam-lhes de desenhar, cantar, dançar e rir. Deviam exclusivamente recitar orações, desde as seis horas da manhã, e repetir frases de ódio contra os "infiéis". Um treinamento paramilitar constituía a única forma de recreação. A lavagem cerebral era constante, e os castigos corporais, frequentes. Sobretudo eram proibidas de se comunicarem com as próprias famílias e usarem o telefone. Apesar das queixas e dos depoimentos de adolescentes que fugiram do internato, a embaixada do país envolvido, patrocinador desse estranho tipo de escola, notificou que, em nome da liberdade de culto, o Estado galiano não tinha o direito de se meter em estruturas 'culturais tradicionais'..."

Ao meu redor, alguns passageiros pareciam surpresos com as imagens transmitidas: marcas de chicotadas nas costas das crianças que tinham escapado; fotos das salas de punição da escola religiosa no momento em que tinham sido descobertas pela polícia durante a primeira investigação.

O metrô voltou a partir e, em seguida, parou numa estação. Delfina se levantou e desceu.

Fui atrás e outra vez tive que enfrentar a multidão no sentido contrário.

Chegamos à superfície e retomamos nossa corrida. Rua. Esquina. Em certo momento, atravessando uma rua, a cabeça de Delfina virou em minha direção, mas tive o reflexo de abaixar o rosto bem a tempo.

O rabo de cavalo saltitava em sua fita violeta.

Delfina...

Seus pais, então, tinham dado o nome mais delfiniano a ela... De Delfos, o templo dedicado a "Delphinus", isto é, ao golfinho. Recordei também a informação de Hera: Adolf Hitler, de "Terra 1" era A-Dolf. O Antigolfinho.

Para que essa raiz sonora tivesse cruzado o espaço, devia haver conexões entre as Terras paralelas.

Ela apressou o passo. E parou, finalmente, diante de uma banal porta térrea. Nenhuma sinalização do lado de fora. Apenas uma pichação que se tentou limpar numa parede, mas que ainda podia ser lida: "Morte aos golfinhos" e o desenho de um peixe reduzido às espinhas.

Um policial estava de guarda diante do prédio. Ele conhecia Delfina e cumprimentou-a. Quando me aproximei, me examinou com desconfiança e me deixou passar.

Atravessada a porta, desemboquei num templo. Impossível ter imaginado isso, lá fora.

Deduzi ser por medo das perseguições que os fiéis prefeririam se manter discretos.

O templo dos golfinhos era dez vezes menor que a catedral da religião das águias. O local estava deserto. Alguns candelabros constituíam as únicas fontes de luz daquele espaçoso ambiente sem janelas.

No teto, reconheci todos os símbolos que eu mesmo tinha transmitido a meus mortais.

Algumas cenas haviam sido pintadas nas paredes: o êxodo no alto-mar; a fuga diante dos homens-ratos; a tsunami devastando a Ilha da Tranquilidade; o estabelecimento das leis de não violência.

Nenhuma representação, porém, do Educado.

Roubaram-lhes o próprio profeta, não podem reconhecê-lo.

Delfina desenhou no ar o sinal do peixe, depois se dirigiu a um banco e começou a rezar, com as mãos numa posição que eu nunca tinha visto: três dedos apoiados no centro da testa. Podia ouvi-la salmodiar.

– ... Pai nosso que está no céu, fazei a guerra parar em meu país e que deixem de matar meus irmãos, nos diferentes lugares do mundo.

Fechou os olhos e permaneceu imóvel.

Aproximei-me e sussurrei:

– Acha que alguém ouve suas orações?

Ela lentamente abriu as pálpebras, sem demonstrar qualquer surpresa.

– O que faz aqui? É golfinho?

– Digamos que sou apaixonado por essa religião desaparecida.

– Não desapareceu. Olhe: há pessoas a seu redor.

Notou não haver ninguém e emendou:

– Não é um bom momento, mas daqui a pouco muitos virão rezar. Creio, sim, que alguém ouve minhas orações. A começar... o senhor, já que estava me ouvindo. Seguiu-me, não foi?

— Como disse, tenho muita curiosidade com relação à sua fé.
— Qual é a sua religião?
— Sou... henoteísta.
— Nunca ouvi falar. O que quer dizer "henoteísta"?
— Acho que cada povo tem seu deus particular. Não há um só deus centralizador, e sim vários deuses locais, que vivem lado a lado. Imagino inclusive que esses deuses podem ser concorrentes e guerrearem entre si.

Ela ainda não tinha se virado para mim, atenta ao altar, onde acabara de surgir um padre que arrumou uns livros e se retirou.

— Como no seu jogo, não é? — murmurou.
— É engraçado fazer que achem ser puramente imaginário algo que, no entanto, é a pura verdade.
— O que se ganha com isso?
— Permitir que brinquem com a verdade pode preparar as pessoas a entendê-la, um dia.

Ela enfim se virou para mim, olhando com dureza.
— Está zombando...
— Jamais faria isso.
— Tem fé?
— Depende do dia.
— Acredita em Deus?
— Quando me acontecem coisas boas, acho que alguém de fora assim o quis. Digo "obrigado", erguendo a cabeça ao céu. Quando me acontecem desgraças, acho que eu é que não fiz as coisas direito.
— Somente naqueles momentos acredita em Deus?
— Não, quando encontro uma vaga para estacionar o carro no centro da cidade ou... quando encontro uma mulher extraordinária.

Ela não deu atenção.

— Pois eu tenho fé. Acredito que meu Deus está sempre comigo. Graças a ele, nada temo. Nem de morrer tenho medo.

— Ah... e se o encontrasse de verdade, o que lhe diria?

Ela pensou e decretou.

— Dava-lhe uma bronca. A maior parte da minha família morreu em campos de extermínio dos homens-tubarões.

Como no meu sonho. Mortais fazendo críticas ao próprio deus.

— Está vendo que não gosta tanto assim do seu deus?

— Deixe-me acabar. Daria uma bronca e depois ouviria, para que explicasse as razões de ter permitido se perpetrar tal abominação. Deixaria claro que sempre acreditei nele e que me mantenho sua serva fiel, no cumprimento de qualquer desejo seu.

Olhei-a intensamente. Seu rosto tinha traços de uma antiga e rara beleza. Parecia surgir das origens profundas do povo dos golfinhos.

— E se o seu deus dissesse que fez de tudo para impedir aquilo, mas que às vezes há forças maiores que a sua?

Ela me olhou estranhamente.

— Muito bem, eu responderia "quem fracassa procura desculpas, quem vence encontra os meios."

Recebi aquilo como uma bofetada.

— Tenho certeza de que havia meios divinos para salvar aqueles inocentes massacrados, todas aquelas crianças — insistiu.

— E se ele dissesse que fez o melhor que pôde, mas que era realmente impossível impedir os crimes?

— Responderia que quando realmente se quer, tudo é possível.

— Para alguém que tem fé, você é bem dura com seu deus.

— Considero esse deus como um pai. Podemos ser duros com nosso pai quando ele se engana, mas ele permanece, mesmo assim, nosso pai. Aquele a quem devemos tudo. Que respeitamos e veneramos.

Virou-se para mim.

– De qualquer maneira, senhor Askolein, se imaginou esse estranho jogo de informática e o romance sobre o tema da divindade, é certamente por haver um início de preocupação no campo da espiritualidade.

– Sou alguém que procura. Como todo mundo, quero elevar meu nível de consciência, para conhecer o que há acima de mim.

– No que me concerne, sei me elevar e ver outra dimensão. Uma mulher idosa acabava de entrar e começou a rezar.

– E o que acha que há acima? – cochichei.

– Afinal mudei de opinião. Vou ajudá-lo com o jogo de *O reino dos deuses*.

– Obrigado.

– Não agradeça. Já que blasfema, o melhor é controlar esse projeto ímpio a partir de dentro.

– Tenho certeza de que, sendo a diretora de arte, teremos belos grafismos.

– Nunca li nenhum livro seu, senhor Askolein. Na verdade, ouvi falarem mal. Ao que parece, são completamente delirantes.

– É o meu estilo.

– Francamente, agora que o conheço, tenho ainda menos vontade de lê-lo.

– De fato, tem o mérito da franqueza.

– Nós, golfinhos, temos o hábito de exprimir e afirmar o que achamos. Isso o incomoda? Talvez, no fundo, como a maioria das pessoas, o senhor tenha algum racismo antigolfinho.

– Racista "antigolfinho", eu? Realmente é o que já ouvi de mais engraçado.

— Muita gente não se acha racista e, no entanto, faz observações do tipo: "nada tenho contra os golfinhos, mas essa gente faz tudo ao contrário de todo mundo"; ou ainda: "os golfinhos bem que procuraram tudo que lhes aconteceu". São muitos os que pensam assim.

— "Não é porque são muitos a estarem errados que eles têm razão."

— Bela frase.

— Acho que a civilização dos golfinhos, apesar de ultraminoritária, e apesar de sempre ser acusada de todos os males, traz em si valores de tolerância e de abertura de espírito; e, por isso, outros povos, sobretudo os que facilmente são manipulados por propagandas e ditadores, procuraram destruí-la.

Ela me olhou espantada.

— E como sabe disso?

— Eu... digamos, li muitos livros de história dos homens-golfinhos, desde as origens. Já até pensei em me converter à religião.

— E por que não se converteu?

— Falta de tempo.

— Nosso deus não tem um acesso fácil. Muitos passam a vida inteira tentando se aproximar do princípio do seu pensamento.

Várias pessoas entraram no templo e, ao todo, éramos uns dez sentados nos bancos virados para o altar.

— Verdade? Pois eu vejo o deus dos golfinhos como... vai achar engraçado... um sujeito normal. Faz o que pode, mas tem seus limites — respondi.

— Literalmente.

— É um deus que não imagino como entidade a se venerar, mas sobretudo como amigo. Como amigo, ele está sempre ali, presente, e não pede nada em troca. Se eu o encontrasse, como a um amigo, gostaria de perguntar não o que ele pode fazer por mim, mas o que eu posso fazer por ele.

Eu precisava semear ideias assim nas cabeças, para que germinassem.

– Sendo um deus, ele não deve ter problemas – disse ela. – Por definição, é perfeito e todo-poderoso.

– Todo ser consciente certamente tem desejos e receios. Ele deve ter suas limitações e adversários. Tenho certeza de que um simples mortal pode ajudar um deus. Basta que queira.

Ela se manteve em silêncio. Continuei:

– A pergunta certa não é: "O homem deve acreditar em Deus?"

– E qual seria?

– Novamente deveríamos inverter o ponto de vista. A pergunta certa seria: "Deus deve acreditar no homem?"

Ela olhou para mim e tentou controlar o riso.

– Perguntar se "Deus deve acreditar no homem"! Essa é boa, há tempos não ouço nada assim!

Ao redor, alguns "psiu!" irritados nos chamaram a atenção, pedindo silêncio.

Nesse momento, três adolescentes de no máximo 16 anos entraram subitamente no templo e um deles lançou algo na direção do altar. Uma bomba de gás lacrimogêneo.

– Danem-se, golfinhos! – urrou.

Uma fumaça espessa se espalhou rapidamente. Sem poder respirar, evacuamos o templo. O policial que fazia a vigilância não estava lá fora. Quando chegou às pressas, trazia um sanduíche na mão. Entendi que tinha abandonado o posto para ir comprar um lanche, e os garotos aproveitaram o momento para promover o golpe.

Entre dois acessos de tosse, com os olhos vermelhos, Delfina exclamou:

– Vá embora!

— Não, não desse jeito. Não tenho nada a ver com isso. Não é por lhes agredirem que deve me virar as costas.

— Nada tenho contra o senhor pessoalmente, mas quero estar sozinha. Somos atacados e ninguém nos protege. Mesmo que esses delinquentes sejam presos, são soltos com facilidade. Agredir um golfinho se tornou um ato banal. Tolerado por todos.

— Não por mim.

Dos seus olhos inchados, as lágrimas corriam ininterruptas. Dos meus também. Abracei-a e tentei reconfortá-la. Ela aceitou, murmurando:

— Por que o mundo é tão injusto?

— Ele não é injusto, é apenas difícil. Se tudo fosse fácil, não teriam mérito algum tendo fé. Só na adversidade se demonstra a coragem.

Ela se afastou aos poucos e olhou fixamente para mim.

— Sei que não tem nada a ver com tudo isso. Desculpe-me.

— Gostaria de voltar a vê-la — insisti.

— Não acho que seja uma boa ideia.

— De qualquer maneira, se entendi direito, vamos trabalhar juntos no "Reino dos deuses".

Ela pensou um pouco e me estendeu um cartão de visita. Seu nome completo era Delfina Kamerer.

— Utilize apenas em caso de urgência.

Afastou-se.

Enxuguei minhas lágrimas com a manga do paletó.

Era só o que faltava, me apaixonar por uma mortal.

Olhei meu relógio.

O programa seria às oito horas.

38. ENCICLOPÉDIA: NIKOLA TESLA

Apesar de ser um gênio esquecido ou pouco conhecido, Nikola Tesla deu início à maioria das grandes invenções modernas. De fato, esse sérvio imigrado nos Estados Unidos descobriu uma infinidade de tecnologias ligadas à eletricidade. Principalmente a corrente alternada (até então tudo funcionava apenas com corrente contínua), uma teoria sobre a radioatividade, o teleguiado, o gerador, o motor elétrico, a luz de alta frequência (mais econômica do que o néon) e a bobina tesla dos aparelhos de televisão de tubo catódico.
Em 1893, bem antes de Marconi, ele aperfeiçoou um sistema de transmissão de mensagens telegráficas sem fio, utilizando ondas hertzianas. Descobriu o princípio de reflexão das ondas sobre os objetos em 1900 e publicou trabalhos que permitiriam mais tarde a criação dos primeiros radares. Ele registrou ao todo mais de novecentas patentes que, na maioria, foram reutilizadas por Thomas Edison.
Nikola Tesla, é verdade, tinha uma visão idealista da ciência e queria doar gratuitamente ao público as tecnologias, o que lhe valeu a antipatia dos meios financeiros da época. Ele imaginara, por exemplo, que a Torre Eiffel poderia emitir um poderoso campo elétrico para que todos os parisienses pudessem utilizar gratuitamente a eletricidade. Em 1898, fabricou uma arma a ressonância que, graças a incontáveis pequenas pancadas, fazia estremecer um prédio inteiro.
Fabricou embarcações que lançavam torpedos teleguiados, com uma delas inclusive podendo se tornar submarina.

No final da vida, bastante pobre, Nikola Tesla trabalhou no projeto de um "raio da morte", para a U.S. Air Force. Procurou ao mesmo tempo aperfeiçoar sua famosa "energia livre", uma fonte infinita e gratuita de energia, o que acabou por desacreditá-lo junto à comunidade científica da época. Morreu em 17 de janeiro de 1943. O FBI confiscou todas as suas anotações e maquetes de obras em andamento.

Seu nome, entretanto, se manteve como unidade de medida da indução elétrica: o tesla.

Edmond Wells,
Enciclopédia dos saberes relativo e absoluto, tomo VI.

39. PROGRAMA DE TELEVISÃO

Devia ter gasto algum tempo lendo os romances do tal Gabriel Askolein.

Agora era tarde.

Robert estava ao meu lado. Minha vontade era de lhe pedir uma sinopse rápida do livro, alguma coisa, em todo caso, que me desse uma ideia do que dizer.

Tinha a impressão de que passaria por um exame, mas sem ter estudado nada.

Por que não tinha dedicado pelo menos uma horinha para tomar conhecimento da minha própria obra? Em vez disso, escrevi, inventei um jogo e segui uma jovem até um templo.

Robert perguntou:

— Está nervoso?

— Estou.

— Medo?
— É.
E dizer que eu tinha travado guerras, inventado ciências, erguido cidades, e agora estava apreensivo com uma entrevista na televisão.
O apresentador veio me cumprimentar.
— É um grande sucesso, não é? O lançamento do livro foi devastador! Parabéns. Já está na lista dos best-sellers.
— Éééé... é verdade...
Ele apenas tentava ser agradável.
Olhei para Robert, pois eu sequer tinha conhecimento da vida comercial do livro.
— Todas essas críticas ruins contra o senhor... vêm da inveja, é claro. Os que escrevem falando mal por acaso são sempre escritores fracassados. "Ser malfalado por medíocres é um elogio", não é? — disse o apresentador.
— É claro. É claro — respondi confuso, tentando imaginar o que podiam ter falado de mim e dos meus livros.
— Meu filho adora o que o senhor escreve — animou-me o apresentador. — Ele antes não lia nada. Era resistente ao objeto livro. O senhor foi o primeiro que ele leu. Isso lhe abriu a mente. Agora não somente continua a lê-lo, mas se apaixonou por história, filosofia e ciência.
— E o senhor, gostou?
— Sinto muito, mas, para ser franco, não tive tempo de ler os livros de todos os convidados.
— Agradeço a franqueza.
— Mas conto com o senhor para falar disso, não é?
Naquele momento, meu editor era o único a saber do que tratava meu livro. Olhei para ele. Sobreveio uma dúvida. Talvez nem ele tivesse lido. Quem, então, saberia ali o que havia no livro? Os leitores. Aqueles que tinham se dado ao trabalho de

comprar já no lançamento e talvez lido de uma só vez, na mesma noite.

Uns minutos depois, uma moça prendeu em mim um microfone de lapela, e os pilotos das câmeras se acenderam, sucessivamente. Os cinco outros escritores convidados se sentaram ao meu lado, sem olhar para mim e tampouco me cumprimentar: um sujeito de terno com riscas e ares de playboy maduro, outro mais velho e de monóculo e bigode branco, uma jovem com trajes bem provocantes, um louro com mechas que lhe caíam sobre os olhos e um homem gordo de respiração ruidosa.

— Bem-vindos ao nosso programa "Estilhaços de verve e cacos de romanceiro". Temos hoje convidados de muito prestígio. Vamos começar com...

Tomara que eu seja o último.

— Gabriel Askolein, autor muito apreciado pelos jovens, conhecido no mundo inteiro, estudado nas escolas. Então, senhor Askolein, está aqui para nos falar do seu último livro: *Como uma porcelana numa loja de elefantes*. Um título um tanto longo, não é?

— É verdade.

— E poderia nos resumir o tema central?

— É a história de um personagem se sentindo perdido num mundo em que tudo lhe parece estranho e incompreensível.

O apresentador, com um impecável penteado em escova, meneou a cabeça e mergulhou em suas fichas. Pude ver que as páginas do meu livro sequer tinham sido folheadas. Era visível. Se ainda me restasse qualquer dúvida quanto ao seu interesse com relação ao meu trabalho, não havia mais.

Aproveitando que a câmera não o enfocava, ele tranquilamente consultava a ficha que algum leitor profissional lhe preparara.

Se eu também pudesse dar uma olhada naquela ficha!

— Ah, que interessante! O herói então é um personagem descrito com cores fortes.

Marquei uma pausa, silêncio que deve ser evitado em televisão.

Depois, aproveitando o constrangimento causado por esse vazio, ataquei:

— Pode ser surpreendente, mas esse livro foi escrito há dois anos e só agora foi lançado por questões de planejamento da editora. Para mim, é um livro antigo. Nesse caso, como uma exceção não cria um hábito, preferiria falar do meu livro atual, em que trabalhei ainda hoje e que por isso está bem fresco em meu espírito.

O apresentador ergueu as sobrancelhas. Os outros convidados pareceram encantados, vendo que eu sabotava a mim mesmo.

— Ou seja, quer dizer que foi chamado para comentar *Como uma porcelana numa loja de elefantes* e...

De fato, vi aparecer nas telas a capa do livro e, no canto, o meu rosto.

— ... e eu atrapalho a rotina, mas permita-me evocar esse novo assunto. Acho que estará mais à vontade para discutir.

Instante de hesitação.

Na plateia, meu editor fazia sinais desesperados para que eu deixasse de lado aquela ideia lamentável.

Senti a irritação generalizada se espalhar, mas o apresentador se deu conta de que aquele tipo de desvio era raro o suficiente para que outros órgãos da mídia comentassem o fato no dia seguinte.

Além disso, como não tinha lido, até se sentiu aliviado.

— Muito bem, façamos o que propõe. De que trata o seu próximo romance, em que ainda na manhã de hoje esteve trabalhando, Gabriel Askolein?

— Trata daquilo que há acima de nós. Trata dos deuses que nos governam e se divertem a observar e manipular os homens, como peças de um jogo de xadrez gigante. Pensei em batizar esse novo romance *O reino dos deuses*.

— E qual é a intriga?

— Meu herói está em busca de Deus. Mas em vez de seguir o caminho normal oferecido pelas religiões, resolve que a melhor maneira de compreender os desígnios divinos é se colocando na mesma situação, procurando ver como ele próprio se comportaria.

— Uma espécie de empatia com Deus?

— Isso. Abraçando suas responsabilidades e vivenciando seu trabalho, esse herói pode compreender Deus e, assim, amá-lo melhor.

— Amá-lo?

— Pelo menos não temê-lo mais. Temos medo do que não conhecemos. Só podemos amar o que compreendemos.

— E como se pode compreender Deus?

— Colocando-se em seu lugar. E compartilhando sua experiência. Só conhecemos de fato as coisas quando as experimentamos.

Um convidado se movimentou e pediu a palavra.

— Pois não, Arquibaldo?

Ora, ora! Era ele então, Arquibaldo Goustin, o grande acadêmico. Vestia um terno de riscas, camisa preta, fular verde de seda. Brandia uma piteira de marfim e aspirava com deleite pequenas baforadas, estampando um sorriso sanguinário.

— Não acho que qualquer um tenha o direito de falar de Deus como bem entende. Creio, senhor Askolein, que nunca fez estudos teológicos.

— Tenho orgulho disso.

— Também não fez, que eu saiba, estudos universitários de letras.
— Mais um orgulho meu.
— Pessoalmente, acho que o tema dos deuses pode ser abordado apenas por especialistas que dedicaram a vida a isto, padres ou doutores em teologia.
— Orgulho-me de ser um espírito livre.
— Mas os jovens que o leem podem acreditar no senhor! — irritou-se o acadêmico.

Murmurinho na sala. Tinha a impressão de estar revivendo meu processo. Só que o apresentador estava no lugar de Atena, e os convidados, no das testemunhas de acusação.

Pelo contrário, os jovens, lendo, vão poder estabelecer um livre-arbítrio, o que permitirá que construam uma opinião independente de todos os distribuidores automáticos de verdades. A espiritualidade é um caminho a ser trilhado, e não um dogma.
— Mas há rituais a serem respeitados...
— ... que foram inventados pelos homens. Apenas por convenções humanas se estabeleceram regras que autorizam certas pessoas a terem a exclusividade para falar de Deus. Essas mesmas pessoas pretendem saber falar da morte e do paraíso. Oferecer tais prerrogativas de forma restrita é um certo exagero. A palavra Deus, Deus enquanto tema, assim como a morte e o tema do paraíso pertencem a quem por isso se interessa, ou seja, a todos.

Novo murmurinho no estúdio.

Senti crescer a contrariedade entre os outros convidados. O apresentador parecia estar gostando muito do conflito e o atiçava. Sentia a progressão do ibope.
— Se bem entendi então, meu caro Gabriel Askolein, o senhor propõe aos leitores que, por intermédio do seu personagem,

vivam alguns minutos na pele e com as preocupações de um... deus?

— Exato. E, para que a experiência seja ainda mais intensa, vou propor ao mesmo tempo um video game que vai permitir que se criem e administrem povos em mundos virtuais. O leitor vai poder, assim, ter a experiência ao vivo da divindade. E, com isso, compreendê-la.

O apresentador, considerando ter extraído tudo que podia da minha singularidade e já temendo que o grau de seriedade do programa ficasse abalado, devolveu a palavra à "boa clientela". Arquibaldo Goustin, tendo dado uma última alfinetada no meu projeto "ingênuo", falou de seu próprio livro. Deixou de lado temporariamente a piteira e explicou tratar-se de um apanhado de recordações de infância e, sobretudo, da sua mãe, que era escritora e membro da Academia Literária. Fora quem lhe transmitiu o gosto pelos livros. Disse que o romance era o primeiro volume de uma série em que, depois da infância, evocaria a adolescência e, ainda posteriormente, a idade adulta, período dos mais atormentados.

Após a confusão gerada por mim, sua segurança tranquilizou todo mundo. A tal ponto que várias pessoas na plateia aplaudiram a promessa de futuro livro daquela autoridade.

O entrevistado seguinte foi a jovem romancista que escrevera um livro sobre suas crises de bulimia. Explicou como vomitava todas as noites com dois dedos na garganta, debruçada na privada do banheiro. Disse ser uma característica de todas as jovens bonitas: para se manterem magras, vomitam ou engolem laxantes.

O entrevistador parabenizou-a muito e pediu que falasse de sua sexualidade. Ela explicou ter apenas prazer na submissão. Para ela, o homem que a amasse devia ser capaz de dominá-la. A delicadeza, pelo contrário, lhe parecia uma forma de preguiça.

Ela cruzava e descruzava as longas pernas envolvidas em meias de tipo "arrastão", e o apresentador não conseguia desviar o olhar.

Passou rapidamente ao convidado seguinte, o homem de bigode branco e monóculo, que acabava de publicar *A história do povo dos golfinhos*.

A obra contava, precisamente, o episódio famoso em que uma embarcação, tendo a bordo os últimos sobreviventes golfinhos, fugiu do continente e atravessou o oceano, para criar numa ilha longínqua uma nova civilização. O historiador se exprimia com um tom categórico que não permitia réplica. Ele "sabia" exatamente como tudo tinha se passado.

Não falava de hipótese. Ele afirmava.

Se soubesse que eu havia provocado tudo aquilo, dirigido, inventado! Tinha inspirado a fuga aos sobreviventes e sugerido a forma de governo.

Na verdade, eu é que devia receber os direitos autorais do livro, pois era quem havia concebido a maior parte das sequências.

O historiador continuava a citar momentos do exílio e percebi que, além de tudo, dizia flagrantes inverdades.

Enganava-se com relação aos nomes, às pessoas, aos acontecimentos. Confundia heróis e covardes, carrascos e vítimas. Protegido por seus diplomas universitários, chegou a sugerir que a fuga era um plano preconcebido de longa data e que um grupo de batedores dos golfinhos precedera o barco maior, investigando o "terreno". Afirmou, em seguida, que o estabelecimento na Ilha da Tranquilidade era apenas um momento de transição. Em sua opinião, os golfinhos quiseram se afastar para preparar com calma o retorno, isto é, a retomada da sua terra de origem, ocupada pelos homens-ratos invasores.

Não aguentei.

— Não, isso certamente não se passou assim. Na Ilha da Tranquilidade eles nunca quiseram invadir coisa alguma, queriam apenas estar tranquilos, como o nome indica.

— Preparavam um complô mundial! Sabe-se de maneira segura — afirmou o bigodudo.

— Quais são as suas fontes? — perguntei.

— "Nós" sabemos! Todos os testemunhos da época corroboram isto! Todos os historiadores concordam nesse ponto!

Soltei a frasezinha que tanto gosto de citar:

— "Não é porque são muitos a estarem errados que eles têm razão."

Ele ficou totalmente vermelho.

— Meu caro senhor... do alto dos seus diplomas, os senhores só dizem tolices. Meus homens-golfinhos sempre aspiraram a paz e a serenidade, exclusivamente. E, se não tivesse havido o dilúvio, nunca teriam deixado a Ilha da Tranquilidade e vocês nunca teriam ouvido falar deles. Foi por causa de Afrodite, que exagerou em seus atribuições e...

Parei. Todos me olhavam de maneira estranha. O que tinha dito de tão ruim?

Ah, que equívoco! "Meus" homens-golfinhos.

— Com que direito se atreve a contestar verdades históricas? — perguntou enfático o homem de bigode branco, se dirigindo a mim como se eu fosse um dos seus alunos.

— Com o direito que têm os mortos de não verem suas memórias enlameadas por imbecis pedantes. Com o direito que têm as vítimas de não verem os crimes dos seus carrascos legitimados por pseudointelectuais cujo saber vem apenas da propaganda dos tiranos e de boatos ignorantes.

O outro ia explodir. Mas limitava-se a simplesmente repetir, à beira da apoplexia:

— Mas quem esse aí acha que é... quem ele acha que é... por que foi convidado?

O apresentador não sabia qual atitude tomar. Preferiu afinal ignorar minha intromissão e, com um malabarismo, apresentou o convidado seguinte: o jovem louro de madeixas rebeldes que vinha contar noitadas parisienses em boates de "suingue". O tema imediatamente relaxou a atmosfera. Sobretudo quando o rapaz disse ter cruzado, em suas aventuras noturnas, com muitas celebridades e personalidades políticas. O alívio foi geral quando lembrou que, entre as celebridades, inclusive vira no "Coruja perversa", uma vez, o apresentador de "Estilhaços de verve e cacos de romanceiro". Este último, mostrando senso de humor, concordou que já fora ali, levado por amigos.

Aproveitando a descontração geral, o apresentador passou ao sexto convidado, o sujeito gordo que, de fato, era chefe de cozinha. Ele pelo menos falava de algo que conhecia e experimentara pelos sentidos: o gosto, a vista e o olfato, temas do seu livro. Expôs suas invenções culinárias, suas criações gastronômicas, a apresentação quase teatral dos pratos. Senti com ele uma real afinidade.

Na saída, tirada a maquiagem, meu editor Robert resmungou:

— O que deu em você? E essa história de *O reino dos deuses*? Corre o risco de ir contra os que têm certezas com relação ao além. Ou seja, praticamente todo mundo.

— É um risco a se correr. Se isso puder abrir a cabeça de algumas pessoas...

— E agora que ganhou a grande estima de Arquibaldo Goustin, ele vai cuidar de você de mil maneiras. É um cara poderoso e tem todos os circuitos literários sob controle.

— Meus leitores não leem os seus livros. E os seus provavelmente não leem os meus.

— Muitos críticos literários são também escritores que sonham entrar para a Academia. Vão tirar sua pele apenas para agradá-lo.

— Também não acredito que leiam meus livros.

— Para acabar com você, nem precisam saber o que escreve. Vão julgar a partir da sua atuação na televisão. Vão lançar boatos, insinuações. Isso basta. E um dia, se um historiador quiser falar de você, o que vai encontrar são essas calúnias.

— Tenho meus leitores. Eles me conhecem, sabem a verdade.

— Cuidado, Gabriel. O apoio dos leitores, por mais numerosos que sejam, não basta para construir uma carreira sólida. A reputação é mais importante do que o verdadeiro talento.

— Sou um espírito livre.

— Cuidado. De tanto querer ser livre a gente pode acabar... sozinho. Serve como aviso — disse, já se despedindo.

Deixei-o ir e perambulei pela noite, atravessando as avenidas amplas da capital e pensando no programa.

Que coisa, é incrível. São os mesmos espíritos reacionários que Jacques Nemrod tinha que aguentar. A situação literária na França, de "Terra 1", seria tão semelhante à da Galia, de "Terra 18"? Isso quer dizer que os mesmos tartufos imperam em todo lugar, em qualquer mundo?

Voltei a pensar em Delfina.

Maravilhosa.

Voltei a pensar no pessoal da Borboleta Azul Produções.

Pronto, tenho minhas primeiras lembranças autóctones de "Terra 18". Tenho uma vida aqui, desconectada de Aeden.

Era mais ou menos como estar de férias e esquecer os problemas habituais, e por algum tempo viver problemas novos.

Não os enxergo mais como peças de xadrez. Eles me impressionam, me emocionam, me preocupam. Como meus semelhantes.

Prestei atenção nos rostos. Um policial que dava informação. Uma idosa que resmungava sozinha, uma jovem com os olhos molhados. Um grupo de crianças jogando bombinhas na valeta do meio-fio. Um casal de namorados de mãos dadas, que depois parou para se beijar. Um mendigo ajoelhado no chão, com a mão estendida e um papel escrito: "Ajude. Estou com fome".

São esses os bilhões de mortais de "Terra 18" que eu observava antigamente, no céu.

Alguns pareciam se irritar com a insistência do meu olhar.

De novo vi cartazes de publicidade do Quinto Mundo. Eles realmente investiram em propaganda. No mais, eram cartazes de cigarros, de automóveis, de perfumes e de filmes.

Começou a chover.

Frases daquele dia me voltaram à mente. "Não é porque são muitos a estarem errados que eles têm razão." "De tanto querer ser livre, pode-se acabar sozinho." E também o título do meu último livro: *Como porcelana numa loja de elefantes*. Premonitório? Seria engraçado que meu último romance publicado contasse a história de um deus perdido entre mortais que lhe davam lições de moral.

O circuito estaria concluído.

Ri comigo mesmo.

Descobri num bolso um maço de cigarros e acendi um. Aspirei a fumaça com a sensação confusa de me envenenar e ter prazer.

Meus passos me conduziram a uma rua escura, barulhenta, malfrequentada. No momento em que diminuí o ritmo, tentando encontrar um bar onde me sentar e beber, reparei, no reflexo de uma vitrine qualquer, um homem com uma capa bege e chapéu preto. Estava me olhando de longe.

Virei em várias ruas, para ter certeza. O homem continuava a me seguir.

Um leitor querendo autógrafo?

Um fanático religioso?

Parei em frente à vitrine de uma loja de brinquedos. Assim, ele podia se aproximar. Mas não fez isso. Manteve uma boa distância.

Não restava dúvida, o sujeito estava atrás de mim. E não era um admirador. Eu precisava me livrar dele.

Corri. Ele correu atrás de mim.

40. ENCICLOPÉDIA: CONAN DOYLE

Conan Doyle nasceu no ano de 1859, em Edimburg, na Escócia. Bem jovem, criou um jornal escolar e publicou alguns contos. Diplomado em medicina, o jovem Doyle precisou ajudar a família, que caiu na miséria por causa do alcoolismo do pai. Abriu um consultório de oftalmologia em Portsmouth, casou-se aos 26 anos com a irmã de um paciente seu e teve dois filhos. Voltando à paixão literária, escreveu em 1886 *A study in scarlet* ("Um estudo em vermelho"), a primeira história tendo com personagem principal um certo Sherlock Holmes. Este, na verdade, se inspirava em um dos seus professores, Dr. Joseph Bell, cirurgião da faculdade de medicina de Edimburg, que gostava de investigar as doenças por deduções sucessivas.

O *Strand Magazine* publicou seis histórias suas e pediu outras. Para que o periódico desistisse, Doyle pediu uma quantia exorbitante para a época, 50 libras. O pedido, no entanto, em vez de recusado, foi aceito. Preso em sua própria armadilha, Conan Doyle acabou trocando a medicina pela literatura. Passou a publicar livros inteiros com as aventuras de Sherlock Holmes, reconhecendo-se pessoalmente mais no personagem do Dr. Watson, o parceiro de investigação e narrador, a quem o autor deu sua própria aparência física. Sherlock Holmes, porém, começou a ganhar importância excessiva na vida de Conan Doyle, a ponto de ele vir a detestar o personagem. Numa estadia na Suíça, em 1892, para tratar a tuberculose de sua mulher, o escritor resolveu matar Sherlock Holmes, na história intitulada *The final problem* ("O problema final"). O herói foi precipitado nas cataratas suíças de Reichenbach por seu eterno inimigo, o maléfico Professor Moriarty. A reação dos leitores foi imediata. Suplicaram pelos correios que Sherlock Holmes ressuscitasse. Sua própria mãe pediu que salvasse o célebre detetive. Nas ruas de Londres, leitores usaram uma braçadeira negra em sinal de luto pelo herói morto. Depois dos pedidos, vieram insultos e ameaças, mas Conan Doyle não cedeu.

Ele escreveu uma peça de teatro, *Waterloo*, e romances históricos. Candidatou-se às eleições legislativas de Edimburg e não se elegeu. Viajou, voltou à medicina no Sudão, dirigiu um hospital na África do Sul durante a guerra dos Boers. Em 1902, contrariando as expectativas, resolveu de novo escrever uma aventura do personagem-fetiche, *The hound of the Baskerville* ("O cão dos Baskerville"). A ação se passava antes da morte no abismo de Reichenbach. Somente três anos mais tarde ocorreu a ressurreição oficial do detetive em *The return of Sherlock Holmes* ("A volta de Sherlock Holmes"), que financiaria as obras de construção da nova residência do escritor. O sucesso foi imediato, e isso deixou Doyle muito irritado. Pior ainda: ele recebia cartas endereçadas a Sherlock Holmes. O escritor se vingou tornando o personagem cada vez mais sombrio, dependente de morfina e cocaína, cada vez mais solitário, amargo e misógino.

Em 1912, Conan Doyle criou um novo personagem concorrente, o Professor Challenger, em *The lost world* ("O mundo perdido"), que não conseguiu a notoriedade de seu antecessor.

Horrorizado com as atrocidades da Primeira Guerra Mundial, Conan Doyle, no crepúsculo da vida, virou-se para o espiritismo (como Victor Hugo). Em 1927, publicou a última aventura de Sherlock Holmes: *The adventure of Shoscombe old place* ("O velho solar de Shoscombe"). Ele morreu em 1930, de uma crise cardíaca. Após sua morte, seu filho Adrian Doyle escreveu *As novas aventuras de Sherlock Holmes*. Desde então, as histórias do célebre detetive com cachimbo e capa impermeável nunca deixaram de ser republicadas e adaptadas para o cinema. São inúmeros os fã-clubes no mundo inteiro. Um grupo inglês de "holmesistas" pretende inclusive conseguir comprovar que o detetive Sherlock Holmes de fato existiu. O que é discutível, segundo esse grupo, é a existência do escritor Conan Doyle.

Edmond Wells,
Enciclopédia dos saberes relativo e absoluto, tomo VI

41. DELFINA

Corri cada vez mais rápido. Ele não desistia.

Rodei por várias ruelas e me escondi na entrada de um prédio.

O sujeito de capa bege e chapéu preto passou por mim correndo.
Não é uma boa hora para ser assassinado.
Não sabia ao certo se me recuperaria, caso fosse morto. No âmbito da punição, os deuses sem dúvida tinham me tornado completamente mortal.
"Terra 18": ponto final para a minha alma?
Voltaria a ser um simples cadáver, um monte de carne morna que apodreceria sem possibilidade de reencarnação?
Esperei um pouco e saí do esconderijo. O caminho parecia livre.
Não quero ficar sozinho essa noite.
A quem procurar? Solena estava me esperando, disso não tinha dúvida.
Mas não era quem eu queria.
Procurei o cartão com o endereço de Delfina e chamei um táxi.
Apertei o botão do interfone com o nome KAMERER.
— Quem é?
— Gabriel.
— Quem?
— Gabriel Askolein, o "escritor irritante que se imagina Deus".
Minha franqueza fez com que risse. Mas ela manteve o controle.
— Você sabe que horas são? Nem um deus tem o direito de incomodar os mortais durante o sono. O que quer ainda?
— Deixe-me entrar, estou sendo perseguido por um fanático religioso por causa do programa de televisão.
Ela hesitava.
— Bem feito para você. Isso vai esfriá-lo um pouco.
— Verdade, realmente estou tendo problemas.

— Voltou a blasfemar?

— Apenas falei de "liberdade de pensar de outra forma", num mundo em que todo mundo pensa igual.

Nem por isso ela abriu a porta.

— Eu vi o programa. Foi corajoso. Não gosto da sua visão pagã da divindade, mas no código de vida dos homens-golfinhos é dito que nunca se abandona uma pessoa em dificuldade.

A porta elétrica se destravou.

Confirmei que ninguém me seguira e entrei no edifício.

Subi até o 33º andar. Uma porta estava entreaberta. Nº 103. Entrei.

Delfina Kamerer estava com um roupão de banho vermelho e os cabelos enrolados numa toalha da mesma cor. Provavelmente saía do chuveiro.

— Não quis ficar sozinho essa noite. Além disso, se algum grupo resolveu me perseguir, podem também estar esperando em minha casa.

— Já jantou?

— Não.

Ela me fez esperar na sala. Havia uma biblioteca com livros que tinham todos o mesmo assunto: a religião delfiniana.

Escolhi um deles, luxuosamente encadernado e parecendo a bíblia oficial.

Li a primeira página:

"No início havia apenas o mar.

E no mar viviam os golfinhos.

Quando surgiram os continentes, os golfinhos saíram da água e se arrastaram, para depois andar de pé pela terra.

Foi o que gerou os homens-golfinhos.

Alguns deles, entretanto, sentiram falta do elemento aquático e voltaram a nadar no mar.

Desde então, os dois povos irmãos, terrestre e aquático, mutuamente se ajudam.

Os golfinhos-golfinhos, guardiães dos segredos oceânicos, transmitiram aos homens-golfinhos sua sabedoria primordial.

Muitos homens-golfinhos esqueceram que tinham vindo do mar e se tornaram homens, associados a outros animais. Chegaram até a matar golfinhos e a conspurcar o mar.

A primeira pessoa a retomar o diálogo entre os povos do mar e os povos da terra se chamava 'Mãe'.

Essa mulher recebeu a intuição do laço sagrado esquecido. Foi quem restabeleceu a comunicação entre os povos da terra e os do mar."

Era como, então, em "Terra 18", os homens-golfinhos tinham digerido meu ensinamento. Tudo fora simplificado, legitimado, harmonizado para se tornar compreensível até às crianças. Eu tinha na memória, no entanto, o grande contato entre meus homens-golfinhos e os golfinhos-golfinhos. De fato, aquilo se dera através de uma mulher.

Mas não tinha sido tão fácil inspirar aquele diálogo. Lembrei-me também das primeiras partidas do jogo de Y, com minhas intuições de última hora, meus arranjos para salvar por um triz alguns sobreviventes, as mensagens divinas enviadas por sonho a alguns médiuns que me pareciam capazes de se lembrar quando acordassem. Eles esqueciam, não compreendiam exatamente, reinterpretavam.

E tudo isso para chegar ali: "A Bíblia Delfiniana", na verdade a narrativa do jogo divino jogado por mim, visto pelas peças!

Delfina voltou, vestindo um pulôver índigo. Enquanto eu lia, ela deixara alguns pratos esquentando no fogão.

Colocou rapidamente uma toalha de mesa e talheres, passando-me pratos cheios de alimentos verdes e amarelos, avisando que era vegetariana.

Provei. Era tudo delicioso.

— Não vai poder dormir aqui — preveniu-me. — Se tiver medo de ir para casa, vai precisar de um hotel.

— Achei que, pelo código dos golfinhos, devesse hospedar quem está em situação de perigo.

— O código dos golfinhos é uma coisa, e o meu código pessoal de vida é outra. Você é um homem, e eu, uma mulher morando sozinha. Não gostaria, inclusive no que se refere às relações de vizinhança, que quem quer que seja insinue coisas às minhas costas.

— Seus vizinhos lhe vigiam?

— A mulher em frente passa o dia grudada no olho mágico. Aparentemente, observar as pessoas circulando no corredor é o seu passatempo favorito. Em seguida, ela faz um relatório detalhado das idas e vindas a todos os moradores do prédio, que é basicamente ocupado por aposentados que têm tão pouco a fazer quanto ela.

Delfina me passou condimentos para temperar a comida. Não era pimenta-do-reino e nem pimenta vermelha. Um pó amarelo e outro alaranjado. Experimentei, e o sabor lembrava mais ou menos o do curry de "Terra 1".

— E se eu estiver muito interessado em você?

— Precisaria ter argumentos sólidos.

— Eu inventei a sua religião. Não acha suficiente como argumento?

— Outra vez seus delírios de grandeza. Vou acabar acreditando no que alguns dizem a seu respeito.

— Pare de acreditar... experimente. Não é comum que um mortal possa encontrar um deus.

Foi para a cozinha e voltou com uma luva grossa, segurando o que pareciam ser duas lasanhas, com brócolis e molho bechamel, numa travessa transparente.
— Argumento nada convincente. Mas gosto de jogar. Vamos ver. Tente marcar pontos, e aviso se estiver chegando perto.
— Pontos? Tudo bem. E se eu disser que admiro seu fervor por minha religião?
— Não é "sua" religião. Nenhum ponto.
— Digamos então que gosto muito da "filosofia" dos golfinhos.
— Ah, bem mais simples. Está bem, dou-lhe o primeiro ponto, como incentivo.
— De quantos preciso, para dormir aqui essa noite?
— Vinte.
— Gostaria de fazer amor com você.
— Isso eu já percebi. Zero.
— Está vendo, sou sincero e não ganho nada.

Ela serviu vinho e, em seguida, me olhou intensamente.
— Você diz que é "meu deus" e só fala de si mesmo. Ou então diz que "você" gostaria de ficar comigo. Não se interessa, nem por um segundo, por minha pessoa? Em algum momento perguntou quem eu, Delfina Kamerer, sou? Parece alguém completamente egocêntrico e megalomaníaco.

Megalomaníaco, eu!
— O que pode ser mais pretensioso do que se achar deus? Delírio de grandeza. Complexo de superioridade. Seus pais deviam colocá-lo num pedestal e o mimaram demais ou, pelo contrário, o esmagaram. Como reação, você compensa, se supervalorizando.
— Não, eu não queria...
— A megalomania é uma doença e posso lhe dizer que os institutos psiquiátricos estão cheios de gente que se toma...

Por mim.

— ... por Nosso Senhor.

Bebi vinho. Ela mesma só bebia água. Começava a achá-la cada vez mais desejável. E pensar que de início nem a achei bonita. Com o passar do tempo, uma hora após a outra, minha impressão mudara completamente.

— E então, quem é você, Delfina Kamerer?

— De início, é preciso que saiba que minha fé é antiga. Minha família foi dizimada durante a guerra mundial e fui criada por uma tia que por muito tempo escondeu minha religião. Quando descobri minha origem, lancei-me a fundo na cultura dos golfinhos. Inclusive, abandonei a vida normal que tinha e os estudos de informática para viver, durante três anos, num monastério delfiniano.

— Que coisa!

— Experimentei ali a prática cotidiana da fé, baseada no respeito pela natureza, no respeito pelos outros e, sobretudo, no respeito por si mesmo.

Serviu mais vinho, mas eu não tinha mais vontade de beber, preferi água pura.

— Como se vive num monastério delfiniano?

— Levanta-se com o sol. Em geral, às seis horas da manhã. Em seguida, ginástica de alongamento.

Eu lhes tinha ensinado ioga.

— Depois canto polifônico para conseguir uma vibração coletiva. Oração por nosso planeta em sua globalidade. Discussão sobre os textos dos grandes homens-golfinhos sábios. Enfim, almoçamos juntos. Sem carne. Sem álcool. Sem tabaco. Sem café.

— Sem sexo?

— O sexo é permitido e até incentivado, por despertar energias. Mas em nosso monastério havia apenas mulheres e não me sinto atraída por pessoas do mesmo gênero. Mas isso nada tem a ver com a religião, acho que é preciso uma forte cumplicidade dos espíritos, antes de poder haver uma cumplicidade dos corpos. É algo, no entanto, que precisa de tempo e se faz por etapas. Mãe dizia: "O que não se constrói com tempo não resiste ao tempo."

Entendi. Não havia a menor chance de fazer amor aquela noite.

— Mãe nos ensinou também artes marciais, ensinou a respirar, a tomar consciência do presente, a conhecer a natureza. Um dos seus lemas era: "Sem desejo, sem sofrimento."

Examinei um quadro na sala e me dei conta de que estava assinado D.K., Delfina Kamerer. Então ela não era apenas diretora de arte da Borboleta Azul Produções, mas também pintora. A obra representava um casal abraçado, com os corpos se fundindo e formando uma nuvem. As cores eram bem suaves, os rostos, serenos, como se estivessem desligados de tudo.

— E se eu a desejar?

— Vai sofrer.

Deixei a água de lado e voltei ao vinho.

Ora bolas! Não ia agora ter lições de espiritualidade e de sabedoria com uma simples mortal que as adquirira de homens a quem eu ensinara tudo!

— Por que está rindo, senhor megalomaníaco?

— Estava pensando no quanto tenho a aprender com você.

— Desde o início, você parece o tempo todo nervoso, angustiado, impaciente. Já seria tempo de encontrar um pouco de serenidade. Quer que eu lhe mostre uma meditação simples?

— Com prazer.

— Mantenha-se reto.

Obedeci, apoiando-me firme no encosto, com as mãos nos joelhos.

— Respire fundo.

Inspirei.

— Conscientize-se do instante presente. Viva apenas esse instante. Vamos utilizar os cinco sentidos. Descreva o que vê a sua frente. Observe bem as cores.

— Vejo uma mulher morena de olhos negros. Ela é bonita. Uma cozinha vermelha. Panelas brancas. Uma mesa laranja. Um prato branco. Um quadro azul com um casal numa nuvem.

— Muito bem. Agora feche os olhos. Diga-me o que ouve.

— Ouço algo cozinhando numa panela. Ouço vizinhos que brigam por trás da parede. Ouço o barulho do vento na janela.

— Mantenha os olhos fechados. Quais cheiros você sente?

— Sinto o cheiro da massa cozida, do tomilho, da salva, o odor do sal, do azeite, do vinho. Sinto o seu perfume: bergamota sobre um fundo floral, lilás ou lírio. Não, acho que uma madeira, talvez sândalo.

— Qual gosto sente na boca?

— Ainda o gosto da lasanha com brócolis.

— E o tato?

— Sinto a cadeira sob as nádegas, os pés no chão, os braços sobre a mesa, sinto o peso das minhas roupas.

— Ótimo, agora abra os olhos e misture todas as informações dadas pelos sentidos.

Fiz isso e senti tudo de maneira mais forte. Ela segurou minha mão e acrescentou o contato da pele às informações recebidas.

— Você realmente está presente: aqui e agora, comigo.

Estava me dando a maior das lições. Tendo conhecido a experiência divina, revi a fundo uma vida de mortal encarnado.

Isso me fez lembrar de quando andava de bicicleta e sonhava em ter um carro, que me parecia a dimensão superior. Consegui um. E um dia, andando como uma lesma, preso num engarrafamento, vi uma bicicleta passar e entendi que, afinal, a bicicleta podia ser mais interessante do que o automóvel

Ser mortal talvez então se revelasse mais interessante, mais educativo para a minha alma do que ser deus.

Nesse caso, tudo estaria muito bem. Em vez de ser uma punição, o exílio forçado entre os habitantes de "Terra 18" seria uma ocasião para minha alma se elevar ainda mais. Uma etapa de descida, necessária à subida.

– Quero que me ensine o que sabe – disse.

Ela trouxe sobremesas à base de frutas.

– Então comece dizendo "gostaria" em vez de "quero". Será a primeira lição.

– Gostaria que fosse minha professora.

– Segunda lição: acalme-se. Pare de se mostrar o tempo todo febril e impaciente. Tudo virá da maneira certa, no momento certo.

– Mas o que está em jogo é terrível e...

– O próprio fim do mundo pode esperar até amanhã.

– Está bem. Vou tentar.

– Por essa boa vontade vou lhe dar mais um ponto. São dois, em vinte. E agora, trate de ir embora.

– E a próxima aula?

– "Quando o aluno está pronto, o professor se apresenta."

Cada vez melhor. A frase era de Edmond Wells, e eu a tinha transmitido a um médium golfinho.

Ela se levantou, trouxe meu paletó e indicou a porta.

Lá estava eu de volta, andando pelas grandes avenidas desertas. Era uma hora da manhã.

Voltei para casa e me joguei na poltrona.

O telefone tocou.

Reconheci imediatamente a voz do outro lado da linha. Deixei que falasse.

– Não, sinto muito, Solena, não irei amanhã, prefiro que a gente pare de se ver.
– Encontrou outra pessoa?
– Foi isso.
Olhei a foto da namorada de Gabriel, essa mesma Solena, me perguntando o que o meu "eu anterior" podia ver nela. "O amor é a vitória da imaginação sobre a inteligência", dizia Edmond. Devia dar uma dimensão imaginária importante àquela pessoa.
Ouvi uns sons característicos no aparelho.
– Não, Solena, não chore. Acho que merece encontrar um sujeito melhor.
– Cretino!
Bateu o telefone no meu nariz. Pronto. A partir dali haveria apenas Delfina no meu espaço sentimental. Mesmo que o jogo parecesse difícil, pelo menos era claro.
Dois pontos em vinte...
Fui à biblioteca e peguei o livro *Como porcelana numa loja de elefantes*.
Virei a primeira página: "Para Solena, sem quem eu me sentiria sozinho nesse mundo."
Bem, devia reconhecer que talvez tivesse quebrado uma porcelana na loja de Gabriel Askolein. Mas já que aquele cara não era eu de verdade, não lhe devia nada.
Virei mais uma página e comecei a ler o primeiro capítulo:

> "Às vezes esse planeta me parece estranho, e as criaturas que vivem nele, e que são ditas minhas 'congêneres', me parecem animais de outra espécie, que nunca compreenderei e nem me compreenderão. Sinto que eles têm muito medo. E sinto que uma das maneiras que têm para suportar esse medo consiste em se tornar predadores. Assustando os outros, eles se tranquilizam."

Espero que não seja autobiográfico, detesto autores que só falam do próprio umbigo.

Voltei a ler.

Comecei então a compreender a história. O personagem principal, Gilles, tinha um irmão gêmeo completamente integrado à sociedade, enquanto ele se sentia estranho no mundo. O irmão trabalhava numa companhia de seguros, e ele, na fabricação, decoração e venda de porcelanas raras.

Havia uma história de amor, com os dois irmãos amando a mesma mulher obesa, chamada por eles de Elefanta. Havia também uma investigação criminal, pois o irmão de Gilles fizera um seguro para o pai e, arruinado pelo vício no pôquer, matou-o para receber o dinheiro da apólice. Gilles então iniciou uma investigação para descobrir quem matara seu pai.

Finalmente, ele terminou sua obra-prima: uma porcelana gigante, representando uma elefanta. Ao lado, colocou o irmão assassinando o pai, revelando dessa forma a conclusão da investigação. A elefanta de porcelana era exibida numa exposição cultural, mas o irmão gêmeo, com medo que descobrissem seu crime, quebrou-a.

No final do livro, o autor indicava as músicas que ouvira escrevendo. Eram discos daquele planeta. É claro que eu não os conhecia. Peguei outro livro, *O planeta das mulheres*, falando de um mundo em que todos os homens tinham desaparecido, restando apenas mulheres. O subtítulo era: *Um dia haverá apenas mulheres na Terra, e os homens serão apenas lenda*. A obra era dedicada a um outro nome de mulher: Karina.

Havia, sem dúvida, uma musa diferente a cada vez. No final, novamente a lista das músicas ouvidas. Entendi por que o fone se encontrava ao lado do teclado do computador. A música o ajudava enquanto escrevia. E talvez lhe ditasse o ritmo.

Terceiro livro. Uma investigação criminal em que a única testemunha era uma árvore. A história era contada a partir do ponto de vista da árvore pensante.

Visivelmente, aquele cara na pele de quem eu me encontrava, aquele Gabriel Askolein, tinha realmente as ideias que se espalhavam para todos os lados. Tinha-se a impressão de se seguir um pensamento descontrolado, mas também sem limitações.

Ele parece se divertir muito, escrevendo. Por isso é tão agradável de ler.

Comecei a nem me sentir tão mal em sua pele. Escritor. É uma profissão de solitário, mas pelo menos se administra o tempo à sua maneira. E agora que Gabriel tinha uma aventura sentimental com Delfina Kamerer, senti que tudo nele renasceria. Um novo livro, uma nova musa, meu eu-Gabriel entrou em seu processo criativo. Tinha apenas que ouvir suas músicas e me divertir como ele, escrevendo. Faria isso na manhã seguinte, bem cedo. Procurei mais e encontrei cadernos de anotações sobre o trabalho.

Havia desenhos, mapas, fichas para os personagens, esquemas de histórias com flechas. Li as anotações e descobri num canto uns "conselhos para escrever". Falava da técnica das narrativas paralelas. Várias histórias que se alternam e se podem recortar e montar como sequências cinematográficas. Ele falava de "storyboardar" algumas cenas do romance para visualizá-las a fundo, descrevendo em seguida as imagens em detalhe, para projetá-las no imaginário dos leitores. Evocava uma noção que lhe parecia importantíssima, a de "composição em abismo".

Li seus livros até que o cansaço me impedisse de manter os olhos abertos e meti-me diante da composição em abismo do sono.

42. ENCICLOPÉDIA: COMPOSIÇÃO EM ABISMO

"Composição em abismo" é uma técnica artística que consiste em pôr uma obra dentro da obra: uma história dentro da história, uma imagem dentro da imagem, um filme dentro do filme, uma música dentro da música. Em literatura, encontra-se essa técnica narrativa em *Manuscrito encontrado em Saragoça*, de Jan Potocki. Esse romance escrito no século XVIII funciona com um sistema de narrativas similares imbricadas na narrativa, em diversos níveis.
Na pintura, em 1434, Jan Van Eyck pôs no centro do seu quadro, *O casal Arnolfini*, um espelho representando uma imagem na imagem: no caso, ele próprio pintando o casal. Este último é visto de costas no espelho, com ele de frente. A ideia foi retomada sobretudo por Diego Vélasquez em sua obra *As meninas*, em que ele é visto na lateral, pintando a cena. Seria também utilizada por Salvador Dalí, que adorava efeitos visuais vertiginosos.
Na publicidade, um exemplo é o desenho no rótulo da caixa do queijo "La vache qui rit". A cabeça da vaca tem na orelha, como brinco, uma caixa de "La vanche qui rit", que tem por sua vez uma cabeça de vaca, que por sua vez usa um brinco etc.
No cinema, filmes como *Vivendo no abandono*, *Uma passagem para a vida* e *O jogador* contam histórias de equipes de cinema que rodam um filme.
Na ciência, a ideia de existir uma pequena forma geométrica similar à forma geométrica global permitiu que o matemático Benoît Mandelbrot aperfeiçoasse, em 1974, o conceito de imagem fractal.

Em todas as suas utilizações, a composição em abismo produz uma sensação de vertigem, criando subsistemas imbricados ou escondidos no primeiro sistema.

Edmond Wells,
Enciclopédia dos saberes relativo e absoluto, tomo VI.

43. MAIS UMA VEZ DELFINA

Eu sonhava.

Sonhei que era um escritor e que, numa noite de autógrafos, uma leitora me disse que queria falar de um assunto em particular.

Declarou querer contar o que havia entendido nos meus livros. Ao falar, me dei conta de que ela tinha entendido minhas obras melhor do que eu próprio.

Como seria possível?

Fiz perguntas e ela me revelou uma quantidade enorme de coisas sobre o meu trabalho.

– No último livro, o senhor disse 1 + 1 = 3. E depois fez uma demonstração matemática provando. Mas isso pareceu impossível, pois em determinado momento precisou dividir por zero, o que não é permitido pela matemática. No entanto, é a sua grande descoberta. Por que isso é proibido pelos especialistas? Porque, na verdade, a divisão por zero dá... o infinito. E o infinito é uma noção inadmissível, tanto em matemática quanto em filosofia. O senhor, contudo, sendo um livre-pensador, ousou ignorar isso. O seu 1 + 1, então, não apenas é igual a 3, mas também ao infinito e, com isso, ao Amor total universal.

Acabei tomando nota daquilo. Pedi que repetisse lentamente, para ter certeza de ter entendido tudo direito.

Era uma sensação bem desagradável, essa de ser um artista produzindo uma obra que servia aos outros, mas não a si mesmo.

No sonho, tinha mais vontade de ser o leitor que compreendera do que o escritor que trazia a compreensão. Gostaria também de poder ingenuamente usufruir do meu trabalho, ignorar a queda, não saber quem era o assassino, viver o mistério e tudo me ser revelado progressivamente. Gostaria de aproveitar o que ensinavam os livros, para poder mudar minha maneira de ver o mundo, como a leitora dizia que eu mudara o seu.

Sou uma abelha. Fazer mel é minha vocação natural e tenho prazer nisso, mas não sei o seu valor. Com isso, preciso de alguém que analise meu mel. Eu o produzo, mas não o conheço. Nem o como. Tenho curiosidade de saber. Meu mel tem gosto de quê?

Minha leitora falava. Aumentava a impressão de desconforto e de injustiça.

Naquele sonho, estranhamente, não havia monstros, nem cores disparatadas, nem pessoas com comportamentos loucos. O sonho era tão realista que em certo momento fui me deitar, dentro do próprio sonho, e dormi.

Acordei dentro do sonho.

Em seguida, aquele que despertou no sonho acordou outra vez. E mais outra. E mais outra. Era uma composição em abismo no mundo onírico. Como a imagem de alguém entre dois espelhos, cujo reflexo se repete infinitamente.

Por via das dúvidas, o último a acordar, e dentro de um mundo que parecia estável, se deu um beliscão.

Abri as pálpebras. O cenário do quarto do escritor Gabriel Askolein não mudara. A cama. O teto. A janela. Continuava em "Terra 18" e a julgar pelas feições que analisava no espelho do banheiro, continuava sendo Gabriel Askolein.

Preciso "lavá-lo" e "barbeá-lo".

Li artigos de sua divulgação e entrevistas para descobrir o que fazia habitualmente. Um deles contava que, pela manhã, ele ia com o laptop para um bar embaixo de casa. Lia os jornais, comia um doce, tomava um café com leite e bebia muita água.

Refiz esse ritual e me dei conta de que meu corpo inteiro tinha suas referências. No bar, os garçons que pareciam me conhecer bem me cumprimentaram e trouxeram sem que eu pedisse um café grande com creme bem espumante, uma garrafa de água e um jornal.

O garçom comentou as notícias do dia. Tudo o deixava revoltado. Desde a meteorologia até os discursos políticos.

— Uma pergunta — interrompi. — Há quanto tempo venho aqui escrever pela manhã?

Ele me olhou de maneira estranha.

— Ora, desde que mora aqui, ou seja, uns sete anos.

— Ah, e antes eu morava onde?

Fingi estar brincando, para sossegá-lo. Afastou-se balançando a cabeça.

Li os jornais.

Falavam dos assuntos de sempre: guerras, assassinatos, estupros, greves, reféns, terrorismo, pedofilia, poluição. No caderno cultural: culto do umbigo e abstração. No caderno político: promessas, demagogia e frases vazias dizendo tudo e nada ao mesmo tempo. Somente a seção de esportes estampava rostos contentes de jovens bilionários, sempre ostentando as marcas dos seus patrocinadores, para a alegria das multidões que os idolatravam por saberem rebater ou chutar bolas. Em todo lugar via-se o triunfo da mentira, a apologia da tolice, a vitória fácil dos cínicos contra os últimos bastiões da inteligência que, divididos, tinham ainda maior dificuldade para resistir. O rebanho abobalhado se alimentava com seu feno insípido, e sempre querendo mais.

Começava a entender o processo criativo de Gabriel Askolein. A raiva crescia, e ela é a principal inspiração para qualquer espírito sensível. A adrenalina esquentou as veias.

Pronto, estava pronto.

Liguei o computador, decidido a escrever.

Em velocidade de trote. Os cenários se esboçaram, a temperatura esquentava.

Descrevi o cenário. O planalto da ação. Olímpia. Aeden. Cheguei a desenhar na toalha da mesa o mapa da ilha, para me situar melhor.

Depois, pus cada peça do tabuleiro no seu lugar. Os alunos-deuses. Os Mestres-deuses. Os monstros. Silhuetas surgiam, se aproximavam de mim.

Acrescentei os detalhes do cenário. Os móveis. As paredes. O carpete. O gramado. A floresta.

E as peças acessórias. Os figurantes. Os bilhões de mortais.

Estabeleci as cores, os barulhos, frases, cheiros. As palavras vinham para provocar estímulos sensoriais.

É realmente divertido criar pela escrita.

Digitava cada vez mais rápido.

Vinha com naturalidade. O pensamento corria como um rio, e meu único esforço consistia em canalizá-lo para que não transbordasse em qualquer direção.

O pensamento ia a galope.

Os dedos corriam pelo teclado, e ao fim de certo tempo percebi que sorria, escrevendo. Suava. Escrever me fazia perder peso como uma competição esportiva.

A excitação crescia. Meus personagens se movimentavam para todos os lados. Alguns morriam, outros nasciam. Fui buscar em mim bondade para criar personagens generosos. E busquei também maldade para fabricar os maus.

Às dez e quinze da manhã, parei porque um dos personagens não conseguia resolver um problema que lhe permitiria avançar.

Lembrei então uma anedota que Jacques Nemrod contava, quando era escritor:

"Isso aconteceu em 1869, em "Terra 1", o romancista de folhetim Pierre Ponson du Terrail escrevia todos os dias num jornal as aventuras de Rocambole. Um dia ele colocou o herói acorrentado dentro de um caixão cheio de pedras, que foi lançado em pleno oceano Atlântico por uma quadrilha de malfeitores, numa zona muito profunda e infestada de tubarões. Em seguida, Ponson du Terrail procurou seu chefe e pediu um aumento salarial. O patrão recusou, dizendo que qualquer um podia escrever romances de aventuras. E procurou outros autores para que continuassem as aventuras de Rocambole. Ninguém, entretanto, encontrou uma saída razoável e todos desistiram. O dono do jornal resolveu então chamar de volta Ponson du Terrail, deu-lhe o aumento e perguntou-lhe como tiraria Rocambole daquela sinuca. No dia seguinte, no reinício da história, os leitores encontraram: 'Tendo superado as adversidades no oceano Atlântico, Rocambole caminhava pela 5ª avenida de Nova York...'"

Sorri. Era essa a solução.

Não querer resolver tudo. Contornar.

Avançar a todo custo, aconteça o que acontecer.

Meu herói então contornou o problema sem resolvê-lo e reapareceu mais adiante, de outra forma. Isso me fez sentir ainda mais poderoso. A escrita passou do galope à disparada.

Onze e meia. Estava em êxtase, com os dedos batucando a toda velocidade. Esquecia quem eu era e o que fazia. Estava com meus personagens lá longe, revisitando Aeden.

Algumas pessoas me olhavam de longe, mas ninguém veio me incomodar. Em certo momento, porém, um sujeito abriu um dos meus livros, pedindo que autografasse. Fiz isso, sem abandonar o fio da intriga.

Meio-dia e meia. Acesso de tosse. Os fregueses do café, de tanto fumar, tinham produzido uma grande nuvem cinzenta que me irritava a garganta e o nariz.

Não havia aqui proibição de fumar nos bares, e o tabaco dos outros funcionava para mim como limitador do trabalho.

Comecei a entender Gabriel Askolein.

"Ele" dissera numa entrevista depois que faria ginástica num jardim público nas redondezas.

Fui até lá e, percebendo um grupo de pessoas fazendo alongamentos lentos, me juntei a elas. Pareciam me conhecer. Vendo-me ali, alguns me acenavam discretamente. Repeti os mesmos gestos.

Uma da tarde. Volta para casa. Telefonei a Delfina.

Ela concordou em me encontrar se eu fosse até o escritório da Borboleta Azul.

No caminho, vi que o homem de capa impermeável bege e chapéu preto me seguia novamente. Não queria levá-lo até Delfina e, mais uma vez, tive muito trabalho para despistá-lo.

Acabei aproveitando uma galeria comercial, lotada por uma multidão, para desaparecer e vê-lo partir em outra direção.

Pude então encontrar tranquilamente Delfina, que me esperava diante do seu local de trabalho.

Estava usando um vestido de cor índigo que lhe realçava a intensidade do olhar. Seus longos cabelos negros lhe davam ares asiáticos. Plantada neles, uma flor cor-de-rosa, parecida com a flor da cerejeira.

— Que cozinha prefere?

— Chinesa... Quer dizer... Eeeh... A cozinha dos tigres deve ser boa.

Na verdade, era uma gastronomia condimentada, semelhante à cozinha tailandesa. A decoração pesada do restaurante representava tigres gravados em pratos dourados.

Delfina disse que dormira pouco e que devorara meu livro *Como porcelana numa loja de elefantes* durante a noite.

Senti-me lisonjeado que se tivesse iniciado tão rapidamente em minhas obras.

— Antes de tudo uma pergunta: é verdade o que contam sobre você?

Enumerou então uma dezena de histórias negativas a meu respeito.

— ... E você, o que acha?

Olhou para o outro lado.

— Provavelmente o sucesso lhe jogou nas costas uma quantidade de inimigos que têm inveja e não sabem como sujar seu nome e seu trabalho. A luz atrai a sombra. Toda ação cria uma reação.

— Nesse caso...

— O que é espantoso é que, em geral, quando alguém tem sucesso, ganha de imediato um número grande de difamadores e um pequeno número de fãs. Não consegui, no entanto, achar nenhum artigo elogioso ou pelo menos falando do seu trabalho de maneira "normal".

— O que escrevo é "diferente" demais para agradar aos donos do poder literário em Galia. O que não se consegue compreender, tenta-se destruir.

— E você?

— Acho que vou decepcioná-la, dizendo que, pelo pouco que sei de mim, tenho uma vida normal, com um trabalho normal, que cumpro regular e diariamente, sem nada de especial.

Olhou-me intensamente, como querendo se assegurar de que tudo que lera a meu respeito era falso. Depois sorriu e pegou o livro.

– Tenho, mesmo assim, coisas a dizer quanto ao pano de fundo da sua história. Há uma regra no que escreve: "a ação revela a psicologia dos personagens".

– É verdade. Acho que é diante da adversidade que se compreende realmente quem é quem. E partir da ação permite ser mais demonstrativo, estar mais na imagem. Eu penso e escrevo por imagens.

– Deveria tentar o contrário: "a psicologia dos personagens gera a ação".

– Você quer dizer, por exemplo: escolho um maníaco e mostro como ele investiga a partir dessa visão maníaca?

Ela concordou.

Achei a observação muito pertinente.

– Não sou do ramo, mas acho que, em certo momento, se definirmos com muita precisão todas as características psíquicas e físicas de um personagem, o passado, as esperanças, os medos, a sensibilidade... ele acaba de repente se emancipando do imaginário de seu criador.

– Continue.

– Os personagens podem viver por si mesmos, sem que se tenha necessidade de indicar em qual intriga devem se encaixar. Descrevendo detalhada e profundamente o herói, deve-se conseguir esse pequeno milagre: o momento em que o personagem surpreende quem escreve, em que tem existência suficiente para desviar o conflito, abordando ideias que o autor não teria tido. Mas para chegar a isto é preciso realmente descrevê-lo bem. Conhecer cada particularidade sua. O viés pelo qual ele interpreta o mundo, à sua maneira, com sua porção de loucura, de paranoia, de tristeza, de alegria. Suas dores, mentiras, intuições.

— Você quer dizer: como no Quinto Mundo, quanto maiores os detalhes acrescentados ao personagem, mais ele existe, independente do modelo inicial.

— O Quinto Mundo é apenas um pálido local de experiência, em comparação à força do romance.

Depois de dar aulas de espiritualidade a um deus, aquela mortal dava lições de técnica literária a um escritor.

— O herói deve ser paradoxal. Por exemplo: pode ter sofrido um choque que tenha provocado uma resiliência, tornando-o mais forte. Pode ter sucesso por ter cometido um erro. Pode ser complexo, com camadas psicológicas que ele próprio ignora. Deve surpreender com atitudes incompreensíveis. As pessoas são assim. Se for uma mulher, pode ser histérica, mas intuitiva.

— Não é meio caricatural?

— De jeito nenhum cabe a você definir sua histeria particular. Depois suas intuições pessoais. Mas cuidado: as intuições podem se revelar uma desvantagem. E a histeria, uma vantagem. Além disso, os personagens devem ser descritos o tempo todo. Desenhados. Devem ter seu passado relembrado, as provações, as dores. Incessantemente. E acrescentar paradoxos. Cada vez mais paradoxos. Como se bate uma maionese. E você consegue essa vantagem extraordinária: fabricar a partir do nada um ser que existe por si só. Não vai mais precisar inventar um conflito, os personagens a inventarão no seu lugar.

Calou-se. Esperava minha reação.

— Minha busca não é a do romance perfeito, sabe? — declarei.

— Ah, não? — respondeu, decepcionada. — O que procura, então?

O Grande Deus. Sou um pequeno deus que busca o Grande Deus. Mas se eu lhe confiasse isto, acharia mais uma vez que estava blasfemando. Ou que devia ser trancafiado.

– Melhorar. Superar meus paradoxos pessoais. Esquecer minhas dores particulares. Amar... Amá-la.
– Nem aqui, como personagem da vida real, você passa qualquer credibilidade.
– O que fiz de errado, dessa vez?
– Se quer me amar, o que acho compreensível, precisa...
– ... tentar realmente compreendê-la dentro do seu personagem, é isso?
– Não. Se quer me seduzir, não é o melhor caminho. Já lhe dei uma indicação com aquela escala de pontos. Não se deve ficar no primeiro grau. É um jogo. Jogue comigo.
– Qual jogo?
– O jogo da sedução.
– Não compreendo. Sou sincero em meus sentimentos.
– Justamente, pare de ser sincero. Seja manipulador. Mulheres adoram que lhes proponham um jogo. Somos gatos, e vocês, cães. Gatos gostam de brincar. Surpreenda-me.

Com Mata Hari e Afrodite era mais simples. Quando podia imaginar ser mais difícil seduzir uma mortal do que a deusa do Amor em pessoa? De repente entendi o interesse de Zeus pelas mortais e seu desdém pelas mulheres de Olímpia.

– Desisto – disse eu.
Ela olhou para mim.
– Muito bem. Um ponto. Chegou a três dos vinte necessários.
– Não estou entendendo.
– Desistindo de me seduzir você acaba de me mostrar que compreendeu uma das bases do ensinamento dos golfinhos: saber "desapegar". Só se pode conquistar uma coisa quando se desiste dela. Começa a me interessar.
– Está zombando de mim.

— Também posso ser paradoxal. Ao insistir comigo, eu penso: "Mais um idiota que me vê como uma caça a cair em sua armadilha e para ser exibida como troféu na sua sala." Em vez disso, quando diz ter desistido, eu deduzo: "Como assim, acha que não valho tanto a pena?" Começo a questionar meu corpo e minha própria capacidade de sedução. Passo a achar que notou que meus seios são pequenos, e os quadris, largos demais. Ou que tem mulheres melhores à disposição. Essa simples frase o torna mais interessante para mim.

— E eu que a considerava mística! "Sem desejo, sem sofrimento."

— Tenho hormônios. Além disso, já viu alguma mulher que não goste de se sentir desejada?

— Obrigado por tantas lições.

— Essa também foi boa. Mais um ponto.

— O que foi, dessa vez?

— Ter dito "obrigado". Significa que tem consciência do bem que lhe faço. Muitos homens são ingratos e consideram que lhes devemos tudo. Um "obrigado" realmente sincero é um grande presente, que eu aceito. Já tem vinte por cento. Muito bem, passemos adiante, sabe cozinhar?

— Não.

— O cara pretende ser deus e nem sabe cozinhar! — disse, mostrando desapontamento. — Muito bem, vou lhe ensinar. É a base de todas as vocações. Sobretudo a de escritor. O que posso indicar?... Já sei, algo meio complicado e típico dos golfinhos.

Ela então me transmitiu essa receita, vinda, segundo afirmou, das profundezas ancestrais de sua civilização e recebida da própria mãe.

44. RECEITA DO BOLO DE QUEIJO BRANCO COM AÇÚCAR DOS GOLFINHOS

Para começar o preparo da massa, os seguintes ingredientes:
250g de farinha de trigo;
100g de óleo;
100g de açúcar;
1 ovo inteiro;
2 pitadas de fermento químico.
Misturar e bater a massa, deixando-a sobre um papel impermeável numa forma quadrada.
Preparar em separado o queijo branco.
Passar 800g de queijo branco numa peneira fina.
Numa vasilha grande, bater 4 gemas de ovo.
Acrescentar 180g de açúcar.
Acrescentar um pote de 200ml de creme chantilly espesso.
Acrescentar 2 pacotinhos de açúcar de baunilha.
Acrescentar um punhado de uvas passas.
Misturar o queijo branco.
Bater essa mistura por dez minutos, com uma batedeira elétrica.
Provar para acertar o açúcar de acordo com a acidez do queijo branco.
Em separado, bater em neve as 4 claras de ovo, até formar uma espuma espessa e acrescentá-la delicadamente ao queijo branco.
Deitar esse preparado sobre a massa disposta na forma quadrada.
Deixar em fogo alto durante dez minutos e, estando quente, pôr o bolo de queijo branco em altura intermediária. Cozinhar por 45 minutos. Apagar o forno, deixando

o bolo no interior por mais algum tempo, para que não murche.
Servir frio.

> *Enciclopédia dos saberes relativo e absoluto*, tomo VI
> (a partir da narrativa de Michael).

45. VINAGRE

Nos dias seguintes, visitei "Terra 18".
Aproveitando meu status de escritor, pedi para ser recebido nos lugares mais formidáveis, característicos da humanidade e que eu não conhecia quando era simples mortal.

Visitei um berçário repleto de recém-nascidos que se contorciam chorando, pedindo comida ou carinho. Era um concerto de choros. Reparei que a placenta vinda dos partos era recolhida pelas enfermeiras. Perguntei, e elas me confessaram que servia para a fabricação de produtos de beleza caríssimos, comprados por uma clientela exigente.

Fecha-se um ciclo: as mulheres seduzem passando na pele um produto do parto e, com isso, encontram genitores para produzirem outras crianças. E assim em diante.

Visitei uma escola em que os alunos se mantinham em silêncio, ouvindo um professor de ciências explicar as razões de o sol girar ao redor da Terra. Não ousei contradizer. As crianças me fizeram perguntas sobre a profissão de escritor e tive muito prazer em responder.

— Todos podem ser escritores, todos têm talento, basta apenas ousadia e querer se expressar. Não fiquem julgando a si mesmos. Esqueçam as críticas dos pais e as notas dos professores.

Deixem fluir o que há de imaginário e de fantástico no fundo de vocês. De início, construam pequenas histórias, testem com os amigos, e em seguida crescerão pouco a pouco.

Os professores acharam que aconselhar as crianças a criar sem medo de serem julgadas era um incentivo à rebelião. A eles também aconselhei que escrevessem e deixassem exprimir aquela pulsão original. Sem medo de serem julgados.

Visitei uma fábrica e senti, como uma nuvem palpável, as tensões criadas pelas hierarquias e competições. Em todo lugar havia chefe impondo a submissão a subordinados que a retransmitiam aos que estavam abaixo.

Visitei um centro de treinamento esportivo, com treinadores xingando os atletas e se exaltando quando conseguiam bater algum recorde.

Visitei um quartel. Todos os militares adoravam futebol e só falavam dos seus times favoritos. Ou então jogavam baralho. Tinha a impressão de serem pessoas desocupadas, esperando uma guerra para mostrar o que sabiam fazer.

Visitei uma prisão. Fui autorizado a conversar com alguns presos considerados mais intelectualizados, os que frequentavam a biblioteca. Contaram ter passado por situações difíceis, e eu podia imaginar que haviam imposto outras, mais terríveis, assim que puderam. Todos diziam ser traficantes de droga, mas soube pelo diretor que alguns tinham histórias mais complicadas. Um velhinho sorridente e brincalhão era chefão no tráfico internacional de drogas. Vivia num castelo-fortaleza, com um exército privativo, em plena selva. Um sujeito grande e triste era sequestrador de crianças. Um gordinho, assassino profissional do crime organizado. Um baixinho com olhar sombrio tinha matado com um facão a própria família e os vizinhos. Um sujeito caladão era, na verdade, um estuprador contumaz.

Visitei um hospital psiquiátrico. Descobri que ali a moeda era o tabaco. Os doentes mentais tinham eleito como rainha uma mulher grandalhona e autoritária que administrava um tesouro de cigarros e o distribuía como queria.

Enquanto eu conversava com um médico, um doente enfiou um garfo no olho de um enfermeiro. Soou o alarme e a maioria dos que tinham assistido faziam brincadeiras sobre o acidente. Para minha grande surpresa, os pacientes podiam entrar e sair à vontade. Bastava assinar um livro de presença. Quando estavam excitados demais, os médicos distribuíam soníferos.

Visitei um asilo de velhos. A maioria estava agrupada no refeitório, atenta à janelinha da televisão. Eram deixados diante do aparelho pela manhã e retirados à noite, após receberem seus remédios.

Visitei um centro de acompanhamento de doentes terminais. Encontrei pessoas formidáveis que se dedicavam e trabalhavam no sentido de facilitar os últimos momentos da vida para aquelas pessoas. Era estranho descobrir um lugar cheio de gente motivada, tendo antes visto berçários onde os funcionários pareciam tão pouco envolvidos.

Era essa a humanidade de "Terra 18".

Conhecer o mundo em que vivia para poder falar dele me parecia a base da minha profissão de escritor.

Visitei templos dos golfinhos, mas também templos das religiões dos tigres, cupins, falcões, lobos, ursos etc.

Discuti com os mais diversos sacerdotes, ouvi sem qualquer preconceito, esquecendo que pessoalmente conhecia os seus deuses.

Alguns eram secos e arrogantes, imbuídos dos seus costumes e prerrogativas místicas. Outros eram abertos e conciliadores, interessados em minha iniciativa de curiosidade ecumênica.

Terminava sempre minhas entrevistas com a pergunta: "E se encontrasse Deus, o que lhe pediria?"

Todos os meus colegas, alunos-deuses da 18ª turma, deviam vir ali pelo menos uma vez. Ficariam espantados em observar como suas ideias tinham sido deformadas, interpretadas, adaptadas para muitas vezes exprimir exatamente o contrário do que pretendiam.

Visitei um observatório astronômico e conversei com o diretor, um homem com cabelos brancos e compridos.

– Para o senhor, o que há lá em cima?

– Creio que são esferas embutidas em esferas maiores.

Não me atrevi a dizer que provavelmente estava certo

– E por trás da esfera maior?

– Outra esfera ainda maior.

Fazia pesquisas durante a tarde e escrevia *O reino dos deuses* pela manhã. Trabalhava no bar até que o número de fumantes fosse excessivo e que meus olhos ardessem. Depois continuava escrevendo em casa, com música, tendo diante de mim máscaras, marionetes e tabuleiros.

Via Delfina pelo menos três vezes por semana. Ela me dava aulas de cozinha, conselhos literários (segundo sua visão de "leitora que se interroga") e também lições de espiritualidade pelo princípio original dos golfinhos, pois considerava que uma parte deles se desviara numa religião modernizada demais.

À noite íamos ao cinema, ao teatro, à ópera. Assistíamos a espetáculos de humoristas, de mágicos, e depois jantávamos.

Eu a admirava, com sua cabeleira escura e os grandes olhos negros. Ela me impressionava muito. Apresentei os truques de mágica que aprendera com Georges Méliès, sobretudo o dos números que chegavam sempre à palavra "kiwi". E o truque com os reis, damas, valetes e ases que, misturados e cortados, formavam sempre quatro reinos com os reis, as damas, os valetes e os ases reunidos.

— Esses truques são chamados "escolhas forçadas". A pessoa acha que escolhe, mas apenas participa de um roteiro já escrito.

De tarde, passeava pela cidade e descobria o planeta que até então eu observava apenas com a lupa do meu ankh.

Tendo recebido as primeiras páginas de *O reino dos deuses*, Robert me mandou uma carta, com bela caligrafia, dizendo: "O projeto é estranho e intrigante. Não se parece com nada que eu conheça, mas tem a vantagem de falar de forma diferente sobre aquilo que todos consideramos sagrado ou tabu. Pensei muito e me sinto pronto a tentar essa aventura com você."

Delfina Kamerer às vezes vinha à minha casa, e eu preparava pratos a partir das suas receitas. Mesmo quando tudo dava errado e parecia impossível de comer, tinha a delicadeza de ir até o fim. Simplesmente acrescentava sal, pimenta-do-reino ou algum condimento local que facilitasse a ingestão.

Outras vezes, ficava me olhando trabalhar. Pelo puro prazer de ver meus dedos dançarem no teclado e para confirmar se escrevia de fato tão rapidamente quanto dizia.

Falamos daquela arte. Queria conhecer minhas "receitas".

— Em qualquer bom romance, há uma parte visível e outra não. Na parte invisível, há "ingredientes ocultos" que formam a força subjacente da história. São três seus componentes: 1) um bom truque de mágica; 2) uma boa piada; 3) uma iniciação.

— E na parte visível?

— Também três componentes: 1) um enigma; 2) uma história de amor; 3) uma descoberta científica pouco conhecida.

— Não é meio mecânico demais?

— Toda a diferença está em como preparar. Como numa receita de cozinha ou, melhor ainda, na criação de um ser vivo.

Tem sempre um coração, um cérebro, um sexo em todos os indivíduos, mas nenhum é idêntico. Mesma coisa com a parte externa, que sempre tem uma cabeça, um corpo, pés, mas o rosto pode ter determinada cor de pele, olhos puxados, lábios grossos, o corpo pode ser longilíneo ou atarracado, e por aí afora...

– E escrever, você vê isso como sendo igual a fabricar um corpo humano?

– Com certeza.

Falando, é como se estivesse habitado pelo outro, pelo escritor Gabriel Askolein.

Ele sabe tudo isso porque tem a experiência empírica de dezenas de anos como escritor.

– De início, há o esqueleto: o enredo com seu funcionamento, suspense e surpresa final. É a matéria bruta, nem sempre bonita, mas tudo já está ali. É o que vai manter a história em linha reta. Em seguida, introduzo os órgãos: as grandes cenas espetaculares.

– O truque de mágica, a piada, a iniciação?

– Isso, e também as características das personagens que vão fazer a história avançar. Para os órgãos, então: as reviravoltas, a cena de amor, as revelações.

– Depois...

– Depois os músculos. São planos menos espetaculares, mas indispensáveis ao prosseguimento da intriga. Sua entrada mais suave em cena deve ser suficientemente eficaz para movimentar a história. E no final vem a pele, que cobre tudo. Quando você lê, enxerga apenas a pele, da mesma forma que olhando para você vejo apenas a pele do rosto, mas sem o esqueleto você estaria desmanchada no chão.

– Gosto muito de ouvi-lo falar com tanta paixão. Entendo a inveja dos seus colegas – disse Delfina. – Sua vida tem sentido.

Infelizes são os que não encontraram o verdadeiro motivo de terem nascido.

— Sua vida também tem um sentido, Delfina. O desenho gráfico e a espiritualidade. É o que nos permite nos compreendermos. Avançamos lado a lado na mesma velocidade.

Durante a semana trabalhamos no projeto para o jogo *O reino dos deuses* na internet, e ela propôs alguns grafismos. Delfina tinha o senso das cores. Deu formas realmente originais aos personagens da Olímpia artificial. Traçou grifos incríveis. Os querubins eram adoráveis, com rostos pálidos de boneca. A quimera de três cabeças era ainda mais assustadora que a verdadeira.

Aquela jovem mulher tinha uma real capacidade para fabricar cenários ainda mais barrocos do que os que eu conhecia. Tudo se tornava sublime e complexo.

Percebi que, acima de tudo, e talvez fosse o que sempre busquei numa mulher, ela possuía um universo pessoal que eu podia confrontar ao meu próprio.

Qualquer pessoa que crie se torna automaticamente, por seu ato de gênese, uma espécie de deus.

Diante dos seus cenários maravilhosos, me senti obrigado a caprichar mais em meu romance *O reino dos deuses*. As situações precisavam estar à altura de suas fantásticas imagens panorâmicas.

Ela me disse:

— Vá o mais longe possível em matéria de audácia e de riscos. Só assim será inimitável. Invente situações que não se pareçam com nenhuma outra, os personagens mais loucos e mais originais possível. Não tenha medo de exagerar e nem chocar. Tudo que hoje em dia é considerado "na onda" pelos críticos logo será visto como "ultrapassado", pelos mesmos críticos. Invente então um caminho próprio, sem nada a ver com o que existe. Não procure se encaixar na moda... invente sua própria moda.

Entrei num período de produção literária desenfreada. Levei as situações ao paroxismo da audácia, às vezes ao ridículo ou à extravagância. Quando ia longe demais, as cenas afundavam como castelos de cartas armados rápido demais.

Minhas "torres de Babel".

Então recomeçava de outra forma, inúmeras vezes.

Tentei aplicar sua regra da "psicologia dos personagens que gera a ação e não a ação que gera a psicologia dos personagens", e isso me deu uma escrita diferente. Mais lenta, mais pesada, mas ao mesmo tempo mais profunda.

Delfina Kamerer lia os originais e se revelava muito crítica. Incentivava a que fosse ainda mais longe na densidade das psicologias. Achou Mata Hari pouco sutil, o herói muito chorão e Zeus humano demais. De certa maneira, o personagem que considerava mais interessante era Raul.

– Ele pelo menos tem um lado sombrio que atrai. Parece duro, mas a gente sente que não é mau. Raul é o verdadeiro herói de *O reino dos deuses*. Faça-o ganhar.

Engoli em seco. Até podia admitir que o verdadeiro Raul havia vencido o jogo de Y, em Aeden, mas que não viesse se tornar meu rival no mundo daqui.

Fiquei irritado.

– Sou eu o criador do romance, sou eu então que decido quem é simpático e quem ganha. Você vai ver o que faço com o seu Raul.

– De jeito nenhum. Não vou ver coisa alguma. Se tentar tornar Raul antipático, isso vai ser visível e produzirá o efeito contrário. Da mesma forma, se tentar salvar esse seu Michael pusilânime, isso vai parecer artificial. Não tem escolha, precisa deixar os personagens se desenvolverem por si mesmos. Eles já existem o suficiente, e você não pode mais fazer o que quiser com eles.

Quando passávamos juntos o fim de semana, ela me ensinava posturas da ioga dos golfinhos. Como eu não era tão atlético e nem tão flexível, tive dificuldade para seguir. Disse-me que era preciso expirar se alongando, para relaxar o corpo.

Indo ao cinema ver algum filme de aventuras, ela me obrigava a analisá-lo detalhadamente.

— O que não ficou bom nesse filme?

— Os atores eram um pouco sem graça.

— Não os atores. O roteiro. Eram sem graça porque não tinham particularidades, eram apresentados num só bloco. Tudo era previsível. Eu sabia sempre o que ia acontecer na cena seguinte. Ser imprevisível é a primeira sutileza que se espera de quem conta histórias. A gente tinha certeza da vitória final do herói. Que ele encontraria o tesouro e beijaria a princesa. Não era absolutamente paradoxal. Sem transformações. Um bom personagem de romance se modifica com a história. Há uma reviravolta. No início, ele era egoísta, para depois se tornar generoso. No início, era covarde, para se tornar corajoso. No início, era tímido, e no final se torna rei. Ele muda. É com isso que a história tem um efeito terapêutico sobre o espectador ou sobre o leitor, mostrando que ele também, como o herói, pode mudar. E que o fato de cometer erros não impossibilita isto. Os defeitos podem se tornar vantagens.

Eu adorava esse seu tipo de raciocínio.

— O bom herói deve ser ambíguo. A gente tem que achar que ele pode dar errado ou se mudar para o campo dos maus. Ele precisa passar pela rejeição da princesa e pela desconfiança das pessoas ao redor. Como na vida real. As princesas nunca aceitam ir logo para a cama.

— Sei disso.

Delfina fingiu não ter entendido.

— As pessoas em volta não somente não ajudam, mas, por pura inveja, criam dificuldades o tempo todo para o herói.
— Sei disso.
Ela se interrompeu e olhou para mim, zangada.
— Porque, no íntimo, é você o herói da sua história, e sua história, por outro lado, é um tanto paradoxal.
— Em quê? — melindrei-me.
— Você é um deus que aprende a viver com uma... mortal, apesar de ter inventado a sua... religião! Pelo menos é o que diz, não é? — Ela segurou o riso. — E o mais engraçado é que sequer entende o que ensinou aos outros!
Às vezes íamos ao templo dos golfinhos.
Disse para mim:
— Mesmo que não reze, finja.
— E em que devo pensar durante todo esse tempo perdido?
— No que fez na véspera. Recapitule a atividade do dia anterior. Da última semana. Do mês inteiro. E tente entender o sentido de tudo que já lhe aconteceu.
Às vezes íamos jantar em restaurantes de culinária estrangeira ou de gastronomia tradicional da Galia. Ensinou-me a arte da degustação. De início, os quatro sabores: amargo, ácido, doce, salgado, e o princípio dos sete odores: mentolado, canforizado, floral, ambreado, pútrido, etéreo, acre.
Todas as percepções olfativas e gustativas não passam de misturas desses quatro gostos, enriquecidas pelas nuances dos sete aromas. Mas as possibilidades são infinitas, afirmava Delfina.

Certa manhã, indo ao meu café de sempre, vi numa mesa Arquibaldo Goustin com um grupo bem-humorado de amigos. Estavam todos de terno e gravata, menos ele, ainda com o fular verde de seda, assim como com a piteira de marfim.

Viu-me e foi logo anunciando.

– Ah, meus amigos, peço que cumprimentem Gabriel Askolein, o grande autor de best-sellers.

Todos deram um suspiro divertido que me pareceu mais zombeteiro do que respeitoso.

Cumprimentei-os e já ia me sentar num canto afastado para trabalhar tranquilamente no meu computador portátil. Mas o acadêmico se levantou e veio na minha direção.

– Vamos, relaxe, Gabriel. Continua escrevendo algum dos seus delírios?

De perto, notei que estava um pouco embriagado e que seu olhar às vezes revirava. Fixou-me e de repente puxou meu braço, murmurando ao meu ouvido:

– Preciso lhe dizer uma coisa, Gabriel. TENHO INVEJA DE VOCÊ.

O bafo estava bem carregado.

– Inveja de mim?

Puxou-me até a mesa, chamou o garçom e pediu que me servisse com toda urgência um "cordial".

– Claro. Acha que não enxergo? Acha que todos aqui, todos esses sujeitos formidáveis que são escritores e meus amigos, acha que, no fundo de nós mesmos, não sabemos a verdade? A triste verdade?

Todos me olharam, interessados.

– Você, Gabriel, é o futuro – cochichou Arquibaldo. – Enquanto nós somos o passado.

Com isso, deu uma gargalhada e pediu que todos erguessem o copo.

– Ao passado!

Todos repetiram alegremente:

– Ao passado!

— Acho ótimo que nunca tenha querido me partir a cara — disse um deles. — Com tanta cretinice que escrevi a seu respeito... e sem nunca tê-lo lido!

Todos estouraram de rir.

Arquibaldo, de repente, ficou sério.

— É verdade. Todos nós o invejamos, temos inveja e vamos prejudicá-lo ao máximo. Com o silêncio ou com insultos, fofocas, calúnias... Mas você precisa saber... precisa nos agradecer, pois, na verdade, se agimos dessa forma... é porque sabemos, mesmo sem tê-lo lido, sabemos o que você faz. Você é... é... um criador de mundos.

O riso foi geral.

Ele voltou-se para mim e admitiu:

— Sabe por que pessoalmente o detesto? Por causa da minha filha. Ela não lia. Até os 13 anos nunca tinha terminado um único romance. E daí, um dia, descobriu um dos seus livros, por indicação de um colega de escola. Abriu-o e leu sem parar a noite inteira. Depois, um segundo. Em um mês, leu tudo. Seus 14 romances. E começou a nos falar de filosofia e de história. E passou a ler ensaios filosóficos e históricos, para completar o que havia aprendido com você. Foi como começou a ter vontade de ler.

— Que bom — respondi. — Não vejo onde está o problema.

Seu olhar se endureceu.

— Seu próprio pai é escritor. E ela nunca leu um único livro meu. Livro algum de nenhum dos grandes escritores presentes nessa mesa.

Arquibaldo Goustin olhou para mim e concluiu:

— Os filhos o entendem, mas não os pais, Gabriel. Quer saber onde está o verdadeiro problema, Gabriel? Você está no 3º grau e os outros — disse, apontando seus amigos — estão no 2º grau. Como veem que não está no 2º grau, acham que está no 1º...

Não via por qual ângulo registrar aquela última observação. Ele continuava estampando um sorriso satisfeito, como se fosse o único com coragem para contar uma verdade que todos escondiam.

Os outros mantinham suas posturas irônicas.

– Obrigado pela sinceridade – consegui articular. – Agora entendo melhor.

Saí e fui encontrar Delfina na Borboleta Azul, para examinar suas novas propostas. Era uma sensação estranha aquela de escrever uma história a partir de uma experiência vivida, mas em outro cenário. Quando consegui somar os cinco pontos iniciais, Delfina resolveu me oferecer o que chamou de "etapa afetiva". Convidou-me para uma longa sessão, em sua casa, em que me massageou do dedão do pé ao topo da cabeça. Usou óleos essenciais e me pressionou com cuidado os pontos musculares inscritos na medicina tradicional e secreta.

E eu que achava ter atingido o auge do êxtase no amor físico com Afrodite, descobri uma nova situação sentimental. Exacerbando meu desejo, Delfina foi mais longe ainda que a deusa do Amor. A imaginação acrescentou uma dimensão ao prazer. O fato de criarmos um mundo, *O reino dos deuses*, dava a impressão de que engendrávamos um "mundo-criança" juntos.

$1 + 1 = 3$?

$1 + 1 = $ *Infinito*, como dizia a mulher em meu sonho.

Delfina Kamerer me fascinava.

Era a professora da minha nova vida.

Ensinou a ciência dos golfinhos acerca dos pontos:

– Nosso casal vai evoluir em função desses pontos.

– Como assim?

– Há entroncamentos nervosos, encruzilhadas de energia do nosso corpo, situados na coluna vertebral. O 1: abaixo do cóccix. É o ponto da relação com o planeta, o que nos liga ao chão e à natureza. O 2: as vértebras lombares na altura do sexo. É o ponto da sexualidade. Nossa parte animal e a relação com a reprodução e, assim, com o futuro. É o último que vamos acender. O 3: as vértebras mais altas, atrás do umbigo. É o ponto da relação com a materialidade. É o que dois seres têm em comum. A casa, os bens, o dinheiro, os projetos materiais. O 4: as vértebras atrás do coração. É o ponto das emoções, o que provoca em nós o pensamento do ser amado. Uma sensação de pertencer a uma mesma família. O reconhecimento da tribo. A gente sabe que ama quando o simples fato de pensar no ser amado provoca uma ligeira aceleração cardíaca. O 5: as vértebras cervicais atrás da garganta. É o ponto da comunicação. Faz com que sempre tenhamos algo a nos ensinar, palavras a trocar, ideias a transmitir. O 6: no nível da testa, entre as duas sobrancelhas. É o ponto da cultura, o compartilhar dos mesmos valores. Gostar das mesmas músicas, filmes, livros. Ter as mesmas curiosidades e os mesmos valores.

– E o 7?
– Está no alto da cabeça. É o ponto da espiritualidade. Onde se encontra a porta para o mundo de baixo. E o compartilhar da mesma fé, da mesma percepção do além.
– Sete pontos... Sete pontos entre dois seres, que podem funcionar ou não.
– Cabe a nós acendê-los e criar junções.
Eu observava Delfina, achando-a mágica.

Avançamos como ela queria, por etapas.
Chegando aos quinze pontos, dormimos juntos. Ela adquiriu o hábito de se aninhar nua junto a mim, me levando ao suplício e à delícia do desejo.
Nossas meditações eram cada vez mais demoradas, assim como o tempo que ela permanecia em minha casa.

O romance e o jogo *O reino dos deuses* progrediam em grande velocidade. Fizemos os primeiros testes com o jogo, e para minha grande surpresa voltei a ter as impressões de Aeden. O ankh. Os povos que surgiam no monitor. Os sonhos agindo sobre os profetas. O raio interferindo nas batalhas.

Comentei com Eliott que se devia pensar na possibilidade de se construírem edifícios no jogo.

– Os monumentos podem impressionar os povos vizinhos, a ponto de lhes dar vontade de se aliarem.

Propus um sistema de 144 jogadores, com a eliminação dos mais inábeis.

– No final o vencedor vai poder encontrar o rei do jogo. Será a recompensa suprema.

– E, na sua opinião, como ele será? – perguntou Eliott.

– Zeus!

Olhou-me indeciso. Mais uma vez tinha esquecido que nossas referências não eram as mesmas.

– Um barbudo grande, de toga branca, com uma coroa. Uma espécie de vovô esperto e poderoso, de grande estatura e muito carisma.

– E ele é que vai ser o Grande Deus?

– Apenas o rei de Aeden. Em seguida, quando o jogador conseguir enfim encontrá-lo, vai se dar conta de que, surpresa!, é apenas o topo do sistema e que um metassistema existe, escondido por trás do sistema. Um deus ainda maior, por trás do senhor de *O reino dos deuses*.

Olharam para mim como se tivesse falado numa língua estranha. Delfina riscou com traços nervosos um ancião de toga e, em seguida, desenhou fios: ele era apenas uma marionete manipulada por uma mão surgida do nada.

– E esse Grande Deus por trás do rei de Aeden seria o quê?

— Isso, por enquanto, ainda não sei. Mas logo vou poder dizer.

Vi que começaram a perceber que eu afinal não tinha o coelho na minha cartola e estava prometendo algo que não detinha.

— Parece cansado, Gabriel. Todos temos nossos limites e acho que estipulou uma marca alta demais para o seu salto — reconheceu Eliott.

— Talvez possamos ajudar a encontrar o que há acima do rei de Aeden — propôs o albino.

— E se não houver nada acima? — adiantou o careca.

— E se fosse um grande computador? — sugeriu o albino. O computador que rege o universo.

— Uma luz — propôs por sua vez Delfina. — Um ser que seria pura claridade, mas sem consistência material.

— Se enviássemos os ganhadores a um outro jogo? — insinuou Eliott. — Isso possibilitaria uma continuação, caso o jogo funcione bem.

— Não — insisti. — Não podemos pôr uma coisa qualquer. Vou encontrar o que há acima do rei de Aeden e depois terminaremos o jogo em definitivo.

O albino não parecia satisfeito com a resposta.

— Sabe, Eliott, temos um problema com o motor de inteligência artificial que controlará os deslocamentos dos personagens de Olímpia. Há bugs. Alguns personagens desaparecem sem motivo algum. Achamos que será preciso mudar completamente o programa raiz.

— Testamos o jogo com os ankh como indicou o protocolo gráfico. Não é muito prático. Na verdade, a situação é bem feia — lamentou o careca.

— Temos poucos programadores para o motor de inteligência central.

— E seria preciso desistir de certos motores de inteligência periférica que são inoperantes — acrescentou o albino.

— E, além disso, há o artigo... — lembrou Eliott.

Houve um silêncio pesado.

— Artigo, que artigo? — perguntei.

— Bem, na imprensa. À pretexto da sua participação no programa de televisão. Arquibaldo Goustin publicou um texto bem grande numa revista. Acabou com você com uma raiva incrível.

— Não ligo para isso.

— Devia. Não é nada bom para a imagem do "nosso" futuro jogo.

Pedi para ver o artigo. Vinha com uma foto minha, tirada durante o programa. O artigo propriamente era uma série de difamações referentes ao meu trabalho, aos meus leitores e à minha pessoa. Arquibaldo Goustin dizia que a literatura de ficção científica era um gênero menor, permitindo todo tipo de delírio e, por isso, sem a menor responsabilidade. Terminava zombando da maneira como me visto.

— É apenas inveja — disse.

— O problema é que esse artigo incentiva outros. Não é bom para a sua imagem.

— Estou pouco ligando para a minha imagem. A partir do momento em que eu sei que sou sincero no meu trabalho, não tenho porque tentar agradar a esse monte de escritores fracassados.

O pessoal da Borboleta Azul não parecia tão convencido.

— É ruim para a mídia do video game — disse Eliott, fazendo uma careta.

No meu planeta, "Terra 1", Jonathan Swift dizia: "Quando um gênio de verdade aparece nesse nosso mundo, pode-se reconhecê-lo pelo fato de todos os imbecis se juntarem contra ele."

— Para dizer a verdade, Gabriel, por causa do artigo, tivemos algumas deserções em nossas equipes e inclusive entre os patrocinadores habituais. Não querem ter o nome associado ao seu.

— Devo abrir um processo de difamação contra Goustin?

— De jeito nenhum, é tudo que esperam. Seria se colocar no mesmo nível. E você vai querer o quê? Legitimar a ficção científica como forma digna da literatura? Só no fato de explicar a existência desse gênero literário já estaria reconhecendo que ele precisa ser defendido.

Alguns minutos depois, Eliott me chamou sozinho em seu escritório.

— Essas peripécias são normais e não me preocupam. Além disso, viu os desenhos de Delfina? Nunca a senti tão inspirada... Mas precisa conhecer as sete etapas habituais da criação de qualquer projeto novo.

Ele apontou para um cartaz sobre a sua escrivaninha:

Etapa 1: o entusiasmo.

Etapa 2: a descoberta das dificuldades.

Etapa 3: a confusão.

Etapa 4: os responsáveis se retraem.

Etapa 5: a procura dos culpados.

Etapa 6: a punição dos inocentes.

Etapa 7: em caso de sucesso final, ganham os que chegaram por último e não participaram do projeto.

O viking deu uma piscada de olho com cumplicidade.

— Não vai ser fácil, mas gosto de desafios. Às vezes, quando você fala de *O reino dos deuses*, parece que esteve lá — disse.

Indo me levar até a porta, deu um tapa amigo nas minhas costas.

À noite, jantando com Delfina, eu me sentia nervoso. Tinha a impressão de que *O reino dos deuses* podia naufragar, que os imbecis podiam ganhar e que o romance, assim como o jogo, podiam fazer *plof*, afundando.

Delfina reclamou, dizendo que eu não tinha sabido me impor aos seus colegas, com o meu ponto de vista.

— O problema, Gabriel, é a sua falta de autoconfiança. Está sempre fugindo. É como um cavaleiro que avança contra um dragão, mas que, assim que ele se mostra perigoso, vai embora... procurando outro para enfrentar. No final, não consegue vencer nenhum.

— Vi muitos desses que enfrentam dragões serem fulminados.

— E daí? A derrota também é uma experiência.

— Não gosto de perder.

— Aceitar perder pode ser a próxima lição. E aceite enfrentar o dragão sem fugir. O que não o matar vai torná-lo mais forte.

De repente, ela não me parecia mais absolutamente desejável. O que disse me irritou. Levantei-me.

— Sempre achei essa frase idiota. Vá dizer ao cara que foi atropelado por um carro e que vai ter sequelas o resto da vida que o acidente que não o matou o tornou mais forte! Vá explicar às crianças vítimas de pedófilos que isso irá torná-las mais fortes! Vá explicar às moças estupradas por bandos de malucos que elas serão mais fortes graças a isso! Vá explicar às vítimas inocentes das guerras que isso as torna mais fortes! Em certas horas devemos parar com as belas frases feitas! Não passam de subterfúgios para que a humanidade aceite o inaceitável. Para que se acredite que esse mundo injusto tem em si um sentido oculto positivo. Não há sentido oculto algum. Não estamos dentro de um romance. Não há justificativas esotéricas por trás das atrocidades!

— O que deu em você?

— O que deu é que estou cheio de ser compreensivo e legal! Vou processar Goustin por difamação.
— Gabriel...
— Até você está me irritando.
Peguei meu casacão bruscamente e saí batendo a porta, antes que minhas palavras fossem além do meu pensamento.
Andei pela rua.
Esse planeta era tão desconfortável quanto "Terra 1". As pessoas eram igualmente estúpidas, limitadas, metidas a dar lições e com um nível de consciência semelhante ao de chimpanzés.
Inclusive Delfina, que me parecia acima da média, não valia mais que os outros.
Meu status de 7 pelo menos me permitia ver de cima aquela humanidade estagnada num nível de consciência 4 e quem sabe até mesmo 3.
Ouvi a voz de Delfina atrás de mim:
— Gabriel!
Não me virei. Chamei um táxi e entrei batendo a porta.
Passando em frente a Delfina, virei a cabeça.
— Gabriel!
— A senhorita não vai vir? — perguntou-me o taxista.
— Não.
— E aonde vamos, senhor?
— Para algum lugar sujo, em que se beba com mulheres sujas e gente suja.
Já que era para fazer a experiência da mediocridade, que fosse com tudo.
Alguns minutos depois, estava num dos bairros "quentes" e iluminados da capital galiana.
Sentei num bar barulhento e enfumaçado e comecei a bebericar o álcool da casa.

Nos fundos, um sujeito se instalou ao piano, e as pessoas começaram a cantar com ele canções obscenas.

Cantei junto qualquer coisa e continuei bebendo.

Um planeta assim não merecia existir. E pensar que com meu ankh bastaria um tiro para que a cidade desaparecesse. O "golpe de Sodoma e Gomorra".

Evitem irritar os deuses.

— Ei, moreno bonito, não quer que eu te leve para conhecer o paraíso?

A mulher exibia bem no meu nariz o decote profundo de um sutiã de couro preto.

Acima, um pescoço cercado por várias fileiras de pérolas e uma boca espessamente coberta de batom brilhoso.

— Sinto muito, estou vindo de lá.

Olhou-me de maneira reprovativa. Outra mulher, ligeiramente mais vulgar, se aproximou.

— Deixe pra lá, é o cara que a gente viu na televisão, sabe? Gabriel Askolein, um escritor.

— Esse "lixo" é escritor?

— De ficção científica — completou a outra.

— Venha comigo, escritor de ficção científica — disse a mulher. — Vou levá-lo para visitar a minha galáxia. Você vai ver, é cheia de estrelas.

— Cheia de piolhos, isso sim — debochou a outra.

Foram embora, felizes da vida.

Outra moça se aproximou. Era exageradamente magra, com um rosto anguloso muito expressivo e olhos de camundongo assustado. Estava de minissaia, sapatos de salto alto, meia arrastão e uma camiseta estampando a frase: "Eu sou um anjo." Mais uma dessas referências irritantes para quem sabe exatamente o que isso quer dizer.

— Ouvi dizer que é escritor. E eu quero escrever um livro.

A maneira de vir falar comigo foi engraçada, e aceitei acompanhá-la.

Ela me pegou pelo braço. Dei-me conta de que, em toda minha vida mortal como Michael Pinson, eu nunca havia procurado prostitutas e talvez fosse a última experiência que não tinha.

Guiou-me até a cavidade do bar, onde havia um letreiro com um diabo e um néon vermelhos, piscando sob as palavras O INFERNO. Ela me disse ao ouvido:

– É uma boate *privée*.

Um sujeito meio vesgo abriu a porta e nos examinou de cima a baixo. Deve ter me achado um tanto esfarrapado, pois torceu o nariz e fez um sinal negativo.

Não era tão fácil entrar naquele inferno.

A moça insistiu. Ele acabou deixando.

A porta acolchoada cor-de-rosa se abriu rangendo.

Eu ia então conhecer o lado marginal dos costumes humanos.

Na entrada, bandejas com balas vermelhas e pretas, certamente para recuperar o vigor dos que fraquejassem.

A moça magra me puxou pela mão.

– Você vai gostar disso – afirmou.

– Qual é a relação entre esse lugar e a sua vontade de escrever um livro?

Ela olhou para mim e me alisou o rosto.

– Como é tonto. É onde se passa o meu romance. É a história de uma jovem perdida que vive levando escritores até o ponto mais alto do prazer. Ela se chama Esmeralda.

– Olá, Esmeralda. No meu planeta, era o nome da personagem de um romance célebre.

– Pare de falar e venha comigo.

Um corredor nos conduziu até uma zona barulhenta, onde mulheres dançavam para uns sujeitos endomingados, sentados junto a um balcão de bar. Pareciam mais uns açougueiros recém-chegados de algum casamento interiorano.

Assim que entramos, nos olharam com a mesma curiosidade que teriam analisando um gado novo.

Alguns ameaçaram abordar Esmeralda, mas ela se livrou deles com decisão e me puxou até outra zona. Uns casais nus transavam e outros, vestidos, observavam. Andamos por ali como num museu subterrâneo. As esculturas de carne tinham vida, cheiros, resfolegavam.

Uma jovem de quatro, encaixada num homem de joelhos, reclamou de uma visitante vestida que olhava e cochichava coisas a seu acompanhante.

– Ei! Se quer conversar, não é esse o lugar, dê o fora!
– Não fale comigo nesse tom, piranha!
– Falo no tom que quiser. Se manda, sua pervertida!
– Cadela no cio!

Como era estranho ver a mulher fazendo sexo e discutindo com a outra, ao mesmo tempo.

Notei entre os voyeurs o escritor de mecha loura do programa "Estilhaços de verve e cacos de romanceiro". Estava de óculos escuros, com o rosto todo vermelho. Acariciava-se de maneira espasmódica.

Era então como encontrava inspiração.

– Olá, colega – cumprimentei-o.

Ele virou o rosto bruscamente e saiu na direção do bar.

Mais adiante, num minúsculo cômodo cúbico, devia haver uns vinte corpos nus sobrepostos em camadas, como uma lasanha. Movimentos ondulantes atravessavam o conjunto daquela escultura viva. O suor funcionava como lubrificante. A febre era o aquecedor. Um sujeito no monte tinha o salto de um sapato no queixo e pediu à proprietária que o afastasse.

– Bem que gostaria, mas estou presa – respondeu uma voz delicada, vinda das camadas de baixo.

— Avisaram para tirar os sapatos antes! — lembrou outra voz, vinda das camadas intermediárias e palpitantes.

— Beije-me — pediu Esmeralda.

Aproximou-se e notei um detalhe que não me tinha chamado a atenção de início. Tinha, pendurado no pescoço, um peixinho.

— Você é do povo dos golfinhos?

— Pelo lado de mãe. Isso o incomoda? É racista?

Minha vontade era de lhe dizer que estava decepcionado, pois achava que todos os golfinhos tinham como característica a virtude, ou pelo menos viviam na espiritualidade.

— Vamos sair — falei.

— Aonde quer ir?

Subimos a escada e levei-a a um restaurante chique, especializado na culinária tradicional da Galia.

— Quero apenas vê-la comer. É só o que me interessa — disse.

Pedi os pratos mais caros e observei-a.

— Você é voyeur de pessoas se alimentando? — perguntou.

— Com pessoas magras como você, sim.

— Não é de propósito, não sou anoréxica e nem doente, sou assim. Você mesmo não vai comer?

— Não, obrigado, estou bem.

Não conseguia tirar os olhos da joia em forma de peixinho, que parecia zombar de mim, cintilando nas luzes do restaurante.

— Acredita em Deus? — perguntei.

— É claro.

— E o que acha que ele faz?

— Olha a gente e ajuda.

— É claro.

— Se o encontrasse, pediria o quê?

— Sei lá. Como todo mundo.

— Ou seja?

— ... Uma nota de 50.

Ela riu, satisfeita.

Parecia mais interessante do que tinha imaginado à primeira vista.

— Bom, vamos lá? Tenho mais o que fazer!

Mas eu nem a ouvia mais, acabara de perceber no espelho uma imagem que me deixou paralisado.

O homem com a capa bege e o chapéu preto estava sentado, bem longe, na sala.

Não fugir mais. Enfrentar o dragão.

Notei que havia apenas uma porta de saída. Mostrei uma nota de 500 à moça.

— Por esse preço aceito qualquer tipo de fantasma, mesmo os perigosos — disse.

— Não, o que vou pedir é ainda mais estranho. Pegar o cara de capa bege e chapéu preto quando ele quiser atravessar a porta.

— Você quer um negócio a três?

— De certa maneira, sim, mas ele é meio arisco e vamos ser obrigados a convencê-lo inicialmente. Posso contar com você?

Esmeralda foi para a entrada. Paguei a conta. Graças ao espelho grande, podia observar o que o meu perseguidor fazia.

De repente, corri para a saída, passei pela porta e vigiei-o pelo reflexo do vidro. Ele se levantou e veio em minha direção. Esmeralda pôs-lhe o pé na frente, e ele se esparramou de corpo inteiro no chão. Bem esperta a menina. Dei rapidamente meia-volta para ir dominar o sujeito caído, mas ela não precisava de ajuda. Tirara um minúsculo revólver que tinha preso na coxa e encostou-o na cabeça do indivíduo que tinha perdido o chapéu.

Pessoas se aproximaram para saber o que acontecia, mas ergui o sujeitinho, disse em volta que estava tudo bem e saímos os três.

– Por que está me seguindo? – perguntei.

De repente reconheci-o. Meu vizinho, do apartamento ao lado do meu.

– Senhor Audouin, que surpresa!

– Eu posso explicar.

– Como? É para outro abaixo-assinado?

– Não posso falar na frente dessa mulher.

Dei a nota de 500 para Esmeralda e agradeci. Ela não pareceu satisfeita.

– Você não me ajudou a escrever meu livro...

– Acabei de preparar o primeiro capítulo. É a história de um escritor que chega num bar, enche a cara, encontra uma prostituta formidável, mas um tanto magra, e vai com ela a um clube de suingue. Nem tomam nada, e ele resolve levá-la para comer, pois acha que é anoréxica. Conversam sobre Deus. Ela responde de forma bem-humorada e, no final, os dois capturam um sujeito misterioso que os seguia. Nada melhor que a verdade como matéria-prima para o romance.

– Não gosto do final. Teria preferido que se amassem.

– É você que escreve a história, pode colocar o final que quiser.

– Na minha história, o escritor diz: "Vamos embora desse mundo assustador, vou lhe mostrar um outro." Ela se torna também escritora e eles viajam juntos, vivendo aventuras extraordinárias que servem de matéria-prima aos respectivos romances.

Aproveitando nossa distração, o vizinho tentou fugir e Esmeralda, instintivamente, aplicou-lhe um pontapé entre as pernas. Ele caiu de joelhos, gemendo.

– ... E a moça quebrou a cara do malvado – disse, como acompanhamento da ação.

O vizinho parecia estar nocauteado momentaneamente, e então ela se aproximou de mim, pressionando-me contra a parede. Notei que apesar da magreza ela tinha bons músculos.

— A heroína em seguida daria um maravilhoso beijo no herói que, com isso, desmaiaria de prazer.

— Mas o herói, vendo que a formidável e maravilhosa mulher insistia em levar as coisas adiante, acabou confessando amar outra.

Esmeralda fez uma pequena careta, enquanto o vizinho tentava respirar e se levantava com dificuldade.

— Ah, e o que teria a mais essa outra mulher? Seria a deusa do Amor?

— Não, pela deusa do Amor o herói já tinha passado. E voltado. Seria apenas uma "descendente dos golfinhos com um mundo próprio".

— Mas a mocinha também é dos golfinhos e provavelmente também tenha um mundo próprio que valha a pena se descobrir.

Vendo que o vizinho se pusera de pé, Esmeralda aplicou-lhe um novo chute, obrigando-o a se manter de joelhos.

— No final, a prostituta, irritada com o comportamento do mocinho, vai provar que é melhor escritor que ele. Seria esse o final feliz — afirmei.

— Com licença, não quero interromper a briga de casal — disse o vizinho se contorcendo. — Se querem conversar sobre literatura, eu posso deixá-los; inclusive tenho mesmo algo a fazer.

A nota de 500. Esmeralda olhou-a como um objeto estranho e rasgou-a em mil pedaços.

— Os conselhos e incentivo a escrever me bastam como pagamento — disse. — Se quiser me encontrar, estou no Inferno todas as noites.

A jovem prostituta com a joia de peixe me soprou de longe um longo beijo, virou de costas e sumiu. Fiquei diante do vizinho.

— A nós dois. Por que está me seguindo?

Em vez de responder, o sujeito me pediu permissão para fazer uma ligação no telefone celular. Concordei.

— Alô? Ele me viu e me pegou — disse, simplesmente.

Seguiu-se uma longa conversa. Ele balançou a cabeça.

— ELE está disposto a encontrá-lo. Vai enviar um automóvel — avisou.

— ELE? Quem é ELE?

— ELE diz que você já sabe quem é.

Olhei meu vizinho com bigodinho. Continuava sem entender nada de tudo aquilo.

— Como se chama esse seu ELE?

— Aqui nós o chamamos apenas de Profeta.

O carro que veio nos buscar era uma limusine dourada de luxo, com um chofer uniformizado.

Michel Audouin me convidou a subir.

— Quem é o seu Profeta?

— Eu próprio nunca o encontrei — confessou.

Rodamos um bom tempo e depois tomamos um caminho menor até uma grade alta em ferro fundido, cheia de câmeras de vídeo.

Na entrada, dois guardas controlaram os cães que latiam ameaçadores e abriram os portões para que passássemos.

Atravessamos um parque cuidado por um exército de jardineiros.

A limusine dourada deixou para trás um bosque denso e pude ver um castelo tão luxuoso quanto um pequeno Versalhes de "Terra 1".

Tendo já visto prisioneiros, soldados, loucos, prostitutas e padres, só me faltava mesmo encontrar os ricos.

Mais uma vez, guardas com cães e gorros com abas para as orelhas.

Um palácio. Um exército. Quem seria o rei?

— É um bilionário? — perguntei ao vizinho.

— O Profeta exerce uma atividade econômica, se é o que está perguntando. É dono do grupo Scoop.

— Scoop? Mas é da imprensa marrom.

— O grupo é conhecido por sua visibilidade midiática "people", mas produz também programas de televisão e música.

— Qual relação pode haver entre um profeta que se imagina místico e um grupo da imprensa que publica fotografias da vida privada de celebridades?

A resposta me veio ao mesmo tempo em que fazia a pergunta.

A influência.

O automóvel parou e um homem de uniforme veio nos abrir a porta.

Entramos num salão luxuoso onde várias mulheres com vestidos de noite bem chiques, como modelos de revistas, pareciam conversar. Estavam maquiadas e cheias de joias. Pareciam à espera, sem mais o que fazer, como mulheres num harém.

Um garçom apresentou uma bandeja com salgadinhos. Não aceitei.

Um homem de smoking veio até mim.

— Espere aqui, o Mestre vai recebê-lo.

Michel Audouin me cumprimentou com um gesto de incentivo. Fiquei esperando.

Pensei em Delfina. Senti sua falta.

A mulher que eu tinha fazia com que eu não precisasse de mestre algum. Sempre fui educado e salvo por elas.

Para mim, Delfina atualmente apagava todas as demais. Assim que eu saísse dali, telefonaria e me desculparia.

— Ele o espera.

Acompanhei um mordomo com paletó verde-escuro, que me conduziu por vários corredores. O piso era de mármore, as paredes cobertas com lambris, e quadros com molduras de ouro representavam aparições de luz no céu.

Afinal, tendo batido numa porta grande ornada com esculturas de anjinhos, o mordomo empurrou a última delas e me vi num escritório repleto de condecorações e bandeiras diversas. Atrás de uma ampla mesa, um homem de costas, sentado numa poltrona, assistia a um filme. Na tela, estávamos eu e Delfina. Dei-me conta de que Michel Audouin não apenas me seguira, como também me filmara. Em seguida, Delfina apareceu sozinha, vista a partir de uma janela.

Quem seria aquele homem riquíssimo que ousava nos espionar? Via até então apenas suas costas e orelhas. Usava barba e também óculos.

Quebrei o silêncio.

— Acha engraçado espionar as pessoas?

Não esboçou qualquer reação e continuou observando a tela, em que a câmera tinha me seguido até o berçário, o hospital psiquiátrico, a prisão, os templos, o Inferno.

— É verdade que para alguém que construiu sua fortuna com o voyeurismo, é natural se meter na vida privada dos outros.

Ele se virou, e eu tive um choque.

46. ENCICLOPÉDIA: DRAGÃO CHINÊS

A técnica do dragão chinês é uma estratégia que visa convencer um público de uma hipótese incerta. É às vezes utilizada na ciência para reforçar uma ideia duvidosa.

O cientista querendo fabricar um dragão chinês vai, por exemplo, inventar um contraditor imaginário, defendendo uma teoria oposta à sua. Demonstrando que a teoria do adversário não se sustenta (o exercício é facilitado pelo fato de ele mesmo ter inventado seus argumentos), ele vai, pelo contrário, convencer que a sua própria é necessariamente justa e verdadeira.

Edmond Wells,
Enciclopédia dos saberes relativo e absoluto, tomo VI.

47. O PROFETA

Ele se mostrou encantado com a minha surpresa.
– Como é que se dizia mesmo em "Terra 1"? Ah, lembrei, "o mundo é pequeno".
– Achei que estava...
– Morto? Em outro lugar? É bem verdade, VOCÊS me condenaram. Enviaram-me aos esgotos de "Terra 18". Para o meio dos ratos.
Recuperei a presença de espírito.
– O povo dos homens-ratos teve seu período de glória, chegou ao apogeu e decaiu, como qualquer civilização. Como qualquer organismo vivo. Nascem, crescem e morrem.
Ele juntou as mãos.
– Na verdade, o império dos ratos, como o império babilônico na Antiguidade em "Terra 1", estava exangue quando "aterrissei" em sua antiga capital, sob ocupação. Daí, então, viajei. Acompanhei embaixo a história que VOCÊS se divertiam escrevendo lá em cima.

Cruzava e descruzava os dedos manicurados.

– Cada vez que caía o raio, cada sonho que tinha, a cada terremoto eu me perguntava: "Por que estão fazendo isso?" Todo dia eu olhava o noticiário e sabia que eram vocês, deuses, que brincavam de manipular os mortais, se enfrentando.

Olhou-me com uma expressão dura, carregada de censura. Acendeu um charuto e me ofereceu outro, que não aceitei.

– Estive na guerra mundial de "Terra 18".

Riu instintivamente.

– Como é estranho ser imortal num mundo em que todo mundo morre em massa ao seu redor. Sozinho, no meio da carnificina, me sentia perplexo. Se você soubesse... Vi tanta gente morrer. E tantas vezes devia ter morrido. No entanto, tudo explodia em volta, as epidemias e a fome se espalhavam, e toda vez eu escapava. Sozinho, no meio de entes queridos mortos. Foi essa a minha punição. Como Sísifo com o rochedo que nunca para de cair, ou Prometeu com o fígado que se recupera incessantemente. Roguei que me matassem. Rezei para um hipotético "outro deus paralelo" que desse fim às atividades do jogo de Olimpo. Que desgraça depender de deuses tão inábeis.

– Digamos, na verdade, "deuses em formação". Alunos precisam praticar. Antes de nos tornarmos cirurgiões, nos exercitávamos tirando o apêndice de doentes com órgãos saudáveis. Como treinamento. Mas graças a isso conseguimos, depois, ter sucesso em operações delicadas.

Ele não prestou atenção ao que eu disse.

– E como pode ver, continuo aqui e continuo vivo. E tudo isso graças a você... Michael, deus dos golfinhos, povo que sobreviveu, apesar de tantas perseguições...

Daquela vez percebi em sua entonação uma verdadeira animosidade.

– Eu não quis que fosse condenado – afirmei.

— Foi a principal testemunha de acusação. Seu suposto tiro de ankh no meu ombro foi o argumento que convenceu os juízes.

— Posso afirmar que tentei até o fim lembrar que havia uma dúvida. Não era o ombro certo.

Ele não respondeu. Eu via que o meu processo, para ele, há muito tempo estava resolvido. Preguei os olhos em Joseph Proudhon, ex-deus dos ratos, grande teórico da anarquia, precursor dos movimentos sociais do século XIX em "Terra 1". Mantinha o olhar vivo, os óculos pequenos, a barba espessa, os cabelos longos.

— Não lhe quero mal, Michael. No início, quando cheguei aqui, é verdade, foi de você que mais guardei rancor. Aliás, aqui mesmo, participei, em minha humilde escala, da destruição dos seus... à minha maneira.

— Não compreendo o que quer dizer.

Respirou profundamente a fumaça cinzenta e soltou, com um sorriso de satisfação:

— Aqui mesmo inspirei, diretamente, no próprio local, um mortal. Um amigo. Era praticamente um joão-ninguém. Alimentei-o, reconfortei-o, conversei com ele. Convenci-o de que um simples indivíduo pode mudar o curso da história. Ditei ideias. Incentivei-o a ir até o fim. No início, ele era meio tímido, disposto a aceitar negociações. Tinha medo que houvesse resistências. Não tinha tomado consciência do quanto se pode ir longe sem que ninguém reaja. Expliquei-lhe o princípio da cegueira coletiva.

— Cegueira coletiva?

— Isso mesmo. Deve-se ir francamente a fundo. Quanto mais enorme for a mentira, mais fascinante é e mais as pessoas acreditam nela. Da mesma forma, quando surgem os faróis de um veículo, o coelho fica paralisado e é esmagado.

Estremeci.

– O Purificador!

– De fato. Foi também como chamaram meu amigo. No início, enriqueci com o jornalismo. As pessoas gostam de pequenas mentiras, e eu vendi das grandes, pelo mesmo preço. Na época, morava na terra dos tubarões. Já pairava uma forte propensão à raiva. Os mortais sempre se acham vítima de injustiças e querem culpados. De preferência fracos. Creio que, lá de cima, o deus dos tubarões, acho que Xavier, fazia o possível para criar um exército invasor. Estando embaixo, diretamente no palco dos acontecimentos, dei meu apoio acrescentando o pretexto: "Focar no ódio secular. Destruir os golfinhos." Fui eu que criei o movimento Antigolfinho.

Saltei em cima dele, que teve, porém, tempo de apertar um botão sob a escrivaninha. Derrubei-o e rolamos pelo chão.

Guardas surgiram e me dominaram com facilidade. Ele fez sinal para que me soltassem.

– Podem largá-lo!

Os guardas não entenderam.

– O cavalheiro é um "amigo das férias". Tínhamos residências vizinhas na praia de um clube, numa ilha. E até hoje quer acertar contas por causa de uma partida... de um jogo de xadrez que acabou mal. O cavalheiro é um tanto rancoroso. Só porque lhe comi alguns peões. Quantos mesmo? Bom, é verdade que foram alguns milhões. É a força da inércia. Quando se começa, não se consegue mais parar.

Eu me sacudi.

– Vai pagar por isso! – fulminei.

– Claro. Ainda aquela crença antiga de que as boas ações são recompensadas, e as más, punidas. Mas como estamos aqui no pior lugar de castigo possível, o que ainda pode acontecer comigo?

Joseph Proudhon ordenou aos guarda-costas que nos deixassem e, como querendo dizer que nada mais aconteceria de desagradável:

— Ah, esses mortais. São tão... dedicados.

— Eu detesto você.

— Eu sei, eu sei, isso sempre causa esse efeito no início. Mas soube, por minhas fontes pessoais, que você recomeçou várias vezes os últimos cinquenta anos da História. E constatou que "meu" Purificador, de um jeito ou de outro, sempre voltava. Não passa de um cristalizador do ódio, mas o ódio já existia antes.

— Eu desprezo você.

— Está esquecendo também de uma coisa: eu nada inventei. Lembre-se do outro antigolfinho histórico de "Terra 1", Hitler. Ele existiu antes mesmo que se desse início à partida do jogo de Y, em "Terra 18".

— E você criou um Hitler igual para "Terra 18"!

— Eu próprio estava cheio de rancor. E devo dizer que imaginei que o ódio pudesse ser a nova lei do mundo. Por que não, afinal? É tão fácil empurrar os mortais na direção das suas más tendências naturais.

Joseph Proudhon voltou a acender o charuto e soprou círculos opacos de fumaça.

— Sabe, Michael, eu era o único a entender que a história parava e depois recomeçava. A cada recomeço, eu explorava a experiência do erro anterior e melhorava minha trajetória individual. Como um tiro de artilharia que se ajusta observando onde cai o projétil anterior.

— Até montar esse império financeiro?

— De início, chegando em "Terra 18", comecei uma carreira de vidente. Pode imaginar? Mago "Proudhon"? Adivinhações de todo tipo. Graças ao conhecimento que tinha dos bastidores

de Aeden, nunca me enganava. Isso me constituiu um certo pecúlio. Não foi suficiente. Tornei-me político. Foi melhor. Depois jornalista. Em seguida, procurei o que exigia o menor investimento em dinheiro, podendo gerar maior lucro, e criei uma... religião. Na verdade, criei várias. Como um músico, precisei encontrar meu "estilo" próprio. Acho que acabei encontrando a melhor combinação.
– Qual?
– Meio jornalista, meio religioso.
– Para um anarquista, é o cúmulo.
– É verdade, fui anarquista em "Terra 1", fui aluno-deus defendendo a anarquia em Aeden, mas aqui, em "Terra 18", nada mais tenho a ganhar e nem a perder.
– Por que me trouxe aqui, Proudhon?
– Chame-me de Joseph. Eu o chamo de Michael, não? Por que o trouxe? Porque há tanto tempo guardava todos esses segredos que precisava falar com alguém. Sonhei tanto algum dia ter alguém que pudesse me compreender e compartilhar minha dor. Sinto-me tão sozinho aqui nesse planetinha de nada. Preciso de alguma compaixão. Como todo mundo.
– Achei que tinha raiva de mim, por sua condenação...
– Entre o prazer de destruí-lo e as vantagens que posso ter com nossa aliança, escolho sem hesitar a segunda opção. Deve se lembrar de um trecho da Enciclopédia: "Cooperação, Reciprocidade, Perdão." Eu o perdoo. Mas, por outro lado, previno: se agir de alguma forma contra mim, farei o mesmo com você. Ou seja, estou propondo a cooperação. Está vendo, fiquei ajuizado.
– Por que logo eu?
– Ora, porque é o único imortal, além de mim, nesse planeta!
– Tem tanta certeza assim da minha imortalidade? Você é imortal, mas isso não significa que eu seja!

— A melhor maneira de se verificar é experimentando.

Tirou uma pistola grande de nove milímetros de calibre de uma gaveta e calmamente apontou para mim.

— Vou contar até 5. Se não prometer me ajudar, mato você — avisou placidamente.

— Não entendi, o que você quer?

— Um... dois... três... quatro... cinco.

Apertou o gatilho. Estiquei a mão para a frente e, de novo, tive a impressão de tudo se passar em câmera lenta... A bala saiu da arma numa profusão de fogo e veio suavemente em minha direção. Eu sabia não ter tempo para me mover, e a bala chegou, atravessou minha camisa, queimou minha pele, rasgou as fibras dos músculos, estourou uma costela como se fosse de madeira seca e perfurou a massa densa e líquida do meu coração, que explodiu. Continuou em seguida até os músculos dorsais, partiu uma vértebra e foi parar na parede.

Caí de costas, com os braços em cruz e os olhos abertos.

Dessa vez está tudo terminado.

Vi o teto e também Joseph Proudhon, num canto do campo de visão, se debruçando sobre meu cadáver.

— Aaaai... estou morrendo.

— Tsc, tsc, tsc... homem de pouca fé.

Percebi que deixava a arma sobre a escrivaninha, pegou de volta o charuto, riscou um fósforo e se debruçou de novo por cima do meu rosto, soltando algumas baforadas de fumaça cinza. Balbuciei:

— Diga a Delfina Kamerer que meu último pensamento foi para ela.

Fechei os olhos e senti estar sendo esvaziado do meu sangue.

Um tempo demorado transcorreu.

Ainda não morri?

Bati as pálpebras.

Abri um olho e, em seguida, outro.
Ainda estou vivo!
Apoiei-me num cotovelo.
Olhei, pasmo, o buraco na minha roupa e o sangue escorrendo ininterrupto. Pus a mão para tapar o que não podia ser tapado.
Proudhon continuava mergulhado em sua poltrona.
– Não tem mesmo memória alguma? Não se lembra da minha condenação: "Ser imortal e consciente, num mundo de mortais inconscientes"? Deve ter recebido a mesma, só isso.
Vi que meu ferimento começava a fechar. Senti a dor nas costas desaparecer. Inclusive a vértebra estava se reconstituindo.
– Sei o que está pensando – disse Joseph Proudhon. Eu também, de início, pensei nos lados bons da imortalidade. Mergulhei em vulcões, saltei de aviões sem paraquedas, joguei roleta-russa a dinheiro, durante as guerras banquei o corajoso na linha de frente, às vezes até dizendo aos outros: "Sigam-me, não tem perigo, tanto que estou indo." Ah, como a gente pode brincar quando descobre que não consegue morrer! E depois entendi que isso não mudava tanta coisa. Estamos condenados ao... tédio.
Pegou novamente o disco de imagens e colocou no leitor óptico. Apareceu o rosto de Delfina, girando a cabeça e deixando esvoaçarem seus cabelos, em câmera lenta.
– Você a ama? Muito bem, prepare-se para o sofrimento, pois vai vê-la envelhecer e vai estar eternamente fixado na sua idade atual.
Levantei-me e sentei em frente à escrivaninha. Comecei a entender.
– Isso faz parte do suplício. Posso lhe dizer que amei algumas mulheres. Também passei por mil torturas vendo-as se tornarem

umas velhinhas curvadas, trêmulas e desdentadas. Depois resolvi assumir a única atitude possível: aproveitar em vez de padecer. Agora, como pôde ver, renovo permanentemente o "estoque", para dispor de "carne fresca". E não me envolvo emocionalmente. Amantes em vez de amores. São bonitinhas, as moças da recepção, não são? Pode escolher a que quiser. Não sou egoísta.

O ferimento tinha fechado, restavam apenas as manchas de sangue na camisa e em meus dedos, lembrando o ocorrido.

— Somos deuses. Tem a dimensão do seu poder, afinal? E então, combinada a nossa aliança? Nós, os dois deuses exilados neste planeta?

— Sinto muito. Não estou interessado.

Ele amassou o charuto, descontente. Sentei-me.

— Ah, é claro, tinha esquecido... a senhorita Delfina. Seu "grande amor terrestre". Total respeito.

Examinei o escritório de Proudhon. Podia reconhecer alguns símbolos. As esculturas de ratos.

— É chamado Profeta. De fato criou uma religião, tendo repetido tanto "nem deus, nem senhor" no reino dos deuses?

— Primeiro o poder, depois nos decidimos. Quem me conhece, me venera. É preciso ressaltar que a nova religião que criei oferece a vantagem de trazer explicações razoáveis e sólidas onde todas as demais apenas sugerem vagas intuições. É o supremo paradoxo: criar a minha própria religião foi a melhor maneira de mostrar que elas, precisamente, não apresentam saída. A minha é a única que realmente sabe o que há acima. Isso você não pode negar. Sabemos realmente o que há acima.

— Você criou uma seita!

— Sem grosserias, Michael, por favor. Além disso, o que é uma seita, afinal de contas? Apenas uma religião que não tem ainda um número suficiente de adeptos para obrigar os outros a reconhecê-la. Graças ao ódio contra os golfinhos, pude confederar uma quantidade de movimentos políticos, em muitos países. Em certos momentos pude até conciliar as bandeiras negras, vermelhas e verdes numa união antigolfinhos. Sabe, quase ninguém gosta dos seus golfinhos. O mais engraçado é que são detestados por motivos contraditórios. São considerados ricos demais, em países pobres, e revolucionários com mania de repartição de bens, nos países ricos. Na verdade, todos os acusam. Há inclusive movimentos antigolfinhos em países sem golfinhos!

— Achava que, originalmente, a anarquia pretendia libertar o homem!

— Para libertar é preciso começar obrigando. A "ditadura do povo", sabe o que é? Belo paradoxo.

— Edmond Wells dizia: "A maior parte das pessoas é naturalmente generosa, mas os canalhas são mais organizados."

— Grande Edmond, tinha inteira razão. E, no final, acho que os canalhas acabam tendo a última palavra. Apenas porque... têm mais determinação. Seja realista. A mentira interessa mais do que a verdade. A ditadura funciona melhor do que a democracia. A violência é mais divertida do que a paz. Todo mundo grita "liberdade, liberdade". Mas ninguém quer isso. E se a oferecermos, entregam-na ao mais brutal. Lembre-se da revolução russa em "Terra 1": em nome da liberdade do povo, mataram o tsar e colocaram no lugar um supertsar, Stálin, que os deixou com fome, deportou-os e proibiu todo direito de expressão.

— Foi por um conjunto de circunstâncias.

— Desiluda-se. Foi de forma deliberada. Os povos querem chefes carismáticos. Isso os tranquiliza. Ficam inseguros com a liberdade.

Lembrei que, de fato, Proudhon com seus homens-ratos tinha encontrado uma maneira de tranquilizar sua tribo: designando bodes expiatórios e instaurando o medo do chefe para vencer o medo do raio.

– Creia no que diz alguém que vê a história se repetindo. Sombrio e violento é o caminho de que gostam os mortais, mesmo que não concordem com a ideia. São uns estúpidos. E é preciso falar a linguagem que entendem. Os raivosos são mais numerosos e mais fáceis de serem manipulados. Além disso, são os mais ativos. Quanto mais destrutiva a causa, mais se dedicam de corpo e alma. Dentro dessa lógica, com eles é que construirei minha revolução mundial.

– Uma revolução?

– Criei um partido político que progressivamente acumula apoios e logo vai surgir, além da seita. É nisso que tenho trabalhado.

Proudhon pegou o controle remoto e adiantou as imagens, até que eu aparecesse com a equipe da Borboleta Azul Produções.

– Pelo visto, a vida de escritor também não basta para você. Já começou a se mexer, não é? Nada mais normal. Ser deus exilado na Terra é frustrante. Sei que montou algo que tem certa força. Um jogo. *O reino dos deuses*. Está vendo, naturalmente utilizou o conhecimento da Verdade para ganhar ascendência sobre os demais.

– Estou propondo compartilhar minha experiência com os mortais. E não usá-la para esmagá-los. Edmond Wells já dizia: "O bom mestre não é aquele que transforma as pessoas em discípulos. O bom mestre transforma as pessoas em mestres..." Podemos aplicar o mesmo a nós: "Um bom deus é aquele que transforma as pessoas em deuses".

Ele aplaudiu.

– Nada mal. Muito bom.

Puxou uma pasta com artigos de imprensa.

— O sujeito em quem encarnou... não está muito na moda. Gabriel Askolein.

— A bênção que posso conceder é a possibilidade de inventar mundos extraordinários, que abram novas perspectivas. Minha maldição, porém, é a de ser incompreendido.

— Fala dele como se fosse você.

— Eu sou Gabriel Askolein. É como se seu corpo e espírito soubessem que eu viria. Ele já era como eu, antes da minha chegada.

— E queria o quê? Que o aclamassem e reconhecessem sua diferença?

— Gosto do meu trabalho. Tenho a impressão de ter um sentido e uma utilidade. Abro horizontes.

— Lembre-se que em "Terra 1" todos os pioneiros de verdade foram incompreendidos. Apenas seus copiadores, em seguida, colheram frutos. É normal, os mortais temem a novidade, ainda mais se isso os obrigar a mudanças. A originalidade é vista como uma heresia. Ninguém quer novos horizontes. Querem a reprodução do que já conhecem.

— Com o tempo, minha mensagem vai acabar penetrando.

— Nunca o seu trabalho gozará de reconhecimento e nem de ajuda. Em contrapartida, juntando-se a mim, terá a seu favor toda a força de um grande grupo de imprensa. Sua obra, enfim, terá um apoio, será explicada, comentada. Vai poder inclusive responder a seus críticos.

Estendeu-me um copo em que serviu um álcool verde fluorescente.

— Ainda não o convenci de me apoiar? Mudemos então de argumentos.

Pegou o controle remoto e voltou atrás, até a imagem de Delfina. Parou e apertou os botões até ampliar o rosto.

— Essa jovem é mortal, creio. Seria uma lástima se viesse a ter problemas... Na minha seita, há fanáticos antigolfinhos. Não preciso me esforçar muito para que se interessem por ela ou por seus amigos da informática. É ainda o jogo. Cada um tem direito de mexer suas peças. Você testemunhou contra mim em Aeden, o que provocou minha condenação. Eu preparei o Purificador, o que gerou a sua queda. Mutuamente trocamos "alfinetadas". Podemos continuar assim. Vai ser cansativo para os dois. Mas se aceitar cooperar, estamos quites. Acredite, os mortais não merecem que se sofra por eles.

Pensei um momento e disse:

— Ouça... afinal, me convenceu. Estou errado e você tem razão.

Sempre sonhei dizer essa frase: "Você tem razão, e eu, não". Nas discussões, cada um lança seu argumento sem ouvir o do outro. No final, cada um vai embora com suas convicções iniciais. No entanto, todo mundo espera ouvir essa frase: "Você me convenceu. Tem razão, e eu estou errado".

— Hein? — disse, meio desconcertado. — Verdade?

— Gosto muito de Delfina e do meu povo. Além disso, você tem a experiência da vida de aluno-deus exilado em "Terra 18". Sabe então melhor do que eu o que se deve fazer. Seria idiota da minha parte não ouvi-lo. E também, como você disse: "É melhor se apoiar nos imbecis, são mais numerosos."

Encostou o charuto e me passou de novo o copo de álcool verde fluorescente que eu tinha recusado. Esvaziei-o de uma só vez e isso me revigorou.

— Muito bem, a gente assina alguma coisa, ou só apertamos as mãos?

— Para mim, sua palavra basta — disse ele.

Olhei a pistola nove milímetros em cima da mesa.

— Para sermos justos, para estarmos realmente quites, preciso fazer com você o que fez comigo, não?

Ele pegou a arma e me passou.
– Se isso o acalma, mate-me e estaremos em pé de igualdade.
Encostei o cano na sua testa.
– E se der um tiro no cérebro, continua vivo mesmo assim?
Ele esboçou um sorriso.
– Às vezes, quando tenho enxaquecas fortes, faço isso. Digo que estou "arejando as ideias". É melhor do que aspirina.

Ele manteve o sorriso debochado e pegou de volta o charuto, fumando com tranquilidade e sem se preocupar com meu dedo que apertou o gatilho.
– Vou atirar no cinco. Um... dois... três...

A bala abriu um buraco grande na testa, o tampo do crânio explodiu com pedaços brancos como se fosse um coco. Ficou apenas o queixo e a boca, sem mais nada em cima. Os lábios não largaram o charuto.

Os ossos começaram a se recuperar rapidamente, mas ele ainda não tinha olhos e nem orelhas na cabeça. Aproveitei esse tempo para pegar a pistola e saltar pela janela que se abria para o parque. Se minhas estimativas estivessem corretas, eu havia precisado de um bom minuto para recuperar a consciência depois do tiro no coração. Dispunha então desse tempo para fugir.

Havia um carro esporte no estacionamento. A porta não estava trancada. As chaves estavam na ignição. Dei partida e saí às pressas. Felizmente tinha vidros escuros. Sabia que tinha apenas alguns segundos para escapulir do parque.

Acelerei nas pedrinhas da alameda.

Chegando na grade, achei que o alarme soaria, que os guardas me parariam e soltariam os cães, mas nada aconteceu.

Proudhon ainda não recuperou as zonas da linguagem no cérebro.

Continuei a avançar pela estrada no campo, sem que me perseguissem. Não podia perder um segundo.

48. ENCICLOPÉDIA: A RAINHA KAHINA

A rainha Kahina era uma rainha berbere que reinava na região chamada de Amazighas (nos montes do Aurès, no leste da atual Argélia). Segundo os historiadores, tinha uma grande beleza e vestia-se sempre de vermelho. Progressivamente impôs-se pelo carisma e também por uma boa diplomacia. Eleita pela confederação dos imazighen, reconciliou todas as tribos das redondezas, aliou-se com os cartagineses de cultura bizantina e se opôs à invasão árabe-islâmica entre os anos 695 e 704 da nossa era, comandada por Hassan Ibn Numan, sob ordens do califa de Damasco, Marwan. A aliança berber-cartaginesa (os primeiros eram animistas, os segundos cristãos) impediu, inicialmente, que os muçulmanos tomassem Cartago. Hábil estrategista, a rainha Kahina esmagou as tropas de Hassan Ibn Numan em Miskiana (região de Constantine) e empurrou os árabes até a Tripolitânia, com tropas dez vezes menos numerosas.

Humilhado, Ibn Numan pediu reforços ao califa, que concedeu quarenta mil guerreiros experientes, mas avisando: "Se não vier a cabeça de Kahina, virá a sua." Com o reforço, o chefe de guerra atacou e conquistou facilmente Cartago. Kahina ficou sozinha com seus guerreiros beberes para resistir às tropas de Ibn Numan.

Ela adotou a estratégia de terra queimada para dissuadir os invasores a prosseguirem na ofensiva. Mais uma vez, com tropas vinte vezes inferiores, enfrentou os homens de Ibn Numan, em 702, na batalha de Tabarqa. Estava a ponto de vencer, mas foi traída por Khalid, um jovem guerreiro inimigo que a rainha havia poupado e adotado, segundo o costume berbere da Anaia, de proteger os fracos. A rainha foi aprisionada e decapitada, e sua cabeça foi enviada à Marwan.

No momento em que abriu o saco contendo a cabeça da rainha, o califa teria exclamado: "Afinal, era apenas uma mulher..."

Edmond Wells,
Enciclopédia dos saberes relativo e absoluto, tomo VI.

49. SEMPRE DELFINA

Ao meu redor, as nuvens escureciam e se juntavam como formas ameaçadoras de bocas escancaradas e rostos coléricos.

Eu dirigia.

O raio cortou o céu.

Para não ouvir o estrondo que não era mais originado por mim, liguei o rádio.

Uma música ampla ressoou. Para minha grande surpresa, reconheci-a imediatamente.

O *Dies irae*, de Mozart.

De um jeito ou de outro, Proudhon tinha conseguido trazer música de "Terra 1"! Como seria possível? Hitler. Mozart.

As ideias e até as melodias circulam.

Deve haver alguma conexão entre os mundos paralelos!

Em vez de fazer com que eu parasse, a música sinfônica me dopava.

A letra em latim, entoada por vozes de barítonos e os coros femininos que mutuamente se respondem, literalmente me dopava.

Dies irae significa "A ira de Deus", acho.

Procurei a capa do CD e averiguei. Evidentemente tinha outro título e outro nome de compositor. Não podiam ter copiado tudo de forma idêntica.

A chuva começou a cair forte, açoitando meu para-brisa. Acionei o limpador e troquei a marcha. O carro espalhava água pelos lados.

O raio derrubou uma árvore à minha frente, fulminando-a.

Não tenho medo de outro deus. De qualquer maneira, sou imortal.

O automóvel chegou à autoestrada e passei para a marcha superior. Uma sensação de urgência me invadia.

Os outros veículos diminuíam a velocidade, enquanto eu fun aos 250 quilômetros por hora pelo asfalto brilhoso, iluminado pelo raio. Um flash de radar acendeu. Na velocidade em que dirigia, acho que nem conseguiu me fotografar. E, de qualquer maneira, a multa iria para Proudhon.

Tomei gosto pela potência e passei a última marcha, enquanto uma luz acendia no painel, avisando que o turbo havia sido acionado.

Ziguezagueei entre automóveis e caminhões, ultrapassei motocicletas.

Tendo já viajado à velocidade do pensamento no vazio sideral, esquecera o prazer de atravessar o ar, sentindo os pneus esmagarem o chão.

Duzentos e oitenta quilômetros por hora.

Era um foguete sobre rodas. Só na chegada à periferia da capital os engarrafamentos me obrigaram a diminuir e a me enfiar na massa de automóveis que circulavam com lentidão.

Deixando para trás os engarrafamentos, continuei por dentro da cidade, avançando sinais fechados, sem dar prioridade a nenhum outro veículo. Tendo mais uma vez ignorado um sinal vermelho, bati em cheio num carro grande que, afinal, não me deu passagem. O fato de as mãos serem invertidas e andarmos pelo lado esquerdo certamente perturbou minha percepção.

De novo tive a sensação de tudo se passar em câmera lenta. As duas máquinas se incrustaram molemente uma na outra e senti o veículo se sanfonar. Meu tórax foi esmagado pelo volante sem que o air bag se inflasse, e minha cabeça atravessou o para-brisa. A chuva escorreu por meu rosto constelado de cacos de vidro.

Em frente, o outro carro era um amontoado de lata fumegante.

Sinto, realmente sinto muito, mas o que está em jogo vai além desse tipo de consideração.

Extraí-me do automóvel pelo para-brisa, diante dos passantes horrorizados, que gritavam.

Estranhamente, o rádio continuava a tocar o *Dies irae* de Mozart.

Fiz um gesto devendo significar "desculpem" e, ao mesmo tempo, "não se preocupem, estou bem". O sangue inundava minhas roupas, mas eu não estava ligando para isso. Seria o caso apenas de passar numa lavanderia,

Deixei a cena do acidente, fui me lavar na fonte de uma praça e chamei um táxi. Nenhum quis atender meu sinal, pois minha aparência devia estar horrível. Um deles, me vendo, deu uma guinada intempestiva e fez uma barbeiragem.

Uma ambulância, afinal, parou e quis me levar a um hospital.

Disse que precisava antes ir ver uma amiga e, dada a minha insistência e a pistola apontada, aceitaram me levar até Delfina.

Quando ela abriu a porta, recuou apavorada.

— Não tenho tempo para explicar. Corremos grande perigo. Rápido. Faça as malas, precisamos ir.

Delfina ainda permaneceu um tempo sem entender. Algo nela, no entanto, reagiu. A frase tinha sido repetida tantas vezes a seus antepassados que acabou se gravando no código genético, como uma fechadura à espera da sua chave.

Entre os golfinhos, sobreviveram os mais paranoicos. Tinham reações mais rápidas. Os otimistas morreram.

Delfina Kamerer não discutiu. Jogou-me uma toalha, indicando o banheiro, e começou a preparar a mala.

Olhei meu rosto no espelho. Alguns machucados ainda não tinham fechado.

Tomei uma chuveirada bem quente. Delfina trouxe roupas deixadas por algum ex-namorado.

Separou três sacolas grandes com rodinhas e encheu-as metodicamente.

Pegou seus objetos indispensáveis. O computador, a maleta com utensílios de toalete. Roupas para o calor e para o frio.

Já no carro dela, dei partida sem tirar os olhos do retrovisor.

— Pode agora me dizer o que está acontecendo?

— A sombra. As forças sombrias despertaram. "O ventre da besta ainda é fecundo e pode parir monstros", dizia Bertold Brecht, um escritor de um dos meus antigos mundos. A besta está parindo. Vi isso na minha frente.

— Quem é?

— Um ex-colega de Aeden que se tornou dono de jornal, chefe de seita e, em breve, líder político. Está nos vigiando. Sua vida está em perigo.

Ao mesmo tempo em que ela se mostrava surpresa, surgiu um automóvel cheio de indivíduos como os que eu observara na residência de Joseph Proudhon. Acelerei, lamentando ter acabado com o carro esporte.

Avancei outros sinais vermelhos. Andava pela contramão. Lembrei que, mesmo que eu fosse imortal, Delfina não era, e então voltei a uma forma menos agressiva de dirigir, nos escondendo entre os automóveis. Como não conseguia despistar o outro veículo, coloquei a pistola para fora da porta, apontei para os pneus e atirei. O carro bateu num poste de luz, com toda a força com que vinha.

Parei num posto de gasolina quando o marcador me obrigou. Todo mundo ali me pareceu suspeito: um caminhoneiro que bebia cerveja e me olhou de relance. Um mendigo silencioso. Uma criança que mexia nos brinquedos. As palavras de Proudhon me voltaram à mente:

"Os que têm raiva estão em todo lugar. São os mais numerosos e mais fáceis de serem manipulados. E são também os mais determinados. Para uma causa realmente destrutiva, não pode imaginar como aderem de corpo e alma. Dentro dessa lógica, com eles é que construirei minha revolução mundial."

O caixa do posto de gasolina ostentava um bigode que escondia toda a sua boca. Franziu os olhos como se tivesse me reconhecido.

Todos os mortais são, realmente, uns macacos medrosos? São todos perigosos?

– Não seria o escritor Gabriel Askolein? – perguntou uma mulher miúda. – Minha filha adora os seus livros. Pessoalmente, nunca li nenhum, mas parece que...

Procurei dinheiro na minha carteira. Delfina pagou no meu lugar e rapidamente voltamos à estrada.

Um carro nos seguia. Tomei vários desvios e consegui me livrar dele.

Não tirava os olhos do retrovisor.

Delfina acabou conseguindo dizer:

— Preciso que me explique quem é você realmente, Gabriel Askolein.

Será que posso confiar nessa mortal?

Que ela seja da religião que eu mesmo inventei não significa grandes coisas.

— Posso contar tudo, mas tem realmente vontade de saber?

— Agora tenho.

Enquanto dirigia, então, contei a trajetória da minha alma.

Minha vida banal de mortal em "Terra 1".

O medo de morrer.

A ignorância dos mundos que estão além de nós.

O encontro com Raul Razorback.

A louca epopeia dos tanatonautas, quando partimos à conquista do paraíso, saindo dos nossos corpos para viajar no espaço.

Minha ascensão ao mundo de cima. A vida no império dos anjos.

Depois contei minha chegada a Aeden.

A vida de aluno-deus em Olímpia.

Contei em detalhe a criação do povo dos golfinhos, com a velha que falou pela primeira vez com um dos cetáceos.

O ataque dos homens-ratos.

A fuga de navio para chegar à Ilha da Tranquilidade.

O dilúvio. A dispersão dos navios de golfinhos por todos os continentes.

— Não sei se está inventando tudo isso, mas é mais ou menos o que aprendemos nos livros da nossa espécie.

Contei como transmiti a meu povo as noções de governo por assembleias, os dias feriados, a higiene alimentar, o interesse pela navegação à vela, a astronomia, o comércio, a exploração de terras desconhecidas. E também os dias difíceis: as guerras perdidas, os exílios forçados, as perseguições, as campanhas de calúnia, a terceira dispersão.

Falei das aulas dos 12 Mestres-deuses. As escapulidas para descobrir o brilho no alto da montanha. As sereias. O dragão. O leviatã. A górgona que me transformou em estátua de pedra. O deicida que matava durante a noite. A prisão de Proudhon, seu processo e condenação.

Contei em seguida como trapaceei, como acrescentei um messias para salvar meu povo em perigo.

– O Herdeiro?
– Não, o Educado.
– O Educado, então, era golfinho?
– É claro. Nasceu em território dos golfinhos e apenas pregou a religião dos golfinhos. Somente depois o Herdeiro, pura criação do ex-amigo tornado concorrente Raul Razorback, apoderou-se dele, dizendo, como porta-voz, o que melhor lhe servia para estender seu domínio aos países vizinhos.

Ela apertou as sobrancelhas.

– Sempre tive o pressentimento de que o Educado era um dos nossos e que tinham roubado sua mensagem – disse. – Mas acho que, apesar de adaptada e deformada, foi bom que sua mensagem tenha podido ser divulgada. Mesmo que pelos homens-águias.

Estava surpreso de Delfina aceitar aquela revelação tão facilmente. Devia, no entanto, saber tudo que os adeptos do Herdeiro fizeram aos delfinianos, em nome da palavra do Educado.

Essa mortal sabe perdoar melhor do que o seu próprio deus.

Contei como acabei quebrando a cara de Raul e fugindo com o cavalo alado de Atena, o famoso Pégaso.

É claro, para ela não existia a mitologia grega. Falei da subida pelo monte Olimpo, do combate contra os titãs, até o encontro com o rei dos deuses: Zeus em pessoa. E depois, a volta para a final do jogo de Y e meu fracasso diante da persistência do Purificador.

— Enquanto vocês combatiam embaixo, então, eu combatia lá em cima.

Mencionei a partida tantas vezes retomada e tantas vezes fracassada. E um ato de pura revolta que minha derrota provocou: o assassinato do deus dos homens-tubarões.

A consequência lógica foi minha condenação pelos deuses do Olimpo.

Meu exílio em "Terra 18".

Depois disso, falei do vizinho com capa bege e chapéu preto que me seguiu e o encontro com o deus dos ratos, também exilado: Joseph Proudhon. Expliquei o plano de complô mundial, que ele chamava, sem o menor pudor, revolução dos raivosos.

— É tão grosseiro e tão simples que pode perfeitamente funcionar. Talvez Proudhon tenha razão, e incentivar os mais baixos instintos, o medo, a inveja e o ódio produza resultados rápidos e espetaculares. Além disso, ele quer tomar o controle planetário e age por duas fortes motivações: o tédio e a busca de revanche.

Delfina balançou a cabeça como se tudo, para ela, acabasse de fazer sentido.

— Estamos então condenados? Todos os golfinhos?
— Estão em grande perigo.
— Preciso avisar meus correligionários.
— Ninguém vai ouvi-la. A verdade sempre parece ter sido exagerada.
— O que fazer, então? Esperar a destruição?

— Para impedir um complô mundial, deve-se criar um contracomplô mundial. Utilizemos as mesmas armas que os adversários, para combatê-los. É preciso construir um grupo de imprensa popular, infiltrar-se nas reuniões políticas extremistas, atacar os aliados de Proudhon em vários lugares, sem que ele saiba de onde tudo isso está vindo. Organizar greves no seu grupo de imprensa. Desacreditar sua seita. Vamos ser violentos para impedir a violência. Criar fanáticos antifanatismo. Infiltremo-nos também nas outras religiões. Vamos sabotar suas instalações. Aterrorizar os terroristas. Criar nosso próprio partido político.

Ela assumiu uma expressão de dúvida.

— Isso não vai dar certo. Você sabe que a cultura dos golfinhos é uma cultura de paz e de tolerância. Não seremos bons fanáticos e nem bons terroristas. Temos nossas sensibilidades, escrúpulos, respeito pela vida humana. Nem bons políticos vamos conseguir. Não é o nosso estilo e você deve saber disso, já que diz ter-nos inventado.

Lamentei, naquele momento, as escolhas de "estilo" que fiz. Não conseguia me desfazer da ideia de ser necessário opor, a uma força de destruição, outra força de destruição de igual intensidade. Para dar fim ao nazismo, em "Terra 1", foi preciso criar um exército aliado que combateu e matou.

— Devemos ganhar com as armas que temos — afirmou ela.
— Quais?
— O amor. O humor. A arte.

Isso me era bem familiar. Seria possível que, uma vez mais, viesse ensinar meus próprios ensinamentos?

— Um dos nossos filósofos golfinhos disse, certo dia: "O amor como espada, o humor como escudo" — acrescentou.

Via-se ali o poder de uma ideia que lhes tinha sido dada há seis mil anos e que ainda produzia frutos, geração após geração.

A paisagem corria cada vez mais veloz à nossa volta.

— Se um homem chega com uma faca, e diante dele um outro diz que o ama... o primeiro mata o segundo e, no final, não sobra amor algum nisso tudo. Apenas a morte.

— O programa *O reino dos deuses* talvez seja um primeiro instrumento para as forças da luz. Comportando-se como deuses, as pessoas hão de compreender melhor o que está em jogo por trás dos panos.

— Proudhon vai apressar o complô agora que sabe que eu sei. E sem escrúpulo algum usará instrumentos mais radicais. Uma bomba numa escola vai sempre causar maior impacto do que um jogador fazendo questões existenciais a si mesmo.

Prosseguimos ainda por um bom tempo, até a noite cair e não termos mais veículo algum ao redor de nós. Começamos a sentir o cheiro do mar e a ouvir as gaivotas. Tínhamos chegado ao extremo oeste do país. Mais além era o oceano.

Delfina localizou um hotelzinho isolado, com vista para o mar e sobriamente chamado "Hotel do Penhasco". Entramos com óculos escuros e chapéus e demos nomes falsos na recepção. No térreo, alguns aposentados comentavam uma partida de futebol.

— Precisamos identificar todas as câmeras de vigilância e abaixar a cabeça sempre que virmos uma — avisei.

Subimos nossas poucas bagagens.

O quarto tinha um estilo rústico. As madeiras e o mobiliário cheiravam a lustra-móveis e, no centro, havia uma cama de casal com baldaquino. Pela janela, percebia-se a lua iluminando o mar com um reflexo prateado. Puxamos as cortinas e passamos a dupla tranca na porta. Delfina tomou um banho e voltou de penhoar, com os cabelos presos numa toalha.

— Você acaba de ganhar pontos — anunciou.

— Por quê?

— Pela coragem. Enfrentou o dragão e salvou a princesa.
— Quantos pontos?
— Cinco. E com isso chegamos aos vinte. É o total. Podemos fazer amor.
Disse isso sem dar muita importância e foi secar os cabelos.
— Não estou entendendo.
— Estamos em guerra e uma das divisas que você mencionou não é: "O amor como espada"?
Sacudiu tranquilamente a longa cabeleira.
— Para dizer a verdade, pensei bem mais adiante e, no futuro, precisamos ter um filho juntos.
Imperturbável, ela continuou, sem olhar para mim:
— Um filho de carne, sangue e inteligência. Você não podia ter isso em Aeden e nem no império dos anjos. Aqui, em "Terra 18", como diz, você pode. É a vantagem de ser mortal, num mundo inferior: pode-se criar vida. Bebês de verdade. É melhor do que peças de xadrez, marionetes, bonecas, atores de cinema que fingem ou personagens virtuais. É a vida real.
— Um herdeiro dos golfinhos para o próximo sacrifício? — ironizei.
— Não. Um novo ser que vou educar de acordo com os valores ancestrais da nossa espécie.
Acariciei-lhe o pescoço e massageei suavemente os ombros.
— Não acredito mais nisso.
Eu estava inteiro nos seus olhos negros e no odor dos cabelos plúmbeos. Ela me beijou, abraçando-me contra o peito. Foi uma sensação extraordinária.
— O amor é mais forte do que qualquer outra coisa — sussurrou no meu ouvido. — Se você, que se diz o deus defensor das causas nobres, não acredita, quem vai acreditar?
Nós então nos beijamos, abraçamos, nos fundimos e isso nada tinha de extraordinário. Era apenas um ato simples

e evidente. Um sentimento superior, no entanto, enriqueceu a união dos nossos corpos. O sentimento de criar uma vida nova.

Senti de novo a mesma emoção da minha primeira partida de divindade, quando gerei o povo dos golfinhos.

Nada havia e, de repente, alguma coisa há.
O poder de uma ideia. De um sentimento.
No início de tudo veio um pensamento.
Um simples desejo.

Ao mesmo tempo em que nossos corpos voltavam a si, não pude deixar de pensar que se no início estava o amor, no final estaria ainda o amor.

E isso me lembrou um trecho da Enciclopédia. Um dos mais determinantes.

50. ENCICLOPÉDIA: COOPERAÇÃO, RECIPROCIDADE, PERDÃO

Em 1974, o psicólogo e filósofo Anatole Rapaport, da Universidade de Toronto, deduziu a ideia de que o comportamento mais "eficaz" com relação ao outro seria:
1) a Cooperação;
2) a Reciprocidade;
3) o Perdão.

Isso significa que quando um indivíduo ou grupo encontra outro indivíduo ou grupo, é vantajoso propor num primeiro momento a aliança.

Em seguida, é importante, pela regra da reciprocidade, dar ao outro em função daquilo que dele se recebe. Se o outro ajuda, ajuda-se; se o outro agride, deve-se agredi-lo de volta, da mesma maneira e com a mesma intensidade.

Finalmente, deve-se perdoar e oferecer novamente a cooperação.
Em 1979, Robert Axelrod, professor de ciências políticas, organizou um torneio entre programas autônomos de computador, capazes de se comportar como seres vivos. Uma única obrigação: cada um devia estar equipado com uma rotina de comunicação, um subprograma permitindo dialogar e interagir com os vizinhos.
Robert Axelrod recebeu 14 disquetes de programas enviados por colegas universitários igualmente interessados no torneio.
Cada programa impunha leis diferentes de comportamento – para os mais simplistas, duas linhas de código de conduta, para os mais complexos, uma centena –, tendo como meta a acumulação máxima de pontos.
Alguns programas tinham como regra tomar conhecimento o mais rapidamente possível dos vizinhos, se apoderar pela força ou pela astúcia dos seus pontos e logo mudar de vizinhança para continuar a acumulação de pontos. Outros tentavam se arranjar sozinhos, guardando preciosamente seus pontos e evitando qualquer contato com quem pudesse roubá-los. Regras estipulavam: "Se o outro for hostil, avisar que deve mudar de comportamento e depois proceder a uma punição." Ou ainda: "Cooperar e depois obter abandonos-surpresa provocados por algum sistema aleatório."
Cada programa enfrentou duzentas vezes todos os demais concorrentes. O de Anatole Rapaport, equipado com comportamento CRP (Cooperação-Reciprocidade-Perdão), venceu todos os outros.
Mais ainda: o programa CRP, colocado em seguida aleatoriamente entre os outros, revelou-se de início perdedor,

com relação aos programas agressivos de roubo, mas acabou vitorioso e até mesmo "contagioso", na medida em que lhe dessem tempo para isso. Os programas vizinhos, constatando que ele era o mais eficaz para acumular pontos, de fato passaram a imitar sua atitude.
Sem que se dessem conta, Rapaport e Axelrod acabavam de encontrar uma justificativa científica para o célebre "Amem-se uns aos outros". Simplesmente por ser egoistamente vantajoso, a longo prazo.

Edmond Wells,
Enciclopédia dos saberes relativo e absoluto, tomo VI
(a partir de lembrança do tomo III).

51. PARTIR EM GRANDE ESTILO
(música Deacon's Speech)

Já me sentia menos sozinho.
Delfina e eu, na cama, estávamos como dois filhotes de raposa assustados e embolados um no outro no fundo da toca, com medo de sair e ter que enfrentar os lobos.
O barulho do mar forte se tornava mais presente, lá fora.
Ela tinha os pés gelados, mas acabei me acostumando. Nossos dois corpos perfeitamente unidos tinham ajustado as batidas do coração.
Ter contado tudo me dera um alívio.
A partir de então, acontecesse o que fosse, era minha cúmplice.
Naquela noite, não sonhei.
Talvez porque o real já fosse suficientemente espetacular.

Ao acordar, tinha o rosto enfiado num feixe de cabelos negros.

— Tive um sonho — disse Delfina. — Eu era um passarinho preso num galho. Não conseguia voar. Embaixo, hienas gritavam e esperavam que eu caísse. Tentava saltitar, mas sentia que as asas ainda pequenas não bastariam e eu me espatifaria no chão e seria devorada. Daí fiz uma coisa incrível. Inflamei-me sozinha. Meu corpo se transformou em chama, em fumaça e depois em nuvem. O vento me empurrou para o mar e cheguei numa ilha. A nuvem então estourou e, depois de ter sido fogo, tornei-me água. A água se transformou em gelo, o gelo, em penas, e voltei a me reconstituir como pássaro. E naquela ilha eu não precisava mais voar, pois não tinha mais perigo algum.

— A Fênix... É o mito da Fênix. Você é genial! Talvez tenha encontrado a solução do nosso problema. Precisamos morrer para renascer.

Pedimos o café da manhã no quarto e comemos bastante, para armazenar as calorias necessárias para uma reflexão intensa. A cama com baldaquino era uma embarcação cúbica. Outras ideias vieram completar a primeira. Tomamos notas, decididos a armar um plano de ação em seus mínimos detalhes.

— A artista gráfica Delfina Kamerer e o escritor Gabriel Askolein vão morrer num acidente de estrada. O carro vai se desgovernar numa curva e cair do alto de um penhasco do litoral, num ponto em que não se possa ir buscar os corpos — propus.

— É a vantagem de ser romancista, conhece as encenações.

— Não seremos mais perseguidos nem vigiados pelos asseclas de Joseph Proudhon. Ele é imortal, mas não onisciente, que eu saiba.

— Oficialmente, teremos desaparecido...

— Para renascer em outro lugar. Falta saber onde...

Ela se levantou e abriu as cortinas, diante do mar fixo. Gaivotas piavam, girando ao redor do hotel.

— Quando eu tinha 12 anos — contou Delfina —, um dos meus tios era apaixonado por vela e me embarcou para uma longa viagem. Navegamos por muito tempo. Chegamos a uma ilhota inabitada, em pleno oceano. O lugar era bem distante do litoral. Uma ilha pequena, com apenas uma montanha e um rio, e ele explicou que era pantanosa demais, com muitos mosquitos, para que valesse a pena construir ali, pois os custos de saneamento seriam enormes, fazendo com que empresa de turismo alguma se interessasse pelo investimento. Uma ilha cercada de recifes e de correntezas agitadas, tornando a acostagem perigosa. Meu tio disse ainda: "Se um dia quiser fugir do mundo, essa ilha pode ser seu santuário. Ninguém tem vontade de vir aqui." Mostrou-me um canal secreto e, em determinado local, jogou a âncora para subirmos. A escalada foi difícil, mas do alto podíamos ver a montanha, o rio, a floresta. Meu tio já morreu, mas nunca esqueci aquela escapada nossa.

— Formidável! E saberia encontrar essa ilha?

— Acho que sim. Era a sudoeste de outra ilha, a Ilha dos Alcatrazes.

Devorei croissants, engoli o café e o suco de laranja.

— Qual o tamanho dela?

— Alguns quilômetros quadrados.

Fui tomado por meu antigo entusiasmo.

— Como a Ilha da Tranquilidade... — murmurei. — O problema é que lá não teremos mais contato com o mundo. E precisamos agir contra o complô mundial de Proudhon.

— Tenho meu computador. Podemos nos comunicar através da internet por sinal de satélite.

— E quanto à eletricidade?

— Levamos captadores solares e baterias recarregáveis.

Tinha esquecido que minha companheira era tão "fera" em novidades tecnológicas.

– E a ligação com o continente?

– Eliott, o dono da Borboleta Azul Produções. É um cara formidável, em quem se pode ter toda confiança. Podemos trabalhar à distância e até continuar a criação do jogo. Enviarei os grafismos que tiver desenvolvido lá. E você criará as regras do jogo. E fará com que o manuscrito de *O reino dos deuses* chegue até seu editor. Felizmente temos profissões artísticas que não exigem nossa presença no escritório.

Pedi uma conexão de internet para o nosso quarto. Clicamos num site que permitia ver a Terra a partir do espaço. Indiquei "Ilha dos Albatrozes" e o programa deu um zoom da parte oeste da costa. Depois, com a seta do mouse, comecei a esmiuçar o oceano até descobrir uma ilha na direção indicada por Delfina

– Ali! – exclamou ela.

Apontou para o que, de início, me pareceu apenas uma vaga espuma do mar, mas que foi tomando forma e se tornou uma espécie de dente aplicado ao oceano.

Colocando o zoom no máximo, consegui distinguir o rio, o litoral acidentado e até os recifes.

Ela indicou um ponto.

– Foi por esse lado que subi com meu tio.

Clicando na ilha, um nome surgiu: "Ilha de Fitoussi". Provavelmente o seu descobridor.

– Muita vegetação – observei. – Deve ter o que comer, então. Frutas e talvez caça.

– Miúda e graúda. Meu tio dizia ser preciso tomar cuidado com predadores grandes.

– São certamente menos perigosos do que os homens.

Depois, mantendo o disfarce de turistas, fomos à cidade e esvaziei minha conta bancária para transformá-la em dinheiro vivo.

Até que Proudhon identificasse essa movimentação e nos enviasse seus capangas, tínhamos alguns dias de sossego. Em seguida, ainda sob um falso nome, compramos um veleiro, cinco laptops, antenas parabólicas, máquinas fotográficas, mesas gráficas, captadores solares, baterias, remédios, rações de sobrevivência, material de alpinismo, filtro solar, facas, tesouras, martelos, todo tipo de ferramenta e de material de construção. Sem esquecer sementes de legumes, de cereais, de árvores frutíferas. E também dois fuzis e munição, caso a lenda dos predadores maiores se tornasse realidade.

Colocamos todas as caixas no veleiro.

Delfina era metódica, rápida, entusiasmada. Os dias se passaram. Comíamos muito, fazíamos amor, trabalhávamos com música, graças aos alto-falantes conectados no computador.

Estávamos, enfim, prontos para partir em grande estilo.

No dia combinado, às quatro e quarenta e quatro da manhã, enquanto todo mundo dormia, saímos com o carro em alta velocidade, na direção de um radar de estrada. Daquela vez ultrapassei por apenas uns vinte quilômetros por hora a velocidade permitida, para que a máquina pudesse tranquilamente nos registrar. O flash disparou.

Daquele modo, de alguma forma entrava na grande rede informática mundial o nosso retrato ao volante do automóvel, uma imagem com data, hora e minutos precisos.

Fomos até o ponto da costa que já tínhamos escolhido e que dava para uma baía profunda. Quebramos um parapeito e deixamos o máximo de marcas de pneus na terra.

Apoiamos uma pedra pesada no acelerador e lançamos nosso carro do alto do penhasco. Ele caiu e mergulhou nas profundezas marítimas.

Fomos a pé até o veleiro, sem passar pelo hotel. Eles conseguiriam se reembolsar através do nosso cartão de crédito.

Delfina entrou em contato com Eliott por uma linha privada e juntos montaram um sistema codificado de comunicação. Colocou-o a par de todo o plano. Após um momento de hesitação, ele concordou em entrar no jogo conosco e, a nosso pedido, ligou para a emergência da polícia. Contou que estávamos na estrada e falávamos com ele por telefone celular e, em determinado momento, houve um barulho de pneus, um choque, gritos e um barulho de queda. Antes, havíamos indicado o local onde nos encontrávamos.

Nesse meio tempo, Delfina e eu largamos as amarras. Saímos o mais silenciosamente possível do porto, usando o motor. Depois desfraldamos as velas maiores. Rapidamente as últimas luzes da costa desapareceram ao longe.

– Bom, está feito! – disse eu.

Começamos a rir.

– Conseguimos!

Abraçamo-nos. Graças à conexão da internet por satélite, seguimos da cabine do veleiro a evolução da descoberta do nosso acidente. A cada hora. O truque de mágica funcionou perfeitamente.

Publicou-se inclusive um importante artigo obituário assinado... por Arquibaldo Goustin. Contava como a própria filha o fizera descobrir meus livros, enquanto até então sempre fora reticente a tudo que, de perto ou de longe, se assemelhasse à ficção científica.

Dizia ter tido o privilégio de me encontrar diversas vezes e conversar comigo a respeito de nossas visões "complementares" da literatura. Ele defendendo a forma, e eu, o fundo. Ele defendendo o estilo, e eu, a qualidade da intriga. Confessando, enfim, que eu às vezes conseguia as duas coisas, comparou

Como uma porcelana numa loja de elefantes a uma das suas obras em gestação e que sairia nos meses seguintes.

— Ele é muito bom. Consegue até fazer publicidade de si mesmo no meu obituário!

O artigo não parava ali. Arquibaldo Goustin dizia que eu era um artista "inovador, demasiado inovador", muito adiante daquele tempo e por isso incompreendido. Confirmava que fora desprezado pelos pensadores da época, que não se dera conta de que eu escrevia uma literatura do futuro. Aproveitou para repetir sua fórmula: "Askolein estava no 3º grau, e a mídia só detecta, no máximo, o 2º, acreditando que tudo que não está no 2º grau deve estar no primeiro."

Receber cumprimentos dos adversários é um prazer perverso. Admirei o oportunismo do indivíduo. Sua própria filha estaria agora orgulhosa do pai que "corajosamente" redourara a imagem do seu autor preferido.

— São apenas seres com o ego superdimensionado, utilizando o que for para inchá-lo — disse Delfina, vendo que o estranho obituário me afetava um pouco.

Contente, percebi que o jornal era do grupo de Proudhon, o Scoop.

Graças à internet, encontrei outros artigos sobre mim, a maioria me elogiando ou me descobrindo, afinal, com atraso e surpresa.

Era preciso então estar morto para ser interessante. Ou então os críticos só se acham no direito de julgar o conjunto de uma obra artística quando ela está definitivamente terminada.

Meu editor também se desdobrou num artigo, lembrando como me descobriu quando eu era desconhecido e como me apoiou até o fim. Falou de mim como um "artista misterioso de múltiplas facetas". Eliott, por sua vez, aproveitou para elogiar Delfina Kamerer e sua criatividade gráfica. Lembrou que um jogo originado na imaginação dos dois artistas mortos viria à público em breve. As fotografias das marcas de pneus e do parapeito apareceram nas primeiras páginas, assim como a equipe de mergulhadores, afirmando que apenas um batiscafo poderia ir buscar os corpos, pois a profundidade excepcional do local não permitia a descida com simples cilindros de oxigênio.

— Pronto! — exclamei erguendo-me. — Delfina Kamerer e Gabriel Askolein não existem mais.

Desci para buscar dois copos e uma garrafa de rum, e brindamos à morte dos nossos personagens oficiais.

— E agora, rumo à Ilha de Fitoussi.

Soltamos os cabos da bujarrona e da vela principal, abrimos o spinnaker e o veleiro ganhou velocidade. Permanecemos em silêncio, um ao lado do outro, por um bom tempo.

Delfina mantinha seguro o leme, com o olhar fixo no horizonte. O aparelho de som do veleiro nos fazia ouvir constantemente uma ampla música sinfônica.

Os homens-golfinhos sempre tiveram uma relação particular com o mar e com a vela, que muitas vezes representaram para eles a salvação.

Delfina Kamerer me ensinou a cambar. Tendo dirigido de longe gerações de navegadores, descobri pessoalmente o prazer incomparável de navegar, deslizar na água empurrado pelo vento, sem a menor poluição, o menor barulho.

Quando não estávamos fazendo amor dentro da cabine ou no convés, comíamos, nos embebedávamos de rum e de música sinfônica, falávamos de literatura, de truques de mágica e esmiuçávamos a questão que sempre nos enchia de espanto: "Será que tudo está escrito? Nossos destinos já estão traçados em algum lugar?"

Além disso, mostrei um truque de mágica aprendido com Méliès. Anotei uma palavra num papel. Em seguida, perguntei:
"Sabe o que escrevi no papel?"
— Não — respondeu.
Então mostrei o papel em que havia escrito: "Não".
Ela riu e apontou para as estrelas.
— Lá em cima, acho que alguém nos observa e previamente escreveu as respostas para nossas futuras perguntas.
— Nada disso, esse alguém era eu e agora a partida terminou, os alunos-deuses abandonaram esse planeta. Não há mais ninguém.
Abracei-a.
— Olhe — disse ela —, acho que vi uma luz lá em cima.
— Não ligo mais para a luz lá em cima. Somente o instante presente conta, o aqui e agora. Beije-me.
O vento aumentou e ganhamos mais velocidade. Contemplei as estrelas.
O que é um homem?

52. ENCICLOPÉDIA: CONTROVÉRSIA DE VALLADOLID

A controvérsia de Valladolid foi o primeiro "processo dos direitos humanos".
Cristóvão Colombo havia descoberto a América em 1492, e a Espanha utilizava os índios como escravos nas minas. A Igreja não sabia, entretanto, o que dizer sobre aqueles indivíduos "antropoides". Alguns espécimes haviam sido enviados à Europa e eram mostrados como animais de circo. Seriam descendentes de Adão e Eva?

Teriam alma? Deviam ser convertidos? Para resolver o problema, o imperador Carlos Quinto reuniu em 1550, no Colégio São Gregório de Valladolid, "especialistas" que discutiriam, para definir o que é e o que não é um homem.
Como advogado da causa indígena: o dominicano Bartolomé de Las Casas. Seu pai tinha acompanhado Cristóvão Colombo. Las Casas fundara uma colônia agrícola cristã. O objeto era fazer com que trabalhassem juntos espanhóis e índios, nas ilhas do Caribe.
Como procurador: Jinez de Sepúlveda, padre, teólogo e confessor pessoal de Carlos Quinto, grande helenista, tradutor de Aristóteles e conhecido adversário de Lutero.
Quinze juízes, sendo quatro religiosos e 11 juristas decidiriam qual dos dois tinha razão.
O debate comportava interesses econômicos determinantes, pois até então os índios, considerados não humanos, representavam mão de obra gratuita e ilimitada.
Os conquistadores não os convertiam e apenas tomavam suas riquezas, destruíam vilarejos e os reduziam à escravidão. Caso os índios fossem declarados humanos, seria preciso não só convertê-los, como também lhes pagar o trabalho. Outra questão evocada: em caso de conversão, devia-se usar a persuasão ou o terror?
Os debates duraram de setembro de 1550 a maio de 1551, período durante o qual a conquista do Novo Mundo foi momentaneamente paralisada.
As discussões amplamente ultrapassaram a problemática inicial. Sepúlveda evocou o direito e o dever de ingerência, lembrando que os índios eram canibais, faziam sacrifícios humanos, eram sodomitas e tinham ainda

outras práticas sexuais reprovadas pela Igreja. Fez notar, igualmente, que eram incapazes de se libertar sozinhos dos reis tirânicos que tinham. Daí, portanto, a necessidade de se intervir militarmente.

Las Casas ponderou que se eles faziam sacrifícios humanos era por terem uma ideia tão alta de Deus que não se contentavam com sacrifícios de animais ou orações.

Sepúlveda apelou para o universalismo dos valores: a mesma lei para todos. A moral cristã devia ser imposta aos bárbaros.

Las Casas defendeu o relativismo: estudar, caso a caso, cada povo e cada cultura.

No final, as deliberações se inclinaram em desfavor de Las Casas.

As conquistas dos territórios indígenas da América foram retomadas. Única modificação: como recomendara Sepúlveda durante a Controvérsia de Valladolid, os espanhóis deviam efetuar "pilhagens, crueldades e mortes inúteis" apenas quando motivados pela noção de "Justo Direito". Noção bastante vaga e deixada ao julgamento dos conquistadores.

Edmond Wells,
Enciclopédia dos saberes relativo e absoluto, tomo VI.

53. A ILHA DA TRANQUILIDADE

Estávamos em plena tempestade. Um assédio que esculpia morros e vales com cristas de espuma prateada. Delfina, firme

no posto de timoneira, controlava o barco como podia com uma amarra. Um raio se abateu a pouca distância do veleiro.
Não devo ficar imaginando sinais dos deuses em todo lugar. A partida terminou, esse mundo está entregue a si mesmo.
O tumulto durou várias horas e depois, de repente, tudo parou e se acalmou. Avançamos suavemente para a Ilha de Fitoussi.
No sétimo dia, afinal, com os binóculos, distingui bandos de pássaros. Onde há pássaros, há terra para que suas patas possam pousar.
Nem tive tempo de anunciar a novidade e Delfina já me prevenia: chegamos em três horas; o radar localizara o atracadouro.
Lembrei que com as tecnologias modernas, não podemos nem mais nos perder. O planeta não esconde mais dos seus habitantes nenhuma *terra incognita*.
Descobrir uma ilha deserta não representa mais nada.
À medida que nos aproximávamos, confirmamos a total ausência de presença humana. Nenhuma fumaça, barco ou barulho de motor.
– Precisamos lembrar dessa imagem – disse Delfina. – Se alguma embarcação passar ao largo, não deve perceber nossa presença.
De longe, a Ilha de Fitoussi parecia um bolo redondo sobre o qual teria sido colocado um cone.
Graças ao sonar e ao radar, ziguezagueamos entre os recifes visíveis à tona. Visto de onde estávamos, o lugar parecia particularmente inóspito, sem a menor praia, a menor angra, a menor falha nos íngremes penhascos de granito. Circundamos. No lado oeste da encosta cantava um farto riacho; não nos faltaria água doce.
Delfina apontou para um paredão rochoso.

— Ali.

Paramos o motor e descemos a âncora. Depois nadamos até o penhasco e fincamos uma estaca. Com isso, puxando, pudemos aproximar o veleiro do paredão.

Após a experiência da navegação, a do alpinismo. Ambos atados por cordas e calçando botas de pregos, escalamos, procurando pontos de apoio para os pés.

— Tem certeza que é o melhor caminho? — perguntei, procurando não perder a respiração.

— Foi o que meu tio mostrou. Daqui, se despencar, vai cair na água, e não nos rochedos.

Chegamos enfim ao alto do penhasco.

A ilha era uma verdadeira fortaleza natural.

Embarcação alguma ficaria tentada de atracar ali. Quanto à floresta que cobria a ilha, a densidade da vegetação impedia o pouso de qualquer avião ou até mesmo helicóptero. A vida silvestre, em contrapartida, estava intacta. Borboletas e pássaros de todas as cores viviam ali. Ovos eram deixados diretamente no chão, sem a menor proteção.

Um mosquito começou a rodopiar ao meu redor, imediatamente acompanhado por mil outros.

Esmaguei os dez primeiros e depois me atrevi à pergunta fatídica:

— Você se lembrou de trazer repelente?

— Um creme e mosquiteiros, se quer saber.

Passou-me um tubo e fui logo esfregando o rosto e cada centímetro de pele à mostra.

Os inconvenientes da carne, pensei.

Quando eu era anjo, não havia mosquitos no reino dos anjos. E nenhum inseto incômodo, quando era deus em Aeden.

Respirei amplamente o ar puro. Sentamos na beirada do penhasco.

— Está com fome?

Delfina tirou da bolsa dois sanduíches grandes e uma garrafa térmica com café quente.

Comemos e bebemos em silêncio. Raramente alimentos e bebida me pareceram possuir gostos tão sutis.

— Bom, mais uma coisa que está feita — concluiu.

Beijamo-nos e ela me propôs uma sessão de abertura dos cinco sentidos. Contemplamos o panorama, inspiramos o ar e seus perfumes, escrutamos os ruídos, sentimos nos pés a energia do chão rochoso e nas papilas bucais o gosto do café. Nossas mãos se juntaram.

O veleiro, lá embaixo, parecia de brinquedo.

— Proponho desbatizar essa ilha e chamá-la "Segunda Ilha da Tranquilidade" — murmurei.

— Proponho um descanso de uma hora para depois instalarmos uma roldana e uma corda. Eu desço, prendo as caixas e você puxa.

— Melhor do que Robinson Crusoé — exclamei.

— Robinson Crusoé?

— Desculpe, são referências de um outro planeta. Minha primeira Terra natal. Robinson foi um náufrago solitário numa ilha deserta e que precisou improvisar para sobreviver.

— Um dia você me conta as suas aventuras, isso irá me interessar. Por enquanto, temos muito a fazer.

Passamos a manhã inteira subindo as caixas.

Pela tarde, abrimos uma clareira na floresta e plantamos nossa tenda.

— Cuidado para que nada ultrapasse a altura das árvores e que também não faça fumaça — lembrou, com senso prático.

Fixamos as placas solares e as antenas parabólicas no topo das árvores e testamos o sistema informático. Depois de vários ajustes, Delfina conseguiu a conexão com a internet e o contato com Eliott.

O rosto do barbudo louro surgiu na tela.

– Codificação ativada?

– Codificação ativada! – respondeu Delfina. – Ninguém mais pode nos ver e nem ouvir – avisou-me.

– Conto com isso – respondi, besuntando-me de novo com o creme repelente.

Nos dias seguintes, construímos uma cabana bem maior e mais sólida do que a tenda. Cortamos madeira para fazer tábuas. Com isso conseguimos uma casa espaçosa, com um pé-direito de dois metros e meio, um quarto de dormir, uma cama de madeira de três metros de largura, uma cozinha, uma sala de jantar, outra de estar, dois escritórios separados em dois extremos da casa (para podermos nos isolar, sem estar um sobre o outro).

Usando canos que Delfina teve a sabedoria de embarcar, montamos um circuito de água corrente vinda do rio. Podíamos assim tomar banhos de chuveiro, apesar de gelados.

Desentoquei na floresta vários animais comestíveis: galinhas silvestres bem parecidas com o peru, coelhos, guaxinins bem grandes, perdizes. Mas Delfina e eu preferíamos comer os legumes que plantamos, as frutas colhidas e os peixes fisgados com anzol, do alto do penhasco.

Os mosquitos continuavam sendo o principal problema. Quanto aos predadores, concluí tratar-se de lenda, pois, apesar das explorações cada vez mais distantes, nunca descobrimos uma carcaça de herbívoro devorado por alguma fera.

Então minha alma vai acabar se aposentando aqui, numa ilha deserta...

Com a natureza e a mulher amada. Não seria a mais bela conclusão para um percurso do espírito? Como dizia a Enciclopédia: primeiro o Medo, depois o Questionamento e, afinal, o Amor. Outra maneira de se apresentar a famosa lei das iniciais D.N.A.

Para o jantar eu acendia tochas. Em pouco tempo desistimos de certas regras de segurança, para não perder as do prazer, como saborear a comida cozida nas brasas.

O homem vive mal sem o fogo.

O Fogo, a Água, o Ar, a Terra. Ele precisa de todos os elementos.

Servi a Delfina um prato à base de peixe no escabeche, raiz cozida, ervas e frutas. Ela apreciou tudo.

— Como estão indo os grafismos do jogo?

— Posso mostrá-los logo mais. E do seu lado, como vai o romance?

— Posso passá-lo para você, se quiser ler.

— E o noticiário? Não tive tempo de olhar hoje de manhã.

Repeti mais uma porção de peixe. Na floresta ao redor, uma multidão de insetos zumbia.

— Mais um atentado.

— Contra quem?

— Um templo dos golfinhos. Uma criança camicase de 9 anos de idade se detonou dentro do templo, num dia de movimento. Acho que hoje se festeja um dos seus dias santos.

— A festa do Perdão.

Em seguida, ela acrescentou, irritada:

— Você devia saber. Não foi você quem inventou essa festa idiota? Quantos mortos?

— Muitos.

Preferi não citar o número.

Comemos em silêncio. De repente ela se ergueu, olhando as estrelas:

— Esse lugar não pode permanecer sendo nosso santuário exclusivo. É preciso que outros possam vir. Todos os seres humanos têm o direito de nascer livres e iguais, sem risco de serem assassinados por causa da origem étnica, da espiritualidade ou da religião.

Nada respondi.

— Devemos permitir que venham. À Ilha da Tranquilidade. Temos que construir aqui não uma moradia egoísta para proteger nosso amor, mas um refúgio.

— Para homens-golfinhos?

— Não só. Homens-golfinhos e qualquer um que reivindique valores de tolerância e de não violência.

— Artistas?

— Todos que quiserem trabalhar serenamente, imaginando um mundo melhor.

Continuei cético:

— E sobretudo quem aguentar viver numa ilha sem praia e entregue aos mosquitos.

— Se for este o preço do bem-estar das gerações futuras, acho que vale o sacrifício. Se o aceitamos, por que outros não aceitariam? Cabe a nós transformarmos juntos esse lugar inóspito em pedaço do paraíso.

Essa palavra sempre me causava um impacto.

Delfina estava decidida.

— Precisamos permitir que venham e tenham uma chance.

— Acho que seria um erro.

— E eu acho indispensável.

— Assim que desembarcarem, os mesmos esquemas se reproduzirão: exploradores, explorados, sacos de pancada, autônomos.

— Que história é essa?

— Está na Enciclopédia de Wells. Diz que assim que se reúnem seis pessoas, espontaneamente se apresentam dois explorados, dois exploradores, um saco de pancada e um autônomo. É nossa "maldição da espécie".
— Sei, e "assim que somos mais do que dois, formamos um bando de idiotas".
— Exatamente.
— Se pensarmos assim, nada fazemos. Precisamos chamá-los — insistiu.
— E o risco de sermos descobertos por Joseph Proudhon, com seus espiões, jornalistas, assassinos?
— Prefiro correr esse risco a me arrepender a vida inteira de nada ter tentado para impedi-lo.
— Não tivemos todo esse trabalho para dar abrigo aos outros.
— A única maneira de saber se possuímos uma coisa é oferecendo-a.
Calei-me.
— Tudo bem, reconheço que tem razão e que estou errado.
Ela me olhou, desconcertada.
— Verdade?
— Estou convencido. Estava enganado e você está certa.
Acho que em aiquidô isso se chama "deixar o outro ser levado por seu próprio impulso".
— Ah... então concorda comigo?
— Concordo. Sinto muito.
Olhou para mim desconfiada, farejando alguma armadilha ou esperteza, mas eu saboreava aquele novo prazer para mim, o de não teimar e de me abrir às opiniões contrárias.
Nos dias seguintes, por intermédio de Eliott e pela criação de um site na internet, começamos a receber as primeiras candidaturas. Eliott propôs fazer a triagem dos postulantes

à insularidade, para reduzir os riscos. Pôs a nosso serviço sua diretora de recursos humanos que, em sua opinião, tinha o dom de saber avaliar bem as pessoas e identificar os eventuais criadores de problemas.

Isso me lembrou um antigo livro de ficção científica de "Terra 1", chamado *Le papillon des étoiles*. O autor, Bernard Werber, retomando o tema da Arca de Noé, imaginou a salvação da humanidade pela criação de uma nave espacial capaz de transportar pessoas para outro sistema solar. Um dos principais problemas foi como selecionar os melhores candidatos, para não reproduzir eternamente os mesmos erros?

Os 18 primeiros pioneiros desembarcaram na ilha numa sexta-feira.

Juntos, construímos casas, tomando todo cuidado para que nada ultrapassasse as árvores, nada fosse visível do céu.

Os recém-chegados trouxeram material de alta tecnologia, que nos possibilitou sermos ainda mais eficientes

À noite, como se fosse um ritual, olhávamos juntos o telejornal transmitido ao vivo via internet, a que estávamos conectados por satélite, projetado num lençol servindo de tela.

Desde o meu encontro com Proudhon, tinha outra percepção do noticiário.

Em todo lugar as forças sombrias ganhavam terreno, ponto a ponto, como num jogo de go. Uma a uma, Joseph Proudhon colocava as suas peças, para depois conectá-las prevendo o assalto final. Felizmente o fenômeno de abafamento parecia lento. O hesitante mundo das democracias era resistente o bastante para obrigar as forças de destruição a progredirem por etapas brandas, mas eficazes. Nos debates, notei que os intelectuais não compreendiam as conexões existentes entre todos os partidos extremistas. Acreditavam ainda que as bandeiras negras se opunham às bandeiras vermelhas, e as bandeiras verdes, às bandeiras negras.

Uma vasta mecânica planetária havia sido acionada em "Terra 18". Nos países em que os partidos fanáticos tinham vencido, líderes carismáticos eram instalados para garantir que nenhuma volta atrás fosse possível. Os tiranos pouco a pouco aumentavam sua zona de influência, destruindo as minorias intelectuais e as oposições. Incentivavam as mulheres do país a gerarem muitos filhos, que seriam fanatizados nas escolas, com lavagens cerebrais. Depois disso, estariam prontos para morrer como mártires pela causa sagrada, sonhando com um paraíso imaginário.

Essa guerra em surdina passara a funcionar como um sistema de lento apodrecimento, quase imperceptível.

Como uma gangrena.

Eu podia sentir a mão de Proudhon por trás de cada avanço das forças da sombra. Ele se sentia tranquilo, sem a angústia do tempo que passava. Bastava lentamente minar as bases da civilização, de forma anônima. Aliás, ninguém, em momento algum, o citava e nem suspeitava de sua interferência. Aos olhos de todos, era apenas o dirigente de um grupo de jornalismo popular. Sua habilidade permitia que desviasse dinheiro da ajuda humanitária, graças a governos corruptos. Era uma maneira ideal de se criar um máximo de frustração e ódio, que legitimavam os atos fanáticos daqueles mesmos tiranos que, em seguida, passavam por revolucionários defensores dos oprimidos.

De longe, percebia-se melhor como ele manipulava o jogo a partir de dentro. Proudhon ajudava a bola a rolar ladeira abaixo. Em alguns países, seu partido se chamava Partido da Justiça, em outros, Partido da Verdade. Nada melhor para difundir a injustiça e a mentira...

— As pessoas não vão acabar vendo quem está por trás disso tudo? — suspirou Delfina.

— Não. Não vão ver porque não estão preparados para ver. Tanto intelectuais quanto espiritualistas e cientistas são cegos. Em "Terra 1", contavam que quando os navios de Cristóvão Colombo surgiram no horizonte, os índios que olhavam o mar sequer conseguiam distingui-los.

— Cristóvão Colombo?

— Um explorador que veio do outro lado do oceano, em busca de um novo continente.

— E por que não viam os navios?

— Os índios não tinham o hábito de olhar o horizonte à espreita de ocorrências desse tipo. Não sabiam o que era um barco à vela. Aquelas formas e até mesmo presenças não faziam o menor sentido dentro da sua lógica. Quando as três grandes embarcações, então, surgiram, eles não podiam compreender.

— E, no entanto, estavam ali...

— Seus xamãs, pelo privilégio que têm de compreender fenômenos "mágicos", explicaram ao restante da população que algo novo estava acontecendo. Assim que os xamãs encontraram um discurso para falar dos navios, os índios puderam se interessar pelas três naus de Cristóvão Colombo que acabavam de surgir no horizonte.

— Está querendo dizer que se as pessoas não estiverem preparadas para receber uma informação, ela nem consegue ter penetração?

— Ela sequer existe. Eles não veem Proudhon, só o usam como instrumento de compreensão do mundo o que já conhecem.

— Um provérbio dos homens-golfinhos diz: "Quando o sábio mostra a lua, o imbecil olha o seu dedo."

— Eu sei, fui eu que o transmiti a um médium do seu planeta. Mas a frase vem de um provérbio chinês de "Terra 1".
— É engraçada...
— É o famoso 3º. grau, incompreensível para quem está muito orgulhoso em compreender o 2º. E acha que tudo que não está no 2º. grau está no 1º..

Ela pegou minha mão e me fitou com seus grandes olhos negros.
— Acho que subestima a inteligência das pessoas. Muitos compreendem, só que não se exprimem na mídia e nem nos partidos políticos.

Na Ilha da Tranquilidade, trabalhávamos cada vez mais rapidamente. Os atentados nos traziam a preocupação de acelerar os preparativos na ilha.

Tendo construído um vilarejo, começamos a aterrar locais alagados. Trabalho estafante e nada tecnológico. Sem tratores, usávamos pás e baldes.

À noite, comíamos juntos, com a difusa sensação de construirmos algo bem frágil. Delfina se mantinha serena.
— Ensine-me ainda a meditar — pedi.
— Já aprendemos a ouvir os cinco sentidos, aprendemos a acender os sete pontos, vou ensinar então a sair do seu corpo para ir descobrir algo interessante — disse ela.
— Isso está em "minha" religião?
— É claro, aprendi com um dos seus místicos.

Colocamo-nos numa clareira em posição de lótus, com a coluna vertebral bem ereta. Seguindo suas indicações, diminuí o ritmo da respiração e, em seguida, meus batimentos cardíacos. Quando o corpo começou a me parecer um vegetal, meu pensamento se desdobrou e depois se desligou. Tornei-me um ectoplasma transparente, liberto da carne. Voei pelo pensamento fora do meu corpo, mais ou menos como fazia quando era tanatonauta. Saudade. Meu espírito voou pelo céu.

Chegando acima da atmosfera, no limite do vazio sideral, o ectoplasma de Delfina disse ao meu:

– Vamos plantar uma bandeira imaginária nesse local. Basta pensar. Para dispor de uma referência do Aqui e do Agora. Atrás está o passado, adiante o futuro. Visualize um trilho. O trilho da vida. E o meu ao lado, paralelo.

Efetivamente vi duas linhas: uma vermelha e outra azul. A bandeira indicava AQUI E AGORA.

– Vamos na direção do futuro. Aonde quer ir?

– Não sei, até um momento bem importante.

– A noção de "importância" é relativa, mas vai encontrar, assim mesmo. Vamos.

Com nossos dois ectoplasmas de mãos dadas, então, planamos acima do meu trilho-linha de tempo azul. E víamos, embaixo, desfilarem slides do meu futuro. Distinguimos, primeiramente, apenas imagens longínquas e vagas, mas eu sabia que se descêssemos se tornariam mais claras. Foquei o olhar em determinada zona. Descemos, e detalhes apareceram. Descrevi:

– O "eu" do futuro avança num túnel de pedra verde translúcida. Nas laterais, na própria parede, há cenas gravadas, com personagens.

– Quem são essas pessoas ao seu redor?

– Não vejo muito bem. Duas pessoas. Não, quatro. Uma mulher branca e três homens. Loura. Além de mim.

– Estão falando com você?

– Estão. Posso ouvir: "Estou reconhecendo esse lugar. Precisa seguir em frente e virar à esquerda."

– E o que você responde?

– Digo: "Tenho vertigem."

— Mas esse lugar não está numa altura, inclusive é fechado, se entendi direito. Por que então tem vertigem?

— Não sei, é estranho. Sinto vertigem, mas não por causa do vazio.

— Sabe aonde leva esse túnel, Gabriel?

— ... Não. Tudo que sei é que me sinto contente de encontrar a luz.

— Vamos plantar outra bandeira nesse ponto. E voltemos ao Aqui e Agora.

Demos meia-volta e novamente partimos, dessa vez no seu trilho-linha do tempo vermelho.

— Sua vez. Aonde quer ir?

— Ao futuro.

Escolheu o momento em que dava à luz.

— Estou feliz. Mas não entendo. Você não está presente.

Voltamos à bandeira do Aqui e Agora no trilho e tornamos a descer à terra, trazendo conosco nossas duas lembranças do futuro, eu na caverna e Delfina em vias de dar à luz. Abri os olhos.

— Vou estar lá – afirmei.

— O futuro não é imutável. Vimos apenas um futuro provável.

— Como explica que se possa ver o futuro? – perguntei. – Talvez sejam apenas projeções do nosso imaginário. Como os sonhos.

— Talvez. Mas meu instrutor delfiniano ensinou existir um lugar em que o tempo deixa de ser linear. Foi onde estivemos. Com o presente, o passado e o futuro reunidos, podemos viajar instantaneamente através dos três. Mas nada é tão rígido, tudo se pode mudar. É como um programa de video game. Todas as escolhas são possíveis, mas todos os futuros já foram programados. Cada jogador, em seguida, orienta sua trajetória.

Passavam-se os dias naquele pequeno paraíso e pouco a pouco esquecemos nossas duas imagens de futuro. Preferimos não viajar de novo fora dos nossos corpos. Pessoalmente, preferia não ter conhecimento do futuro.

Podia suportar o mistério.

Delfina e eu conversávamos muito. Debatemos milhares de temas. A criação artística. O futuro da humanidade. Os limites da ciência. A possibilidade de se modernizarem as religiões.

Com a distância geográfica, ganhei também uma distância com relação ao trabalho de romancista. Pronunciei palavras que me pareceram incríveis:

– Os outros, afinal, têm razão, e eu estou errado. Não se deve propor o 3º. grau a quem está no 2º. Deve-se divertir. Somente depois, bem lentamente, progressivamente, criar alguma curiosidade e, então, abrir novos horizontes. Cabe a mim me adaptar à época.

Delfina frequentemente tinha opinião contrária à minha, mas isso enriquecia minha reflexão. Ficávamos às vezes olhando as estrelas, calados. Isso relativiza tudo.

No final de três meses, o médico da ilha anunciou que minha companheira estava grávida. A notícia ocasionou uma grande festa ao redor de uma fogueira que nos expunha – uma única vez não cria hábito algum – à detecção de eventuais aviões ou navios. Mas a noite e as nuvens nos protegeram. Quanto aos raros satélites que poderiam registrar a claridade, podem ter achado tratar-se de algum incêndio por causa de raio.

Construímos uma central hidroelétrica junto à corredeira. Forneceu-nos um acréscimo de energia, sem produzir a menor poluição.

Delfina e eu voltamos às nossas rotinas "profissionais". Pela manhã eu escrevia meu grande romance *O reino dos deuses*, inspirando-me, aliás, em certas ocorrências da ilha. Às seis da tarde, escrevia um conto, para manter ativa a imaginação, sempre com a intenção de terminar num prazo de uma hora. Alguns tinham três páginas, outros, vinte. Muitas vezes se inspiravam em notícias acompanhadas na internet ou em conversas surgidas à noite, ao redor da mesa, com os demais habitantes da ilha.

– É incrível – comentei certa vez com Delfina. – Há um concurso de miss Universo em "Terra 18". Quanta pretensão acreditar que na Terra se encontram as mais belas mulheres do universo! Imagino que extraterrestres poderiam vir e pedir a participação de outros planetas no concurso. Descobririam-se critérios estéticos de outros povos, o que poderia realmente ser instrutivo. Para eles, por exemplo, cabelos longos, seios altos e nádegas redondas talvez não sejam sinais indiscutíveis de beleza.

A brincadeira divertiu Delfina. Escrevi um conto. Na verdade, para mim, o seu riso era o primeiro teste com relação ao que eu escreveria.

Ela adotou o mesmo ritmo. Pela manhã trabalhava no jogo e às seis da tarde pintava um quadro que se obrigava a terminar em uma hora. Eram as nossas rotinas.

Nosso trabalho fez com que os outros habitantes da ilha buscassem seus talentos particulares e os trabalhassem com a mesma regularidade. Em música, gastronomia, escultura ou arquitetura.

– Como vai publicar *O reino dos deuses* agora que está morto? – perguntou Delfina.

– O editor vai dizer que descobriu por acaso um manuscrito escondido.

– Seria legal criar um "dragão chinês" próprio. Isto é, um escritor fictício que detesta o que você escreve e sistematicamente o aniquila, com total má-fé.

Com Delfina havia sempre essa efervescência dos neurônios. Trocávamos impressões em todos os assuntos.

Ela nos preparava refeições cada vez mais complicadas, inventando uma gastronomia "tranquiliana" com o maná da caça. À medida que os pratos se tornavam mais condimentados, seus grafismos também se coloriam.

As notícias do continente nos uniam. Como se, conscientes de tudo lá estar indo pior, todos apreciávamos a isolação ali ainda mais.

Nos dias seguintes, novos refugiados afluíram. De 18, passamos a 64 e depois a 144. De 144 a 288.

Instituímos uma regra imperativa: sob pretexto algum revelar nossa presença na ilha.

Uma notícia, entretanto, veio nos perturbar um dia: um ônibus espacial trombara contra algo que os astrônomos batizaram "Campo de Força Cósmica", mas que os astronautas da nave qualificaram como: "Parede de vidro".

Um grupo de físicos acabou concluindo que podia ser uma quarta lei universal, do mesmo tipo que a gravidade.

Dentre as notícias preocupantes, uma epidemia de gripe das aves. O vírus, que fizera mutação, se tornara mortal e transmissível aos humanos. Os hospitais do planeta inteiro estavam repletos, e o número de mortos aumentava a cada dia. A guerra tinha sido declarada entre os homens-cupins e os homens-chacais. As duas nações possuíam bombas atômicas. O medo gerou um aumento do misticismo e da superstição. Novos adeptos afluíam em massa às religiões, sobretudo à nova seita Verdade e Justiça, que gozava da vantagem de ter previsto todas as catástrofes com muita precisão.

Na ilha, sentíamo-nos protegidos, pelo menos provisoriamente.

Cientistas que faziam parte do nosso grupo criaram um laboratório onde pesquisaram plantas locais, em busca de remédios, caso algum pássaro contaminado pela gripe aviária chegasse à ilha. Mas o mar e a distância nos tinham até então protegido.

Para enfrentar Proudhon e sua seita, propus a criação de um grupo de matemáticos probabilistas que tentasse prever os futuros da humanidade, de acordo com uma "Árvore dos Possíveis". Esperávamos, com isso, indiretamente alimentar o jogo *O reino dos deuses* e oferecer uma solução alternativa à superstição e à adesão a seitas. Dei algumas indicações para que o jogo aproveitasse meus conhecimentos adquiridos em Aeden.

– Não vai dar certo – lamentei. – Os seres humanos não estão acostumados à responsabilidade. São resignados. Não querem refletir sobre o futuro, não querem refletir sobre o alcance dos seus atos.

– Voltou a ter um ataque de derrotismo?

– A culpa é da ciência e da religião. A ciência diz: "É normal, a evolução da espécie assim exige." A religião diz: "É normal, Deus assim quis." A gente acredita que elas se opõem, mas, na verdade, anestesiam da mesma maneira. Fazem as pessoas acreditarem que, aconteça o que acontecer, não têm culpa e nada podem. Nosso jogo, propondo que se tornem deuses, leva-as à atitude contrária. A física quântica é a única a apresentar a ideia de que a menor das decisões pode ter enormes consequências. É o "efeito borboleta".

– Está enganado quanto à religião. Quando bem experimentada, não leva ao fatalismo, mas sim, pelo contrário, à responsabilidade com relação a todos os atos.

Um dia, tive uma crise de reumatismo, e Delfina me disse:

– Para se cuidar, tome conhecimento de suas células e converse com elas, apoiando o combate que travam contra a inflamação.

A ideia me pareceu de início absurda. Depois, já tendo me exercitado a deixar o corpo pelo pensamento, achei que, afinal, podia igualmente entrar de maneira mais profunda em minhas estruturas, também pelo pensamento.

Fechei então os olhos e, mais uma vez em posição de lótus, em vez de subir, desci. Em vez de crescer, diminuí.

E fui me conectar às células que lutavam na zona dolorida, mostrando que estava com elas.

Talvez fosse por simples desejo de agradar à mulher amada, mas, de qualquer maneira, estava curado nas horas seguintes.

– Podemos falar, podemos nos comunicar com nossas células, assim como com tudo que tem consciência – enunciou Delfina com simplicidade.

– A vantagem com você é que tem resposta para minhas perguntas...

– É esta a minha função. Instruí-lo.

– Sei disso. Como a papisa no tarô. Tem o livro nas mãos e desperta a espiritualidade no homem. Você é a "minha" papisa.

Meses se passaram. O mundo pegava fogo e a barriga de Delfina se arredondava.

Chegou o dia do lançamento simultâneo de *O reino dos deuses*, tanto o jogo quanto o meu romance.

Estávamos todos sentados diante dos nossos computadores, atentos ao programa de televisão. Naquela noite, Eliott e Robert seriam entrevistados no noticiário, para falar do duplo lançamento. Começaram evocando meu desaparecimento.

Delfina sorriu, brincando com um objeto de vidro que emitia os reflexos do arco-íris.

– Estou orgulhosa de você – disse.

– Por quê?

– Por nada. Acho que é... – buscou a palavra certa – ... brilhante.

Beijei-a e alisei sua barriga. Sentia-me muito bem.

— Tenho a impressão de morar no paraíso — murmurou.

Controlei-me para não dizer: "De tanto explorar 'paraísos', creio não ser um lugar onde se mora, mas o resultado de uma busca."

Na televisão, continuavam a falar dos meus livros, a encontrar sentidos ocultos em minha obra.

Meu trabalho, afinal, pertence a eles agora; que encontrem o que procuram.

Tudo aquilo, porém, me perturbava. Avisei que preferia ir passear, em busca de cogumelos.

A zona norte da ilha formava uma ponta comprida, uma das raízes do dente de Fitoussi.

Como vão aceitar o jogo?

Como vão aceitar o romance?

O fato de estar morto pelo menos me dispensava de qualquer promoção midiática.

Andei sozinho, ansioso.

De repente, indo na direção de uma parte da floresta que não havia sido explorada, ouvi um barulho estranho, parecendo um rugido.

Peguei um galho e empunhei como se fosse uma arma.

O rumor soou mais uma vez. Percebi que não vinha de baixo, mas do alto.

Do céu.

Ergui a cabeça e distingui uma luz, como uma estrela que penetrasse a toda velocidade nas nuvens, atravessando-as em linha reta.

Esfreguei os olhos.

A claridade vinha de um objeto voador. A engenhoca desacelerou e desceu suavemente, vindo aterrissar na clareira mais próxima.

Era uma espécie de disco de aproximadamente cinco metros de diâmetro, vazado por escotilhas luminosas. Uma nota musical soou.

Era só o que faltava...

Lembrava-me, é claro, do encontro com Zoz, o anjo extraterrestre, quando estava no império dos anjos, mas, afinal, ele não passava de uma cópia "estrangeira" de tudo que tínhamos ali.

Há muito os extraterrestres não me impressionavam mais. Para mim, eram apenas "estrangeiros mortais". Até que poderia ser interessante encontrar "deuses extraterrestres", mas Zeus não dera qualquer sinal de existirem.

O disco voador encostou no chão com um assobio.

A claridade das escotilhas diminuiu. O assobio parou. De baixo do disco pousado na terra escapava um vapor.

Aproximei-me.

A fumaça cessou.

Uma abertura começou então a se descortinar, deixando sair um raio de luz que foi se alargando.

Uma passarela desceu lentamente. Na luz ofuscante da cabine, desenhou-se uma silhueta.

Era um ser com aparência vagamente humana. Seguiu em frente e desceu a passarela.

Uma nova nota musical soou.

A nota mudou, combinada a duas outras, tornando-se uma melodia.

E depois, silêncio. A silhueta parou.

54. ENCICLOPÉDIA: UMA EXPLICAÇÃO DAS NOTAS MUSICAIS

Para os gnósticos, as notas musicais correspondiam à percepção do espaço e da astronomia.
1 – Ré. De: *Regina Astris*. A rainha dos astros: a lua.
2 – Mi. De: *Mixtus Orbis*. O lugar em que se misturam... o bem e o mal. A terra.
3 – Fá. De: *Fatum*. O destino.
4 – Sol. De: *Solaris*. O sol.
5 – Lá. De: *Lacteus Orbis*. A Via Láctea.
6 – Si. De: *Sidereus Orbis*. O céu estrelado.
7 – Dó. De: *Dominus*. Deus.

Edmond Wells,
Enciclopédia dos saberes relativo e absoluto, tomo VI.

55. EXTRATERRESTRE

Estava à minha frente.
Do pouco que podia distinguir da pessoa, ela usava uma batina. Mais precisamente... uma toga.
– Bom-dia, Michael.
Não levei muito tempo a reconhecer a voz.
– O que faz aqui? – balbuciei.
– Eu tinha dito "até logo" e não "adeus".
Avancei e abracei Edmond Wells.
– Temia nunca encontrá-lo – disse ele. – Felizmente vocês acenderam uma fogueira. Conhecendo seu estilo, imediatamente

tinha pensado que se enfiaria em alguma ilha. Vinha vigiando o oceano. E daí vi o fogo, dei um zoom e descobri seu vilarejo.

Transposto o primeiro entusiasmo, descobri-me incomodado com a presença do meu mentor naquele santuário onde esperava estar longe do meu passado.

— Não faço mais parte do seu mundo, Edmond. Meu destino agora está aqui, sinto muito. Em breve serei pai e, enfim, descobri minha pátria. Nessa ilha. Além disso... estou cansado.

— Eu sei — respondeu Edmond Wells. — Mas a situação mudou. Coisas horríveis estão acontecendo em Aeden. Precisamos de você com toda urgência. Precisa voltar.

— Nunca abandonarei Delfina e nosso filho.

— Se quiser que vivam num planeta em que possam respirar, não tem escolha. Você sabe, algumas coisas estão além do que podemos. Hoje em dia tudo é global, não se pode mais viver numa ilha isolada do restante do mundo.

— Lutaremos contra as forças da sombra a partir daqui. Encontrei meu lugar, Edmond. Durante a vida inteira, a questão obsessiva, para mim, foi: "O que estou fazendo aqui?" A nova Ilha da Tranquilidade respondeu a pergunta. Estou em casa e aqui vou reunir as pessoas de quem gosto, tentando imaginar um mundo melhor. Meu futuro está com eles. Não está mais com vocês.

Edmond Wells me fitou com aquela gravidade que sempre me impressionava quando estávamos no império dos anjos e ainda era meu instrutor.

— Você não é como eles, Michael. É um aluno-deus.

— E isso muda o quê?

— Isso subentende poderes extraordinários e, por isso, deveres extraordinários. Precisamos de você em Aeden. Não pode escapar disso.

— E se recusar?

— Essa ilha vai ter o mesmo destino da sua primeira Ilha da Tranquilidade. É uma ilha vulcânica... sujeita a terremotos e tsunamis. Uma catástrofe pode acontecer muito rapidamente.

Mudei meu olhar.

— É uma ameaça?

— O fim justifica os meios.

— Não me fale como Raul. Sempre considerei-o meu amigo, Edmond.

— Sou seu amigo e sempre serei. Por ser seu amigo e respeitar o que criou aqui, vim procurá-lo.

Podia-se ouvir música, ao longe. Os habitantes da ilha começavam os preparativos da festa comemorando o lançamento do jogo e a publicação do romance. Uma cantoria vinda do vilarejo chegou até nós.

— Faz-se festa toda noite? — perguntou Edmond Wells.

— Não. Hoje é especial. Uma espécie de "aniversário surpresa".

Imaginei que ninguém, além de mim, havia visto o disco voador. Ainda mais por ter surgido das nuvens em baixa altitude e pelo lado menos frequentado da ilha.

— Nesse caso, vai oferecer-lhes um passe de mágica para completar a festa, um "desaparecimento surpresa".

— Não posso abandonar minha mulher. Não posso abandonar toda essa gente que confiou em mim.

O ex-deus dos homens-formigas me pegou pelos ombros como se fosse me sacudir.

— O que está acontecendo com você? É apenas um jogo, Michael. Um jogo. Você está em "Terra 18", o tabuleiro em que se desenvolvia a competição de divindade. Essa "gente que confiou em você" são apenas peças do jogo. E essa que você diz "sua mulher" não passa de uma peça entre outras. Uma mortal.

Mortais não vivem muito. São como insetos efemérides que nascem pela manhã e morrem à noite. Na nossa escala, não passam disso, frágeis e sem consciência. Podem morrer de mera gripe ou picada de cobra. Ignoram o que realmente é o universo e em qual planeta vivem.

– Delfina sabe. Compreendeu tudo intuitivamente, graças à fé que tem.

Edmond Wells me olhou, perturbado.

– A fé que ela "tem" foi você que inventou. Lembre-se que estávamos juntos. Você com o povo dos golfinhos, e eu com meu povo dos formigas. Juntos estabelecemos a fé "deles". Inventamos os ritos, as orações, a visão que têm de nós, a comunhão. Inspiramos os sacerdotes. Definimos os dogmas.

– Delfina utilizou tudo que dei e sublimou. Foi mais longe do que eu em espiritualidade, Edmond. Juro, eu aprendo com ela.

Olhou-me, incrédulo.

– Vamos, seja sério. Um mortal não pode instruir um deus.

– Delfina é uma exceção. Ensinou-me a meditar e rezar.

Edmond Wells deu uma gargalhada.

– E você reza para quem? Para si mesmo?!

– Rezo para algo indefinido que está acima de nós. Ela o chama de Grande Deus, eu digo apenas 9. Para cada dimensão há uma dimensão superior. Foi você que ensinou isto, Edmond. Lembre-se.

Sem encontrar qualquer argumento que servisse como resposta, contentou-se em repetir:

– É uma "mortal"!

Pronunciou a palavra como um insulto. Voltou a si e me olhou, incrédulo.

– Não vai dizer que está apaixonado por uma das peças do grande jogo de xadrez de "Terra 18"!

— Não uma qualquer. A Rainha.
— Vamos, seja sensato. Acho que não está se dando conta. Se permanecer aqui, eles estão condenados. E o sacrifício não servirá de nada. Não passa de orgulho maldirigido.
— Compreenda-me você, Edmond: estou cansado de fugir. Quero enfrentar meu destino.
— Não pode enfrentar uma tsunami e nem um terremoto! Se insistir, morrerão todos. Se me ouvir, viverão. Sem você, mas viverão. Tome então uma decisão. Não vou poder aguardar infinitamente.

Mantive-me imperturbável, e ele então me pegou pelos ombros.

— Faça-o por eles. Faça por essa Delfina de quem tanto gosta. Apenas retomando as prerrogativas divinas você poderá salvá-los. Não há mais tempo a perder, Michael.

A ameaça da morte de Delfina e do nosso filho, assim como dos amigos da ilha acabou me convencendo.

Segui Edmond Wells e subi a passarela do disco voador.
— Por que essa engenhoca?
— Para o caso de algum mortal nos avistar.

Edmond Wells piscou o olho.

— Devem-se usar as crenças locais. Isso surpreende, mas ainda espanta menos do que uma real aparição divina. Aliás, a ideia não é minha, é um antigo truque dos Mestres-deuses de Aeden para visitar, incógnitos, os "peões no tabuleiro".

Lá dentro, tudo era de madeira e estava vazio. Como um cenário de filme. Havia projetores e fumígenos de cinema.

Não vi nenhum motor, nenhum posto de pilotagem. O interior do disco era tão derrisório quanto o lado externo era impressionante.

— E como é que voa essa lata velha? — perguntei.
— Não vai acreditar.

— Diga, mesmo assim.

— Com um fio transparente que se puxa. Como uma "vara de pescar gigante".

— E quem é o pescador que puxa a linha?

Naquele momento, ouvi gritos de pessoas que se aproximavam. Alguém tinha finalmente percebido o óvni.

O sinal de perigo foi tocado na ilha e rapidamente o disco foi cercado.

Por trás da escotilha, pareciam ser uma centena a hesitar e discutir.

— Vou apressar a manobra — anunciou Edmond Wells.

Foi até o fio grosso que partia do centro do disco e puxou três vezes, e depois mais duas.

— É a combinação para subir — explicou.

Mas nada aconteceu. Em volta, os tranquilianos começavam a se aproximar.

— Delfina! — gritei.

— Gabriel! — respondeu ela.

Naquele instante, a corda estremeceu e se esticou. O disco se ergueu, enquanto Edmond Wells apertava botões que disparavam sons, fumaça e clarões. Comecei a berrar:

— Eu vou voltar! Prometo que vou voltar, Delfina!

O disco foi puxado para o alto como se um pescador girasse o molinete a toda velocidade para trazer sua presa.

— Não consigo compreender, Michael. Como pôde se investir emocionalmente a tal ponto nesse submundo?

— São homens — respondi, enquanto o disco voador sobrevoava a floresta e eu ouvia meus amigos urrarem frases incompreensíveis.

Edmond Wells sacudiu os ombros.

— São apenas peças de um jogo que não entendem. E que só existe para distrair os deuses.

56. ENCICLOPÉDIA: COSMOGONIA HINDU

Para os hindus, o universo avança por ciclos, alternando períodos de criação e períodos de destruição.
Na origem de tal fenômeno, três deuses: Vishnu, Brahma e Shiva. Deitado e dormindo em cima da serpente Ananta, Vishnu é o símbolo do infinito. (O réptil sagrado, por sua vez, foi colocado sobre o oceano do inconsciente.) Do umbigo de Vishnu brota um lótus, onde se encontra Brama, despertando.
Quando Brama abre os olhos, um universo é criado, é o Big Bang. Esse universo tem as características do sonho de Vishnu.
Vishnu sonha o mundo que ele conheceu, e, se inspirando em suas lembranças oníricas, Brama fabrica a matéria e a vida.
Mas o mundo é imperfeito, e Shiva, então, dança procurando degradar o universo até o seu aniquilamento, para que ele possa renascer.
Quando Brama fecha os olhos para dormir, tudo se destrói, é o Big Crunch descrito pelos astrofísicos.
Segundo o hinduísmo, da mesma forma que na profecia de Daniel, cada novo universo tem início com uma idade de ouro, vindo a seguir as idades de prata e de ferro. Para circular na Terra, os três deuses usam "avatares", isto é, embaixadores dos mundos inferiores. Dentre os mais célebres avatares de Vishnu, Rama, a sétima reencarnação do avatar primitivo, livrou a Terra dos seus demônios (narrativa do Ramayana); Krishna, a oitava reencarnação, ensinou aos homens o êxtase no amor divino. Buda

(Gautama) foi o nono avatar. Espera-se, no final da idade de ferro, o surgimento do último avatar: Kalki.

Edmond Wells,
Enciclopédia dos saberes relativo e absoluto, tomo VI.

57. VOLTA A AEDEN

Para a viagem de Aeden a "Terra 18", tinham me adormecido e eu acordara já em outra dimensão. Nada sabia da maneira como tinham me introduzido entre os mortais do mundo inferior.

A volta transcorreu de forma bem diferente.

Tracionados pelo fio que vinha do céu e ao qual estava amarrado nosso disco voador, fomos alçados na atmosfera de "Terra 18".

O pescador devia girar o molinete bem vigorosamente lá em cima, pois subimos rapidamente. O vento soprava nas laterais.

— Estou contente de vê-lo novamente, Michael, apesar de não me sentir correspondido — disse Edmond Wells.

Não respondi. Lá embaixo, a ilhota em forma de dente progressivamente diminuía no meio do oceano. Subimos acima da massa de nuvens e logo alcançamos o vazio sideral. Um esmagador silêncio substituiu o barulho do vento batendo contra a parede de madeira.

— Espero que seja importante — resmunguei entre os dentes.

— Muito além das palavras — respondeu, misterioso.

— E os lá de baixo? E esse planeta que Proudhon quer esmagar? O que vai acontecer com ele?

— Sou um aluno-deus, não um adivinho. Acho que têm chance de se safar. Basta que uma pessoa de boa vontade tenha um projeto e insista, para que um grande número se salve.

— Sei disso. Conheço suas fórmulas: "Uma gota de água pode fazer transbordar o oceano", "cada pequena escolha determina o conjunto do futuro". É precisamente para que o oceano não transborde que estou com você.

— Creio que o projeto final pode ter um final feliz. Pelo menos é o que quero acreditar. Mas antes de chegarmos a isto, vamos ter algum trabalho.

— Há, no entanto, a Lei da Entropia, dizendo que, entregue a si mesmo, o caos ganha e permite o pior.

— Por isso agimos. Precisamos repor em ordem o que se desagrega.

— Entendi. Vou descansar quando estiver morto — concluí.

— ... Se morrer um dia.

— Ia esquecendo que sou imortal. Acho que não consigo me convencer. Vi tanta gente morrer ao meu redor. Deuses e homens se pareciam comigo. Por que sucumbiriam, e eu não? Eu me perguntava.

— Foi o que certamente sua alma escolheu, no passado.

— Acho que me sinto tão cansado que gostaria de morrer. Definitivamente.

— Não é impossível que seu desejo se realize — disse ele. — É possível ser imortal em determinado jogo e mortal em outro.

— Esse mundo é imperfeito. Os mortais temem a morte, e os imortais desejam-na.

— Enquanto isso, trate de viver, de ver, de pensar, reagir e aprender. Estamos aqui para evoluir.

Continuamos a subir na escuridão do espaço intersideral.

Puxei um banquinho e me sentei.

— Não fui eu que fabriquei esse disco — avisou Edmond Wells. — É um brinquedinho de Aeden. Os deuses têm vários deles para fazer alguns acertos nos planetas.

— E quem puxa o fio?

— Deixo a surpresa para mais tarde.

Edmond Wells olhou pela escotilha, pareceu reconhecer onde estava, dirigiu-se ao cabo e novamente deu três puxões.

O disco diminuiu o ritmo da subida. Olhei também e notei uma parede cristalina bem espessa.

Seria possível que fosse...

Manchas distantes se moviam por trás da parede. As manchas se tornaram uma forma móvel rosada, azul e negra. Aproximou-se e apareceu um círculo turquesa com outro, negro, no centro.

Um olho gigante que nos observava.

O olho era imenso e cobria praticamente todo o horizonte. Aproximou-se mais e imaginei a boca, uma boca gigante pronta a nos fisgar.

— Quem é?

— Alguém que realmente gosta muito de você — insinuou Edmond Wells, com malícia. — É bem verdade que é a sua especialidade.

Afrodite. É o olho de Afrodite!

— Então essa parede seria...

Passou-me um calafrio desagradável.

A parede da esfera em torno da qual circulavam os deuses jogando. A parede de vidro em cima da qual eu me debruçava para observar o mundo de "Terra 18"!

— Então trabalhávamos não com um mero reflexo, mas um mundo de verdade?

— É mais complicado. Jogávamos com um reflexo, como nas telas dos jogos interativos. Mas, para trazê-lo de volta, Afrodite e eu fomos obrigados a procurar a verdadeira "Terra 18".

— Vi isso apenas num lugar – comentei. – No palácio de Zeus.

Edmond Wells manteve-se imperturbável.

— Foi ele, de fato, quem nos deu. E você vai entender o porquê.

Sobretudo compreendi que quando Edmond Wells e Afrodite pegaram o verdadeiro mundo, ele ficou fixado em sua esfera-aquário.

Por isso os ônibus espaciais e os foguetes de "Terra 18" vinham bruscamente se deparando com a barreira invisível que os mortais batizaram "Campo de Força Cósmica".

Franzi o cenho.

— Como vamos atravessar o vidro?
— Confie em Afrodite. Ela sabe como.

Percebi, então, através do cristal envolvendo aquele mundo, uma forma rosada. Na verdade, a mão imensa da deusa. Procurou um ponto e enfiou o que me pareceu ser uma gigantesca seringa.

Quer dizer, então, que se pode atravessar esse vidro.

Era, na verdade, uma espécie de matéria plástica bem dura.

A ponta da agulha era um tubo, terminado por um corte oblíquo. Veio na direção do disco voador.

Edmond Wells pegou o cabo e desfez o volumoso nó que o amarrava a uma alça metálica. O cabo escapou pelo alto da cabine. Não estávamos mais presos a nada.

Ouvimos um barulho de tempestade. De repente, toda a nave foi aspirada pelo túnel da agulha. Desembocamos num cilindro transparente, com as marcas da graduação na parede externa.

— Estamos no corpo da seringa – confirmou Edmond Wells.

O cilindro recuou e vi "Terra 18" se afastar no fundo do túnel da agulha. Depois as mãos gigantes retiraram o êmbolo e fomos deixados sobre uma lâmina semelhante à de um microscópio.

Uma pinça grossa separou a parte superior do disco voador de madeira, como se abrisse uma ostra. Uma outra bem fina me pegou pela nuca e me ergueu no ar como se eu não passasse de um inseto. Circulei sobre um espaço imenso, até aterrissar dentro de um tubo de ensaio de mais ou menos um metro de diâmetro.

Instintivamente tentei escalá-lo com os pés e as mãos.

O olho turquesa voltou para verificar se a manipulação transcorrera bem. Os dedos da mão esquerda seguraram a ponta do tubo, e eu torci para que não o soltasse. Em seguida, a mão direita jogou meu amigo Edmond Wells, que caiu sobre a minha cabeça.

Nossa prisão-proveta rodou ainda no imenso cômodo e fomos afinal colocados numa máquina escura.

— O que é esse aparelho?

— Uma centrífuga.

— O que vai acontecer?

— Vamos girar um pouco, mas isso nos trará de volta ao tamanho normal.

— Já fez isso?

— Não, fui anestesiado e não me lembro da transformação. Como você quando foi enviado para "Terra 18". Mas Afrodite não encontrou o produto anestésico escondido por Atena, e então vamos "vivenciar" a mudança de dimensão. Segundo ela, é "meio desagradável, mas suportável".

Um barulho de motor se superpôs, parecido com o das montanhas-russas, quando nos levam até o ponto máximo. Tudo começou a vibrar. A proveta se pôs a girar lentamente e depois cada vez mais rapidamente. Da posição vertical, ergueu-se até a horizontal, pelo efeito da aceleração. Edmond Wells e eu flutuamos como astronautas numa nave espacial. A vibração se intensificou. Frente a frente, fomos chapados de costas contra a parede. Meu corpo era repuxado de todos os lados e, como nos aceleradores para pilotos de avião, nossos rostos foram se deformando. Os olhos de Edmond pareciam querer saltar fora da cabeça. Os meus foram chupados das órbitas, e eu fechava as pálpebras para protegê-los. Meu rosto estava sendo esmagado. As têmporas batiam muito forte. A dor era enorme.

A velocidade aumentou ainda mais, e a cabeça dava a impressão de estar prestes a explodir. Os membros pareciam querer se separar do corpo, minha pele colava no vidro. Edmond Wells se tornara uma completa careta. Senti os ossos do crânio se abrirem. Bruscamente, meus membros foram arrancados com um ruído seco. O sangue, em vez de esguichar, grudou na parede, escurecendo-a como um véu. Restou apenas o tronco com o pescoço e a cabeça.

"Meio desagradável, mas suportável"!

A cabeça, por sua vez, se separou do tronco como uma rolha de champanhe saltando da garrafa. Ficou colada no vidro do tubo de ensaio.

Não tenho mais cabeça e continuo a pensar! Por quê?

Porque sou imortal e consciente. No ponto em que os mortais desmaiam para se livrar da dor, nós, deuses, continuamos conscientes!

A cabeça de Edmond, também separada do corpo, formava uma bola cabeluda girando lentamente sob o efeito da velocidade. Quando me olhou de novo, não sorria mais. As duas cabeças se arrastaram pela parede e acabaram se encostando, bochecha com bochecha.

Olhamo-nos sem conseguir falar.

De repente, nossas bocas se abriram. Meu maxilar se deslocou.

Em seguida, senti uma tensão nos olhos, que se inflaram, saltando das respectivas cavidades. O nervo ótico se esticou e também acabou se partindo. As órbitas ganharam autonomia, formando esferas satélites.

Corte da imagem.

As orelhas se transformaram em asas de pássaro e se soltaram.

Corte do som.

O nariz se foi.

Sem olhos e com todos os orifícios escancarados, não devia ser nada agradável me ver. As fontanelas se afastaram como duas cascas de noz. No momento em que o cérebro ficou independente, deixei de sentir qualquer dor.

Mas continuava a pensar.

A centrífuga nos transformava em purê pensante.

Veio-me a imagem de quando era mortal, preparando um jantar e introduzindo legumes no liquidificador para fazer uma sopa. Colocava os alimentos na máquina, escolhia a velocidade, apoiava no botão vermelho, e o barulho elétrico anunciava que o processo estava em curso. O formato dos nabos, cenouras ou alho-poró desaparecia para se tornar purê cremoso e depois caldo líquido. Tendo passado por inúmeras experiências físicas extremas, aquela ali me pareceu a mais dura que pudesse imaginar.

Homem originado na lama, tornei a ser caldo.

Homem originado no pó, tornei a ser poeira.

Homem originado no mar, tornei a ser sopa.

Mas a transformação ainda não estava concluída.

Líquido, fiquei cada vez mais líquido.

Acabei virando vapor.

E depois gás.
SUBLIMAÇÃO: experimentei em meu ser a fase química que consiste em passar do estado sólido ao estado gasoso.
Tornei-me uma nuvem de átomos. E, no entanto, permanecia consciente.
Sem dor.
Sem inquietação.
Sem "Michael Pinson", do ponto de vista do conjunto de carne sólida dotada de uma identificação nominal, odorante, auditiva.
Sem medo.
Eu era uma nuvem, não podendo mais ser ferido, nem batido e nem usado. Voltara à minha mais simples expressão: o mundo dos átomos.
Uma grande indagação permanecia, porém:
Ainda existo?

58. ENCICLOPÉDIA: KOAN

Na cultura japonesa zen, o koan é uma frase paradoxal, destinada a nos fazer perceber os limites da nossa lógica. Parece absurda e, no entanto, nos obriga a um exercício inédito. A finalidade é a de nos despertar para uma outra percepção da realidade. Um koan pode, inclusive, se revelar doloroso para um pensamento demasiado "rígido".
Tal dor advém do fato de o mental funcionar em dualidade, apreciando as distinções claras e bem delimitadas (preto/branco, esquerda/direita, verdadeiro/falso, bem/mal).

Com o koan, fazemos com que ele saia dos seus trilho de praxe. Pode-se dizer "vista por um triângulo, a esfera é um koan".
Exemplos de alguns koans:
— Quando nada mais se pode fazer, o que se pode fazer?
— O que há ao norte do Polo Norte?
— Sem a presença de uma consciência, o universo pode existir?
— A luz negra ilumina?
— Se duas mãos aplaudindo fazem um barulho, qual é o barulho de uma só mão?
— Uma ilusão pode existir?
— O homem olha o espelho, o espelho olha o homem.
— Esquecer a si próprio é ser reconhecido pelo cosmos inteiro.
— Quando a neve derrete, para onde vai o branco?
— Procure no que você tem o que lhe falta.
— Sou da minha opinião?
— Busque a liberdade e se tornará escravo dos seus desejos. Busque a disciplina e encontre a liberdade.
— As coisas só são conhecidas porque *acredita-se* conhecê-las.
— Escute o silêncio.

Edmond Wells,
Enciclopédia dos saberes relativo e absoluto, tomo VI.

III. OBRA EM BRANCO: A MONTANHA SAGRADA

59. RETORNO A AEDEN

Eu estava leve, imaterial, um conjunto de átomos em suspensão.

Não tinha mais pele nem qualquer invólucro, nenhum limite.

A temperatura subiu e meus átomos ficaram cada vez mais etéreos. Separaram-se, espalharam-se, rodopiaram.

Um vapor morno.

Uma nuvem. Estava misturado ao amigo Edmond Wells. Raramente me sentira tão próximo de alguém.

Em seguida, o tubo de ensaio onde flutuávamos em estado gasoso foi ligado a um tubo. Fui novamente desincrustado do meu amigo. Meus átomos pessoais foram aspirados por uma corrente de ar e transferidos para um recipiente bem maior, que foi colocado em outra centrífuga, girando no sentido inverso da precedente. Ao mesmo tempo em que a velocidade me revirava no receptáculo de vidro, a temperatura diminuiu, e eu me condensei.

Do estado gasoso, voltei ao estado líquido. O frio e a velocidade continuaram a produzir seus efeitos. Do estado líquido, passei ao estado pastoso.

Como dizia a Bíblia: o homem é argila que recebeu o sopro divino.
Reuni-me. Reconstruí-me. Maior, mais largo, mais volumoso. Como se meus átomos, obedecendo a um plano preconcebido, se harmonizassem para me remontar em escala maior, mas seguindo as mesmas proporções.

Não voltei ao estágio feto, tornei-me diretamente o adulto que já havia sido. Os olhos se solidificaram, formando bolinhas de pingue-pongue, primeiro vermelhas e depois brancas. O cérebro se escavou com sulcos profundos sob a pele translúcida e os ossos cranianos.

As unhas se esculpiram, ao mesmo tempo que os dentes, como pequenas árvores, cresceram céleres, para aflorar do maxilar.

Não era doloroso, apenas uma sensação totalmente nova: reconstituir-se após ter sido transformado em gás.

Os músculos se avermelharam, a pele translúcida se opacificou. O coração, após alguns sobressaltos, começou a bater, e toda minha tubulação recebeu o líquido nutriz púrpura, trazendo oxigênio e açúcar.

Voltando a viver.

A centrífuga diminuiu o ritmo e vi-me nu, no fundo de uma enorme proveta. Tremia. Todos os meus músculos ferviam, o coração batia rápido, a pele estava coberta por uma camada de suor. Estava exausto, ofegante, extenuado. Vi silhuetas se aproximarem por trás do vidro do tubo de ensaio. Quis me levantar, mas estava tão fraco que não consegui sequer me manter ereto. Deixei-me, então, cair no fundo da proveta e, encolhido, em posição fetal, adormeci.

Após o mundo das nuvens, meu espírito escorregava para o mundo dos sonhos, um lugar de calma onde ele podia se recuperar. Uma tela se iluminou.

Penetrei nela. O cenário era uma ilha, mas não era a segunda Ilha da Tranquilidade.

Numa extensa praia, surgiu Delfina. Correu na areia fina, seus passos ficando impressos. Beijamo-nos nas ondas. Atrás de nós, estava o vilarejo dos golfinhos de "Terra 18" que eu criara no início do jogo de Y, há cinco mil anos. Longe, no oceano, golfinhos brincavam. Nadamos na direção deles. Agarramo-nos nas nadadeiras dorsais e saltamos por cima das vagas, entre borrifos de água.

Delfina deu a entender que não precisávamos da ajuda dos golfinhos, que nós mesmos podíamos nos transformar neles.

Uma das minhas narinas, então, se soldou. Uma pequena abertura para a saída da água apareceu em minha testa, os dedos das mãos se juntaram como nadadeiras. Estava em mutação, como os primeiros golfinhos, que haviam sido mamíferos terrestres e, em seguida, voltaram à água. Delfina disse que construiríamos o futuro na Ilha da Tranquilidade, com uma humanidade aquática. Então nadei, com apneias que podiam durar não alguns minutos, mas algumas dezenas de minutos. Movi-me com ondulações da coluna vertebral, como um peixe. E saltei fora da água. Brinquei com as ondas. Tornara-me um "Homo delphinus". Um homem do futuro, um mutante aquático. No meu sonho, passei a brincar no mar, nadando cada vez mais rápido com um cardume de Homo delphinus similares. Nadamos juntos dentro da água e acima dela. Tomei um pouco mais de velocidade e consegui inclusive ficar de pé como um golfinho, quase vertical sobre a superfície, com apenas a parte inferior da cauda penetrando no mar. Golfinhos se aproximaram e nos ensinaram a executar saltos acrobáticos. Adorei aquilo. Delfina falava comigo por gritinhos agudos, muito mais nuançados e complexos do que a voz humana. Disse que outros homens fizeram outras mutações, em outros lugares. Homens-esquilos descascavam avelãs em galhos de árvores e se lançavam planando, graças à pele que lhes unia os braços às pernas. Homens-toupeiras, cegos, viviam escavando a terra. Homens-pássaros voavam no céu com asas de penas. Respondi a Delfina que preferia ser um golfinho, pois era uma sensação realmente extraordinária poder me deslocar em três dimensões, sob e sobre a água. Disse que a humanidade, em seu conjunto, estava em vias de mutação, sendo isto apenas a continuação lógica da evolução. Vi, então, homens-tubarões surgirem ao longe. Tinham a cara alongada, uma tripla fileira de dentes triangulares, mãos-nadadeiras pontudas e compactas.

A humanidade futura se transforma, se tornando seus animais-totens.

Fugimos aos saltos, sobre a superfície, para ganhar propulsão no ar.

No sonho, pensei que seria melhor parar de fugir e enfrentar os tubarões. Veio-me a ideia: "Os golfinhos atacam os tubarões batendo com o bico duro do focinho na zona do fígado. Uma pancada forte numa zona reduzida pode obter uma perfuração máxima." Delfina e eu nos transformamos em verdadeiros torpedos. Investi contra o primeiro homem-tubarão que veio na minha direção. Ele driblou meu esporão natural e me mordeu a nadadeira dorsal. Voltamos a ficar frente a frente. Quis de novo me morder, mas fingi enfrentá-lo e, no último instante, passei por baixo dele — era a vantagem de dominar as três dimensões —, perfurando-o com meu bico. A pele cedeu e meu focinho invadiu-lhe as vísceras. Delfina também lutava contra aqueles monstros. Graças à nossa pugnacidade, conseguimos afinal colocá-los em fuga. Mas linhas de sangue escorriam dos nossos flancos; estávamos feridos. Aproximando-me dos penhascos, vi homens-águias no céu, com seus bicos curvos e sólidas asas. Na terra firme, homens-ratos se aproximaram, com longos incisivos e unhas-garras.

— Não tenho mais medo deles! — exclamei para Delfina com gritinhos agudos.

Respondeu que eu ganhava um ponto a mais, sabendo enfrentar os adversários sem fugir, e que nenhum me causava medo. Chegava a 21, do total de vinte.

Delfina e eu nadamos nas profundezas, descobrindo fossas marinhas abissais. De repente, ela parou, preocupada. Aproximei-me dela, que subitamente inflara, expelindo de si um pequeno bebê homem-golfinho. Era completamente claro. Mal saiu do corpo materno, começou a nadar e a se mover, ondulando graciosamente para alcançar a superfície.

Ela disse que o filhote era a cara do pai. Agradeci por tudo que tinha me ensinado.

Esfregamos nossos focinhos e subimos juntos das profundezas, para saltar fora da água, nos alçando bem alto no céu, enquanto nosso filho peixe brincava nas ondas. Senti o ar passar por minhas nadadeiras e caí de volta no mar.

Sensação do molhado.

Delfina...

— Michael?

Delfina!

— Michael... Michael... sou eu.

Abri os olhos. Um rosto feminino se debruçava sobre mim. Não era Delfina. A cabeleira era dourada e os olhos de esmeralda turquesa.

Afrodite.

— Tive tanto medo de perdê-lo — murmurou a deusa do Amor. — Meu pobre Michael. Como deve ter sido horrível viver no meio do rebanho de mortais.

Apertou-me nos braços.

Observei o cômodo ao redor da cama e descobri estar em seu palácio. A decoração cor-de-rosa fúcsia fazia pensar num conto de fadas. Pousados em poleiros, alguns querubins debochados, com seus arcos a tiracolo, dispunham plumas em flechas de cristal. Em vasilhas fechadas de vidro, pequenos corações com patas, como aquele que ela me oferecera no passado, saltitavam impacientes, na espera de alguém a amar.

A deusa do Amor beijou-me com entusiasmo, mas não correspondi ao beijo.

— Temi que você enlouquecesse. Viver entre as pessoas de "Terra 18" deve ser como viver entre... macacos!

— Os mortais são homens e mulheres como nós.

— Não somos mais homens e mulheres — corrigiu —, somos deuses!

Estreitou-me nos braços, esfregando os seios em meu tronco.

— A condenação ao exílio em "Terra 18" foi tão injusta. Deve ser estranho se ver ali, como em algum... zoológico.

O lugar "estranho" era aquele onde estávamos, Aeden. Não era, no entanto, um zoológico, e sim um asilo de loucos. O Olimpo fazia os egos inflarem até à alienação, com cada deus encarnando uma forma de neurose ou de psicose. Afrodite era a histeria. Zeus, a megalomania. Ares, a paranoia etc.

— Era bem suportável. As pretensões dos mortais são mais razoáveis do que as dos deuses.

— É normal, são peças de jogo! Era só o que faltava, os peões terem reivindicações!

Recuei.

— Também somos peças de um jogo — respondi.

— Não o mesmo jogo.

— Quem sabe?

Ela não me ouvia.

— Beije-me, Michael. Eu é que tive todo esse trabalho para tirá-lo da sua minúscula prisão. Edmond Wells foi apenas cúmplice do meu projeto. Vamos poder nos amar sem que ninguém nos impeça de estar juntos.

— Não pedi que fizesse isso. Estava tudo bem. Pode-se encontrar a felicidade em qualquer mundo, em cima ou embaixo. Não é uma questão de dimensão, de tamanho ou de lugar, é um problema de tomada de consciência.

Ela não entendia tanta frieza.

— O que está acontecendo, Michael? Você está bem estranho.

Levantei-me e fui ao banheiro me refrescar. Mal me reconheci no espelho; a experiência de "Terra 18" e a transformação em nuvem de átomos me escavaram o rosto. Por um lado, a metamorfose consciente me permitira descobrir que podia me transformar em poeira; por outro, lembrava o quão difícil era estar em carne e osso. Tinha olheiras ao redor dos olhos, a pele estava esticada no rosto, sentia saudade do estado de ser puro vapor. Por um bom tempo salpiquei-me com água gelada. Depois encontrei uma toga e me vesti, calçando também sandálias de couro.

— Edmond disse que eu precisava voltar com toda urgência a Aeden. Por qual motivo?

— Não sou um motivo suficiente, Michael?

Ela me observava, decepcionada. Em seguida, endireitou-se:

— Está bem. Vou contar tudo. Durante sua ausência coisas horríveis aconteceram aqui.

Voltei ao quarto e surpreendi-a de olhos baixos, constrangida, como se não soubesse como apresentar o problema.

— Coisas? Que coisas?

Então ouvi gritos de animais. Fui à janela e vi duas esquadrilhas de grifos se enfrentarem em pleno céu. Os leões com asas de águias se despedaçavam uns aos outros com bramidos ferozes.

Giravam e mergulhavam em forma de oito. Os feridos caíam a pique, como aviões atingidos.

Edmond Wells entrou arrastando os pés no quarto. A experiência da transformação em nuvem de átomos parecia tê-lo também extenuado. Tinha olheiras e a pele estava pálida.

Meu ex-instrutor de angelismo olhou Afrodite, procurando saber se já me contara tudo. Ela fez um sinal negativo.

Afrodite convidou-nos a sentar em seu budoar. O local estava decorado com gravuras emolduradas, mostrando as grandes histórias de amor de todas as civilizações, fossem de "Terra 1" ou de outros planetas. Viam-se homens e mulheres mutuamente se desejando pelo olhar, casais de homens, casais de mulheres, às vezes cenas com mais de dois participantes, outras vezes com animais. A exposição confirmava, caso fosse necessário, que o amor é polimorfo no universo.

Enquanto o alvoroço dos grifos que se entrematavam sacudia o céu, Afrodite fechou os contraventos e nos serviu uma bebida com gosto de gengibre.

Edmond Wells, com a testa franzida de contrariedade, mostrava uma expressão que eu raramente havia visto em seu rosto.

— Não imaginava que a situação pudesse ter piorado a tal ponto — disse ele.

— Nós, como deuses, estamos habituados a rapidamente resolver problemas, mas, em geral, são problemas entre os mortais. Dessa vez nenhum de nós está conseguindo enfrentar esse conflito entre "semelhantes".

Eles me puseram a par. Após meu julgamento, condenação e exílio em "Terra 18", meu ex-amigo Raul Razorback, vencedor da final do jogo de Y, atravessou com grande fanfarra as últimas portas para os Campos Elísios.

— Raul está a caminho para receber sua recompensa — confirmou Edmond Wells.

Assim que Raul desapareceu no horizonte, as últimas portas para os Campos Elísios foram fechadas, e todos os habitantes de Olímpia voltaram às suas ocupações habituais.

Os últimos alunos da turma 18 foram metamorfoseados em quimeras locais. Jean de La Fontaine e Rabelais se tornaram centauros.

Simone Signoret e Édith Piaf viraram sereias. Toulouse-Lautrec era agora um dragão de duas cabeças. Bruno Ballard, Gustave Eiffel e Georges Méliès eram grifos, talvez inclusive estivessem entre aqueles que lutavam no céu.

Evacuados os últimos vestígios da aventura, os Mestres-deuses, cáritas e semideuses deram uma boa limpeza e se concederam três dias de descanso, antes do início da empreitada com uma nova turma.

— Esperávamos receber mexicanos — reconheceu Afrodite.

Anjinhos entraram no quarto e cochicharam algo no ouvido da deusa do Amor. Ela se levantou, fez-nos sinal para que esperássemos e depois voltou, tendo algumas manchas azuis na toga. Arranjou uns poleiros como os que servem aos papagaios. Os anjinhos vieram pousar neles.

Ajeitou as madeixas douradas. Alguns anjinhos deixaram o poleiro e vieram se colocar em seus ombros, como pássaros.

A deusa verteu-lhes um pouco de néctar, servido em flores. Estendeu-me uma xícara da mesma bebida, mas preferi um café forte, e um anjinho foi à cozinha buscá-lo instantaneamente.

Afrodite, em seguida, prosseguiu:

— Esperamos muito tempo os tais mexicanos. Um dia, dois dias, três dias, uma semana, um mês. Não entendíamos o motivo do atraso. Sabe-se que às vezes a administração dos anjos fica sobrecarregada. Almas permanecem bloqueadas. Esperamos os retardatários mais ou menos como um avião espera os últimos passageiros, para decolar. Mas os mexicanos não chegavam. Revezávamo-nos a vigiar a praia. Olhávamos o céu, esperando que caíssem as almas eleitas...

Lembrei minha chegada em Aeden. Tinha me tornado um meteorito e mergulhado em pleno mar.

– ... No entanto, nada. A visita, porém, chegou de outro lugar. Da montanha. No terceiro mês, Zeus em pessoa surgiu, vindo da floresta. Estava ainda maior do que quando veio e autorizou a repetição do jogo – acrescentou Afrodite. – Zeus com dez metros de altura! Reuniu todos os habitantes de Aeden no Anfiteatro e se colocou no centro. Carregava uma sacola pesada. Pronunciou um discurso.

Afrodite mudou de fisionomia. Segurou-me o braço, nervosa.

– Zeus falou da "outra" montanha. Revelou a existência do Grande Deus acima dos deuses.

– O 9... – murmurei.

– Chamou-o de "Deus Criador". Isso nos causou um choque. Ele contou ter recebido uma diretriz desse deus superior.

Afrodite e Edmond se entreolharam e depois baixaram a vista.

– A tal diretriz – continuou Afrodite – anunciava que tudo cessaria, em definitivo.

– Era uma brincadeira.

– Ele disse: "Não virão alunos-deuses mexicanos e nem, aliás, de povo algum. Não virão outras turmas. A escola de deuses fechará suas portas. Tudo vai acabar aqui."

Lembrei que, ao encontrar Zeus, achei que o rei do Olimpo já temia essa eventualidade. Acreditava que o Deus Criador estava cansado, querendo parar o jogo.

Um anjinho se aproximou, se colocou à minha altura, girou lentamente ao meu redor, como uma lua em volta de um planeta, e foi cochichar algo aos demais anjinhos, que caíram na gargalhada.

Afrodite fez um gesto e todos se calaram.

– Após tal anúncio, Hermes perguntou: "O que vai acontecer, então?" "Nada mais vai acontecer aqui", respondeu Zeus. "Têm apenas que esperar a morte." Foi o segundo grande choque. Zeus garantiu que, fechada a escola, estava fora de cogitação manter o sistema. Em consequência disso, o Deus Criador decidira retirar o dom da imortalidade do conjunto dos habitantes de Aeden.

– Inclusive de Zeus?

– Certamente. Disse que, no que o concernia, voltava a seu palácio para dormir, esperando que o sono derradeiro o viesse buscar. Depois disso, abriu a sacola e tirou uma esfera de três metros de diâmetro. Disse: "Tomem, é a verdadeira. Se quiserem se distrair, deixo-a como lembrança." E aí pegou seu ankh e acrescentou: "Esperem, vou reduzi-la para um tamanho mais fácil de se guardar num museu." Apoiou no botão e ela passou de três metros a cinquenta centímetros.

– Ele lhes deu a verdadeira "Terra 18"! Onde eu estava!

– Para mostrar que nada mais tinha qualquer importância. Deu uma grande e triste risada, transformou-se em cisne gigante e voou para o cimo de sua montanha.

Comecei a compreender tudo.

– Eu saí da floresta para assistir ao discurso de Zeus – disse Edmond Wells. – Depois disso, tendo ouvido a revelação, misturei-me aos demais. Nada mais tinha importância. Os Mestres-deuses sequer se espantaram ao me rever.

– Estávamos todos estupefatos. Completamente estupefatos – suspirou Afrodite.

– ... Como uma fábrica que fecha, deixando os funcionários desempregados – acrescentou Edmond Wells.

— Nossas vidas não teriam mais sentido, além de esperar a velhice, a doença e a morte.

Dei-me conta de que era "imortal entre os mortais" e ter voltado me tornava "mortal entre os imortais".

Humor. Paradoxo. Mudança.

Lembrei uma frase do filósofo Woody Allen que servira de prelúdio à tanatonáutica: "Enquanto o homem for mortal, não conseguirá realmente ser descontraído." Poderia, então, acrescentar: "Enquanto os deuses eram imortais, a sua vida não tinha sentido."

E pensei que apenas no momento da morte, poucos minutos antes de perder consciência, a gente vê uma lógica na sucessão de acontecimentos incompreensíveis que, de um extremo a outro, forjaram nossa vida.

— O que aconteceu em seguida? — perguntei.

— Como ninguém dava atenção à pequena esfera de "Terra 18", fiquei com ela — contou Edmond Wells. — E me apossei da sua casa, deixada ao abandono.

Os anjinhos serviram novamente café. Continuava com a impressão de que zombavam de nós, mas estava interessado demais na narrativa para prestar atenção nisso. A deusa do Amor continuou a história:

— Dioniso propôs que se festejasse o final definitivo das aulas. Houve uma grande celebração, uma verdadeira orgia. Os deuses beberam e começaram a se provocar uns aos outros. Mas foi no dia seguinte que a situação realmente degringolou. Um grupo de Mestres-deuses descontentes, encabeçado por Ares, deus da Guerra, se manifestou. Avisaram que não aceitariam morrer sem combate. Muitos estavam de acordo. Houve dissidência. De um lado, Mestres-deuses que aceitavam o destino e, de outro, os que se revoltaram contra o que julgaram injusto, com relação aos serviços prestados.

Afrodite pediu uma bebida aos querubins e estes, prontamente, lhe serviram uma garrafa de vinho perfumado.
– De início, parlamentaram. Cada qual apresentou seus argumentos. Alguns queriam forçar o sistema a continuar, apesar das ordens vindas do alto. Propuseram criar um novo governo, com uma assembleia de Mestres-deuses, e depois enviar uma expedição à segunda montanha, tomando os Campos Elísios. Outros propuseram que se entrasse em contato diretamente com o império dos anjos, para que continuasse a fornecer alunos-deuses a serem educados. Atena, porém, fiel ao sistema antigo, quis que respeitássemos as vontades de Zeus e do tal Grande Deus Criador desconhecido. Ela impediu o acesso aos Campos Elísios.

Afrodite bebeu um gole da sua taça e continuou:
– Criaram-se, então, dois grupos. Os que se juntaram a Ares, os "rebeldes", e os que apoiavam Atena, os "legalistas". Os rebeldes não aceitavam o desemprego e nem a aposentadoria. Acharam que a inatividade significa apodrecer de pé. Acabou havendo um confronto. Ares deu uma punhalada em Atena. Ela não se moveu mais. Foi terrível. Com isso pudemos realmente compreender o que é a morte de uma deusa olímpica.

Afrodite engolia com dificuldade a bebida.
– Atena se esvaiu em sangue. E sem se transformar no que quer que fosse, apenas um corpo inerte sangrando. Nem sequer quimera. Ficamos todos a observá-la enquanto agonizava. E começamos realmente a perceber o que é o fim de uma alma. Foram diversas as reações. Alguns estavam felizes das suas existências terem a possibilidade de um capítulo final. Outros assumiram o medo da morte, comum a todos os mortais, permanentemente.

Os anjinhos trouxeram-lhe docinhos cor-de-rosa e branco. Afrodite mordiscou alguns.

— Foi quando estourou a... guerra. Os rebeldes, com o gosto daquele primeiro assassinato, foram tomados por um frenesi criminoso. Guiados por Ares, alguns Mestres-deuses, semideuses e quimeras quiseram passar a força, derrubando a porta para os Campos Elísios. Mas foram impedidos por outros Mestres-deuses, semideuses e quimeras. Foi a grande batalha diante da porta dos Campos Elísios.

— Os deuses pareciam animais — acrescentou Edmond. — De que vale serem seres de consciência 7, se se comportam como seres de consciência 3?

— Não é preciso aprofundar muito para logo encontrar a camada de bestialidade sob a camada de humanidade e até sob a de divindade — reconheceu Afrodite. — Nenhum dos campos de fato ganhou. Morreram sobretudo quimeras.

De repente, ouvimos gritos longínquos, vindos da zona leste, onde se situava a porta para os Campos Elísios.

Olhei Edmond Wells com raiva.

— Foi para isso que me fez voltar, para morrer junto com os deuses? Eu era feliz com os mortais.

Afrodite se ergueu. Afastou uma fotografia emoldurada mostrando um casal apaixonado em que reconheci o ditador romeno Ceausescu e sua mulher Elena, que ele nomeara ministra das ciências. A foto tinha sido feita alguns segundos antes de serem fuzilados; eles se seguravam pela mão, dando ao instante um aspecto quase comovente: dois ditadores, em fim de linha, ligados por um último carinho.

Ao deslocar o quadro, Afrodite revelou uma porta blindada, com uma fechadura de segredo. Compôs o código. A porta se abriu e ela puxou um baú de carvalho com metais ornados e alças de cobre. Pegou uma chave e abriu-o.

No interior havia um estojo forrado com veludo púrpura e, no meio, o que me pareceu ser um ovo azul e branco de cinquenta centímetros de diâmetro.

Aproximei-me, intrigado.

— Aí está o seu mundo — disse ela. — Guardei-o temporariamente. Foi de onde o trouxe.

— "Terra 18"?

Edmond Wells concordou. Ela tinha, então, dito a verdade; Zeus encolhera o planeta e o oferecera aos moradores de Olímpia.

— É o mundo de verdade, e não seu reflexo — confirmou a deusa.

Estava fascinado diante da esfera onde se encontrava Delfina.

— Tenho amigos aí.

— Você se apegou a esses mortais, não é? — perguntou Afrodite.

— Nós também somos mortais agora, pelo que parece — eludi a resposta.

— Mas muito maiores, nem que seja do ponto de vista do tamanho!

— Não muda muita coisa.

— Muda tudo. Basta que eu jogue essa esfera pela janela para que ela se espatife em mil pedaços. São como formigas dentro de um vaso.

Pegou a bola de vidro e, antes que eu pudesse reagir, ergueu-a na direção da janela, dando a impressão de que a jogaria no vazio. Meu coração deu um pulo.

— NÃO!!!!

Agarrei seu pulso com um gesto seco e apertei muito forte.

— Está me machucando!

Soltei-a. Ela concordou em colocar de volta a preciosa esfera na caixa.

— Era o único meio de trazê-lo de volta — reconheceu Edmond Wells. Foi Afrodite que montou a operação "disco voador rumo aos mortais". Ela também sabia que encontraríamos na casa de Cronos a máquina para transformá-lo em átomos e depois restituir seu tamanho divino.

— E você, Edmond, achou que seria bom para mim me tirar da paz dos mortais de "Terra 18" e me arrastar a essa guerra dos deuses de Aeden?

O homem de rosto triangular e orelhas altas me lançou um sorriso cúmplice.

— Não era o melhor para você, mas para nós sim, com certeza. A guerra, aqui, entre rebeldes e legalistas, creio que vai durar muito tempo, e temos coisas mais importantes a fazer do que combater e morrer. Se não agirmos rápido, logo Olímpia será apenas ruína e devastação.

Meu olhar não conseguia se afastar da caixa contendo "Terra 18".

— O que propõe?

— Aproveitar o conhecimento que tem da ilha de Aeden, por já tê-la observado do alto, com Pégaso, e lançar uma expedição não mais aérea, mas marítima.

— E depois?

— Chegar à segunda montanha e escalar o topo, para encontrar o Grande Deus Criador.

— Qual a vantagem? O jogo acabou.

— Não tenho tanta certeza – disse Afrodite.

— Raul está indo a pé pelos Campos Elísios. Tendo em vista a distância, creio que só chegará ao alto da segunda montanha dentro de três dias. Isso nos dá um tempo para tentar alcançá-lo pelo mar – explicou ele.

— Por que ultrapassá-lo?

— Edmond e eu achamos que Raul não é digno da honra que lhe foi dada – respondeu Afrodite.

— Acho o sujeito muito perigoso. É inteligente, soube se adaptar, mas não entendeu o essencial – disse Edmond Wells.

Afrodite concordou.

— Na última partida, ele representou a energia neutra, N. Por isso ganhou. Deixou a energia A, de Amor, que você representava, e a energia D, de dominação, representada por Xavier, se anularem mutuamente. Em seguida, se impôs com facilidade.

— Um universo dirigido por um deus transcendido pela energia neutra não é o que aspiramos — declarou Edmond Wells.

— Queremos que seja você a chegar lá em cima — anunciou Afrodite. — Você jogou bem. Demonstrou ser o melhor aluno-deus, incentivou as ciências, as artes, a criatividade, a emancipação das mulheres, a independência dos indivíduos. É um deus da energia A. Um deus do Amor.

— Parem com isso. Tenho consciência dos meus erros, minhas fraquezas e até do meu idealismo mal-adaptado à realidade. Se perdi, não foi por nenhum acaso. Meus mortais não engendravam filhos suficientes e não sabiam se irritar na hora certa. Além disso, me descontrolei, matei um deus por puro espírito revanchista. Não chega a ser um verdadeiro comportamento de defensor da energia A.

Afrodite não se dava por convencida.

— A raiva final provou o quanto estava envolvido com sua obra. Que deus poderia se manter indiferente aos dramas que seus mortais, e inclusive a força de amor por eles representada, sofreram naquele planeta?

De novo a deusa me abraçou.

— Com você podemos vencer.

Não me atrevi a afastá-la.

— O projeto, então, seria lançar uma expedição marítima para passar a frente de Raul e chegar ao Grande Deus Criador antes dele. É isso?

Edmond Wells concordou:

— Não temos tempo a perder. Não banque o difícil, estamos fazendo tudo isso por você, para levá-lo ao alto do sistema, não venha ainda resmungar.

— O que digo é que estava muito bem em "Terra 18"...

Edmond Wells pegou o baú de carvalho e colocou-o numa mochila.

— Se é o que pode lhe deixar contente, lembre-se que temos que deixar Olímpia e pôr esse objeto em segurança. Em certos momentos, o mundo desconhecido é mais seguro do que o mundo conhecido.

E concluiu, puxando meu braço e me arrastando junto:

— Há muitos mundos estranhos a serem descobertos. Não receie espantar-se.

60. ENCICLOPÉDIA: OS BARUIA

Os baruia são um povo primitivo da Papua-Nova Guiné, que viveu isolado de qualquer civilização até 1951, ano em que foi descoberto por exploradores australianos.

Mas foi o antropólogo francês Maurice Godelier, autor de *O enigma do dom* (1996) e *Metamorfoses do parentesco* (2004), que realmente aprofundou o estudo desse povo, entre 1967 e 1988.

Em suas primeiras viagens, ele descobriu uma sociedade de agricultores-caçadores que utilizava uma tecnologia datada da idade da pedra. Maurice Godelier quis compreender a gênese dos mitos e como estes, em seguida, constroem a estrutura social.

Os baruia não tinham as noções de Estado, de classe e nem de hierarquia complexa.
Em contrapartida, tinham estabelecido um sistema patriarcal ultrapassando tudo que os etnólogos conheciam até então.
Para eles, o esperma é o centro de tudo. Os seres humanos saíram do *u*, mistura de esperma e raios de sol. As mulheres são o receptáculo dessa mistura. Quando a mistura é malfeita, resulta numa filha.
Tal visão, sem o conhecimento do óvulo, faz com que, para os baruia, as mulheres sejam seres humanos falhados, mas necessários para a fabricação de seres bem-sucedidos, isto é, machos. A visão que têm das mulheres ultrapassa a misoginia ocidental – daí o caráter "politicamente incorreto" dos desdobramentos de seu estudo, devendo ser apreendido fora dos nossos quadros habituais de julgamento.
Ao completarem 8 anos de idade, os meninos são tirados da influência das mulheres. Deixam suas famílias e vão receber uma iniciação até os 15 anos, longe da aldeia, na montanha. Passam a viver numa comunidade exclusivamente masculina e são iniciados nos ritos mágicos e na sexualidade.
Ao se tornarem adolescentes, aos 16 anos, são considerados aptos a formar uma família. Descem da montanha e escolhem uma mulher.
Passam a ter relações sexuais. Se ficarem grávidas, devem ter um número de parceiros machos (além do companheiro) durante a gestação, para que o esperma de outros homens contribua reforçando a criança vindoura.
Da mesma forma, em seguida, quando a mãe amamenta, o leite é considerado "esperma transformado". A mulher,

então, deve continuar mantendo relações sexuais, para produzir bastante leite.

Na sociedade baruia, a mulher não tem acesso à propriedade da terra. Não tem direito de culto e nem de prática dos ritos religiosos. É a sociedade mais patriarcal de que se teve conhecimento.

Maurice Godelier, a partir do estudo dos baruia, deduziu que a sociedade não é um reflexo da economia, contrariando o que até então pensava a maioria dos etnólogos, e sim um reflexo dos mitos fundadores. Por terem, em certo momento, imaginado que o esperma estava na origem de tudo, os baruia construíram, ao redor dessa crença, seus ritos e relações sociais.

Edmond Wells,
Enciclopédia dos saberes relativo e absoluto
(a partir de lembrança do tomo III).

61. OLÍMPIA FERVENDO

Fumaças negras que se contorciam. Paredes atingidas que desabavam. Ruas repletas de corpos escuros contraídos. Gritos longínquos. Odor de putrefação. Poeira no ar. Incessante zumbido de nuvens de moscas. Onipresença de corvos. A cidadela de Olímpia estava irreconhecível.

Pela janela do palácio de Afrodite, aberta para o lado leste, eu não tinha a medida dos estragos a oeste. Lá fora, porém, pude me dar conta.

A cidade estava devastada.

O lugar que outrora fora a academia do aperfeiçoamento das almas puras não passava mais de um campo de batalha onde quimeras furiosas enfrentavam deuses coléricos. Com o desaparecimento de Atena, não existia mais o menor traço de justiça. Lutava-se por lutar, apenas exteriorizando uma raiva cuja causa já havia sido esquecida.

Com os combates aéreos tendo diminuído, era perto da porta para os Campos Elísios que se estabelecera a nova zona de conflitos.

A boa distância, Edmond Wells, Afrodite e eu descobrimos a dimensão da tempestade. As tropas legalistas haviam erguido uma parede de sacos de areia diante da grande porta oriental. Armados com arcos, cáritas, horas, sátiros, titãs, ciclopes e centauros tentavam barrar a carga daqueles que há alguns dias ainda eram seus irmãos.

Dioniso, Hermes, Hera, Apolo, Ártemis, Deméter, Héracles estavam à frente dos legalistas. Posídon, Ares, Cronos, Hefesto, Atlas, Hermafrodite, Prometeu e Sísifo dirigiam as tropas rebeldes. A presença dos Mestres-deuses chamava a atenção pelos clarões de raios esporadicamente lançados.

Afrodite fez sinal para que eu me agachasse atrás de um pequeno amontoado de terra. Ouvi uma cavalgada e vi uma carga de centauros rebeldes arremetendo contra centauros legalistas.

As bestas furiosas cuspiam baba, com os focinhos exalando um vapor espesso, e se agarravam como lutadores de catch, tentando derrubar umas às outras e, em seguida, pisotear os adversários com os cascos.

No céu, querubins, anjinhos em miniatura com asas de borboleta, também lutavam e caíam, com as asas rasgadas.

Dragões cuspidores de fogo sobrevoavam, atravessando as nuvens.

Era uma visão dantesca: todos aqueles seres saídos dos mitos e das lendas transformados bruscamente pelo ódio em forças de destruição.

Com os combates parecendo se arrefecer, Afrodite, Edmond Wells e eu escapulimos com nossa bagagem, para deixar a cidade.

De repente, um grupo de centauros surgiu.

Atiraram uma nuvem de flechas em nossa direção. Mal tivemos tempo de nos abrigar atrás de um muro em ruína. Mas uma flecha se enterrara na mochila que continha o baú de "Terra 18" e que era carregada por Edmond Wells.

Acorreram para onde estávamos. Devo minha sobrevivência apenas à rapidez com que saquei meu ankh. Com um só tiro abati os cinco primeiros, e Afrodite completou o trabalho.

Tendo retirado a flecha cravada na madeira do baú, pedi para transportar "Terra 18". Preferia eu próprio proteger a esfera em que se encontravam Delfina e meu filho.

Indo em direção à zona oeste, nos deparamos com uma verdadeira carnificina. Centauros traspassados por flechas jaziam junto de grifos caídos do céu, querubins sem asas, dragões carbonizados.

Mais adiante, um acampamento legalista fora fortificado com barricadas improvisadas: pedras, sacos e carroças reviradas. Torres de madeira erguidas às pressas serviam de vigias.

Os rebeldes tinham reagido da mesma forma, e em seu campo se amontoavam sacos e torres para as sentinelas.

Alguns grifos giravam alto no céu, à espreita das tropas adversárias.

— Está muito calor, por isso não estão mais lutando — observou Afrodite. — Mas, assim que a temperatura refrescar um pouco, os rebeldes vão voltar a atacar, para dominar as portas para os Campos Elísios

— Não é a nossa guerra — concluiu Edmond Wells. — Temos coisas mais importantes a fazer do que nos socarmos uns aos outros para saber quem é o mais forte, não é Michael?

Saímos de Olímpia por uma passagem secreta indicada por Afrodite. Desembocamos na floresta azul. Mais uma vez, cadáveres de centauros e de sátiros confirmavam o aspecto selvagem dos combates daqueles últimos dias.

No rio azul, boiavam corpos de sereias. A superfície desprendia um odor nauseabundo.

Então, todos aqueles que se acreditavam imortais descobriam o que a morte realmente é. Uma noção sem mais nada de mítico. A morte é a carne ficando fria, carne animada que se paralisa, apodrecendo e atraindo moscas e devoradores de carniça.

Tapamos o nariz com as togas, para não sentir o fedor terrível das sereias em decomposição.

Mais adiante no rio, duas sereias continuavam a lutar. Agarravam-se, desferiam pancadas com as caudas escamadas e trocavam selvagens mordidas, enquanto as longas cabeleiras chicoteavam o ar. Mergulhavam na água e logo voltavam a surgir, num borbotar de espuma.

Apressamo-nos para atravessar a muralha de água, como me indicara o coelhinho branco e que nos faria chegar à outra margem.

Floresta negra. Estávamos na zona em que havíamos enfrentado a grande quimera de três cabeças, mas ela jazia, perfurada por centenas de flechas. O cadáver estava coberto de uma pelagem de insetos vibrantes.

Afrodite parecia saber perfeitamente aonde devia ir. Chegamos no meio do campo de papoulas. A cor vermelha que antes havia me maravilhado já parecia um lago de sangue. Corri para as pequenas construções no alto da colina. Distinguimos ali os palácios das nove musas e aqueles mais recentes de Marilyn Monroe e Freddy Meyer.

Os nove templos não eram senão ruínas ainda fumegantes. Na casa de Marilyn, vi restos de um projetor de cinema. Edmond Wells encontrou um grosso caderno redigido por Freddy Meyer, intitulado: *Seleção de piadas para aguentar esse mundo, na espera de um mundo melhor.*

— Deixe, devemos pensar no futuro e não mais no passado — disse meu diretor de consciência.

Passou-me o caderno, e eu o coloquei junto do baú de "Terra 18", em minha mochila.

Chegamos à zona laranja, onde vivia a górgona Medusa.

Afrodite indicou um caminho escarpado, levando ao palácio.

Estremeci recordando o risco de me ver de novo transformado em estátua. Guardava a lembrança daquele terrível instante da minha vida, em que não podia mais me mover, com todo meu corpo transformado em mineral, apesar do espírito consciente. Obriguei-me a prosseguir, com o dedo no gatilho do ankh e o olhar fixo no céu, para o caso de a feiticeira voadora surgir. Mas também ali o local se apresentava estranhamente deserto. Afrodite guiou-nos até os fundos do jardim do palácio de Medusa. Descobriu, por trás de um muro de vegetação, uma passagem e uma escada esculpida na rocha. Os degraus giravam e mergulhavam profundamente.

Descemos por muito tempo, nos aproximando de um rumorejar aquático. Fortes odores de limo e de algas se espalharam.

Chegamos enfim a uma ampla caverna escavada na pedra. No fundo, uma represa de água e um veleiro amarrado ao embarcadouro por uma corda grossa e uma passarela de madeira.

Um porto escondido numa caverna.

— É o barco da górgona — constatou Afrodite. — Soube por meus anjinhos espiões que ela iniciara há muito tempo esse

projeto. Quando os acontecimentos começaram a se complicar, ela acelerou os trabalhos, libertando algumas estátuas e oferecendo a possibilidade de se moverem de novo, sob a condição de trabalharem para ela.
A embarcação era suntuosa. Uma representação da górgona Medusa fora esculpida na proa.
À medida que nos aproximamos, descobrimos marcas de tiros de ankhs e traços de flechas na madeira do barco.
– Um navio pirata fantasma – disse eu.
– Deve ter havido um motim – sugeriu Edmond Wells.
Atravessamos a passarela que ligava o embarcadouro ao barco. No interior, o espetáculo não era melhor do que o de Olímpia. Corpos de homens e de mulheres estavam caídos no convés. O confronto entre amigos e adversários da Medusa parecia ter sido violento. Acabamos encontrando o corpo da própria górgona. De onde estávamos só podíamos distinguir as asas e o corpo. Sua cabeça estava oculta por um pano.
– Aparentemente, os escravos libertos guardaram certo rancor – observou com sobriedade Edmond Wells.
Aproximou-se para erguer o pano, mas eu o retive.
– Vê-la, mesmo morta, pode petrificá-lo.
– Para trabalhar em grupo, precisou desativar esse poder.
– Acha mesmo que o risco vale a pena?
Mostrei, então, um corpo de homem na embarcação. Estava petrificado, na posição do arqueiro, com a flecha armada no arco.
Foi Afrodite quem agiu. Fechou a cabeça dentro de um cobertor e depois, sacando o ankh, cortou com perícia o pescoço da górgona.
– Se a cabeça ainda possuir o poder mágico petrificador, podemos conservá-la como arma – anunciou, pragmática.
Edmond Wells e eu seguramos, pelos braços e pernas, o corpo decapitado.

— E pensar que Medusa era apenas uma jovem bonita que cometeu o erro de agradar Posídon, a ponto de lhe provocar desejos de violentá-la...

— Foi Atena que, por ciúme, transformou-a depois em górgona, para que sua beleza se metamorfoseasse em feiura petrificadora — completou Edmond Wells.

— Mais uma mulher vítima da estupidez masculina — enunciou Afrodite, à guisa de epitáfio. — Mas agora provavelmente constitui nossa melhor arma contra a adversidade.

Lançamos o cadáver sem cabeça por cima da balaustrada. A queda causou um barulho surdo.

Para maior segurança, Afrodite embalou a cabeça num segundo lençol e depois guardou-a na dispensa. Deixei também a mochila contendo meu precioso fardo, e nos pusemos ao trabalho. Livramo-nos dos outros cadáveres tombados no navio, erguendo a três os corpos petrificados, muito pesados.

— Podemos ajudar?

Dois homens na força da idade tinham aparecido. Vestiam togas sujas e rasgadas, usando compridas barbas e mochilas. Tinham o cheiro do suor ressecado e pareciam extenuados.

— Quem são vocês? — perguntei.

Afrodite respondeu no lugar deles.

— Semideuses. Já serviram como Mestres-deuses auxiliares.

Depois voltou-se a eles.

— Vocês nos seguiram?

— Quando começou a guerra entre os Mestres-deuses, preferimos nos esconder na floresta e nos manter longe das batalhas — disse o que estava à direita e que, reparando melhor, era cego, com os olhos brancos.

— Alimentamo-nos de bagos e de ervas. Bebemos água nas fontes.

— Estávamos escondidos nas ruínas dos templos das musas, quando os vimos.

— Podemos ser úteis. Sou bom marinheiro — completou o da esquerda.

— E eu, apesar de cego, não sou desajeitado e tenho bom ouvido.

— O navio é grande e precisa de tripulação — sugeriu Edmond Wells. — Iremos mais rápido se tivermos ajuda. Além disso, creio que os "tanatonautas" tinham no grupo Freddy Meyer, que era cego e nem por isso atrapalhava, muito pelo contrário.

Os dois homens ajudaram a limpar a embarcação. Verificaram o conjunto de manobra e puseram os instrumentos nos devidos lugares.

Num canto, descobri uma bússola e um sextante. Graças à Delfina, felizmente, tinha sido iniciado nos mistérios da navegação à vela.

Edmond Wells e a deusa desfraldaram a grande vela.

— Vamos precisar sair remando — observei. — A vela aqui não vai nos adiantar muito.

Encontramos remos compridos que permitiriam manobrar. Um dos dois barbudos, vendo isso, soltou as amarras. O outro içou a âncora da proa. Remamos firme, e o veleiro deslizou na direção da pequena claridade no fundo do canal.

Saímos através de um arco escondido por compridas plantas aquáticas. Transposta a cortina vegetal, vimo-nos no mar.

A luz nos obrigou a franzir os olhos, e as gaivotas nos receberam com estardalhaço.

Recolhemos os remos e partimos, içando completamente a vela maior. Era vermelha, tendo no centro um motivo amarelo, estampado com o rosto da Medusa, envolto em seus cabelos com cabeças de serpente.

De acordo com meus cálculos, vindos do oeste e tendo virado a estibordo, cabotávamos ao sul da ilha de Aeden.

A bússola confirmou.

– Aonde vamos? – indagou Edmond Wells.

– Para leste – propus. – O grande oriente desconhecido.

Edmond Wells, então, tomou o timão e firmou o rumo indicado.

A vela principal bateu e depois se inflou e esticou.

Os dois barbudos aproveitaram para ir à proa largar a bujarrona, que era igualmente vermelha, e nosso veleiro começou a ganhar velocidade. Foi quando o cego se aproximou de mim.

Os olhos completamente brancos eram quase luminosos. Ele me estendeu a mão.

– Eu nem me apresentei. Meu nome é Édipo.

62. ENCICLOPÉDIA: ÉDIPO

O rei de Tebas, Laio, e sua esposa, Jocasta, estavam desesperados por não terem um herdeiro. Foram então consultar a Pítia de Delfos. Ela previu que teriam um filho, mas que ele mataria o pai e se casaria com a mãe. Alguns meses depois, de fato, nasceu um menino.
Não querendo eliminá-lo, o rei Laio preferiu abandonar o filho na montanha, depois de lhe furar os calcanhares com uma agulha e atar seus pés com um fio.
Um pastor encontrou o menino, desamarrou-o e entregou ao rei de Corinto, Polibo, que o batizou Édipo, significando "que tem os pés inchados". Sem filhos próprios, afeiçoou-se àquele adotivo e não lhe revelou a origem.

Um dia, porém, tendo ido por sua vez consultar a Pítia de Delfos, esta repetiu a Édipo a antiga predição: "Matarás teu pai e desposarás tua mãe." Acreditando ser filho do rei Polibo, preferiu deixar Corinto, com medo que a profecia se realizasse.

Na viagem de exílio, aconteceu de encontrar pessoas que ele achou serem bandidos. Na verdade, era o rei Laio e seus empregados. Após uma discussão, Édipo matou aquele que lhe pareceu ser o chefe dos malfeitores e que, na realidade, era seu verdadeiro pai. Em seguida, continuou seu caminho.

Chegando a Tebas, um monstro aterrorizava a cidade: a Esfinge. Ela matava e devorava todas as pessoas que encontrava e que se mostrassem incapazes de responder o enigma: "O que tem quatro patas pela manhã, duas ao meio-dia e três à noite?" Édipo encontrou a solução: "O homem. Recém-nascido, ele anda de quatro; adulto, apoia-se nas duas pernas; e, velho, procura a ajuda de uma terceira perna, a bengala." Desconsolada, a Esfinge jogou-se do alto de um rochedo, e Édipo se tornou o herói da cidade. Foi proclamado rei de Tebas e deram-lhe como mulher a viúva do antigo rei, Laio, de quem não tinham mais notícia. E nem poderiam. Dessa maneira, sem saber, Édipo se casou com a própria mãe. Ele e Jocasta viveram felizes, ignorando o laço de parentesco que os unia. Tiveram quatro filhos. A peste, no entanto, se abateu sobre Tebas, e o oráculo de Delfos anunciou que a epidemia se devia a um crime não resolvido contra Laio, e que a doença se manteria enquanto o criminoso não fosse castigado.

O rei Édipo, então, lançou seus melhores caçadores para encontrar a pista do culpado. Acabaram descobrindo e contando ao rei a dura verdade. Ele próprio era o assassino.

Ao saber disso, Jocasta preferiu se enforcar. Enlouquecido pela dor, Édipo renunciou ao trono e furou os próprios olhos. Expulso de Tebas, ele passou a ser guiado pela filha, Antígona, única a se manter fiel a ele. Viveram ambos da mendicância.

Bem mais tarde, Sigmund Freud utilizaria essa lenda para explicar a pulsão primária dos meninos de se apaixonarem pela mãe e quererem destruir o pai.

Edmond Wells,
Enciclopédia dos saberes relativo e absoluto, tomo VI.

63. INCURSÃO MARÍTIMA

A espuma se abria à proa. Soprava uma brisa lateral e o veleiro de Medusa fendia a massa líquida em boa velocidade, ligeiramente deitado.

Coloquei-me bem à frente e deixei o ar bater em meu rosto. Observei o litoral. Percebia-se claramente a primeira montanha, rodeada de penhascos e de florestas. Tinha a impressão de recomeçar a experiência da fuga com Delfina. E se a vida não passasse de uma repetição dos mesmos acontecimentos "ligeiramente modificados"?

Descobri o continente dos mortos.

Descobri o império dos anjos, que era "ligeiramente modificado".

Descobri o reino dos deuses, que, mais uma vez, era "ligeiramente modificado".

Quer dizer, sempre semelhante, com uma pequena variação.
Descobri Zeus no alto daquela montanha.
E agora, o que descobriria na segunda montanha? Um Grande Deus "ligeiramente modificado".
Sorri e depois fiquei grave.
Lá em cima talvez esteja o Criador.
"O 9".
O Deus acima dos deuses.
A resposta a todas as questões.
Não sabia o porquê, mas me senti de repente invadido por uma grande tristeza. Seria uma compensação por causa da exaltação inicial?
Comecei a distinguir, acima do teto de nuvens, as primeiras estrelas.
Quando era criança e algum desgosto me tomava, erguia instintivamente a cabeça e contemplava o céu, com a impressão de que meus problemas não passavam de minúsculos contratempos, comparados à imensidão do universo que me absorvia.
Quantos dramas sentimentais, fracassos profissionais, humilhações, traições e falta de sorte eu não tinha, daquela maneira, "digerido", com um simples olhar para o firmamento...
E ali, mesmo enquanto se esperava que eu estivesse acima daquilo tudo, erguia os olhos ao céu e voltava a encontrar a mesma sensação de paz trazida pela relativização.
É claro, tinha medos e desejos, angústias e vontades.
Não morrer.
Encontrar o Criador.
Ser amado.
Salvar Delfina.
Compreender.
Por que nasci.
Por que sofria.
Por que vivia. Por que morreria.

– Estou vindo! – exclamei ao vento. – Está me ouvindo, Criador? Estou chegando!

Como resposta, o céu escureceu e um relâmpago atravessou as nuvens.

– Isso não funciona comigo! Sei o que é o raio!

As nuvens negras, então, formaram uma cortina, que caiu ruidosamente sobre nós.

O Apocalipse.

A palavra está injustamente assimilada ao fim do mundo, mas trata, literalmente, sobre a "revelação da Verdade".

Em seguida, as nuvens se afastaram e o céu clareou.

De novo a sensação de atravessar a aventura e de vogar para o desconhecido me invadiu.

Para a "Verdade"?

Com o tempo se suavizando e a noite se aproximando, vimos uma claridade surgir distante. Edmond Wells passou-me os binóculos encontrados na dispensa.

Observei grifos que carregavam tochas e se preparavam para um combate aéreo noturno.

Lançavam-se ao céu, como se estivessem suspensos às suas tochas, às espadas e flechas em chamas.

Asas, espadas, fogo.

Afrodite tinha razão. Com o frescor da noite, os combates tinham recrudescido. Na direção oeste, distinguia-se uma coluna de fumaça negra.

Ruídos surdos, urros, choques de pedra ou de metal eram as únicas informações que vinham da terrível batalha travada entre deuses pelo controle da porta que levava aos Campos Elísios.

– Procuram a morte – declarou Afrodite, juntando-se a mim. – Conheço Ares, ele quer morrer de armas em punho.

Não tem importância vencer, quer apenas terminar em glória, como guerreiro.

— A luta pode durar muito tempo — comentei. — As forças estão bem equilibradas.

— Pode inclusive acabar em guerra de trincheiras — acrescentou Afrodite, com filosofia.

Ouvimos os gritos dos grifos feridos. Uma segunda coluna de fumaça, mais espessa e mais escura, subiu da zona sul.

— Ampliaram os combates — observei.

— Estão prestes a incendiar Olímpia inteira.

— Os deuses enlouqueceram — suspirou Wells. — É a apoptose.

— O que isso significa? — perguntou Afrodite.

— Às vezes, em certos organismos — explicou ele —, quando algumas células sentem que não servem mais, arranjam um jeito de se suicidar, para não atrapalhar o processo da evolução. Sequer têm consciência do sacrifício, fazem-no naturalmente, sem saber muito bem por qual razão criaram a situação da própria perdição.

— Destroem a si mesmos por sentirem que não servem mais e atrapalham?

— É o projeto global da natureza... — completei.

Continuamos a olhar as duas colunas de fumaça que não cessavam de subir.

— Não há mais volta possível — reconheceu Afrodite.

— Devemos nos resignar à ideia de que nosso destino está adiante ou em lugar nenhum.

— ... E restamos apenas nós — acrescentou Wells, afastando-se.

A jovem mulher de cabelos dourados me fixou com seus grandes olhos esmeraldinos.

— Vamos fazer amor — murmurou. — Eu sou como as plantas, é preciso falar muito comigo e me molhar.

Essa frase era de Mata Hari!
Juntando o gesto à palavra, beijou-me intensamente.
— Não, aqui não. Agora não. Não dessa maneira.
Ela me olhou, estranhando.
— O que está errado? São os outros? Se for essa a sua preocupação, eles nada verão.
— Eu... eu...
— Está bem, não tem problema. Entendi.
Retirou-se, magoada.
Edmond Wells voltou até onde eu estava.
— Ela não parece nada bem.
— Disse a ela que não tinha vontade de fazer amor agora.
Meu ex-mentor suspirou em angelismo:
— Certamente não foram muitos os homens que lhe disseram isso.
— Devia acontecer, um dia.
Edmond Wells estendeu-me um papel e um lápis.
— Acho que para o bom prosseguimento da viagem devíamos ter uma ideia da forma geral da ilha. No voo com Pégaso, deve ter podido contemplar as terras.
Peguei o lápis e o papel.
— A ilha forma um triângulo. Olímpia está aqui, na ponta oeste. A primeira montanha está aqui, no centro.
Desenhei um traçado aproximativo.
— A segunda montanha, então, deve estar atrás, mais a leste.
Desenhei um círculo entre a primeira montanha e a ponta leste do triângulo.
— O que você viu lá de cima? — perguntou Edmond Wells.
Fechei os olhos e repassei as imagens do voo no cavalo alado.
— A costa sul termina com penhascos abruptos e há recifes que afloram, mais a leste. Será preciso diminuir a velocidade.

Edmond franziu o cenho e depois foi embora com o mapa, pensativo.

Subitamente preocupado, desci à cabine.

Tirei a mochila do esconderijo e peguei o baú com seus complicados fechos metálicos. Foi quando, pela escotilha entreaberta, surgiu o que parecia ser uma borboleta graúda, seguida por uma gaivota. O inseto atravessou a abertura. A gaivota que o seguia trombou contra a escotilha. O pássaro conseguira fazer penetrar apenas a cabeça na cabina e se pôs, então, a piar ensurdecedoramente, como se eu acabasse de lhe roubar a refeição.

Empurrei-o, fechei a escotilha e me voltei para o inseto.

– Olá, Moscona.

A pequenina moça com asas de borboleta retomava a respiração, com dificuldade.

Agitou as longas asas turquesa como se verificasse se ainda funcionavam bem.

Estendi o dedo e, após certa hesitação, veio se empoleirar.

– Como fico contente de vê-la! Tenho a impressão de que sempre me deu sorte.

Ela tentava colocar em ordem a cabeleira ruiva desarrumada.

– Quer dizer que não está participando do festival de pancadaria de Olímpia, Moscona?

Sentou-se no meu dedo e senti sua pele fina alisar minha pele grosseira.

Tomou um ar ressabiado e cruzou os braços.

– Ah, é verdade! Esqueci que é uma querubina e não gosta de ser chamada de Moscona.

Ficou zangada. Eu sorri, divertido.

– Sabe que é de forma carinhosa, nós dois estamos ligados. E não desisti de descobrir quem você era, de fato, antes de se tornar uma pequena quimera. Já nos conhecíamos, não é?

Balançou vivamente a cabeça, satisfeita que eu finalmente fizesse a pergunta certa com relação a ela.

Já a conheci... na minha vida de mortal? Em minha vida de anjo? Certamente deve vir da época dos tanatonautas. Uma mulher. Mulher que eu amei ou que me amou. Precisava descobrir.

— Então quer também embarcar na aventura? A menos que esteja apenas fugindo da guerra da ilha.

Balançou novamente a cabeça.

— Ou que esteja também apaixonada por mim?

Fez uma careta e esticou a língua em espiral, que se desdobrava como uma língua de sogra de brinquedo.

Agitou as longas asas nacaradas. Os cabelos ruivos estavam embaraçados, e o suor se misturava com a maresia. Devia ter lutado bastante, perseguida pelos pássaros.

— Não se preocupe, vou protegê-la — tranquilizei-a. — Quem eu amo é ainda menor do que você.

Voltando ao baú, soltei a fechadura com a chave grande e contemplei a esfera de "Terra 18", alojada em seu invólucro de veludo.

Moscona pousou sobre a esfera-planeta. Colou-se com as quatro patas na parede de vidro, como se quisesse perceber algo, mais precisamente.

Ajustei o zoom do meu ankh e examinei o planeta. Procurei por toda a superfície dos oceanos e acabei distinguindo minha pequena Ilha da Tranquilidade, fácil de se reconhecer pela forma de dente.

Aproximei ainda mais, febril, esperando encontrar a ilha revirada e saqueada pelas hordas de fanáticos de Proudhon.

No entanto, o território permanecia preservado contra as forças da sombra. Vi apenas tranquilianos que construíam casas de madeira sob a copa das árvores e instalavam antenas parabólicas com cores de camuflagem no topo da montanha, com o intuito de permanecerem em contato com o mundo.

Ajuste nas casas. Reconheci meu antigo "lar". Delfina desenhava com sua paleta gráfica cenários grandiosos.

Seu reino dos deuses imaginário é mais grandioso do que o verdadeiro. Desse modo, simplesmente pelo desenho, ela organiza as formas e se torna, por sua vez, uma deusa. Uma pequenina deusa.

A porta da cabine se abriu, Moscona voou para ir posar na lâmpada do teto. Desliguei meu ankh e arrumei a esfera em meus joelhos.

Afrodite se sentou no beliche.

– Tento imaginar o que Raul está fazendo, nesse instante – disse.

– Está indo pela estrada dos Campos Elísios. Creio que pode haver um túnel atravessando a primeira montanha e chegando à segunda, onde se encontra o Criador.

– E depois, o que vai acontecer? – perguntou, apoiando os dois pés sobre minhas pernas.

– Raul vai se tornar o novo Grande Deus do universo e há de impor sua visão, seu próprio sistema. Vai criar uma nova Aeden, uma nova Escola de deuses, uma nova reciclagem de almas. O universo, então, será ligeiramente diferente. Troca de artista.

Teve um arrepio de desgosto.

– E como ele é, esse seu Raul Razorback?

– Não sou imparcial quando falo dele. Era meu amigo. Meu melhor amigo. Mas tornou-se o pior inimigo. Depois voltou a ser frequentável. No final das contas, acho que é alguém de bem. É corajoso e tem uma real vontade de se superar.

– Se for o novo mestre do mundo, a responsabilidade será imensa.

— Se conseguiu ganhar o jogo de Y, não foi por acaso. Ele é pragmático. O fim justifica os meios. Pode perfeitamente enfiar a humanidade em uma ditadura para obrigá-la a seguir o melhor caminho, "contra a vontade".

A deusa do Amor franziu as sobrancelhas.

— Então, estamos perdidos.

Alisei a esfera de "Terra 18".

— Talvez nem tanto. Coloquei uma bomba-relógio lá embaixo...

— Explique.

— Em "Terra 18", dei aos homens um poder que faz com que possam escapar do domínio dos deuses.

Minha frase preocupou mais do que tranquilizou. Expliquei, então, com toda calma:

— Como Prometeu, transmiti o fogo do saber. Dei-lhes meios para se transformarem em deuses, mas numa dimensão inferior.

Afrodite parecia ter esquecido seus desejos físicos.

— Estando lá dentro — contei, mostrando a esfera —, propus a uma empresa criar um jogo de computador que vai permitir aos mortais tomarem consciência dos seus poderes.

— Como se chama?

— *O reino dos deuses.* Com isso, vão perceber que, apesar de mortais, assim que criam, administram, assumem as responsabilidades das suas criaturas, se tornam "semelhantes aos deuses".

Brincou com seus cachos louros.

— Por que fez isso?

— É o sentido natural da minha vida. À pergunta "Mi Cha el?": "Quem é como um deus?" Sou a resposta: sou quem pode transformar os mortais em seres "semelhantes aos deuses".

Ela pareceu preocupada.

— Mas se os mortais se tornarem "semelhantes aos deuses" e perdermos nós nossas prerrogativas e nos tornamos "semelhantes aos mortais", teremos tudo perdido.

— Não, pois no final são apenas trajetórias de almas. Como disse Edmond Wells, em algum ponto da Enciclopédia: "No início, o medo; depois, o questionamento; e, enfim, o amor." Você é a deusa do Amor e não vê que simboliza o capítulo final de todas as trajetórias de almas?

Balançou a cabeça, pouco convencida. Veio se aninhar em mim, como uma criança perdida, precisando de reconforto.

— Tenho medo de tudo que pode acontecer — disse.

Então, por reflexo, cobri com um tecido a esfera de "Terra 18", como se temesse que Delfina, com um telescópio, pudesse nos ver. Após certa hesitação, abracei Afrodite, para tranquilizá-la.

— Está tudo bem.

— Sei que nunca vai me amar, pois seu coração continua preso à lembrança de Mata Hari. Posso dispor do seu corpo, mas não do espírito.

Ela parecia frágil, vulnerável.

— Mata Hari não está mais aqui, e você, sim, nos meus braços. Não posso viver eternamente da lembrança de uma antiga namorada. O problema não é Mata Hari, mas outra mulher, chamada Delfina. Encontrei-a em "Terra 18".

Ela se afastou, olhou para mim e começou a rir.

— Apaixonou-se por uma minúscula mortal de "Terra 18"!

Afastou o tecido que protegia a esfera.

— Algum bichinho que está aqui dentro?

— Agora que lhes transmiti o poder de simular a criação divina, eles são "semelhantes aos deuses".

Afrodite demonstrou toda sua surpresa.

— Acredita que por lhes transmitir nossos segredos os emancipa a ponto de torná-los como nós?

— Acho que estamos num jogo de bonecas russas, com mundos incluídos dentro de mundos, e que todos, pequenos ou grandes, valem o mesmo, a partir do momento em que os seres que estão neles têm consciência disso.

— Você não se dá conta do que está dizendo, meu pobre Michael. Nós somos deuses, eles são mortais. Nunca seremos semelhantes.

— De agora em diante, também somos mortais, ao que parece. Ela parou.

— Isso não comprova nada.

— Atena morreu. Vimos cadáveres de centauros, de sereias e de tantos habitantes imortais. Vimos entrarem em putrefação e as carcaças se encherem de moscas, como carniça.

— Isso não significa nada. Não é porque os outros morrem que vou deduzir que também morrerei.

Afrodite me tomou delicadamente uma das mãos e acariciou-a. Apertei a esfera com a outra, como querendo protegê-la.

— Não acredito na infinidade de mundos embaixo e em cima. Acho que "algo" existe, encerrando a armação do universo. A última pedra do topo da pirâmide

— Seria horrível chegar ao último nível e encontrar alguém que nos dissesse: "Pronto, eu é que estou no topo de tudo, e, agora que me encontrou, a explicação de tudo é que nada resta a compreender."

— Estamos indo ao encontro do famoso 9. E é o que esperamos ouvir – disse Afrodite.

Olhei a escotilha. O horizonte clareava com o levantar do segundo sol de Aeden.

— Qualquer que seja o desfecho de toda essa aventura, creio que nos surpreenderá — completei.

Afrodite balançou a cabeça e subiu para o convés.

Peguei de volta o ankh, para examinar a esfera.

Moscona desceu da lâmpada e veio se pousar. Saltitou sobre a esfera com mímicas alegres.

— Não vai me dizer que você também tem ciúme de Delfina?

Estendeu a língua. Nesse momento, gritaram um aviso de perigo. Recoloquei delicadamente "Terra 18" em seu invólucro, dando um beijo na esfera de vidro.

— Até logo, Delfina.

Subi ao convés e me deparei com o problema.

O barco sofreu um solavanco. Agarrei-me numa armadoura.

Debruçamo-nos fora de bordo e distinguimos por transparência uma forma clara que subia, vinda das profundezas abissais.

O corpo do animal surgiu na superfície. Era uma medusa, uma verdadeira medusa marinha, com cerca de vinte metros de diâmetro. Era cingida por uma espécie de renda malva e transparente. Longos filamentos partiam do corpo e subiam para fora da água.

— O que vem a ser isso?

Edmond Wells pegou um remo e me estendeu outro, para usarmos como armas.

— Um pequeno transtorno — respondeu simplesmente, enquanto um tentáculo com várias dezenas de metros emergiu do mar e se ergueu acima de nós, com uma turbulência que nos inundou.

64. ENCICLOPÉDIA: BESTEIRA HUMANA

Para estabelecer uma antologia da besteira humana, a jornalista americana Wendy Northcutt criou o "Darwin Awards", um prêmio anual de recompensa para a pessoa que tiver morrido da forma mais estúpida (envergonhando com isso a sua espécie e contrariando a lei darwiniana de seleção dos mais aptos). Para ganhar o prêmio, o candidato precisa ter causado a própria morte, estando em plena posse das suas faculdades intelectuais. O episódio também deve ser confirmado por várias fontes confiáveis. Por exemplo:

Em 1994, um terrorista que enviara uma carta-bomba com selos insuficientes ganhou o Darwin Awards, pois abriu a própria carta, devolvida pelo correio.

Outro vencedor do Darwin Awards: em 1995, um pescador lançou uma banana de dinamite acesa num lago congelado. Seu cão de caça buscou a bomba e lhe trouxe.

Em 1996, o prêmio foi atribuído a um advogado de Toronto que quis demonstrar a solidez das vidraças de um arranha-céu. Tomou impulso, arrebentou a janela e caiu de uma altura de 25 andares.

Em 1998, o prêmio foi para um homem de 29 anos que se asfixiou ao engolir um enfeite de lantejoulas arrancado com os dentes da pele de uma dançarina, durante um show de striptease.

Em 1999, o Darwin Awards foi para três terroristas palestinos: eles estavam em dois carros-bomba que explodiram simultaneamente com eles a bordo, antes que chegassem ao objetivo. Tinham preparado os explosivos sem levar em consideração a mudança do horário de verão.

Em 2000, ganhou o prêmio um morador de Houston que quis fazer roleta-russa com amigos. Em vez de usar um revólver com tambor, pegou o que tinha à mão: uma pistola automática. E perdeu.

Em 2001, no Canadá, um homem de 25 anos propôs aos amigos fazer tobogã numa lixeira de prédio. Ignorava que, uma vez enfiado na coluna que descia os 12 andares, cairia num triturador automático de lixo.

Única exceção: Larry Walters. Em 1982, esse aposentado de Los Angeles quis realizar um sonho louco, voar sem ser de avião. Aperfeiçoou, então, seu próprio meio de transporte aéreo: uma confortável poltrona amarrada a 45 balões de um metro de diâmetro, cheios de hélio. Afivelou-se, em seguida, à poltrona, com uma provisão de sanduíches, latas de cerveja e uma pistola de chumbinho. Ao dar o sinal, seus amigos soltaram a corda que amarrava a poltrona voadora ao chão. Mas em vez de se estabilizar a trinta metros, como ele esperava, Larry Walters foi rapidamente levado a cinco mil metros de altura.

Lá, completamente gelado, não se atreveu mais a atirar nos balões para descer. Vagou, então, por muito tempo entre as nuvens, carregado pelos ventos, até ser assinalado pelos radares do aeroporto de Los Angeles. Tomando, enfim, coragem para atirar em alguns balões, ele conseguiu descer, mas os fios dos balões furados se enroscaram num cabo de alta-tensão, o que provocou um corte de eletricidade em todo o bairro de Long Beach.

Ao aterrissar, foi preso por policiais que perguntaram por que havia feito aquilo. Ele respondeu: "Não se pode ficar sentado o tempo todo, sem fazer nada."

Foi o único sobrevivente a ganhar o Darwin.

Edmond Wells,
Enciclopédia dos saberes relativo e absoluto, tomo VI.

65. SEGUNDA MONTANHA

O terrível, na luta contra os monstros, é a sensação da perda de tempo.

Da mesma forma que antigamente eu tinha prazer em me confrontar a seres mais fortes, mais rápidos, mais mágicos, naquele dia (talvez fosse um primeiro sintoma da velhice), enfrentando aquele novo adversário, tinha a impressão de que estaria melhor fazendo outra coisa.

Por exemplo a falar, amar, refletir. A gerir universos menores como se cuida de um bonsai. Era o que de fato me interessava.

Como se minhas ondas de vibração tivessem diminuído o ritmo.

Apreciava menos as surpresas. Tanto de proporcioná-las, quanto de recebê-las.

Passara a gostar de ter tempo para ficar ocioso.

A gostar que me deixassem em paz.

Mas quem sabe a agressão era apenas mais uma forma de comunicação?

Quem sabe aquela medusa gigante, também filha da Mãe Natureza, estivesse procurando travar algum contato conosco? Só que de maneira inábil.

Por exemplo, acabara de abraçar Édipo pela cintura, erguendo-o nas alturas e arremessando-o em seguida ao convés. Não me parecia a melhor maneira de se criar um laço com uma espécie estranha.

Ou vindo levantar, com sua própria massa, a frente inteira do barco, a ponto de quase virá-lo de cabeça para baixo.

Sacamos nossos ankhs.

Enquanto atirava, desconcentrei-me, chegando a imaginar que aquela criatura, afinal, como toda criatura, talvez estivesse apenas em busca de amor.

Devíamos tentar dizer a ela: "Por que não nos acalmamos um pouco e conversamos? Qual é o seu problema, exatamente?" Para, em seguida, lhe dar algum reconforto. Interessarmo-nos por seu cotidiano: "Como se passa a vida no fundo do oceano? Consegue facilmente encontrar parceiros do seu tamanho? Tem filhos? Com que se distrai, normalmente, quando não está atacando embarcações cheias de seres humanos?"

Mas a medusa não tinha uma boca que soubesse falar nossa língua e, quanto a mim, não dominava o bastante a telepatia interespécies.

A batalha, então, durou várias horas. O monstro com rendas rosadas translúcidas lançou vários assaltos para nos destruir. Os tentáculos atiravam pequenos dardos envenenados.

O barbudo que enxergava foi atingido. Doía, mas não era fatal.

Um tentáculo-chicote, em seguida, envolveu Afrodite e ergueu-a acima da grade de proteção. Corremos para ajudá-la, e uma chuva de dardos nos foi despejada, impedindo que nos aproximássemos.

Com meu ankh, consegui que um raio fulminante seccionasse o braço raptor.

Muito pálida, Afrodite se juntou a nós na cabina do capitão, e atiramos no monstro por todas as escotilhas.

Depois da verdadeira górgona Medusa, enfrentávamos o animal que tinha assumido o seu nome.

O monstro, bruscamente, tentou mais uma vez nos erguer. O veleiro estava prestes a capotar.

Foi Edmond Wells quem se lembrou:

— A cabeça! Temos a cabeça da górgona!

Como ninguém queria ir pegá-la, foi finalmente Édipo que se ofereceu. Sendo cego, não podia ser petrificado.

Amarrou-se pela cintura com uma corda, para não ser carregado por nenhum tentáculo.

O ex-rei de Tebas, vencedor da Esfinge, parecia estar orgulhoso da missão que lhe fora confiada. Avançou pelo convés, enquanto centenas de longos filamentos giravam como estames de uma flor descomunal.

Édipo se colocou na dianteira do navio e não se moveu mais, enquanto os tentáculos cortavam o ar, cada vez mais numerosos.

— O que ele está esperando?

— Que o monstro tire da água aquilo que lhe serve de olho... — respondeu Edmond Wells.

— Mas como ele vai saber?

— Pelo barulho.

De novo centenas de tentáculos se ergueram acima do veleiro e uma saraivada de dardos visou Édipo. Atingido no tórax por um deles, o cego caiu de joelhos por causa da dor e largou o saco contendo a cabeça da górgona.

— Ele não vai conseguir! — lamentei.

Às apalpadelas, porém, e contorcendo-se sob o efeito das queimaduras do veneno, Édipo encontrou a sacola e agarrou-se nela. Quando, enfim, a enorme massa do monstro emergiu, ele descobriu a cabeça da górgona: a "Mulher Medusa" frente ao "Monstro Medusa".

O animal saltou dentro da água, para evitar a ameaça. Mas Édipo tomou impulso e lançou a cabeça com cabelos de serpentes que caiu e mergulhou no turbilhão, passando diante dos receptáculos visuais da medusa.

Os longos tentáculos se paralisaram. Depois endureceram. Depois ficaram cinza.

Contemplamos o espetáculo.

Finas lianas de pedra ainda envolviam o veleiro como uma mão com centenas de dedos filiformes.

A própria nave estava pousada sobre o recife que a medusa petrificada formava.

Édipo estava imóvel, com o ouvido atento, tentando compreender o que acontecia.

Soltamos um clamor de vitória e o felicitamos.

Afrodite correu para ajudá-lo. Arrancou o dardo do seu tórax e depois rasgou a própria toga para fazer um curativo.

Em seguida, fomos obrigados a descer e caminhar sobre o monstro, para soltar o casco da embarcação, usando os remos como alavanca.

— Não sei vocês, mas tudo isso me deu fome — anunciou o herói do dia.

Revistamos o navio. Edmond acabou encontrando um paiol de mantimentos repleto. Havia pão seco, biscoitos, frutas secas, jarras de azeite, ânforas de água e de vinho, mas também carnes salgadas.

Afrodite se ofereceu para preparar tudo. Aproveitando que o vento havia amainado, o barbudo que via fixou o timão no rumo e se juntou a nós. Tirou da sacola, então, uma lira de nove cordas e, tendo-a rapidamente afinado, esboçou alguns acordes.

Finalmente reconheci-o. Era Orfeu, que tocara maravilhosamente na festa da final, na arena de Olímpia. Com a barba longa cobrindo-lhe o rosto, não tinha podido distinguir seus traços.

O canto nos acalmou e encantou.

Arrumamos a mesa na cabina do capitão, onde encontramos toalha, pratos e talheres. A sensação de descanso, após as fortes emoções, era muito bem-vinda.

O primeiro prato apresentado por Afrodite foram pintinhos secos cozidos aos raios de ankh e acompanhados por tâmaras e figos banhando no azeite de oliva quente. Pedaços de pão estavam mergulhados no caldo. Afastei meu prato enojado.

– Não gosta dessa comida? – perguntou Édipo.

– Não como filhotes.

A expressão o surpreendeu. Continuei:

– Considero que todo ser vivo tem o direito de chegar à fase adulta.

Afrodite se sensibilizou.

– Quer dizer que nada de vitela, cordeiro ou leitão?

– Nada de ovos?

– Nada de caviar?

– Ovos não são filhotes – completei.

– De qualquer forma, esse pintinho estava morto. Não comê-lo não vai fazer com que volte a viver – disse Orfeu.

– Mesmo em "Terra 1", o fato de não se comerem os filhotes do gado não muda grandes coisas no que se refere a eles próprios – acrescentou Édipo.

– Muda sim. A agroindústria hoje em dia é informatizada e responde à demanda do consumo.

– Parece razoável, mas é falacioso – respondeu Orfeu. – Pois esses seus industriais informatizados não soltaram o pintinho na natureza para que ele pudesse chegar à maturidade. Considerando que o consumo tenha tido uma influência, eles apenas controlam o nascimento dos pintos. Somente isso.

Édipo reconheceu que o argumento era justo.

– Não existe roteiro possível que permitisse que esse pinto serenamente se tornasse adulto. Seu destino já estava predeterminado quando nasceu.

Afrodite também afastou seu prato e passou a comer apenas pão seco, molhado no vinho.

— Pinto algum pode sequer imaginar o que são os homens que os fazem nascer e morrer.

— E se um homem conseguisse falar com o pinto para explicar? — propus.

— Ele apenas o aterrorizaria. O pinto odiaria os homens por todos os seus irmãos e parentes assassinados nas fábricas para o simples prazer das papilas e do estômago. Mas não resolveria nada.

Comemos em silêncio. Viera-me à cabeça imagens dos abatedouros humanos.

Lembrei-me das palavras de Lucien Duprès quando era um simples aluno-deus. Ele se levantara, exclamando: "Achamos que somos deuses e que temos apenas o mesmo poder de um criador de porcos em seu matadouro."

E foi em nome dessa tomada de consciência, para proteger os mortais dos deuses... que ele se transformou em deicida.

Quis "matar os matadores".

Paradoxal. E, no entanto, seguia a sua lógica.

Orfeu se levantou, olhando para o leste.

— Na verdade, a verdadeira questão é: por que Deus, o verdadeiro Grande Deus, nunca se revelou às suas criaturas?

— Se aparecesse, ninguém acreditaria. Já nos serviram tantos ídolos que a verdade passaria despercebida. O que ele poderia fazer além do que fazem os artistas que cantam em estádios repletos com centenas de milhares de pessoas, e cujo espetáculo é transmitido ao vivo no mundo inteiro? Como encontraria algo mais apaixonante do que uma partida de futebol da Copa do Mundo? Nossos sentidos foram tão solicitados que não têm mais sensibilidade. Como uma língua, em contato com uma pimenta forte, não consegue mais perceber os sabores de um prato refinado.

— Só se ele aparecesse num grande estádio, com a televisão transmitindo para o mundo inteiro...

— Precisaria de fogos de artifício e de efeitos especiais mais fortes do que os de um show de rock.

— Precisaria também ter um discurso interessante o bastante para as pessoas não terem vontade de mudar de canal.

Edmond Wells suspirou.

— Pediriam provas de que ele é Deus e, por mais que demonstrasse, sempre haveria quem pretendesse não ser verdade.

— Mesmo que apareça sob a forma de um gigante de cem metros de altura?

— O público está mal-acostumado. O cinema já distribuiu todos os exageros visuais. Ele precisaria estar pessoalmente nos efeitos especiais.

— Visto desse ângulo, nenhum artista teria vontade de se apresentar a seu público.

— Preferiria que o público tentasse vir a ele.

— É o que fazemos, nesse momento.

— O que esperam, seriamente, dessa viagem? — perguntou Afrodite.

— Espero encontrar meu pai — disse Édipo. — Aquele que está no alto da segunda montanha é o Pai de todos os pais. Somos seus filhos e devemos voltar à fonte.

— Quanto a mim — anunciou Orfeu —, espero encontrar Eurídice. A mulher que amo.

— Porém — comentou Edmond Wells, interessado —, parece-me que sua Eurídice tinha ficado prisioneira no inferno.

— O Grande Deus é o único a possuir todos os poderes. Inclusive sobre o inferno. Advogarei a nossa causa.

— Por minha vez, procuro encontrar o amor que fez nascer todos os amores — prosseguiu Afrodite. — Pois se houver alguém nessa montanha, se esse alguém criou o universo e o mantém, é porque forçosamente o ama. E todos os amores seriam derivados desse grande amor primeiro do Criador por sua criação.

Afrodite se levantou e trouxe frutas secas, dessa vez servidas com o chá.

Comemos.

— E você, Michael, pensa encontrar o quê, lá em cima?

— Finalmente... nada. Zeus me ensinou o poder do vazio. Acho que lá em cima, tendo passado por mil aventuras, cairemos num lugar vazio e isso será a piada final de todas as piadas da história. Tudo isso para... nada.

Silêncio.

— E se houver algo, mesmo assim?

— Será uma ponte para um outro mistério.

Orfeu se dirigiu à proa do navio. De repente, deu um grito:

— Lá está! Podemos ver!

Precipitamo-nos.

Com a bruma dissipada, distinguíamos, afinal, a segunda montanha.

— Estão vendo — comentei, emocionado. — Eu não menti: uma segunda montanha, escondida atrás da primeira. Após a montanha de Zeus, o 8, a segunda montanha do 9, o Deus Criador.

E me enchi os olhos, impressionado com a visão majestosa.

Permanecemos mudos, conscientes de que lá em cima, talvez, se encontrasse a resposta para todas as nossas perguntas.

A segunda montanha era mais delgada, mais alta e mais escarpada que a primeira. Tinha a rocha azulada. O cume envolto numa nuvem opaca que o ocultava dos olhares. Tínhamos a impressão de ter ultrapassado uma etapa determinante. Até mesmo Édipo, que no entanto era cego, tinha o rosto voltado para aquela direção.

— Ele talvez esteja lá em cima... — articulei.

— Temo que nos decepcionemos — temporizou Edmond Wells. — Mais ou menos como nesses passes de mágica de que queremos a todo custo descobrir o truque. E quando se obtém a explicação, a gente pensa: "Ah, era só isso!"

De repente, um flash atravessou a zona nublada do alto da segunda montanha.

— Viram isso?

— Com certeza tem alguém...

O vento continuava a diminuir, não parávamos de ir mais devagar.

— Quem será que segue mais rápido: Raul a pé ou nós nesse veleiro?

Orfeu examinou o céu.

— Sem um sopro de vento, corremos o risco de chegar tarde demais.

— Tenho certeza de que o vento vai voltar — anunciou Édipo.

Esperamos. Muito tempo. O barco permanecia imóvel naquele mar de almirante.

Gritinhos soaram a bombordo.

Golfinhos.

Saltaram ao redor da embarcação.

— Eles podem nos rebocar! — exclamei, respondendo a Edmond Wells. — Já fizeram isso no passado! Lembre-se de que, em "Terra 18", eles guiaram o navio dos nossos sobreviventes.

Propus que lançássemos os cabos.

Os golfinhos os tomaram e rebocaram o veleiro a toda velocidade.

— É como se soubessem aonde devem ir — constatou Edmond Wells.

Deixamos que nos conduzissem e, tendo recolhido as velas, ninguém se preocupou com o timão.

Percorremos a costa sul e descobrimos penhascos abruptos e florestas intransponíveis. Os golfinhos nos fizeram contornar recifes à tona que nossos olhos só distinguiam no último instante.

Afrodite se aproximou e me estendeu a mão.

– Sinto-me bem aqui, com você – disse.

– Só compreenderemos o sentido disso tudo no último momento... como num filme de suspense em que se acumulam cenas parecendo descosturadas, mas que, no final, desembocam numa conclusão que explica tudo. Quando eu era mortal, é o que poderia ter me tornado crente: a impressão de que a vida segue uma trajetória na direção de sua apoteose.

Depois de passarmos por uma torrente que devia ser a foz de um rio da primeira montanha, chegamos a uma zona de penhascos negros, tendo no alto plantas multicoloridas. Depois, novamente se sucederam penhascos e floresta escura.

Os golfinhos enfim quebraram a direção para nos aproximar do litoral e nos deixaram numa enseada de areia fina.

Pegamos os remos para a manobra de atracação, mas os recifes e o calado do casco nos obrigaram a deixar o barco e a terminar a nado.

Coloquei "Terra 18" em seu baú, e este, na mochila. Depois, entrei na água e avancei a braçadas.

Afrodite nadava ao meu lado. Edmond Wells, depois de lançar a âncora, também mergulhou. Os dois barbudos vinham logo atrás. Orfeu guiava Édipo com uma cordinha segura pelos dentes.

Chegando em terra firme, tínhamos a impressão de sermos exploradores descobrindo um novo continente.

Tínhamos, afinal, tomado pé na praia. À nossa frente, uma barreira de coqueiros e depois uma densa floresta, subindo na direção da segunda montanha.

Permanecemos muito tempo estirados, exaustos, na areia quente.

O ar tinha perfume de magnólia.

— Proponho que continuemos — falei, enfim.

Os demais concordaram. Com a sensação geral de que quanto antes descobríssemos a continuação dos acontecimentos, melhor seria.

Tiramos nossas togas encharcadas para enrolá-las na cintura e continuamos de peito nu. Afrodite improvisou uma espécie de biquíni, rasgando sua toga. O tecido molhado nada escondia das suas formas perfeitas.

Atravessamos a barreira de coqueiros e chegamos a uma zona de floresta parecendo as de tipo equatorial de "Terra 1".

Enquanto lentamente avançávamos, com os ankhs apontados para a frente, tínhamos a impressão de perceber presenças furtivas ao redor. Orfeu segurava nas mãos um galho, que ele usava como se fosse um facão.

Também arranjamos alguns bastões, caso os ankhs não bastassem.

— Veem alguma coisa? — perguntei.

— Veem alguma coisa? — repetiu uma voz estranha, distante dos meus quatro companheiros.

Virei-me. De novo pressentimos alguns movimentos no mato. Animais correram à nossa volta e depois pararam. Como se nos esperassem.

— Talvez sejam coelhos grandes — sugeriu Edmond Wells.

Dezenas de vozes repetiram em coro: "Talvez sejam coelhos grandes."

Um calafrio me percorreu as costas. Sabia quem eram aqueles seres sofrendo de ecolalia.
Sátiros. Os filhos de Pã.
De fato, centenas deles, metade homens, metade cabras selvagens surgiram à nossa roda. Soltaram em conjunto o que parecia ser o refrão do grupo:
— Talvez sejam coelhos grandes!

66. ENCICLOPÉDIA: PÃ

Em grego, a palavra "pã" significa "tudo". (O prefixo *pan* tendo passado, em seguida, a ser utilizado para marcar globalidade. Por exemplo: panorâmica: visão total; ou pandemia: doença que abrange um ou vários continentes.)
Na mitologia grega, Pã nasceu na Arcádia e dizia-se que era filho de Hermes e de Penélope, companheira de Ulisses que atravessava as montanhas da Arcádia, indo visitar os pais.
Meio homem, meio bode, Pã tinha na testa pequenos chifres, o torso peludo e o rosto triangular, e usava na ponta do queixo uma barbicha.
Quando a mãe o viu, seu aspecto físico a assustou tanto que preferiu abandoná-lo na floresta.
O pai, Hermes, levou-o para o Olimpo, numa pele de coelho em que o envolvera. Os deuses olímpicos se divertiram com a sua presença brincalhona e o adotaram. Sobretudo Dioniso gostava das traquinagens daquele menino de aparência ingrata.

Vivendo na floresta, perto das fontes e dos campos onde apascentava seus rebanhos, era um deus que tinha como reputação um apetite sexual desmedido, sempre disposto a perseguir ninfas ou rapazotes.

Apaixonando-se pela ninfa Siringe, perseguiu-a e ela se transformou em caniço, para escapar. Não conseguindo encontrá-la, Pã cortou todos os caniços e fabricou uma flauta, a famosa flauta de Pã. Ele é também o deus da multidão, sobretudo da multidão histérica, dada a sua habilidade de fazer com que se perca a capacidade de raciocínio, de onde se origina a palavra "pânico".

Edmond Wells,
Enciclopédia dos saberes relativo e absoluto, tomo VI.

67. SÁTIROS E PÃ

Estavam todos rindo em volta de nós. Nem ameaçadores e nem amistosos, apenas zombeteiros. E muitos.

Não pareciam agressivos. Eram quase bonitinhos, com o pelo que cobria a parte inferior do corpo.

As cabeças alongadas, como as de cabras, tinham olhos meio saltados e, alguns deles, cílios muito longos. Os cabelos eram cacheados, e muitos tinham uma flauta de Pã pendurada como colar.

– Acho que temos um problema – disse Orfeu.

Um primeiro sátiro repetiu a frase e, depois, toda a multidão de sátiros continuou, em coro:

– Acho que temos um problema.

– Utilizemos a linguagem dos sinais – propôs Edmond Wells.

A frase foi também retomada pelos sátiros que pareciam felizes de afinal disporem de sons a imitar:

– Utilizemos a linguagem dos sinais!

Em seguida, um deles adotou uma variante:

– Utilizemos a linguagem dos símios!

Imediatamente os demais repetiram alegremente em coro.

Um sátiro menor e mais cacheado que os outros se aproximou e começou a apalpar e acariciar Afrodite, que não se moveu.

– Não parecem maus, mas são bem grudentos – disse com gestos.

Pelo que compreendi, Afrodite sugeria que continuássemos a andar na direção da montanha, sem nos preocuparmos com os sátiros.

Avançamos, cercados pela multidão que nos batia à cintura e só esperava uma frase qualquer para repetir em coro.

– Sobretudo fiquem calados! – deixou escapar Orfeu, a quem um sátiro fêmea beliscava as nádegas.

– Sobretudo fiquem calados! – entoaram todos.

Eu me perguntava qual interesse podia ter todo um povo, toda uma cultura a apenas repetir as frases dos outros.

– Psiu! – murmurou Édipo.

Seguiu-se um burburinho de "psiu!" como resposta.

Um sátiro maior que os companheiros se adiantou em nossa direção e, repetindo "psiu", fez sinal que o seguíssemos.

O bando nos cercou e nos guiou por uma trilha que subia uma pequena colina. No alto, uma floresta ainda mais densa. Dominando-a, um imenso carvalho que dava a impressão de que as outras árvores não passavam de arbustos.

O majestoso vegetal tinha várias dezenas de metros de altura e mais parecia um arranha-céu do que um carvalho

Devia ser muito antigo e, à medida que nos dirigimos a ele, constatamos ser ainda mais alto. Talvez uns trezentos metros, a altura da Torre Eiffel de "Terra 1".

Uma ampla escada de madeira tinha sido escavada no tronco, e os sátiros nos fizeram subir. Chegamos, desse modo, a um patamar de onde partiam, como de uma encruzilhada, enormes galhos sobre os quais era possível caminhar, sem receio de cair.

Reparei, suspensos mais ou menos em todo lugar, frutos grandes, de forma ovoide. Uma janela se abriu num deles e uma mulher sátiro nos acenou com a mão. Outros frutos de cor marrom deixavam ver janelas ou portas, nas quais surgiam rostos sorridentes. Quantos seriam? Mil? Mais até?

Sátiros transportavam sacos de víveres. Crianças corriam jogando pinhas umas nas outras.

— São como ninhos de pássaros — murmurou Edmond Wells na minha orelha, tomando cuidado para que ninguém ouvisse.

Aquele mundo arbóreo era completamente novo para nós. Descobrimos animais que trepavam nos galhos, uma espécie de lagarto grande, que os sátiros afastavam a tiros de zarabatana.

Em certos momentos, via-se fumaça nos ninhos de sátiros, mostrando que no interior existiam fogareiros.

Não eram ninhos, e sim casas suspensas.

— Isso lembra a Árvore do Conhecimento que domina o centro de Olímpia — cochichou Orfeu.

— A mim faz pensar na Árvore dos Possíveis — respondi.

— O que é isso?

— Uma árvore que, em vez de folhas, possui todos os futuros possíveis da humanidade.

— Nunca ouvi falar. De onde tirou isso? — perguntou Orfeu.

— Nem lembro mais, acho que vi na internet, quando estava em "Terra 1".

— Por favor, descrevam o que veem — pediu Édipo.

Orfeu murmurou-lhe no ouvido uma descrição do espetáculo que tínhamos em volta.

Subimos outra escada, ligeiramente mais estreita, que girava em torno do tronco, com galhos largos como avenidas partindo do tronco central.

Quanto mais avançávamos, mais crescia o número de casas ovoides com fogo no interior. Velhos bodes selvagens enrugados e com os cachos grisalhos nos faziam sinais hospitaleiros.

No fim de várias horas na ampla escada escavada na casca, tínhamos finalmente percorrido dois terços da árvore gigantesca. Havia ali um entrelaçamento de galhos formando uma área plana, no centro da qual estava um ovo marrom, bem mais volumoso que os outros.

— O palácio do deus Pã — murmurou Afrodite.

Não foi discreta o bastante e logo os autóctones salmodiaram:

— O palácio do deus Pã.

Como se respondesse ao coro, ouviu-se uma flauta de Pã seguindo a mesma melodia.

Os sátiros nos guiaram.

Mais alguns degraus. Uma porta de madeira se abriu. No interior, o salão de um palácio real. Nas paredes, como parte da decoração, fotos tiradas de revistas eróticas de "Terra 1", em molduras sofisticadas e esculpidas. No centro, um trono, tendo em cima esculturas de mulheres nuas abraçadas.

Aproximamo-nos do trono.

Um bode selvagem malicioso, com a cara comprida terminada por uma barba fina e de chifres particularmente longos, estava sentado de través. Tocava o instrumento com vários tubos com evidente prazer. Uma trança de flores e de folhas de louro o coroava.

No amplo cômodo, ao nosso redor, os sátiros mantinham o cerco, atentos ao nosso contato com o seu rei.

Ele acabou parando de tocar, desceu do trono e veio até nós, com seus cascos fazendo barulho ao bater no soalho e com um andar acintosamente manemolente, que lembrava o de um toureiro na arena antes da entrada do animal.

O rei nos examinou. Abaixou-se para nos cheirar as axilas e a parte inferior das costas, o que pareceu divertir muito todos os demais.

Dedicou mais tempo a Afrodite, com pequenas cheiradas entrecortadas, como se quisesse se impregnar dos seus odores. Em seguida, passou-lhe suavemente a mão. Alisou o queixo, desceu a mão, passou-a pelo pescoço, pelo peito, com um só dedo, pela barriga, sem que a deusa demonstrasse qualquer tremor.

— Pare com isso! — lancei-lhe.

E avancei para me interpor. Mas os sátiros me impediram.

— Pare com isso! Pare com isso! — retomaram em coro todos os sátiros presentes.

Com um gesto, o rei impôs silêncio. Virou-se para mim, sorrindo, interessado em minha reação. Em seguida, recomeçou sua apalpação. A mão acariciou os quadris e depois as nádegas da deusa do Amor.

Ela continuou sem reagir. Lentamente, ele desceu até as coxas. Nesse momento, Afrodite acertou-lhe uma joelhada entre as pernas peludas.

Pã caiu no chão, avermelhado, contorcendo-se de dor. Os sátiros puxaram suas zarabatanas e apontaram para Afrodite, prontos para atirar. O rei, entretanto, levantou-se, tentando transformar sua careta em sorriso. Fez sinal às tropas para que guardassem as armas.

Massageou seus pelos na região atingida e voltou a subir no trono.

Hesitou um pouco e soltou uma gargalhada.

Logo em seguida, todos os sátiros ecoaram o riso. Pã fez um gesto, e a multidão compreendeu que ele queria ficar a sós conosco.

Todos desapareceram. Ficamos aliviados. Viver na expectativa de uma frase repetida infinitamente é bem cansativo, afinal.

– Alunos-deuses, semideuses e a deusa do Amor em pessoa? Quanta honra para meu humilde reino tão afastado de Olímpia! A que devo tal privilégio?

– Uma "excursão turística" – respondi. – É bem chato permanecer sempre na mesma cidade.

– Mudar de pasto alegra o gado – reconheceu Pã. – E quais são as novidades do outro lado da montanha, na grande cidade de Olímpia?

– Estão se matando uns aos outros – anunciou Édipo.

Pã deu um tempo, marcando surpresa.

– Verdade?

– Inclusive os sátiros estão combatendo.

– Isso vai lhes ensinar a não abandonar a pátria-mãe para ir viver entre os estranhos – proferiu. – Um sátiro deve permanecer entre os seus.

O homem com patas de bode se dirigiu, com seu andar balançante, até um armário. Cheirou várias ânforas e acabou vertendo um líquido branco em copos grandes de madeira. Ofereceu-nos numa bandeja. Um pouco desconfiados, cheiramos. Depois provamos.

– Parece leite de amêndoa.

– Gostam?

– É delicioso – reconheceu Edmond Wells. – Pode-se inclusive sentir no fundo um gostinho de alcaçuz.

— Ótimo. Fico contente que não se sintam enojados.
— O que é?
Ele mudou de assunto.
— Então, digam-me, o que de fato fazem aqui, tão longe de Olímpia?
— Queremos subir a segunda montanha.
O rei dos sátiros fixou-nos, surpreso.
— Queremos encontrar o Criador — disse Édipo.
Pã começou a rir.
— Não é nada engraçado — completou Orfeu, ofendido.
— Querem encontrar o Criador, não acham isso engraçado? Acho engraçadíssimo!
— Pode nos ajudar a subir a montanha? — perguntei.
— E por que lhes ajudaria, por favor?
— Porque estamos pedindo — articulou Édipo.
— Então, nesse caso, respondo: "Não. Voltem para casa."
— Não existe mais "casa". Já dissemos: Olímpia está em chamas — lembrei.
Pã verteu novamente a bebida branca para os que tinham esvaziado seu copo.
— Bom, isso... não é problema meu.
— Não insista, Michael — disse Afrodite. — Vamos continuar sem eles. Vamos acabar encontrando uma passagem para subir a montanha.
Pã esboçou um gesto desprendido.
— Um abismo nos separa do alto. Um único lugar torna possível o acesso. É em plena floresta, escondido pelas árvores. Não há como encontrar sem a nossa ajuda. A floresta é vasta, e creio que em um ano ainda estariam procurando.
— Perfeito. Então, guie-nos — pediu Edmond Wells.
— Muito bem, vocês sabem que, em Aeden, uma espécie de tradição reza: "Avançando, chega-se em alguma dificuldade, atravessa-se a dificuldade e se continua." E a dificuldade é cada

vez pior. E a cada vez a gente acha que não vai mais poder avançar, porque ela é grande demais. No entanto, a gente tenta e, às vezes, consegue. É banal, mas é a lei da vida: avançar, crescer e, portanto, se ver diante de obstáculos que nos obrigam a nos superar. Nenhum, no entanto, é insuperável.

– Você sabe, então, quem é o Grande Deus que vive no alto da segunda montanha? – perguntou Orfeu.

– Cada dificuldade permite apenas que se clareie o que vem depois, até a seguinte. Ela não nos remete diretamente ao ponto de chegada, seria muito rápido. O prazer está no caminho, e não na chegada.

Ele alisou a barbicha, como se estivesse bem satisfeito com sua frase.

– Bom – disse eu –, pode enviar o monstro que for e tentaremos eliminá-lo. Já matamos uma medusa gigante, antes de chegar, e serviu como aquecimento.

– A dificuldade não será enfrentar um monstro...

O deus voltou a alisar o queixo, olhando para Afrodite.

– Vai ser... uma partida de "Eu seguro você pela barbicha, e você, a mim; o primeiro que rir, perde!"

– "Eu seguro você pela barbicha, e você, a mim?" É um jogo de recreio de escola maternal! – espantou-se Orfeu.

O homem com corpo de bode parou bruscamente de sorrir.

– Nós, sátiros, gostamos de sexo e de humor. Não são brincadeiras de criança, mas os valores mais sérios que se podem ter.

– E se ganharmos? – perguntou Edmond Wells.

– Eu os levo à única passagem que permite subir a montanha.

– E se perdermos?

– Serão sátiros e ficarão comigo. Somente a deusa do Amor vai poder guardar sua aparência, que é sublime. Mas será minha escrava sexual.

Rapidamente imaginei-me com patas de caprino, esperando passarem moças para agarrar, ou que alguém falasse, para repetir. Um tanto limitado como fim de existência.

— Por que essa prova?

Edmond Wells respondeu em seu lugar:

— Como em todo o restante de Aeden, os seres míticos estão ali há muito tempo e, então, se entediam. Para eles, as "visitas" são pessoas novas, capazes de divertir.

— O cavalheiro está no caminho certo.

— Mais ou menos como nos resorts — acrescentou Edmond Wells. — Os organizadores se conhecem uns aos outros e se aborrecem. Os turistas é que fazem variar a rotina cotidiana. Imagine que ela ainda dura há milênios.

— Exatamente — disse Pã. — É o problema dos deuses. A imortalidade é algo bom, mas um tanto cansativo. Felizmente, gente como vocês aparece de vez em quando para nos surpreender. Surpreendam-me e poderão continuar o caminho, inclusive com minha ajuda. E então, quem quer jogar comigo "Eu seguro você pela barbicha, e você, a mim"?

— Eu — ofereceu-se Afrodite. — Afinal, sou quem mais tem a perder. Então, sinto-me motivada.

Não podia permitir isso. Resignado, pronunciei a frase idiota.

— Não, eu.

E, para convencer minha companheira, acrescentei a mentira que não devia ter pronunciado:

— Lembro-me de todas as piadas do rabino Freddy Meyer, será fácil.

O deus Pã olhou para mim e anunciou:

— A disputa será amanhã. Por agora, descansem. Parecem... exaustos.

Serviu-nos gentilmente mais leite de amêndoa com gosto de alcaçuz e nos regalamos, sobretudo porque estávamos com muita fome, e a bebida parecia nutritiva.

Continuei a olhar para o rei dos sátiros e perguntei:

— Apenas por curiosidade. Por que os sátiros repetem o tempo todo as frases que ouvem?

— Ah? Isso da repetição é uma antiga brincadeira que imaginei há 870 anos. Continuam por si só. Mas isso me fez achar que essa brincadeira já está bem gasta. Vou mudá-la. Amanhã farei um comunicado nesse sentido. Prometo que não repetirão mais as frases.

O rei dos sátiros alisou a barbicha.

— No entanto, preciso encontrar outra coisa, não poderia aguentar uma vida sem um lado cômico repetitivo... Já sei, vou propor que completem com "pelo no..." e uma rima com o final das frases. Como, por exemplo: "Pelo no nariz".

— Mas é mais uma coisa idiota de criança! — revoltou-se Orfeu.

Pã ergueu-se, com os olhos faiscando de raiva.

— É claro! O humor é uma coisa de criança, mas sou eu o rei e gosto de "coisas de criança"! Pelo na pança!

Fiz sinal a Orfeu para que não provocasse o rei dos sátiros. Edmond Wells soltou, curioso:

— Gosta tanto assim de humor?

— Como disse, é a nossa religião: sexo e humor. Quer saber até que ponto? Muito bem, a bebida que tanto apreciaram, sabe o que é?

— Não...

— Esperma de bode!

Enquanto todos vomitávamos em coro, ele acrescentou, maliciosamente:

— ... Pelo no bigode. Como disse: "sexo e humor".

Pã bateu palmas e um grupo de mulheres apareceu para nos guiar até os ninhos suspensos nos galhos, onde quartos nos aguardavam.

Vi-me com Afrodite numa grande cama de madeira com colchão bem grosso e macio.

Víveres e bebidas foram colocados numa mesinha, mas não nos atrevíamos mais a provar, temendo alguma nova brincadeira de "mau gosto".

Tirei da mochila o baú com "Terra 18" e inspecionei, para ver se o transporte não tinha causado algum estrago.

— Ainda pensa nela? — perguntou secamente Afrodite.

— Ela se chama "Delfina".

— Ela é pequena, pequeníssima. Alguns mícrons. Menor do que um ácaro do tapete.

— Não é o tamanho o que conta.

Longe, alguém tocava uma flauta de Pã. Um tema melodioso, melancólico.

Para lhe responder, Orfeu acariciou sua lira e começou uma doce melopeia. Os dois músicos dialogaram à distância, exprimindo as respectivas culturas com os instrumentos, melhor do que poderiam fazer as palavras.

Em certos momentos, uma espécie de excedente de beleza estimulava a flauta de Pã. E a ela respondia a lira de Orfeu.

Isso lembrou-me uma frase de Edmond Wells: "O sentido da vida talvez seja apenas a busca da beleza."

Os dois instrumentos passaram a tocar em uníssono. Pensei que devia ter começado assim o diálogo entre todas as civilizações, antes de se trocarem vidros e ouro, antes de se tomarem reféns como garantia, antes de se combater para ver quem é o mais forte: "Tocar música juntos."

Outras flautas de Pã se aliaram à primeira, como se Orfeu, com seu talento, tivesse dado vontade aos outros músicos de virem dialogar com ele.

O conjunto se tornou quase sinfônico.

Pela janela, contemplei as duas luas no céu negro.

Afrodite desmanchou seu biquíni e mostrou os maravilhosos seios. Abraçou-se a mim, convidando-me para uma dança lasciva, enquanto, distante, ouvia-se a música, sobre um fundo coral de grilos. Fazia muito calor.

— Quero você — disse ela. — Afinal, talvez seja a última noite antes que eu pertença àquele bode.

Devia-se levar em consideração um argumento assim. Dançamos por muito tempo, até nossos corpos estarem brilhando de suor. As bocas e mãos se buscaram, e ela afundou minha cabeça em seus cabelos dourados. Seus olhos faiscavam como estrelas.

Num reflexo, como se temesse que Delfina nos visse, peguei uma toalha e cobri "Terra 18".

Afrodite acrescentou uma almofada, e eu disse a seguinte frase estúpida:

— Não se corre o risco de fazer a temperatura subir?

Estouramos de rir, o que serviu para relaxar as últimas tensões.

Depois ela me jogou na cama, subiu a cavalo na minha barriga e começou a tirar minhas últimas roupas.

Nossas respirações se aceleraram e nossas bocas se encontraram, mergulhando uma na outra.

Afinal, é a deusa do Amor, pensei, como se procurasse desculpas. Ao mesmo tempo, a angústia de poder perder no dia seguinte e me tornar, eu próprio, um bode selvagem, atiçava meus ardores. Fizemos amor de maneira mecânica, depois fogosa, em seguida apaixonada e, ainda, desesperada, como se para os dois fosse a última vez. Arrebatada, urrou várias vezes, no momento em que sentia o prazer vir à tona, como se quisesse demonstrar aos sátiros que não tinha a mínima necessidade deles para saber o que são orgasmos.

— Acho que realmente amo você — murmurou.

— Está dizendo isso já me preparando para as brincadeiras de amanhã?

— Não. Nunca fui tão séria.

— Por você, então, tentarei ser engraçado amanhã.

— Tenho certeza de que vai conseguir. De qualquer maneira, não temos escolha, tem que causar o riso ou ficamos presos aqui até o fim dos tempos.

Pensei que nada era mais angustiante do que essa frase: "Seja engraçado ou morra." Subitamente entrei em empatia com todos os cômicos que, no decorrer das eras, subiram ao palco.

Afrodite e eu dormimos, agarrados um ao outro, enquanto a lira de Orfeu e as flautas de Pã não pararam de preencher a noite.

Sem que eu percebesse, a almofada escorregou de "Terra 18", levando junto a toalha.

68. ENCICLOPÉDIA: RIR

O humor é provocado por um acidente no cérebro. Uma informação estranha ou paradoxal é recebida pelos sentidos, mas não consegue ser digerida pelo cérebro esquerdo (aquele que conta, raciocina e contém o espírito lógico). Tomado de surpresa, ele se põe automaticamente em pane e transmite a informação parasita ao cérebro direito (o intuitivo, artístico, poeta). Este, por sua vez, sem saber o que fazer com aquela estranha remessa, envia um flash elétrico que neutraliza o cérebro esquerdo e lhe oferece tempo para que ele, cérebro direito, encontre uma explicação artística pessoal.

Essa parada momentânea da atividade cerebral esquerda, em geral omnivigilante, acarreta um imediato relaxamento cerebral e a emissão de endorfinas (o hormônio que também é emitido durante o ato amoroso). Quanto mais incômoda para o cérebro esquerdo for a informação paradoxal, maior o envio, pelo cérebro direito, do poderoso flash, provocando maiores emissões de endorfinas.
Ao mesmo tempo, como mecanismo de segurança para relaxar a tensão provocada pela informação indigesta, o corpo inteiro participa do efeito de descontração. Os pulmões soltam o ar de uma só vez, fenômeno de expiração acelerada que é o início "físico" do riso. Isso força uma crispação e descrispação por arranques dos músculos zigomáticos do rosto, da caixa torácica e do abdômen. Mais em profundidade, os músculos cardíacos e as vísceras são agitados por espasmos, produzindo uma massagem interna, descontraindo o conjunto da barriga, a ponto de, às vezes, soltar os esfíncteres.
Resumindo, o mental, sem poder digerir uma informação inesperada, paradoxal ou exótica, se autoneutraliza. Coloca-se na função "em pane". Despluga-se. E tal acidente é, no final, uma das mais curiosas fontes de prazer. Quanto mais uma pessoa ri, mais ela melhora sua saúde. Essa atividade retarda a velhice e reduz o estresse.

Edmond Wells,
Enciclopédia dos saberes relativo e absoluto, tomo VI.

69. DISPUTA CONTRA PÃ

Uma flauta de Pã.
Duas flautas de Pã.
Centenas de flautas de Pã tocavam juntas.
Abri os olhos. A cada vez que despertava, passara a me fazer a pergunta: "Que mundo vou descobrir por trás da cortina das pálpebras?"

Coloquei o travesseiro em cima da cabeça e voltei a dormir. Acho, afinal, que esse segundo sono é o que mais me dá prazer, pois tenho a impressão de me entregar a algo proibido. Quando era pequeno e não queria ir à escola, fingia estar dormindo, com a esperança de que meus pais desistissem de me acordar.

Naquele segundo sonho, revi a pequena coreana de "Terra 1", Eun Bi, a quem eu antes acompanhava pela televisão. A bela mocinha falava comigo, gesticulando exageradamente. Dizia:

– Primeiro mundo: o real.
"Segundo mundo: o sonho.
"Terceiro mundo: os romances.
"Quarto mundo: os filmes.
"Quinto mundo: o virtual.
"Sexto mundo: o dos anjos.
"Sétimo mundo: o dos deuses.
"Oitavo mundo: o de Zeus.
"Existem ainda dimensões que você ignora, como o nono mundo: o mundo do Criador."

Ela pronunciou algo incompreensível. Em seguida, implorou:
– Conte! Conte, por favor, conte e vai compreender.

Fez, então, aparecer no céu uma lasanha gigante, com as camadas-mundos numeradas e acrescentou:

– Se sair da grande lasanha, o tempo e o espaço não existirão mais. Estará no...

Outra vez pronunciou algo que não compreendi. Impacientando-se, então, repetiu:
— Você se dá conta de que está numa...?"
De novo apontou para a lasanha gigante com seus estratos.
— Uma lasanha?
— Não. Olhe melhor. Erga os olhos. E conte. Há algarismos em todo lugar. Eles o farão tomar consciência de estar num...
— Num o quê?
Articulou exageradamente a resposta, mas eu continuei não conseguindo entender. Encontrei-a de novo num corredor repleto de portas. Abri a primeira, em que estava escrito REAL, e vi minha ex-mulher da vida de mortal, Rosa. Estava em nosso antigo apartamento, da época dos tanatonautas. Exclamou:
— Juntos contra os imbecis.
Abri a segunda porta e vi Vênus, a mortal de quem fui encarregado quando era anjo. Passava uma temporada numa mansão na Califórnia de "Terra 1". Exclamou:
— Mais adiante, sempre mais adiante.
Abri a terceira porta e vi Mata Hari em seu julgamento, antes de sua execução pelo exército francês. Apenas declarou:
— É preciso falar muito comigo e me molhar.
Abri a quarta porta e vi Delfina dizer:
— Não é porque são muitos a estarem errados que eles têm razão.
Abri a quinta porta. Ali estava Raul, que disse:
— Estarei lá em cima antes de você.
Sexta porta, o rei Pã, na sala do trono, pronunciou:
— O amor como espada, o humor como escudo? — Sorriu, zombeteiro, e acrescentou: — Vamos ver se o escudo aguenta. Quanto a mim, tenho a espada sempre em ereção. — E fez um gesto obsceno na direção do púbis, completando com uma piscada de olho: — Pelo no coração...!

Abri mais uma porta e todos estavam juntos, repetindo:

— Estarei lá em cima antes de você. O amor como espada, o humor como escudo. Mais adiante, sempre mais adiante. Não, não são lasanhas, é um...

E a cada vez que Eun Bi queria terminar a frase, eu não conseguia ouvir a palavra. Delfina veio ajudar e repetiu a última palavra de Eun Bi, ainda inaudível. Virei-me para a desenhista de "Terra 18":

— Não ouço, desenhe.

Ela, então, traçou o que pareceu serem camadas de universos, umas sobre as outras. Estavam numeradas.

— Conte! Por favor, conte!

— Estou cansado — falei, no sonho. Beije-me, beije-me.

Percebi que, na realidade, estava falando, e Afrodite, nessa realidade, me abraçou.

Abri os olhos e tive um movimento de recuo.

— Você pediu que o beijasse — espantou-se.

— Desculpe, tive um pesadelo. Quer dizer, um sonho que não compreendo.

— Conte.

— Não, já esqueci.

— Os sonhos são como passarinhos. Devemos agarrá-los pelas asas — disse, compreensiva.

Na mesinha do quarto, alguém havia deixado o café da manhã: bagas, cachos de uvas, uma bebida transparente parecendo suco de maçã e frutos estranhos. Coroando tudo isso, um ouriço e um esquilo assados, com as respectivas cabeças ainda.

Escondi numa gaveta da cômoda os dois cadáveres e comemos as frutas.

— Você precisa ser engraçado hoje — lembrou Afrodite. — Tem piadas na memória?

— Virão quando for preciso — eludi, como se me preparasse para um exame oral.

— Coma. Precisará das forças.
— Não tem um chuveiro, nem um banheiro?

Debrucei-me na janela e percebi uma pequena cascata entre as árvores, sem dúvida vinda de alguma caixa-d'água colocada no alto da gigantesca árvore-cidade.

Fomos nos lavar. Os autóctones olhavam, achando engraçado.

— Não têm nenhuma outra distração? — esbravejou Afrodite.

— Não têm nenhuma outra distração? — repetiu um filhote de sátiro, logo repreendido pela mãe.

A regra já havia mudado. A criança voltou atrás:

— Pelo no pulmão?

Tinham, então, recebido a nova orientação de comicidade de repetição.

Os outros concordaram: "Pelo no pulmão", apesar de um outro propor "Pelo no tendão", ou ainda "Pelo na mão", duas versões que não contentaram tanto o grupo. Se, de fato, utilizavam a repetição de frases há 870 anos, a mudança devia causar uma enorme reviravolta mental.

E tinham, talvez, mais 870 anos pela frente, a repetir a brincadeira infantil.

De volta ao quarto, Afrodite não parecia desorientada. Abriu um armário e tirou túnicas verdes, secas e limpas.

Vestiu uma e me passou outra.

Orfeu, Édipo e Edmond Wells vieram nos encontrar. Estavam todos disfarçados também de homens-árvores. Juntos, parecíamos o bando de Robin Hood com trajes de camuflagem.

— Sente-se em forma? — perguntou Edmond Wells.

— Quanto tempo ainda tenho?

— Uma hora.

Peguei rapidamente na minha mochila o livro de Freddy Meyer, intitulado: *Seleção de piadas para aguentar esse mundo, na espera de um mundo melhor*.

Li várias e repeti em voz alta, como para uma prova.

— Escolha as mais rápidas. Quanto mais curtas, menor o risco.

— Não o subestime — acrescentou Édipo. — Viu como ele nos surpreendeu com a tal bebida branca?

Tínhamos ainda na boca o gostinho daquela "brincadeira".

— Não devemos subestimar o adversário — reconheceu Edmond Wells. — Sobretudo porque "sexo e humor" fazem parte da sua cultura.

Não sabia se devia entender aquilo como um elogio.

— O humor, evidentemente, é relativo à cultura de cada povo. Até agora, a única piada planetária que funciona em todas as culturas, sabem qual é?

— Um sujeito que cai e quebra a cara?

— Não, um cachorro que peida — revelou Édipo.

Achei um tanto decepcionante.

— Obrigado pelo conselho. Já é alguma coisa.

Os quatro companheiros me rodearam, como treinadores com seu pugilista.

— Surpreenda.

— E ponha um máximo de entonação. Não esqueça que são sainetes. Adote uma voz diferente para cada personagem. Isso sempre surpreende — aconselhou Edmond Wells.

— Sobretudo, nunca ria da própria piada. Pelo contrário, mantenha-se imperturbável.

De novo, o coro de flautas de Pã ressoou sob as copas da árvore.

— Vamos, está na hora.

A contenda teria lugar num lago silvestre, espécie de poça enorme e bastante profunda, situada na concavidade formada por um entroncamento de galhos acima do palácio de Pã.

Assim, como também meus companheiros, sátiros foram distribuídos em volta, para que ninguém pudesse "soprar" uma piada.

Para apimentar a prova, estaríamos os dois de pé, equilibrando-nos numa viga por cima do lago.

Uma jovem sátira soprou uma flauta de Pã, dando o sinal para o início.

Pã e eu nos seguramos mutuamente o queixo. Agarrei sua barbicha.

De início, ficou calado, contentando-se em me olhar com ironia. De repente, estendeu a língua. Isso me surpreendeu, mas estava concentrado na punição, caso fracassasse. Se risse, me transformaria em bode selvagem, perderia meus amigos, perderia Delfina, perderia Afrodite e perderia meu povo.

Não rir.

Ele tentou ainda algumas caretas e depois, vendo que não bastava, engrenou:

– Duas vacas estão pastando na relva. Uma delas rumina: "Diga, companheira, tem acompanhado o noticiário? Não está preocupada com essas histórias de vaca louca?" E a outra responde: "Não, não me sinto pessoalmente tão ameaçada, já que sou... um coelho."

Por sorte, a piada estava na seleção de Freddy Meyer. Como já a conhecia, passei sem dificuldade e minha máscara se manteve impassível.

Como num duelo, ele atirou primeiro. Era, então, a minha vez. Ele foi rápido, e eu faria o mesmo, no mesmo campo.

– Dois castores estavam jogando pôquer. De repente, um deles jogou as cartas na mesa e exclamou: "Estou fora, não jogo mais, você trapaceia! Guardou todos os paus!"

Ele ampliou o sorriso, muito seguro de si e, de novo, me estendeu a língua.

Meus companheiros estavam preocupados. Tinham entendido que o adversário era obstinado.

— Minha vez — disse ele. — Um menino ciclope diz ao pai: "Papai, papai, por que os ciclopes têm um olho só?" O pai finge não ter ouvido a pergunta e continua a ler o jornal. Mas o filho não para de insistir: "Papai, papai, por que os ciclopes têm um olho só? Na escola, todo mundo tem dois olhos, e eu só tenho um". O pai, então, irritado, responde: "Ai, ai, ai! Não vai começar a me encher O colhão!"

Ufa, mais uma que eu já conhecia. Acho que Zeus tinha me contado, citando inclusive Freddy Meyer. O encontro com o rei do Olimpo pelo menos tinha servido para isso.

Minha vez. Continuemos a seguir suas piadas. Acharia uma história entre pai e filho.

— Em pleno gelo, um ursinho perguntou ao pai: "Papai, papai, sou mesmo um urso polar?" "Mas é claro, filho, por que a pergunta?" "Porque estou com frio."

Alguns risos entre os sátiros o incomodaram, mas Pã se conteve e se manteve imperturbável. E recomeçou:

— Dois patos estavam no lago, e um disse ao outro: "Quack-quack." O outro, então, respondeu: "Incrível, ia dizer a mesma coisa."

Alguém riu forte atrás de mim. O riso vinha do meu próprio campo. Era Orfeu. Devia tomar cuidado, pois o riso é contagioso. Contraí o maxilar. Comecei a perder o equilíbrio na viga. Recuperei-me no limite. Rápido: não perder o fio.

— Também dois patos. Um deles disse: "Quack", e o outro reclamou: "O irritante em você... é que nunca termina suas frases."

Risos na multidão sátira. Havia inclusive um que soltava berros de cabra bem ridículos. Felizmente estávamos a boa distância da beirada do lago. Provavelmente, se estivessem mais perto, o contágio seria eficiente.

O olhar do meu parceiro borbulhou. Senti um ligeiro tremor lhe percorrer o corpo.

Um pouquinho mais e ele riria. Então, é possível.

Pã armou um novo ataque e proferiu:

— Um mortal passa diante de uma loja funerária e diz ao dono: "Ora, você pintou tudo em cor-de-rosa, por quê?" E o outro responde: "Ah, você notou? É para atrair uma clientela mais jovem."

Manter o sangue-frio.

A pressão cresceu em mim. Segurei mais forte a barbicha, para não cair.

Analisar o efeito cômico. Veio do contraste entre a visualização da loja que vende caixões e lápides, ou seja, ligada à morte, a cor rosada e a noção de clientela mais jovem. É onde se encontra o perigo.

Pã esperava a minha piada.

Rápido, encontrar uma.

Fechei os olhos. Tentei lembrar as aulas de filosofia no colégio. *O riso*, de Bergson. O que faz rir? As rupturas, as surpresas. Lá fui eu.

— Duas omeletes estavam sendo cozidas numa frigideira. Uma disse à outra: "Não acha que está fazendo calor aqui?" E a outra gritou: "Socorro! Tem uma omelete, aqui do lado, que fala!"

De novo um pequeno sorriso do adversário, rapidamente contido e controlado. Seguiu o revezamento:

— Um javali passeava com um porco. Hesitante, o javali decidiu, afinal, fazer a pergunta que o incomodava: "E você está esperançoso com a quimioterapia?"

Cerrei os dentes. Ele tranquilamente apelava para o humor negro.

E bem negro. Estava testando o abjeto. Eu esquecia que a crueldade faz rir. Como compensação. Todo mundo tem medo do câncer. Vou me manter mais leve.

— Sabe por que os sátiros riem três vezes quando ouvem uma piada?

Ele franziu o cenho. No meu campo, os amigos recuperaram a confiança. Uma anedota com sátiros seria, com certeza, uma novidade.

— A primeira vez é quando ouvem. A segunda vez, quando lhes explicam. E a terceira vez, quando entendem.

Vaia do lado sátiro do público. Do meu lado, preocupação, vendo que eu apenas adaptara uma "piada velha". Não era o efeito esperado. Um tiro em falso. O suspense chegou ao auge. Vi o adversário aprontando mais uma.

— Duas moças estão conversando. Uma delas perguntou: "Me diga uma coisa, você 'solta uma fumaça' depois de transar?" E a outra respondeu: "Não sei, nunca olhei."

Machismo misógino básico. Depois do humor negro, humor sexista. Não ri e resolvi combatê-lo em seu terreno mesmo.

— Uma loura entrou numa loja de louras e disse: "Queria um livro." A loura encarregada da livraria perguntou: "Qual autora?" A cliente respondeu: "Altura... não sei, vinte centímetros." E a vendedora rematou: "Já tivemos, mas está esgotado."

Ele segurou o sorriso.

Era a sua vez.

— Um sujeito chega na piscina e lhe barram a entrada. Ele pergunta o porquê. "Porque você faz xixi na piscina." "E daí? Todo mundo faz xixi na piscina, não vejo o que há de errado." "Mas você é o único a fazer do alto do trampolim."

Encaixei e parti para o contra-ataque.

— Um esquimó fez um buraco no gelo e jogou uma linha com anzol, tentando pescar. De repente, ouviu uma voz vinda do céu, que disse: "Não há peixe aqui." Ele procurou, não viu ninguém e, assustado, seguiu um pouco adiante. Fez outro buraco e jogou o anzol. "Também não há peixe aqui." Cada vez mais assustado, foi em frente e cavou um novo buraco. De novo a voz retumbou: "Já lhe disse que não há peixe aqui." O esquimó, então, balbuciou: "Quem está falando? É... é... Deus?" "Não", respondeu a voz, "é o gerente dessa pista de patinação!"

Um forte risada atrás dele. Pã, no entanto, permaneceu firme e continuou:

— Um alpinista despencou da montanha. Agarrado apenas pela mão a uma pedra, gritou: "Socorro! Socorro! Vou cair, por favor, alguém me ajude!" Uma voz longínqua, nesse momento, lhe disse: "Pronto, estou aqui, sou eu, Deus. Fique tranquilo. Pode largar, vou colocar uma almofada lá embaixo para amortecer a queda. Acredite, pode largar, não vai morrer e será salvo." O alpinista hesitou um pouco e gritou novamente: "Socorro! Não tem ninguém mais?"

De novo uma pressão terrível, como uma onda de calor, subiu dos meus pulmões. E o pior é que eu já a conhecia, mas a situação, a entonação, o tema e a brincadeira em torno da divindade me desestabilizaram bruscamente. Outra vez tranquei tudo, apertei as nádegas, me contraí todo. O rei Pã viu perfeitamente que eu estava numa situação de fragilidade. Deu uma piscada de olho e continuou:

— Se estiver com medo de cair, chame o Criador, ele não está longe — disse, apontando para o alto da segunda montanha.

Não rir. De forma alguma rir.

Lembrei de alguns momentos desagradáveis de quando era criança e tinha vontade de rir em horas que não podia.

Por exemplo, no dia em que meu professor de matemática tinha posto, toda torta, a peruca. Não consegui me conter e, ao rir, ele me deixou de castigo.

NÃO RIR.

Tinha tanta vontade de soltar uma gargalhada. Extravasar a pressão acumulada com o estresse dos últimos dias.

Visualizei o riso a subir como um líquido, um rio, uma torrente e congelei-o. Paralisei-o com ideias tristes.

Pensei no programa "Estilhaços de verve e cacos de romanceiro": instantes patéticos na existência da minha alma. O programa levou-me a outra imagem.

Arquibaldo Goustin e sua piteira ridícula.

Retomar o controle, rápido.

Todo mundo me observava. Orfeu não conseguiu sufocar completamente um riso. Outras risadas pipocaram na multidão, disparando um efeito comunicativo que eu tinha dificuldade de conter. As casinhas sucessivamente se incendiavam no vilarejo do meu cérebro. O fogo ganhava terreno.

Rápido, pensar em imagens dramáticas.

Guerra. Morte. Bomba atômica. Cadáveres. Carnificinas. Ditadores. Gurus de seitas fanáticas. Joseph Proudhon. O Purificador.

O rei Pã repetiu:

– Não tem ninguém mais para me salvar?

Vou dar uma gargalhada. Vou cair.

Foi quando Moscona surgiu e pousou no meu nariz, o que me provocou um espirro imediato.

A distração foi suficiente para me fazer reassumir o controle.

Estendi a língua a meu adversário, mostrando que não conseguira ainda me vencer.

Ao mesmo tempo, coloquei a pequena querubina-amuleto no meu ombro, para que me desse apoio até o fim do duelo.

A multidão começava a se impacientar.

Precisava logo encontrar outra coisa.

Inspire-me, Moscona.

Diminuí o ritmo do tempo para analisar a situação, como um jogador de xadrez. Na verdade, o rei Pã não ria por conhecer minhas piadas. Ele era a própria memória universal das piadas dos mundos. Com milênios de vida, era lógico que tivesse acumulado mais anedotas do que eu. A única maneira de vencê-lo seria encontrando uma que ele não conhecesse. Criaria sob medida, a partir de trechos já existentes, misturados com o que se viveu. Inventaria um humor pessoal. Pã evocara o Deus de "Terra 1". Isso me dera uma ideia.

Peguei uma inspiração e comecei:

– É a história de um deus que desceu em seu planeta. Encontrou uma mortal rezando no templo. Ouviu-a repetir: "Ah, meu Deus, ouça minha oração!" Ele se aproximou e disse: "Não precisa mais rezar, estou aqui, ao seu lado, pode me falar diretamente..."

Imitei a vozinha de Delfina, com seu sotaque malicioso, e para o deus usei o vozeirão de Zeus, o que ajudou na encenação toda. O rei dos sátiros estampou um ar de surpresa. Desestabilizado, começou a pigarrear. Continuei, rapidamente:

– O deus acrescentou: "Fui eu que inventei a sua religião!" A mortal não se desconcertou: "Pode ter inventado, mas não pode praticá-la!"

Afinal senti que ele estava abalado. O pigarro se transformou em risinho malcontido. Como um pugilista, preparei meus golpes.

– Então, disse o deus: "Pode me ensinar como se pratica a MINHA religião?"

O deus tinha uma voz rude, cada vez mais grave, e a voz feminina era cada vez mais fina, com um forte sotaque.

– ... E a jovem concluiu: "Vai ser difícil. Como foi você quem a inventou, não vai dar certo. Nunca vai conseguir ter fé... em si mesmo!"

O rei Pã, finalmente, se escangalhou de rir.

Por causa do riso que continuava a crescer, ele largou o meu queixo para segurar as costelas. Os cascos escorregaram no alto da viga, e ele girou os braços tentando recuperar o equilíbrio, mas não conseguiu e caiu na água. O banho não o sossegou, e ele continuou a rir, tossir, cuspir, sufocar. Afundou, jogando água em todos ao redor.

Mergulhei e puxei-o por uma perna, para trazê-lo à beirada. Uma sátira se apressou para fazer um boca a boca, logo seguida por várias outras fêmeas. Visivelmente, era o pretexto que esperavam para se lançar sobre o ídolo. Ele se levantou, cuspiu outra vez, me viu e voltou a rir espasmodicamente.

– "Nunca vai conseguir ter fé... em si mesmo!" A mortal disse ao deus: "Nunca vai conseguir ter fé!"

Estendeu-me a mão, e eu a apertei.

– Muito bem. Um a zero.

– Como assim, um a zero? Havia apenas um round!

– É claro, estou brincando. Nunca ri tanto. Vou cumprir minha palavra. Amanhã de manhã vou guiá-los até a única passagem que leva à subida da montanha. Mas antes, essa noite, sejam meus hóspedes numa festa.

Apoiou um dedo no lugar do meu coração.

– Você, Michael Pinson. Quero vê-lo em particular, que os demais se refaçam.

Pã me dirigiu pelo tronco central. Subimos os degraus girando em caracol em torno do tronco. Chegamos a um cruzamento de galhos, formando uma pequena concavidade. Não havia, porém, lago, nem casa de gravetos. O deus se encaminhou para uma zona coberta de hera. Acionou um mecanismo e uma porta de casca de árvore se abriu, revelando um corredor que subia.

– Um ninho de esquilo?

Pã me conduziu a uma célula escavada no galho. Acendeu uma vela e colocou-a no centro do cômodo circular. Descobri, então, um castiçal e um vaso com uma sequoia anã com um metro de altura.

— Uma árvore dentro da árvore — murmurei.

— Sim, um deus dentro de um deus, um universo dentro de um universo, uma árvore dentro de uma árvore, mas essa aqui tem uma pequena particularidade que vai lhe interessar.

Aproximei-me e vi que, no lugar dos frutos, ela tinha esferas transparentes, quase idênticas às esferas-mundos. Mediam não mais do que três centímetros de diâmetro.

— Mundos?

— Não. Não essas aqui. São apenas reflexos, como aquelas com que vocês trabalharam em Olímpia. As verdadeiras esferas contendo mundos são raras. Você tem uma, creio. Trata-se mais de um observatório. Essas esferas são como telas de televisão em relevo.

Aproximei-me e, de fato, reconheci planetas que já tinha visto.

— Por que quis me trazer aqui, rei Pã?

— Por causa da sua piada genial.

Olhou para mim, risonho, e alisou a barbicha.

— Se ri tanto, foi porque imediatamente me dei conta de que aquilo era verdade. Você realmente foi a um planeta sobre o qual tinha o controle e efetivamente encontrou uma das suas fiéis, não é verdade?

— É verdade.

Ele se manteve pensativo. Em seguida, com o dedo, enrolou um cacho da barba.

— E ela lhe disse que, mesmo sendo deus, tinha menos fé do que ela?

— Exatamente.

Ele novamente riu muito.

— Realmente, é isso. Os sapateiros são os que pior se calçam. Como Beethoven, que era surdo. Criar música e não poder ouvi-la. Quanta ironia! Você inventa uma sabedoria e não é sábio. Inventa uma fé e não acredita. Conte-me em detalhe tudo isso.

— Aquela mortal começou a me ensinar o que a "minha" religião lhe tinha dado. Ensinou-me a meditar, a rezar.

Ele me olhou fixamente e riu. Eu me irritei:

— Vou acabar achando que está zombando de mim. E isso me incomoda.

— Nada disso, absolutamente. A situação é que é cômica. Mas, por favor, continue a me contar tudo. Estou adorando.

— A mortal em questão não contestava a possibilidade de que eu fosse seu deus, mas constatava que eu não aproveitava minha religião porque não a tinha realmente compreendido. Enquanto ela, tendo passado a vida inteira como crente fervorosa, tinha percebido todo o seu potencial.

— É bem lógico. Ela, então, quis... convertê-lo?

— Começava a fazer isso, quando fui trazido para cá.

Ele bateu com os cascos no piso, felicíssimo.

Esperei que terminasse, tentando não me chatear. E repeti:

— Por que me trouxe aqui?

— Para agradecer de me ter feito rir tanto.

Ergueu-se e me estendeu um ankh.

— Reconhece algum desses planetas?

Pelo objeto que me servia de lupa, achei reconhecer "Terra 1". E também outras terras vistas no subsolo da casa de Atlas, terras aquáticas, terras com outras tecnologias, outras morais, outros meios de transporte.

— Vou conceder-lhe um primeiro grande segredo. OUÇA BEM E COMPREENDA, SE PUDER.

Deixou passar um tempo e articulou lentamente:
— Existem... PASSARELAS entre os mundos.
— Passarelas?

Fez um carinho nas esferas-frutos.

— Todas essas Terras são semelhantes, povoadas por habitantes mais ou menos humanos, vivendo num espaço-tempo similar. Estamos de acordo?
— Sim.
— Muito bem, elas são como planetas irmãos.
— Não vejo aonde quer chegar.
— Deve ter se perguntado por que as histórias eram análogas.

Comecei a entender e veio-me uma sensação de vertigem.

— E deve ter se perguntado por que certas informações passavam de uma a outra, como se estivessem conectadas entre si.

Eun Bi inventando com Korean Fox o Quinto Mundo em "Terra 1" e, como que por acaso, "Terra 18" tinha um jogo chamado "Quinto Mundo". Algumas frases: "Sou como as plantas, é preciso falar muito comigo e me molhar", "Não é porque são muitos a estarem errados que eles têm razão". Era esse o sentido do meu sonho. As camadas de lasanha estão interligadas. Os mundos estão interligados. As histórias dos planetas ressoam umas com as outras.

— O que vem a ser essa história de passarelas?

O deus Pã se colocou diante da árvore e acariciou um galho com o dedo.

— Tudo é arborescência... Galhos unem mundos-frutos. A mesma seiva corre em todo lugar. As folhas são superfícies que captam a luz. E ligações se fazem entre brotos de dimensões diferentes. Pela reza. Pela meditação. Pela energia universal que transcende o espaço-tempo. A vida.

Começava a achar aquele bode bem interessante.

— Assim — continuou —, apenas pelo poder do pensamento, certas pessoas conseguem perceber a folha em que se encontram.

Podem, a partir daí, subir pelos galhos e se conectar de uma superfície a outra, de uma dimensão a outra.

De uma camada de lasanha a outra.

A sensação de vertigem ficou mais forte. Pedi para me sentar. Ele apontou uma poltrona e se colocou diante de mim.

— Passarelas? — repeti. — Pessoas que saem dos seus corpos não para irem ao continente dos mortos, ao paraíso dos anjos... mas para outras dimensões, outros planetas? É isso?

— Nem é preciso morrer, se tornar anjo ou um deus. Nem mesmo ter fé. Apenas uma tomada de consciência. Basta saber que é possível. Às vezes em sonho, às vezes em crise epiléptica, durante uma embriaguez alcoólica, um coma.

— Mas também em transe ligado à criação; em momentos da atividade literária, eu vagamente passei por isso, quando era o escritor Gabriel Askolein.

O rei Pã se inclinou e murmurou no meu ouvido:

— E também no transe xamânico. Às vezes, meditando, pode-se sair do corpo e fazer visitas, viajar, explorar. Soube que foi um dos pioneiros desse tipo de viagem em "Terra 1", meu caro Pinson. E soube também que recentemente, em "Terra 18", com sua amiga Delfina, chegou à zona em que o futuro, o passado e o presente se confundem.

— De fato, mas não sabia que...

— Que milhares de pessoas já haviam feito isso antes de você? O que explica que as invenções paralelamente surjam em Terras irmãs. Às vezes, inclusive, em vários lugares no mesmo planeta e à mesma época.

Contemplei a sequoia bonsai e comecei a compreender o alcance da revelação de Pã.

— Então, o Purificador... era uma ressonância de Hitler, de "Terra 1"?

— Alguns espíritos podem ir a mundos paralelos e trazerem ideias. Tanto boas quanto más.

O Dies irae de Mozart. Idêntico, mas com outro nome! Proudhon sabe circular entre os galhos para pegar o que o interessa! É de onde tira sua força.

— As ideias, então, são contagiosas não só numa mesma terra, mas em todas as terras do universo?

— De fato. Por isso a ideia de uma simples pessoa pode provocar maiores consequências do que uma guerra que afeta milhares de soldados. Uma ideia circula pela árvore inteira e, com isso, em todos os frutos.

— Como um vírus contamina, pelo sangue, o corpo inteiro.

— A boa seiva circula. A má também. A jovem mortal que apontou a sua falta de fé devia intuitivamente compreender isso que estou lhe dizendo.

Lembrei-me, então, das viagens astrais que Delfina dizia ter empreendido em "sua" religião dos golfinhos. Afirmava poder visitar outros mundos "quase como o nosso", onde obtinha soluções de problemas "quase como os nossos".

— Os templos podem servir como amplificadores, na medida em que várias pessoas rezando ou meditando lado a lado criam um efeito de grupo. Isso se chama um egregore.

— Mas reunindo-se em qualquer outro lugar, isso funcionaria igualmente?

— É claro. Sozinho ou em grupo, qualquer um pode viajar por terras paralelas. Basta tomar consciência da possibilidade dessas excursões.

— Por outras terras e outras dimensões?

— Sim, em largura, altura e profundidade.

O rei meio homem meio bode começava a me impressionar. Não via nele, como antes, apenas o maníaco piadista, mas um novo professor para indicar o passo seguinte.

— Isso explicaria a dificuldade para se construir uma história alternativa — observei.

— É, realmente, o nó do problema. O primeiro roteiro de "Terra 1" influenciou todos os demais roteiros das outras Terras, no tempo e no espaço.

Pã alisou a barbicha.

— Mas estando aqui, longe de Olímpia, como sabe isso?

— Pã. Meu nome significa "Tudo". Sei quase tudo.

Apontou o ankh para uma tela mural, e vi Eun Bi e Korean Fox.

— Gosto muito particularmente deles. Eun Bi... a corajosa coreanazinha lutando contra os pais e contra o seu meio, encontrando, apesar de tudo, suas raízes profundas, para fundar com um misterioso desconhecido um jogo precursor. Eu me perguntava quem era esse Korean Fox. Na verdade, é um rapaz doente, que sofre de esclerose múltipla. Uma doença terrível. Mas uma alma perfeita. Pura.

A imagem deles se estampou na tela. O casal radiante estava acompanhado por uma criança.

— Eles se encontraram e se amaram. Mas, antes, conversaram muito. Korean Fox temia ser rejeitado ao ser visto debilitado pela doença incurável. Mas Eun Bi já tinha cumprido um longo percurso de evolução da alma. Amou-o pelo que ele realmente é, sem se preocupar com o corpo afetado.

— E Delfina?

— Delfina é comparável a Eun Bi. Uma formidável mulher. De início nem a achava tão bonita, não é? Mas acabou vendo-a de outra forma. Além das aparências.

— Você, então, sabia?

— Sabia. Sei tudo a respeito de vocês, graças a essa árvore-observatório. A árvore das terras possíveis. E foi por isso que ri tanto, por compreender que você é "verdadeiro". Riu de si

mesmo. E da situação abracadabrante: um deus que encontra uma das suas fiéis, e ela o faz descobrir sua própria religião!
— Você me viu?
— Com certeza. Acho que fez por merecer esse esclarecimento. Amanhã continuará o seu caminho para um novo esclarecimento ainda maior.
— Acha que é possível encontrar o Criador?

O rei Pã se levantou e olhou pela janela da sua casa redonda. Chamou-me para também observar e, com o dedo, indicou uma região.
— O território verde — assinalou.
— Quem vive lá em cima?
— Sua próxima etapa.
— Deixe de bancar o misterioso.
— Se quer realmente saber. Pois bem... o diabo.
— O diabo? Mas não há diabo — respondi. — É uma invenção dos mortais para mutuamente se assustarem... ou para excluir indivíduos incômodos.

Pã enroscou os cachos da barbicha e estampou um sorriso estranho.
— Aqui, em todo caso, é como o chamamos.

70. ENCICLOPÉDIA: HADES

O nome significa o "Invisível". Após a derrota de Cronos, seus três filhos repartiram entre si o Universo: Zeus ficou com o céu; Posídon, com o mar; e Hades, os mundos subterrâneos.
Excluído da lista dos 12 deuses olímpicos, por seu reino não estar à luz, Hades é o 13º deus e também o mais temido do Panteão.

Sentado em seu trono de ébano no fundo dos Infernos, ele usa o capacete de invisibilidade que lhe foi ofertado pelos ciclopes e tem nas mãos o cetro da morte. A seus pés, tem Cérbero, seu cão de três cabeças.

Para apaziguá-lo, os gregos imolavam touros negros acima de um fosso e o sangue era espalhado sobre os fiéis, no culto de Cibele ou de Mitra. O rito era denominado tauróbolo.

Cinco rios atravessam o reino dos Infernos de Hades: o Lete (rio do Esquecimento), o Cócito (rio dos Gemidos), o Flegetonte (rio do Fogo), o Estige (rio do Ódio) e o Aqueronte (rio da Aflição).

Na barca de Caronte, que faz a travessia, as almas cruzam o Estige. Cada etapa cumprida do Inferno é como uma válvula que impede qualquer retorno. Somente Ulisses, Héracles, Psiquê e Orfeu puderam voltar. Para cada um deles, no entanto, a experiência teve seu preço. Orfeu perdeu seu amor, Eurídice; Psiquê morreu ao sair.

O próprio Hades deixou apenas uma vez o Reino das Trevas, em busca de uma rainha. Sabendo que mulher alguma aceitaria descer viva ao país dos mortos, Hades decidiu abrir a terra e raptar a filha de Deméter, a jovem Perséfone.

Edmond Wells,
Enciclopédia dos saberes relativo e absoluto, tomo VI.

71. ESTIGE

Farfalhada de folhas. Gravetos secos que estalavam sob nossos pés. Voo de centenas de passarinhos multicoloridos, como se fossem vapores fugazes. Zumbido de insetos no calor úmido. Animaizinhos tímidos que nos espreitavam detrás das árvores. Serpentes ondulantes e borboletas graciosas. Odor de flores opiáceas.

O facão nos abria passagem, cortando as muralhas de vegetação. Os sátiros nos guiavam pela floresta equatorial do sul de Aeden, diante da segunda montanha. Mulheres autóctones nos haviam oferecido roupas adequadas à caminhada e ao frio.

Afrodite andava ao meu lado, e eu tinha a impressão de que estava ligeiramente encurvada. Pouco antes de partirmos, ela dera um grito no banheiro. A deusa do Amor acabava de descobrir uma ruga no rosto. Levei várias horas tentando consolá-la, para podermos fazer os preparativos da viagem. Para a divindade que supostamente deveria ser a encarnação da beleza, uma pri meira ruga, anunciando os estragos do tempo, era um fenômeno arrasador.

Uma bomba-relógio tinha, então, começado seu tique-taque invertido. Afrodite descobrira que se tornaria uma velha senhora.

À frente da pequena procissão, que incluía nosso grupo de cinco e mais uns vinte sátiros, o rei Pã pessoalmente indicava os caminhos a se tomarem. Caminhava rápido e, armado com um facão de ouro, abria as trilhas invadidas pelo mato.

Eu segurava as correias da mochila contendo o baú de "Terra 18" e a seleção de piadas de Freddy Meyer, e tinha acrescentado um cantil de água e frutas secas que os autóctones nos ofertaram.

Caminhamos.

Passamos por barrancos e por zonas de vegetação densa em que pululavam fauna e flora estranhas.

De vez em quando, algum sátiro sacava sua zarabatana, e uma serpente era derrubada e rapidamente apanhada pelos homenzinhos com pés de bode. Nunca poderíamos ter encontrado o caminho e prosseguido sem a ajuda deles.

Chegamos a uma ponte feita com cipós, passando por cima de um abismo. Era tão longa que mal se distinguia o outro lado. A extremidade da passarela se perdia numa bruma opaca.

– Nosso território termina aqui – anunciou o rei Pã.

– O que há do outro lado?

– O território de Hades.

Todos os sátiros cuspiram no chão, conjurando o efeito do nome maldito.

Nosso grupo se dirigiu à ponte de cipós. Os sátiros estavam nervosos.

– Já foi lá? – perguntou Edmond Wells ao rei Pã.

– Ao Inferno? Nunca! Quem teria vontade de ir ver o diabo?

– Nós, se for a passagem obrigatória para se ter acesso ao Criador – respondeu Afrodite, determinada.

Os sátiros batiam com os cascos no chão, como se pateassem para exorcizar o medo.

– O que há com eles? – perguntou Édipo.

– Não gostam de estar tão próximos do abismo. Nós, nem por todo o ouro do mundo, atravessaríamos essa passarela de cipós – observou Pã. – Mas compreendo que precisem seguir. Para saber.

– Não é por serem difíceis que deixamos de fazer as coisas. É por não as fazermos que elas são difíceis – afirmou Edmond Wells.

Enquanto os sátiros se recobravam, Pã me segurou pelos ombros e me deu um franco abraço.

— Encantado de tê-lo conhecido, Michael. Mais tarde vou contar sua aventura aos nossos filhos e isso vai diverti-los muito.

Entendi aquilo como um cumprimento. Ele tomou a mão de Afrodite para um beijo à moda à antiga.

— Encantado de tê-la encontrado também... senhorita Afrodite.

Insistiu no "senhorita" para deixar claro que, a seus olhos, ela nunca seria "senhora".

Saudou, em seguida, Edmond, Édipo e Orfeu.

— Admiro a sua coragem — concluiu o rei. Gostaria também de ser capaz de superar o medo e atravessar essa ponte de cipó. Mas talvez seja velho ou covarde demais para visitar o Inferno.

— Se for o mesmo Inferno que já visitei — retorquiu Orfeu —, pode-se negociar.

— Vai saber... Aqui quase tudo é como na mitologia, mas nunca completamente. O Inferno de Aeden, creio, não se parece com nenhum outro.

De novo assumiu sua expressão de cabra vadia.

Separamo-nos com uma última saudação e nos encaminhamos à ponte de cipós. Edmond Wells ia à frente, Afrodite e eu atrás, e depois Orfeu, guiando seu amigo cego.

O limo tornava escorregadio o percurso. A nossos pés, as tábuas estalavam; pedaços de madeira se desprendiam e levavam muito tempo para chegar ao fundo do precipício. Agarrávamo-nos firmes nas cordas carcomidas que serviam de corrimão.

À medida que progredíamos, um cheiro infame de carniça nos agredia os sentidos. Se isso era o Inferno, empestava como um depósito de lixo.

Édipo tinha dificuldade para avançar, mas Orfeu era bastante solícito.

Afrodite descalçou as sandálias e preferiu continuar sem elas. Eu me agarrava tanto nas cordas de proteção que minhas juntas dos dedos estavam brancas.

Tínhamos percorrido já cem metros da passarela e, lá atrás, os sátiros continuavam a nos observar. Adiante, a bruma não se dissipara.

Entramos numa nuvem.

– Vocês estão vendo alguma coisa, aí na frente?

– Não, nada. Mas tomem cuidado, a madeira está apodrecida por aqui.

O cheiro estava cada vez mais irrespirável. Uma corrente gelada de ar nos cingia os tornozelos.

– E agora?

– Ainda nada.

Ruídos ao nosso redor. Acabamos reconhecendo corvos que pareciam anunciar nossa chegada.

Andamos, sem nada enxergar da outra margem.

– Será que não acabará nunca? – revoltou-se Édipo.

– A ponte é realmente longa – reconheceu Orfeu. – E tenho a impressão de que a neblina ficou mais forte.

– Está fora de cogitação dar meia-volta – declarou Edmond Wells –, agora estamos certamente mais perto do lado de lá.

Outros ruídos estranhos soaram de repente no alto, mas esses não vinham dos corvos. Sob nossos pés as tábuas rareavam e precisávamos atravessar buracos grandes, nos agarrando às cordas laterais sem nenhum outro apoio. Para Édipo, tudo aquilo era particularmente difícil.

Enquanto eu avançava sobre o vazio, preso à ponte apenas pela força dos braços, um corvo me atacou. Afastei-o com chutes. Mas outros corvos vieram se juntar. Esbarravam-me com as asas. Um deles veio direto na minha direção, com o bico apontado, pronto para plantá-lo no meu peito. Virei-me para me proteger, e ele rasgou a lona da minha mochila.

A antologia de piadas de Freddy Meyer e os alimentos dados pelos sátiros caíram no vazio vertiginoso embaixo de nossos pés. O baú quase foi junto. Fiquei paralisado. Outro corvo já vinha me atropelar. No momento em que me atingiu a barriga, fiz um movimento brusco que ejetou da mochila o baú com "Terra 18". O tão precioso objeto caiu.

Com um gesto rápido, Afrodite, agarrada por uma só mão à corda, pegou-o pela alça.

Fiz-lhe um gesto de gratidão.

— Por um triz — observou.

Segurei a alça do baú com os dentes e continuamos a avançar. O gosto de ferrugem do metal me tranquilizava.

Delfina está na caixa. E a caixa está na minha boca.

Sentia-me como os peixes ciclídeos, do lago Malawi, que transportam os filhotes na boca, para protegê-los.

Novas tábuas apareceram adiante. Primeiro em péssimo estado, e depois mais sólidas.

Nossos pés finalmente conseguiram apoio.

Os corvos continuavam por ali, mas, com nossos ankhs, abatemos vários deles, o que bastou para manter os demais à distância.

A bruma começou a se dissipar.

— Estou vendo o outro lado do abismo! — anunciou Edmond Wells.

— Vejo árvores — acrescentou Afrodite.

— Já começava a me perguntar se essa ponte levaria a algum lugar — suspirou Édipo, esgotado.

— É verdade, não passei por nada assim da primeira vez que fui aos Infernos — reconheceu Orfeu.

Andávamos a boas passadas, num piso sólido. O cheiro de podre se atenuara.

Finalmente pusemos os pés no outro lado.

— Obrigado — murmurei a Afrodite.

— Fiz sem pensar — respondeu, como se estivesse se desculpando de ter salvo a sua rival.

As copas das árvores daquele lado do abismo eram muito mais densas. As imensas sombras mergulhavam a floresta numa permanente noite. O vento soprava entre a ramagem, trazendo, às vezes, novos odores fétidos.

Afrodite pegou minha mão e apertou-a forte.

— Deixem-me ir como batedor — propôs Orfeu. — Tenho a impressão de reconhecer certos elementos do cenário. Deve haver uma entrada um pouco mais adiante, nessa direção.

Passei a guiar Édipo, mais atrás. Avançávamos pela selva que cobria a encosta da montanha. Enquanto na outra margem a vegetação era de tipo tropical, ali onde estávamos era adaptada das regiões frias, com espinhos e carvalhos de galhos retorcidos.

Percebemos haver presenças nas laterais.

Ao ouvirmos um primeiro urro de lobo, nos sentimos quase contentes, podendo identificar os novos adversários.

Apressamos o passo; eles eram cada vez mais numerosos.

— Vão formar grupos para nos atacar — avisou Edmond Wells.

Fizemos uma pausa e sacamos nossos ankhs.

De novo os ruídos fugidios nos contornaram.

— Estão esperando o escuro para atacar — afirmou Édipo.

Surgiram, então, três molossos babando pelos beiços e com olhos escarlates.

Atiramos e os liquidamos com facilidade.

Mas logo outros lobos apareceram, com grunhidos.

— Parecem esfomeados.

— Cuidado com o lado direito.
Com disparos seguidos, matei três.
Passaram a atacar por todos os lados. Eram dezenas, depois centenas. Meu ankh começou a esquentar entre meus dedos, até o momento em que se descarregou. Peguei um pedaço de pau quando um dos molossos deu um bote em minha direção. Acertei-o com o que seria um *backhand* no tênis. Lutei como um desesperado. Meus companheiros também se debatiam com os poderosos canídeos que estavam prestes a nos subjugar, quando se ouviu uma música. Orfeu, trepado num galho de árvore para escapar da matilha que o perseguia, puxara sua lira e tocava alguns acordes.

Imediatamente os lobos cessaram o ataque. Agruparam-se para ouvir a melodia.

Erguemo-nos, exaustos, com as roupas em frangalhos.
— Continue, por favor, não pare! — suplicou Afrodite.

Orfeu tocou mais suavemente, e os lobos, um após outro, se deitaram. Estranhamente, as árvores também pareciam se inclinar na direção de Orfeu. Fiquei maravilhado:
— Sua música é mágica, o mito não mentia. Como faz isso?

Ele arrancou mais alguns acordes, e os lobos adormeceram.
— Todos temos algum dom particular — respondeu Orfeu. — Basta encontrá-lo e aperfeiçoar.

Ele tocou de forma diferente e as árvores estremeceram. Os galhos indicaram uma direção.

Edmond Wells apontou, bem acima das nossas cabeças a entrada de um túnel que parecia uma boca escancarada. Duas protuberâncias na altura do que poderiam ser os olhos completavam a impressão de montanha viva.

— Tem certeza, Orfeu, de ser a entrada do reino de Hades? — perguntou Afrodite.

— Era assim, em todo caso, que parecia, em "Terra 1".

Novamente a ideia de os mundos estarem em ressonância me impressionou. E como explicara Pã, da mesma maneira que há um "laço horizontal" entre os mundos de mesmo nível, talvez também existisse um "laço vertical" entre os mundos inferiores e os mundos superiores.

A Olímpia de Aeden era cópia da Olímpia de "Terra 1".

Os deuses e os monstros eram os mesmos da antiga mitologia inventada pelos gregos de "Terra 1".

Os países e as culturas eram, também, frequentemente, os mesmos.

"Terra 1" seria a referência central?

Não, a própria "Terra 1" era influenciada pelos mundos vizinhos, pelos mundos de cima e de baixo.

Pã me dera uma das grandes chaves do conhecimento do universo.

"Terra 1" é como um tabuleiro de xadrez em suspenso no meio de uma nuvem de tabuleiros de xadrez. Uma arborescência invisível os une.

— Em que está pensando, Michael? — perguntou Afrodite.

Ela esfregou maquinalmente a ruga nos olhos como se esperasse eliminá-la, de tanto esticar a pele.

— Em você — respondi.

— Fico feliz de ter salvado seu planeta querido.

Senti, pela entonação, que talvez lamentasse um pouco.

Tomei consciência do Aqui e Agora. No Aqui e Agora eu tinha a oportunidade de estar vivendo a mais perigosa aventura possível, com a mais bela de todas as mulheres.

Com o único detalhe de, naquele momento, a beleza física não ter mais importância para mim.

Apenas a qualidade da alma contava.

E, por enquanto, minha alma estava conectada a uma mulher apenas: Delfina.

E onde eu estivesse, ela estaria comigo. Em meu coração.
— E se contornássemos essa abertura? — propôs Edmond Wells.
— De qualquer maneira — disse Orfeu —, olhem bem, as paredes na caverna são lisas e verticais. Não temos outra escolha.
Subimos por muito tempo na floresta escura, até chegarmos a uma pequena plataforma em forma de lábio, que dava para a entrada da caverna, como uma bocarra escancarada. A neblina voltara e nos impedia a visão a mais de cinco metros. Avançamos lentamente.
Assim que nos aproximamos, uma nuvem de morcegos decolou rente a nós, fazendo com que nos jogássemos no chão.
— O pessoal de recepção, imagino — brincou Edmond Wells.
O cheiro de enxofre e de carniça rodopiava em ondas.
Orfeu, à frente, pegou um pedaço de pau, catou cipós finos e nos ensinou a confeccionar tochas.
Estávamos evoluindo, com tochas nas mãos, pela caverna que devia ter cerca de vinte metros de altura. Orfeu tocava esporadicamente alguns arpejos para perceber o volume dos corredores e acalmar animais que pudessem eventualmente nos atacar.
A música como arma de defesa.
— Nunca desafinou? — perguntou Edmond Wells.
— Quando se toca mal se desafina. Quando se desafina com convicção, isso é uma... improvisação.
Ao nosso redor, estalactites pingavam. De repente, um sopro veio de um corredor adjacente.
— É um verdadeiro labirinto. Teria sido melhor termos deixado marcas para podermos voltar — disse Édipo.
— Se for como o Inferno que já visitei, não sairemos pela entrada — afirmou Orfeu.

— De qualquer maneira — observou Edmond Wells —, a saída que nos interessa estaria acima dessa caverna, se quisermos prosseguir a ascensão.

Afrodite, na dúvida, pegou uma pedra de enxofre e traçou uma cruz amarela na parede rochosa.

Continuamos por uma sequência de galerias que davam para outras galerias. Os odores pestilentos mudaram e os morcegos eram cada vez maiores.

— Tem certeza que sabe aonde nos leva? — perguntou Afrodite a Orfeu.

Ele tocou um novo acorde, que ecoou no túnel.

Naquele instante, desembocamos num cruzamento e vimos a cruz amarela anteriormente traçada por Afrodite com a pedra de enxofre.

— Estamos perdidos — lamentou ela. — Estamos andando em círculos.

— Não, não, existe necessariamente um caminho — insistiu Orfeu.

Chegamos a uma nova galeria que subia, com cor e odor diferentes.

Na parede havia uma cruz amarela semelhante àquela traçada pela deusa. No entanto, tínhamos certeza, daquela vez, de não termos passado por ali.

— Estou com medo — murmurou Afrodite se agarrando a mim.

Tomei-a nos braços com força, para tranquilizá-la.

— Pelo contrário, acho um bom presságio: alguém desenhou essas cruzes para nos guiar — constatou Edmond Wells.

Avançamos, seguindo as cruzes amarelas e, de fato, vimos uma que... se desenhava sozinha na parede, diante dos nossos olhos

— É o diabo, ele multiplica as cruzes amarelas para nos guiar na direção do Inferno — assustou-se Afrodite.

— Alguém usando o capacete de invisibilidade de Hades — corrigiu Edmond Wells, apontando para pegadas que ficavam marcadas no chão, no lugar em que a última cruz amarela aparecera espontaneamente.

— O homem invisível!

— Homens invisíveis — retifiquei, insistindo no plural e me dando conta de outras pegadas em volta de nós.

Percebemos que estávamos cercados de pessoas que nos observavam e agiam, sem que pudéssemos distingui-las.

Os traços amarelos nos levaram, afinal, a uma ampla caverna atravessada por um rio subterrâneo. Junto de um cais, balançava uma longa embarcação, tendo a bordo um indivíduo com ares de gondoleiro veneziano. Tinha um chapéu grande, enfeitado com um cordão verde que lhe ocultava completamente o rosto. Uma capa grande escondia o seu corpo.

— É o Estige, o rio dos mortos — balbuciou Orfeu guardando sua lira, entregue à lembrança do que outrora lhe acontecera em lugar semelhante.

— Ou, pelo menos, uma das suas cópias — completou Edmond Wells.

— Nesse caso, o homem na barca é Caronte, que faz a travessia dos mortos — acrescentou Afrodite.

— E agora? — perguntou Édipo, preocupado.

— Não é mais o momento de se tentar dar meia-volta — declarou Orfeu. — É tarde demais. Continuemos. Vamos ver aonde isso tudo nos leva.

O gondoleiro se endireitou, soltando um pequeno riso quase imperceptível, no momento em que subimos em sua barca. Em seguida, mergulhou o remo comprido na água espessa

A embarcação começou a deslizar no rio coberto por fina bruma.

O Estige.

Nosso barco assustador e o estranho capitão atravessaram suavemente uma sucessão de cavernas escuras, com tetos cobertos de estalactites.

De repente, uma correnteza nos carregou mais rapidamente. O gondoleiro passava sua barca de forma milimétrica entre estalagmites que saíam à tona. Às vezes eu distinguia, vagamente clareada, sua boca, que sorria sem qualquer motivo.

Chegamos a uma zona em que bifurcava um afluente. Na margem, estavam sentados seres em farrapos, chorando. Edmond Wells, que havia anotado isso na Enciclopédia, lembrou-nos que devia ser o Cócito.

O Cócito, o primeiro braço, o rio dos gemidos.

Mais adiante, uma outra junção do rio revelou seres de pé, perambulando lentamente em círculos, com olhares alucinados.

O Lete, o segundo braço, o rio do esquecimento.

A embarcação deslizava cada vez mais veloz no rio esverdeado. Um odor acre nos apertou a garganta, e descobrimos mais um afluente, um rio coberto de manchas de gasolina em chamas. Figuras nas margens se contorciam como se estivessem sendo queimadas, com a pele dilacerada.

O Flegetonte, o terceiro braço, o rio de fogo.

O rio principal, o Estige, continuou seu curso, passando por margens em que indivíduos lutavam. Arranhavam-se, mordiam-se, torciam-se os braços, chutavam-se e arrancavam-se os cabelos.

O Estige, o quarto braço, o rio do ódio.

Alguns caíam na água glauca para continuar brigando e molhando os outros. Mais adiante, a parede se avermelhava.

Junto aos ponto de fogo, seres esfarrapados prendiam outros seres esfarrapados em instrumentos de tortura cheios de pontas ou em rodas de esquartejamento. Alguns arrastavam outros a pelourinhos, onde seriam amarrados e açoitados, queimados, dilacerados a navalhadas. Os urros cresciam em intensidade, a ponto de nos ensurdecer.

Nosso gondoleiro continuava a rir à socapa, encoberto pelo chapelão.

A embarcação deixou a zona vermelha e chegou a outra, acinzentada. Gotas chuviscavam do teto.

Olhei para cima e percebi que toda a parte superior da caverna estava cheia de cabeças incrustadas na própria rocha, que choravam.

– São as suas lágrimas que alimentam o rio Estige – assinalou Orfeu.

Observei os rostos e tive a impressão de reconhecer um deles.

Lucien Duprès.

O deicida.

Se ele está ali, talvez Mata Hari também esteja.

Não pude deixar de gritar.

– Mata!

Vária vozes femininas responderam simultaneamente.

– Sou eu, Mata, estou aqui!
– Não, sou eu, estou aqui!
– Não, aqui!
– Sou eu, Mata, livre-me do Inferno.
– Não, eu!
– Eu, aqui, sou eu a sua Mata!

Rapidamente, fizera-se uma algazarra de vozes femininas estridentes.

Caronte ria às escondidas, mas mantinha o rosto sob a sombra do amplo chapéu.

— Acalme-se — intimou-me Afrodite. — Ela não está aí.

Soltei-me da deusa do Amor e continuei olhando as cabeças que ultrapassavam o teto.

A barca finalmente encostou num atracadouro, e Caronte, com um gesto do braço, indicou que continuássemos sem ele.

Tomamos uma escadaria escura com forte cheiro de podre. Descemos. Cruzes amarelas idênticas àquela traçada por Afrodite continuavam a aparecer espontaneamente.

Os seres invisíveis voltaram.

De fato, passos marcavam a poeira e nos indicavam a direção a seguir.

72. ENCICLOPÉDIA: ORFEU

Orfeu era filho do rei da Trácia, Eagro, e da musa Calíope. (A Trácia se situava na região da atual Bulgária.) Ainda era bem moço quando Apolo o presenteou com uma lira de sete cordas, à qual ele acrescentou duas, homenageando as nove musas, irmãs de sua mãe. Elas o educaram em todas as artes e, muito particularmente, em composição musical, canto e poesia.

Orfeu era tão talentoso que se dizia que, ao som da sua lira, os pássaros paravam de cantar e o ouviam. Todos os animais vinham admirá-lo. O lobo ficava ao lado do cordeiro, a raposa junto da lebre, sem que animal algum quisesse agredir um outro. Os rios paravam de correr, os peixes saíam da água, procurando ouvir.

Após uma viagem ao Egito, onde foi iniciado no Mistério de Osíris, ele assumiu o nome Orfeu (do fenício: "Aur", a luz, e "Rofae", cura; aquele que cura pela luz) e fundou os Mistérios órficos de Elêusis. Depois, juntou-se aos argonautas, na busca do velocino de ouro. Com a beleza do seu canto, animava os remadores e acalmava as águas agitadas pelo vento. Encantou e adormeceu o dragão da Cólquida, guardião do velocino de ouro, permitindo que Jasão cumprisse sua missão.

Depois da viagem com os argonautas, Orfeu se fixou na Trácia, no reino paterno, e se casou com a ninfa Eurídice. Um dia, tentando escapar do assédio do pastor Aristeu, ela fugiu às pressas e pisou numa serpente. Foi mordida pelo réptil e morreu imediatamente. Enlouquecido de dor, Orfeu foi procurá-la no reino dos mortos, tentando salvá-la.

Tomou a direção oeste, cantando tristemente seu amor pela defunta.

As árvores se comoveram e lhe indicaram com os galhos o caminho para a entrada do Inferno.

Com sua lira ele acalmou o feroz Cérbero e também, pelo menos momentaneamente, as Fúrias. Encantou os juízes dos mortos e interrompeu por instantes os suplícios dos condenados. Tocou tão bem a lira que Hades e Perséfone permitiram que levasse Eurídice de volta à luz do sol.

Eurídice, então, seguiu Orfeu por corredores que levavam à saída, guiada pela música da lira.

No momento em que chegava à luz, preocupado por não mais ouvir seus passos, ele virou a cabeça para ver se Eurídice ainda o seguia.

Com esse único olhar à esposa, ele desperdiçou todo o fruto do seu esforço. Eurídice estava definitivamente perdida. Uma suave brisa tocou sua testa, como último beijo. De volta à Trácia, Orfeu permaneceu fiel à esposa desaparecida, viveu como eremita, cantando a tristeza do amor perdido do amanhecer ao anoitecer.

Desprezou o amor das mulheres do seu país, que acabaram odiando-o.

> Edmond Wells,
> *Enciclopédia dos saberes relativo e absoluto*, tomo VI.

73. O TÁRTARO

Sublime descida.

A escada, em sua parte inferior, desembocou num túnel de esmeralda esculpido em baixo-relevo.

— Reconheço o lugar. É preciso seguir reto e virar à esquerda — declarou Orfeu.

Um calafrio me percorreu, pois também reconhecia o cenário e inclusive aquele diálogo.

Era a visão do futuro que eu tinha visto com Delfina. Como seria possível? Como poderia ter previsto aquele instante?

A ideia me preocupou cada vez mais. Significava que, em algum lugar do universo, aquele futuro estava inscrito e inclusive podia ser "consultado".

— Tenho vertigem — murmurei para mim mesmo.

Estava a ponto de desmaiar, mas Afrodite me segurou.

— Tudo bem? O que está acontecendo?

— Nada. Apenas uma sensação de déjà-vu. Estou com a impressão de já ter vivido essa cena.

— Em sonho?

— Não, em meditação.

Edmond Wells se aproximou.

— Algum problema?
— Michael tem a impressão de já ter vindo aqui.
— Como Orfeu?
Todos me olharam de maneira curiosa.
Para não pensar mais naquilo, examinei com atenção as cenas e os personagens gravados na rocha translúcida.
Uma história acontecia: dois exércitos de anjos se enfrentavam, numa centena de episódios, durante os quais alguns traíam outros e novamente combatiam, voando acima de cidades de mortais, com o estardalhaço das suas espadas.
— O armagedon. A batalha final dos anjos de luz contra os anjos das trevas — explicou Edmond Wells, que reconheceu algumas cenas.
— Quem ganhou?
— Acho que a batalha ainda não acabou.
Avançamos pelo corredor de esmeralda, e os passos furtivos das presenças invisíveis se tornaram mais numerosos. Quando paramos, uma cruz amarela foi traçada na parede verde, nos incentivando a continuar.
Às vezes, diversas cruzes amarelas apareciam, como se os seres invisíveis se impacientassem.
Finalmente chegamos a uma grande sala, com dois tronos negros, lado a lado. Um grande e um pequeno.
No da esquerda, sentava-se um gigante de toga negra.
Devia medir três metros. A pele era muito clara, quase leitosa, com cabelos negros de azeviche caindo em mechas onduladas e oleosas sobre a testa. As pupilas negras e brilhantes pareciam sob o efeito de alguma droga excitante. A toga espelhava um negror opaco.
Ao seu lado, a mulher, de tamanho normal, um metro e setenta no máximo, parecia menor em sua toga igualmente negra, mas bordada com fio dourado. Usava joias coloridas

e, sobretudo, um comprido bracelete de prata enfeitado com pedras de cor jade.

— Bem-vindos ao meu reino — exclamou o gigante de pele pálida. — Sou Hades. Enviei-lhes mensageiros para guiá-los até aqui, espero que não os tenham assustado.

Ele parece Zeus, mais jovem.

Na verdade, mais bonito.

É normal que se pareçam, pois Hades é seu irmão mais velho.

— Apresento-lhes a rainha Perséfone — anunciou o grande homem de toga negra. — Ela permite que a agricultura se renove.

— Você é o mal! — lançou-lhe Édipo.

— "O mal"?

— Sabemos que estamos no Inferno — continuou o jovem.

— "O Inferno"?

Hades sorriu.

— Eis uma visão bem simplista do meu reino! Deve ter ouvido muita propaganda negativa a meu respeito.

— É o 13º deus — lembrou Edmond Wells. — O do arcano 13, o arcano da morte.

— Ah, até que enfim uma frase inteligente. De fato, estou ligado à morte... mas a morte não traz o renascimento? Olhe bem o seu arcano 13. É um esqueleto que corta o que está acima do chão, para que a relva possa renascer. Como o inverno, que anuncia a primavera, não é, Perséfone?

— Deve-se aceitar a morte como portadora da nova vida — pronunciou a jovem mulher, com uma voz estranhamente aguda.

— E todas essas pessoas que vimos incrustadas nas paredes, chorando e gemendo? — perguntei.

Hades balançou a cabeça.

— Elas próprias escolheram vir para cá e sofrer. É este o paradoxo. O Inferno é uma noção inventada pelos homens, para se punirem. Todos os seres que viram, no percurso do Estige, livremente escolheram vir e livremente escolheram sofrer. Quando acharem que basta, poderão ir embora e reencarnar onde e como desejarem.

— Não acreditamos em você! — interrompeu Édipo.

— No entanto, é a triste verdade. A única coisa que os retém aqui é o próprio desejo de castigo. Está subestimando o poder da culpa.

— Também não acredito! — acrescentou Afrodite. — Não pode haver tanta vontade de autodestruição numa alma!

— Logo você, minha prima... dizendo isso?

Hades se ergueu e se aproximou dela.

Sua mão naturalmente se dirigiu à pequena ruga, que tanto a preocupava, e ela a afastou.

— Aqui as almas se torturam pela dor física, e você se tortura pelo amor. No final, porém, o resultado não é o mesmo? Seres que sofrem?

Afrodite não respondeu.

— Repito: todos somos livres, num mundo sem inferno, mas alguns de nós escolheram inventar para si um Inferno, por quererem deliberadamente sofrer. Tal lugar só existe graças à imaginação humana. E continua em atividade graças ao medo, à culpa e ao masoquismo intrínsecos.

Seu olhar não pestanejava. Ao seu lado, Perséfone aprovava, balançando a cabeça discretamente, como se lamentasse reconhecer que o companheiro tinha razão.

— Está dizendo que eles próprios escolheram se torturar, ter o corpo incrustado no teto, com apenas a cabeça do lado de fora? — perguntou Edmond Wells, também incrédulo.

O deus dos Infernos explicou, de maneira bem didática:

— Com certeza. Existem muitas razões para o masoquismo, como o professor Wells escreveu em sua Enciclopédia.

Uma delas talvez seja porque, ao sofrer, a pessoa está desperta, mais fortemente vinculada ao presente, acha que vive mais intensamente.

Fez um sinal e um invisível servidor ergueu uma bandeja, que pareceu voar suavemente pela sala. Em seguida, os copos se ergueram por sua vez e receberam um álcool turquesa com fragrância adocicada.

Peguei o que flutuava mais próximo do meu rosto. Meus companheiros foram também contemplados, mas, desconfiados, sobretudo depois da bebida do rei Pã, nenhum de nós molhou os lábios.

– Outro prazer masoquista está em se lamentar. Quem sofre, pode chamar em testemunho seus vizinhos, sentir-se um herói mártir e estoico – continuou Hades.

Bateu palmas e tochas se acenderam. Flutuaram no ar e foram iluminar quadros animados, representando santos cristãos no suplício: devorados por leões, pendurados pelos pés, chicoteados, esquartejados.

– O cristianismo original precisou promulgar um édito proibindo que seus primeiros adeptos se autodenunciassem. Muitos queriam sofrer para compartilhar a dor do seu profeta. Não fui eu que inventei isto. Foram vocês.

A tocha flutuante iluminou flagelados xiitas; integristas católicos espanhóis se autochicoteando com tiras cheias de pregos; indianos barbudos andando quase nus e tendo presa, na ponta do pênis, uma corda com um tijolo pendurado, a balançar. Na Indonésia, homens com o olhar alucinado traspassavam o próprio corpo com lanças, ao som do tantã batido por amigos. Mais modernos: roqueiros góticos com piercings furando-lhes o rosto; punks dançando no meio de cacos de garrafas. Gravuras com africanos que praticam escarificações, mulheres que cometem excisão numa menina aos gritos;

um homem num circo, enfiando uma espada longa na garganta; um grupo de pessoas andando sobre brasas, com o incentivo de um público que aplaude...

Preferimos não continuar olhando as imagens chocantes de um mundo que conhecíamos bem demais.

— Está querendo dizer que o mal não existe? Que existe apenas falta de amor por si mesmo? — perguntei, intrigado.

A voz de Hades encheu-se, ficando fortíssima. Proferiu, como se estivesse farto de ter repetido:

— SÃO OS ÚNICOS RESPONSÁVEIS DA PRÓPRIA DESGRAÇA. VOCÊS A INVENTARAM E A INSTRUMENTALIZARAM!

Continuou, em seguida, com a voz mais suave:

— São tão duros consigo mesmos... A todos que vêm aqui proponho que sejam indulgentes e se perdoem os malefícios da vida precedente. Mas não me ouvem, não se dão nenhuma escusa.

Hades sorriu com meiguice, cheio de compaixão.

— Gosto muito de falar das minhas funções. Pois estão todos tão habituados a julgar que julgam também a mim, o assim denominado "diabo". Sou o grande mau imaginário de todos, enquanto apenas vocês próprios são maus. Vamos lá, estou esperando as perguntas.

— Por que o mundo não é totalmente gentil? — perguntei.

— Ótima questão. Eis aqui a resposta: porque se o mundo fosse gentil, não se teria mérito algum optando pelo certo. Lembrem uma história contada por Edmond Wells, na Enciclopédia. A da luzinha que perguntou ao pai: "Você gosta da minha luz?" E o pai respondeu: "Entre tantas luzes, não vejo a sua." A luzinha, então, se perguntou: "O que fazer para que meu pai me veja?" E o pai sugeriu: "Vá ao escuro." A luzinha se colocou nas trevas. O pai pôde, enfim, vê-la e disse: "Você tem uma belíssima luz, meu filho." A luzinha, a essa altura, tomou consciência de estar cercada de trevas e gritou: "Papai, por que me abandonou?"

Hades tomou um gole da bebida turquesa que ele sorvia aos poucos, como um gato.

— Somente no escuro se vê a luz. Somente na adversidade se pode reconhecer o mérito e a virtude.

Perséfone novamente aprovou, parecendo desolada.

— É verdade, querido.

Pegou a mão do companheiro gigante e beijou-a carinhosamente, como se fosse um urso enjaulado. Afrodite, como por reação, se aproximou de mim.

— Mais perguntas, amigos?

— Por que os serial killers? — perguntou Édipo.

— Boa questão. Pois eles tinham antigamente (e hoje em dia ainda) uma função. Ouçam, é o ponto de vista do "diabo", mas tem o seu valor. A sociedade humana age como um formigueiro. Precisa produzir seres especializados. Antigamente os reinos necessitavam de chefes militares agressivos e bem motivados. Para fabricá-los, precisavam de "crianças raivosas". Ou seja, crianças espancadas. Uma criança espancada tem raiva do mundo inteiro e vai aplicar toda sua energia esmagando os outros. Resultam daí chefes de guerra terríveis que deixam para trás outros chefes de guerra, menos neuróticos.

— Está dizendo que os humanos produzem pais abusivos para obter crianças raivosas que servirão para as guerras? — espantou-se Édipo.

— Exatamente. O problema é que nas sociedades modernas as disputas territoriais desapareceram. As crianças raivosas, com vontade de matar todo mundo, não podem mais se tornar militares invasores. Foi como apareceram os serial killers.

— Nem todas as neuroses fabricam assassinos — sublinhei.

— De fato, essa dor é uma energia que se pode canalizar de forma diferente. As neuroses e as psicoses constroem personalidades particulares capazes de cumprir, com sua loucura, coisas que as pessoas normais nunca pensariam em fazer. Acha que Van Gogh insistiria tanto em ir até o fim da experiência com as cores se não fosse louco?

— É um raciocínio falacioso — disse Edmond Wells. — Parece subentender que apenas os neuróticos ou psicóticos ousam desafios artísticos interessantes.

— De fato.

— Mas há pessoas normais, felizes e tranquilas que produziram obras extraordinárias.

Hades se mostrou surpreso.

— Verdade? Quem?

— Para nos limitarmos a "Terra 1" — disse eu —, Mozart.

— Sinto muito, não o conheceu. Eu sim. Era deveras perturbado. O pai o tinha esmagado quando criança, para torná-lo um mico amestrado e apresentá-lo em cortes aristocráticas. Vivia em permanente perturbação. Arruinou-se no jogo de baralho.

— Leonardo da Vinci?

— Deveria ter sido queimado na fogueira aos 19 anos de idade, por homossexualidade extravagante. Também tinha enormes problemas com o pai, que o traumatizou.

— Joana d'Arc?

— Uma fanática religiosa intransigente que tinha alucinações.

— O rei São Luís?

— "São"? Um matador! Criou sua reputação de "bom rei" escolhendo um biógrafo oficial encarregado da sua propaganda: o monge Egelart. Na verdade, era brutal e colérico, organizando massacres para roubar as pessoas de quem cobiçava as riquezas. Nunca confundam a pessoa com a sua lenda.

— Beethoven?

— Um pai abusivo transformou-o em paranoico agressivo. Mais tarde arrancou o filho, que fora deixado com sua cunhada, e forçou-o a se tornar músico a ponto de levá-lo a uma tentativa de suicídio. Um sujeito com raivas terríveis, violento e tirânico. Não suportava a menor contradição.

— Michelangelo?

— Esquizofrênico. Possuía delírios de grandeza. Além disso, à noite, se vestia como mulher, pois não assumia seu sexo.

— Gandhi? Não vai dizer que Gandhi também era neurótico!

— Um psicorrígido. Achava ser sempre o único a ter razão. Não ouvia nada e nem ninguém. Também era tirânico com a mulher e não suportava contradição alguma.

— Madre Teresa?

— Ocupar-se dos outros foi a sua maneira de fugir de si mesma. Devem ter cruzado com ela, quando estavam no império dos anjos. Não só fugia de si mesma, mas provavelmente constataram que ela só sabia se ocupar dos pobres. É mais fácil resolver problemas simples de moradia e de alimentação do que de estados da alma complexos da burguesia ou de estratégias de poder dos dirigentes.

Eu, de fato, tinha uma lembrança surpreendente de Madre Teresa, no império dos anjos, quando foi obrigada a descobrir os segredos da bolsa e das operações de cirurgia plástica, pois seus três protegidos eram abastados.

Edmond Wells interrompeu:

— São palavras do diabo. Está querendo sujar o que é limpo. Eram pessoas santas.

Mas Hades não se deixou impressionar.

— A maiorias das suas pretensas "pessoas santas" veio aqui querendo purificar a própria negrura, por mais santas que fossem para mortais de nível 3 ou 4. Vi se mortificarem quando perceberam que não nos enganavam aqui, pois conhecíamos suas verdadeiras vidas. Tentei convencê-las a se perdoarem. Não consegui e, então, cedi minhas salas de tortura. Sempre exigiram os castigos mais extremos.

— Não acreditamos no que diz! — exclamou Edmond Wells.

— Os santos, os personagens exemplares e também os líderes. Ficariam espantados se soubessem quantos chefes de Estado ou grandes empresários, antes até de chegarem aqui, já frequentavam salas de tortura sadomasoquistas em "Terra 1", passando por suplícios que eu mesmo acho "excessivos". Provavelmente como aperitivo para o além. Talvez por premonição. Certamente pela impaciência da expiação. Pois conheciam sua realidade pessoal.

Novamente seu riso foi meigo, cheio de compaixão.

— Aliás, o próprio Edmond Wells, de quem, como todo mundo, leio a Enciclopédia, não desenvolveu a ideia de que escolhendo o momento para sofrer e a maneira como sofrer, se tem a impressão de "dirigir o próprio destino"?

Citou de cabeça

— De acordo com a Enciclopédia: "O masoquista acha que nada mais grave pode lhe acontecer do que a dor que ele próprio se inflige. Com isso, os masoquistas mantêm uma sensação de onipotência sobre a vida e, após as sessões em locais especializados, podem exprimir seu sadismo sobre os subordinados no trabalho."

O deus do Inferno fez um gesto de cansaço.

— No que me concerne, dirijo uma pequena empresa subterrânea, mas sou uma exceção. Gosto bastante de mim mesmo, ou pelo menos me suporto. Note-se que o amor de Perséfone me ajuda com a autoestima.

Perséfone tomou-lhe o braço e cobriu-o de beijinhos.

— ... E, gostando o bastante de mim mesmo, consigo ser amável com os outros.

— É asqueroso.

— Vocês continuam julgando. Eu não. Nada tenho contra vocês. Realmente. Todas essas histórias sobre o diabo não passam de calúnias para assustar crianças e dar poder aos padres. Quando compreenderão esse embuste?

Hades dirigiu o cetro para uma tela e viram-se, transmitidas por uma câmera de vídeo, as margens do Estige, onde seres nus mutuamente se supliciavam.

— Estão vendo diabos ali? Veem algum carrasco? Se dependesse de mim, já teria perdoado tudo a esses pecadores, não é verdade, Perséfone?

Ela mantinha a expressão desolada.

— É sim, querido.

— O pior surdo é o que não quer ouvir. Meu sonho seria que esse lugar nem existisse, que essas pessoas reencarnassem em recém-nascidos e descobrissem novas experiências, progredindo, vida após vida.

— Está mentindo!

— Mais um julgamento de valores. A verdade é que adoraria tirar férias. Mas o mundo necessita do negro para realçar o branco, não é mesmo?

— Inclusive, uma vez, você tentou fazer greve, meu querido.

— É verdade, uma vez. Propus que se fechasse esse local de sofrimento. Todos em Aeden concordaram, inclusive Zeus, mas as almas dos mortais reclamaram. "Está fora de cogitação fechar o Inferno, precisamos absolutamente dele." Ah, como os deuses são compreensivos, e como os mortais são duros.

Meus companheiros e eu não conseguíamos desprender os olhos da tela.

Começávamos a nos acostumar com o espetáculo daqueles seres se supliciando uns aos outros. A gente se habitua a tudo.
— Todas as almas aqui presentes estão por vontade própria e podem partir quando desejarem — lembrou Hades.
— Não é verdade. Minha Eurídice não pôde partir porque eu me virei para vê-la — protestou Orfeu.
— Foi ela, ela exclusivamente, que assim decidiu. "Se ele se virar, apesar do amor que lhe tenho, se não demonstrar completa confiança em mim, prefiro continuar no inferno."
Orfeu deu um salto e quis atacar Hades — mas foi contido à distância.
— Não acredito!
— Porque subestima a culpa.
Terrificado, balbuciei:
— Será que...
— Sei qual é a sua pergunta... Quer saber se Mata Hari está aqui, não é?
Em vez de responder, contentou-se de sorrir.
Considerando que já tínhamos aproveitado bastante daquele espetáculo pouco saudável, Hades desligou a tela e nos chamou a seu "budoar".
— Vi que não confiaram nas minhas bebidas. Aceitem, então, um chá de hortelã.
De novo os objetos se ergueram, os líquidos se derramaram de um bule, em copos vindos das prateleiras. O chá fumegante nos foi servido de cima. Provamos.
— Qual é a nossa próxima prova? — perguntou Edmond Wells.
— Qual prova?
— A próxima prova, para continuar o caminho.
— Não há prova alguma. Podem tomar esse corredor, ele conduz ao alto da montanha.

— Sem prova?

O gigante da toga negra insistiu:

— Certamente, sem prova alguma. Sempre achei que a única prova real é o livre-arbítrio. Tudo que se quer se obtém. O problema é enganar-se quanto ao desejo. Não foi, aliás, o que constataram sendo anjo? Como dizia Edmond Wells...

O interessado recitou pessoalmente a frase fetiche:

— "Eles querem reduzir a infelicidade, em vez de construir a felicidade."

— Perfeito. Muito bem. É a explicação para tudo. Mas enunciou o conceito intelectual e não consegue ter a experiência real. É, por enquanto, seu único limite, para encontrar o Criador. Ser feliz. Não se enganar com relação ao desejo.

— Não me respondeu — insisti, sem conter minha impaciência. — Mata Hari está aqui?

O deus dos Infernos se voltou para mim, com ar preocupado.

— É precisamente como se constrói a própria infelicidade. Com questões erradas que, obrigatoriamente, levam a respostas que melhor seria se não fossem ouvidas.

— ELA ESTÁ AQUI?!

— Sim, claro. Está aqui.

Meu coração estremeceu.

— Vou poder levá-la comigo?

— Mais uma pergunta ruim. E a resposta ruim é: sim, claro.

— Espere aí! — preocupou-se Orfeu. — Não vai dar, de novo, o mesmo golpe.

Hades colocou os dedos sobre os lábios.

— Não tinha pensado nisso, mas já que a ideia foi apresentada, sou obrigado a considerá-la. A essa terceira pergunta ruim, então, a resposta é: "Não tenho escolha, já que sugeriu a ideia."

Fuzilei Orfeu:

— Não podia ter ficado calado?!

Perséphone continuou:
— De qualquer modo, como Hades explicou, são "inquilinos do Inferno" e eles próprios impõem as regras de punição e libertação.

A jovem princesa de toga negra acentuou sua expressão desolada.
— Não é mesmo, querido?

Ele concordou.
— Não! — exclamou Afrodite. — Não vá, é uma armadilha!
— Afrodite tem razão — confirmou Orfeu. — Você vai sofrer.
— Tenho uma única chance de salvar Mata Hari e vou tentar.

Hades sacudiu os ombros, fatalista.
— Como quiser. Já que, luzinha, quer ir às trevas para verificar a intensidade da sua luz... Siga-me, senhor Michael. Como seu nome, afinal, é uma pergunta, é normal que tenha tanta sede de respostas.

Engoliu de uma só vez uma boa tragada da sua estranha bebida e nos conduziu tranquilamente a uma porta cinzenta.

74. ENCICLOPÉDIA: AS TRÊS PENEIRAS

Um homem, certo dia, procurou Sócrates e lhe perguntou:
— Sabe o que acabaram de me dizer sobre o seu amigo?
— Um momento — respondeu Sócrates. — Antes de me contar, gostaria que fizesse um teste, o das três peneiras.
— Três peneiras?
— Antes de falar das pessoas, é bom perder algum tempo filtrando o que se vai dizer: é o que chamo de "o teste

das três peneiras". A primeira peneira é a da verdade. Verificou se o que vai contar é verdadeiro?
– Não. Apenas ouvi dizer...
– Muito bem. Não sabe, então, se é verdadeiro. Tentemos uma outra filtragem, utilizando a segunda peneira: a da bondade. O que quer me contar sobre o amigo é algo bom?
– De forma alguma! Pelo contrário.
– Desse modo – continuou Sócrates –, você quer me contar coisas negativas sobre a pessoa e sequer tem certeza da veracidade. Mas pode ainda passar pelo teste, pois resta a terceira peneira, a da utilidade. Teria alguma utilidade me contar o que meu amigo talvez tenha feito?
– Não. Não exatamente.
– Então – concluiu Sócrates –, se o que tem a contar não é verdade, nem é algo bom e menos ainda útil, por que querer contar?

Edmond Wells,
Enciclopédia dos saberes relativo e absoluto, tomo VI.

75. TULIPA NEGRA

O casal de togas da cor das trevas nos guiou até um vale escavado na rocha. Na parte inferior da bacia havia um moinho holandês, no meio de um campo de tulipas negras. Saía fumaça por uma chaminé e corvos estavam pousados nas árvores desfolhadas dos arredores.

Mata Hari tinha me falado da sua infância na Holanda, em seu burgo natal de Leeuwarden, nos pôlderes, entre tulipas e moinhos de vento.

— Ela recriou seu cenário pessoal — explicou Perséfone — para viver sua experiência.

Tive um mau pressentimento.

Passei pela entrada do moinho, cujas pás rangiam acima de nós, apesar da falta de vento. No interior, era o reino das teias de aranha e da poeira.

Na parede, reconheci retratos me representando, esculturas me representando e fotografias minhas. Na mesa, pratos sujos em que mofavam pedaços de queijo gouda.

Hades, que me acompanhara, colocou a mão em meu ombro e esboçou um sorriso amistoso que parecia sincero.

— Ela o ama muito e escolheu, para sofrer, viver com a sua imagem.

— Onde ela está?

— No quarto ao lado. Está dormindo, mas vou acordá-la e ela virá. Vai pegar esse fular e você poderá guiá-la para fora do meu mundo. É claro, porém, mantém-se a mesma problemática imposta a Orfeu. Se virar para trás ou se tentar falar com ela, vai perdê-la definitivamente. E se a guiar até o lado de fora, estarão novamente juntos.

— Não vou me virar e não falarei — anunciei com determinação.

Pensei também em Delfina. Tinha a sensação, como o marinheiro com uma mulher em cada porto, de manter um amor em cada dimensão. E amores que não se excluíam reciprocamente.

Amava Delfina. Amava Mata Hari. De certa maneira, amava Afrodite. Como antes amara Amandina e Rosa, quando era mortal. Todas foram minhas iniciadoras. Pois não era uma única lição que eu tinha a receber.

No Aqui e Agora, queria realmente salvar Mata Hari e adorava Delfina.

Fui em frente.

Hades se virou para Perséfone.

— O Inferno são os desejos que eles têm — murmurou. — São tão... derrisórios.

Fingi não ter ouvido.

Postei-me, então, diante da porta, e Hades colocou o fular na minha mão.

— Quando sentir que alguém segura o fular, siga em frente. É preciso continuar reto, nessa direção.

Apontou para um corredor verde, com paredes de cor esmeralda.

— No final, encontra-se a saída que leva ao topo da montanha. Sigo com os seus amigos e os espero lá.

Segurei firme o fular com a mão direita.

Tinha a confusa sensação de estar num daqueles truques de mágica dos quais salta um imprevisto final que ninguém espera. E não gostava disso, absolutamente.

A vontade de reencontrar Mata Hari era, no entanto, mais forte do que a apreensão com relação às más surpresas que o diabo em pessoa podia reservar. Esperei muito tempo, com o fular nas costas.

De repente, senti uma presença se aproximar com passinhos curtos. A mão segurou o tecido.

Tive vontade de falar, mas me contive. Alguns minutos apenas e voltaria a ver Mata Hari.

Já imaginava seus ciúmes quando visse Afrodite, mas, estava claro em meu espírito, eu voltaria para aquela que tinha mais importância para mim. Pelo menos naquela dimensão.

Mata.

Comecei a andar, com o coração batendo forte.

Atrás, os passinhos me seguiam.

Penetrei no longo túnel de esmeralda, cuja saída brilhava como um farol.

Que sorte que estivesse ali e não metamorfoseada em musa muda, como Marilyn Monroe, ou em sereia, como o pai de Raul. Sobretudo, não podia ceder à curiosidade, como Orfeu. Que seu fracasso pelo menos me servisse de lição.

Avançávamos, e o meu coração se acelerava ainda.

A presença atrás de mim seguia o ritmo dos meus passos.

Pensei que se ela estava ali, era porque quisera se punir de alguma coisa... mas de quê? Mata Hari fora vítima. Nunca havia feito mal a ninguém.

Caminhamos, e um fenômeno estranho se produziu. Os passos às minhas costas diminuíram e o fular era seguro mais embaixo.

Continuei a andar. Apenas uma centena de passos a mais, para a saída.

O fular continuava a descer progressivamente, enquanto as passadas se tornavam... menores e em maior número.

O que estaria acontecendo?

Deve estar se abaixando.

Eu tinha tanta vontade de falar.

Os passos se tornaram minúsculos e mais lentos, e o tecido descia ainda mais.

No final de um certo tempo, o fular foi levado ao chão e os passos se imobilizaram.

Estaria cansada?

Tinha vontade de lhe falar.

Mata! Levante-se, logo chegaremos!

Mordi a língua para não abrir a boca e travei o pescoço para resistir à vontade de me virar, procurando compreender.

Depois ouvi atrás de mim um choro que não parecia ser a voz de Mata Hari.

Não é Mata Hari que me segue.

Então, não aguentando mais, me virei.

76. ENCICLOPÉDIA: APOTEOSE

A apoteose é o ato que consiste em metamorfosear um ser humano em deus (*Theos*).
No Egito, os faraós consideravam que seus predecessores se tornavam deuses ao morrer. Praticavam, então, a cerimônia de apoteose. E isso era bem prático, pois lhes permitia se pretenderem, ainda vivos, "futuros deuses".
Na Grécia, a passagem do humano ao divino era uma maneira de transformar os heróis fundadores das cidades em divindades com poderes mágicos, o que aumentava o prestígio das referidas cidades. Por exemplo: Héracles, simples mortal, se tornou deus e deu seu nome à cidade de Heraklion. Alexandre Magno recebeu a apoteose ao morrer. A honra foi, às vezes, inclusive concedida a artistas como Homero. Para os romanos da Antiguidade, a apoteose seguia um rito particular. Um cortejo de senadores, magistrados, carpideiras profissionais e atores se formava, usando máscaras dos ancestrais, e um bufão imitava o comportamento do defunto. Antes de porem o corpo na pira crematória, amputavam um dos dedos do cadáver para que algo seu restasse na Terra.
Depois o corpo era incinerado e uma águia era solta, servindo de psicopompo, transporte da alma do defunto para o reino dos deuses.
Júlio César foi o primeiro romano a receber sua apoteose oficial, logo depois do seu assassinato, em 44 a.C. Em seguida, o senado romano concedeu apoteose a todos os demais imperadores que vieram. Nos campos

da pintura e da escultura, a Apoteose é um tema recorrente, por representar a recepção de um homem entre os deuses.

Acréscimo de Delfina,
Enciclopédia dos saberes relativo e absoluto, tomo VI.

77. A MONTANHA

Vi uma criança com, no máximo, alguns meses de idade. Babava e chorava. No entanto, reconheci nela, vagamente, alguns traços de Mata Hari.

Hades se aproximou e foi incisivo:

— Perdeu.

— Mas... mas... — balbuciei. — Por que se tornou neném? Isso não estava previsto!

O deus de toga negra balançou a cabeça com o ar lamentoso que o caracterizava.

— Ela escolheu isso. Queria ter certeza de que a amava por sua alma, e não por seu corpo. Então decidiu essa metamorfose para saber se a amava o bastante, a ponto de guardá-la como... criança.

— Mas... mas... sim, é claro. Eu a guardaria.

Corri e apertei nos braços a criancinha.

Hades tirou-a de mim.

— Tarde demais. Poderia tê-la se tivesse aguentado até o fim do túnel, era esse o contrato. Agora ela vai retornar a seu moinho pessoal no Tártaro ou reencarnar como recém-nascido, se assim desejar. Os seres sempre estão livres para decidir o que acontecerá com as suas almas. É a fonte de todos os nossos problemas: o livre-arbítrio.

Voltei-me para a neném de gatinhas, que me olhava com olhos arregalados de espanto. Quis pegá-la, mas Hades cortou-me a passagem.

— Seja bom perdedor.

Estiquei a mão para a criança.

— Mata! Por favor, falhei, mas não fique aqui. Você merece reencarnar. Volte para a terra, para "Terra 1", "Terra 18", "Terra 1000", algum planeta, o que quiser, sob a forma que bem entender, mas não fique aqui. É... sem saída!

Hades me tomou pelo ombro, e servidores invisíveis me contiveram, impedindo que eu buscasse a criança.

— Eu lhe peço, não insulte o meu reino. Foi ela que escolheu. Ela quer ficar aqui, pois se atormenta com a lembrança da sua imagem. Pode lhe dar conselhos, mas não decidir em seu lugar. Se não sabe utilizar corretamente o livre-arbítrio, aprenda a respeitar o dos outros.

Olhei para a criança.

— E se eu não tivesse olhado para trás? — perguntei a Hades.

— Teria saído com essa criança de 9 meses que é Mata Hari. Acho que ela queria ter certeza do seu amor, qualquer que fosse a sua forma, qualquer idade que tivesse. Por isso o colocou diante dessa prova. Já vi seres ficarem doentes ou feios, para testar o amor de quem os quer tirar do Inferno. É incrível essa necessidade de prova, não é? Para mim, o amor não precisa de provas, não é, Perséfone?

— É, sim, querido.

Controlei uma raiva surda, mas tinha consciência de Hades não ter culpa alguma. O inferno vinha do receio de Mata Hari de eu amá-la por seu corpo, e não por sua alma

Livrei-me de repente de Hades e dos servidores invisíveis e consegui tomar a criança em meus braços.

— Eu a amaria, mesmo sob a forma de recém-nascida — consegui articular.

Ela me respondeu com sons que me pareceram vagamente interrogativos e depois começou a babar.

— Ela compreende o que digo?

Hades me afastou. Outras mãos invisíveis me puxaram.

— Não com o intelecto. Pois é o de uma criança de 9 meses, mas sua alma, sim, certamente.

— Reencarne, Mata, reencarne e eu conseguirei encontrá-la.

Novamente, os mesmos ruídos.

Hades assumiu ares de quem compreendia e traduziu.

— Ela o ouviu, está dizendo que voltará. Um dia.

De novo a criança emitiu sons e babou.

— Disse que gostaria muito de tê-lo como... pai.

Novo tatibitate infantil, que o diabo em pessoa tratou de descodificar.

— Não... — ele soltou uma risada — ... mãe! Gostaria de tê-lo como mãe. Vai saber o porquê! Como as pessoas são complicadas!

Permaneci um momento abobado com mais aquela provação para a minha alma. Reencontrar aquela que amei, vê-la rejuvenescer em cinco minutos até se tornar uma criança que gostaria de voltar a me ter como... mãe.

De novo o bebê emitiu ruídos, e Hades, depois de demonstrar surpresa, anunciou:

— Está dizendo que gostaria também de vir como menino. Porque quer paquerar. E, além disso...

Novo balbucio.

— Ah... quer que, como mãe, lhe dê o seio, pois acha que é uma experiência de fusão indispensável.

Hades me guiou até a saída.

— Apenas as almas têm importância. Os invólucros de carne não passam de "envelopes".

Eu me sentia tão mudado quanto a representação do arcano 13: cabeça cortada, mãos cortadas e pronto a fazer algo crescer de novo numa terra afofada.

Gritei de longe:

— Delfina está grávida! Deve estar com seis meses. Pode vir!

Perséfone ajudou a me empurrar.

— Ela o ouviu. Agora é ela que decide, deixe-a escolher. Respeite seu livre-arbítrio.

Resignei-me.

Chegando à saída, Afrodite me tomou a mão. Temia me perder com a volta de Mata Hari.

Hades e Perséfone nos mostraram o caminho que subia diretamente às alturas.

Erguemos a cabeça para o topo da segunda montanha, que agora parecia mais próximo, apesar do cume sempre cercado de névoa.

78. ENCICLOPÉDIA: PALHAÇOS

Ao que parece, a função de distrair o público sempre existiu.

"Momos" é, na mitologia grega, o bufão dos deuses do Olimpo. Atribui-se a primeira linha escrita, assinalando a existência de um "bufão", ao historiador grego Priscus. Informava que Átila tinha a seu serviço um indivíduo encarregado de distrair os comensais durante os banquetes. Bem mais tarde, podia-se descobrir na contabilidade dos reis da França um orçamento para "Bufonaria".

Dentre os bufões franceses célebres, citemos:
Triboulet, o bufão oficial da corte de Luís XII e Francisco I.
Brusquet, um médico tão inapto que causou a morte de muitos pacientes. Condenado à morte, foi agraciado por Henrique II, que o tomou a seu serviço para fazê-lo rir. Suspeito de se ter convertido ao protestantismo, foi espancado e forçado a fugir.
Nicolas Joubert, o bufão de Henrique IV. Gostava de ser chamado de o "Príncipe dos tolos".
Angely, empregado de estrebaria do príncipe de Condé. Luís XIII, vendo-o servir em jantares, achou tão cômico que o exigiu para seu serviço pessoal. Angely não poupava ninguém em suas zombarias. Os nobres preferiam lhe dar dinheiro para não passar por seu deboche. Angely morreu riquíssimo.
Na Inglaterra, Archibald Armstrong era o bobo do rei Jaime I. Passou a ser chamado "Archy" e, após a morte de seu senhor, entrou para o serviço do arcebispo de Canterbury, a quem acabou detestando, a ponto de publicar um panfleto contra ele.
A palavra *clown* (como se diz "palhaço", também em francês) surgiu paralelamente. Veio do inglês *clod*, que designava alguém desajeitado.
Parece que os primeiros *clowns* teriam surgido na Idade Média, em circos equestres, quando os proprietários se deram conta de que o público estava cansado do que via. Um desses proprietários teve então a ideia de apresentar um camponês que não sabia montar e caía o tempo todo do cavalo. Ele procurava, com isso, por contraste, valorizar o talento dos cavaleiros do circo. A ideia agradou e foi retomada por outros circos. Os *clowns*, em geral, eram

alcoólatras pobres, e foi daí que surgiu a tradição do nariz vermelho.

A dupla do palhaço branco (chapéu pontudo, lantejoulas e maquiagem branca) e do augusto (vagabundo com roupas grandes demais) surgiria depois. O palhaço branco é o sério e o augusto deve realçá-lo. Nunca se ri do palhaço branco, e sim do Augusto, pois ele tenta imitar as atitudes do colega, sem nunca conseguir, e ainda provocando catástrofes. Encontra-se a mesma dupla, sob forma de dualidade divina, entre os índios Navajos do Novo México e os índios Zunis. Para eles, o personagem com o papel do augusto é o mais importante e o mais poderoso do panteão.

Observe-se que na alquimia o "Bobo" é o símbolo que representa o solvente cuja ação de decomposição química permite a obra em negro.

Edmond Wells,
Enciclopédia dos saberes relativo e absoluto, tomo VI.

79. EM DIREÇÃO AO TOPO

A inclinação ficou íngreme. Com o ar mais leve por causa da altitude, cada passo começava a pesar.

Andamos muito tempo por penhascos cada vez mais escarpados. "Terra 18", que eu carregava na mochila recosturada, me parecia também cada vez mais pesada.

Carregar um mundo por quilômetros, mesmo que reduzido a um baú, é bem cansativo, afinal. Pensei em Atlas. Senti-me solidário.

No entanto, ao meu ver, não era apenas um mundo. Era onde se abrigavam minhas esperanças de futuro.

Delfina.

Nosso filho que nasceria.

Minha nova comunidade de amigos.

Andei com maior entusiasmo.

A trilha serpenteando entre os rochedos desapareceu, nos obrigando a criar nossa própria estrada. À frente, Orfeu tirava a vegetação que nos barrava o caminho.

O ar ficou mais pesado, e a temperatura refrescou.

Nenhum de nós pronunciava mais qualquer palavra, nossa respiração produzia uma névoa.

Adiante, a montanha de pico brumoso revelava um manto de neve que descia do cimo como um creme do alto de um bolo.

Depois, a subida ficou ainda mais íngreme, e chegamos a uma espécie de planalto, onde Edmond propôs que déssemos uma parada.

Uma vista panorâmica se descortinava: a montanha de Zeus a oeste e o conjunto do litoral.

Eu não havia errado meu desenho. A ilha parecia um grande triângulo, meio estreito na altura do sopé da primeira montanha.

– Agora, pelo menos, sabemos. Há duas montanhas, e não três – anunciou Edmond Wells. – Quando tivermos chegado ao cume, não teremos outro a escalar.

Uma fumaça negra ultrapassava a primeira montanha, e todos pensamos na cidade de Olímpia, em plena guerra civil.

– Eles acham que lutam para vencer. Mas não. Lutam para se autodestruir. Os que mais devem ser lamentados são os que vão morrer por último – suspirou Edmond Wells.

– Sua teoria da "apoptose", não é?

— Nós mesmos, quando éramos deuses, abandonamos alguns dos nossos mortais para permitir que outros tivessem sucesso. Você deve se lembrar, Michael, quando nosso navio deixou a costa com todas as nossas esperanças... As formigas também, às vezes, sacrificam uma multidão de guerreiras para permitir a fuga da rainha.

A fumaça negra que circundava a primeira montanha não parava de subir.

— Olímpia inteira deve estar a ferro e sangue.

Moscona aterrissou no meu dedo, como para me lembrar da sua presença talismã.

A luz do céu começava a descer quando, enfim, alcançamos o início da zona coberta de neve.

Nossos passos ficaram ainda mais pesados. As roupas não bastavam mais para nos proteger do frio. O suor colava nossas togas na pele.

Apesar da minha atitude distante, Afrodite se mantinha junto de mim.

Tendo caído a noite, decidimos parar num outro pequeno planalto.

Como os ankhs tinham descarregado durante o ataque dos lobos, acendemos um fogo com sílex e gravetos secos. Édipo era espantosamente hábil nessa difícil atividade. Uma faísca estalou, transmitiu-se a um trapo, e este foi colocado sob os gravetos. O fogo começou a se firmar. Deixava escapar um calor que nos revigorava.

Foi quando Orfeu chamou nossa atenção para um fenômeno estranho. Acima de nós se inscreveram no firmamento finas letras brancas. De maneira fugidia, é verdade, mas tínhamos podido distingui-las.

Sentamo-nos, impressionados.

– Vocês viram o quê?

– Letras ao contrário. Formando a palavra "IRÈTS" – disse Orfeu.

– Não, eu diria "UED" – retificou Afrodite.

Quanto a mim, achava ter visto "SOD".

Entreolhamo-nos, cheios de dúvida.

– É uma alucinação coletiva – declarou Edmond Wells. – As estrelas, em certos momentos, sob o efeito das camadas atmosféricas, adotam formas alongadas. Uma série de pontos pode passar por uma linha ou por uma curva. Em seguida, nossa imaginação fabrica uma linha vertical.

– Era uma aurora boreal, somente isso. Esse planeta é tão pequeno que produz auroras boreais perto das montanhas.

Edmond Wells, para desanuviar a atmosfera, pegou um ramo em brasa.

– Isso me lembra uma piada de Freddy Meyer. Um astrônomo avistou um planeta no céu que o intrigou. Ele se arruinou comprando um material incrível, melhorando incessantemente sua observação daquele planeta, exclusivamente daquele planeta em particular. Depois ele morreu e pediu a seu filho que continuasse seu estudo. Ele continuou a obra do pai, comprando telescópios cada vez mais poderosos para observar mais de perto o objeto celeste. Afinal, um dia, conseguiu ver a superfície do planeta e percebeu que havia algo parecendo símbolos traçados. Os símbolos pareciam letras. As letras formavam uma frase, uma frase gigantesca inscrita sobre a superfície.

Ouvíamos Edmond Wells com interesse.

– A frase era: "Quem são vocês?" O filho do astrônomo alertou todos os observatórios do mundo e todos apontaram seus telescópios para aquela superfície intrigante. Foi um acontecimento planetário. Para os cientistas, era incontestável: seres inteligentes tinham sido capazes de redigir uma inscrição gigante, visível de um outro planeta e, além do mais, em nossa língua. A ONU, então, reuniu todas as nações para um grande projeto: responder a mensagem. Escolheu-se o deserto do Saara, e tratores cavaram imensos sulcos para escrever a resposta aos extraterrestres. A resposta era: "Somos terráqueos." A partia daí, todos os habitantes da Terra passaram a escrutar o céu, na espera de uma resposta. E, de fato, de repente, a superfície do planeta longínquo se modificou. Como se estivessem limpando a pergunta "Quem são vocês?" com os seus próprios tratores, para escrever uma nova mensagem.

— E qual foi a nova mensagem?

— "Não era com vocês que estávamos falando."

Após tudo pelo que passáramos, o momento de distensão foi bem-vindo. É o poder da anedota. Repõe tudo em perspectiva.

Afrodite se aproximou. Eu não me cansava de olhar sua longa cabeleira dourada e seus grandes olhos esmeraldinos. Mesmo que tivesse um pouco curvada, mesmo que tivesse envelhecido, mesmo exausta, era tão esplêndida que tudo parecia se esvair sob seu charme natural.

— Beije-me — pediu. — Por favor.

Obedeci.

— Tenho a impressão de que logo chegaremos a uma revelação que não vai nos agradar — disse.

— Não tenho receio do encontro com o Criador.

Fez uma careta.

— Tenho um mau pressentimento.

Edmond Wells juntou-se a nós.

— Algo errado, pombinhos? Se tiverem frio, não fiquem nesse canto, aproximem-se do fogo.

— Afrodite receia o que vamos descobrir lá em cima.

Os outros também vieram.

— O Grande Deus? Deve ser um cara como Zeus, só que maior, mais bonito e mais forte – propôs Orfeu.
— É uma visão muito simplista – disse Édipo. – Nós sempre previmos nossos encontros e sempre erramos.
— Felizmente – comentou Edmond Wells. – Ficaria muito desapontado se o Grande Deus lá em cima for como eu imaginei.
Voltei à minha pergunta fetiche:
— E vocês, quando encontrarem o Grande Deus, o que perguntarão?
— Eu vou perguntar... por que concebeu um sistema tão complicado para a sexualidade dos humanos – disse Afrodite.
Edmond Wells ergueu os olhos.
— Eu, se encontrar o Criador, vou perguntar... se ele acredita em si mesmo.
Imperceptivelmente, afastei-me de Afrodite.
— Quanto a mim, se vir o Grande Deus, perguntarei se ele acredita em mim – anunciou Orfeu.
A atmosfera se desanuviava.
— Se encontrar o Grande Deus, vou perguntar... por que criou o universo em vez de nada – disse eu.
— Talvez tenhamos todas as respostas. Apenas não colocamos as boas questões – observou Afrodite. – Mas à medida que nos aproximamos DELE, começamos a nos preparar.
Um clarão cintilou através da bruma do pico da segunda montanha.
Moscona pousou no meu dedo. Tremia de frio. Peguei-a em minhas mãos e aproximei-a do fogo.
— Acho que a experiência que nos espera está além de tudo que se imagina – sugeriu Orfeu. – Será a revelação final. De qualquer maneira, não existe terceira montanha, vimos ainda há pouco. Quando estivermos lá em cima, compreenderemos toda a mecânica secreta do universo.

Afrodite se aconchegou contra mim. Nunca tinha sentido a deusa tão inquieta. Adormecemos junto ao fogo que estalava.

80. ENCICLOPÉDIA: JOGO DE ELÊUSIS

O jogo de Elêusis é um jogo cuja finalidade consiste em encontrar... sua regra. Utilizam-se dois baralhos de 52 cartas, distribuídas até o fim. Antes da partida, um dos jogadores inventa uma regra pessoal e anota-a num papel, para ter certeza de que ela não mudará no decorrer do jogo.
Quem inventa a primeira regra é considerado "Deus".
Essa primeira regra é chamada "Lei do mundo".
O jogo tem início.
Um jogador coloca uma carta e avisa: "O mundo começa a existir."
O jogador Deus diz: "Esta carta é boa." Ou: "Esta carta não é boa."
Cada um, sucessivamente, coloca uma carta que escolheu. As cartas ruins são deixadas de lado. As boas continuam sendo empilhadas diante dos jogadores, que tentam encontrar a lógica da seleção.
Quando alguém acredita ter encontrado a "Lei do mundo", se autodeclara "Profeta". Esse pretendente para de tirar cartas e, no lugar de Deus, passa a dizer aos outros se as cartas são boas ou ruins. O Profeta é controlado por Deus. Se o Profeta se enganar uma só vez, é destituído e não tem mais o direito de jogar.
Os outros continuam procurando a regra. Após a décima resposta correta do Profeta, ele enuncia o que acha ser a "Lei do mundo", e ela é comparada com a que foi escrita no papel.

Se a tiver encontrado, ganha o jogo.
Se ninguém encontrar a regra e todos os pretendentes ao papel de Profeta se enganarem, Deus é o ganhador.
Lê-se em voz alta a "Lei do mundo" e verifica-se se ela era "encontrável". Se a lei for considerada difícil demais, o jogador Deus é desqualificado. O interessante é encontrar uma regra... simples que, no entanto, seja difícil de se encontrar. Por exemplo: "Alternar uma carta superior a 7 e uma carta inferior a 7" é uma regra muito difícil de ser descoberta, pois naturalmente se observam as figuras e as alternâncias dos naipes vermelhos e negros. Na verdade, dá-se atenção a coisas que não valem a pena. A regra: "Apenas cartas vermelhas, menos a décima, vigésima e trigésima" é impossível de ser encontrada. Mesma coisa para "todas as cartas, exceto o 7 de copas".
A regra: "qualquer carta é válida" pode ser difícil, pois se os jogos anteriores tiverem sido sofisticados, os jogadores vão prever uma complexidade. Qual pode ser, então, a estratégia para vencer? Na verdade, todo jogador deve se declarar profeta o mais rápido possível, mesmo correndo riscos.

Edmond Wells,
Enciclopédia dos saberes relativo e absoluto
(retomada do tomo II).

81. O ÚLTIMO ANDAR

Naquela noite, não sonhei.

O acordar foi silencioso. Retomou-se a caminhada na neve rangente, enquanto o segundo sol se erguia lentamente.

Nossos músculos começavam a ficar doloridos, mas não tínhamos mais tempo a perder. Orfeu chamou nossa atenção para o horizonte do mar. Junto à linha azul-marinho da água inscrevia-se, de novo, um sinal. Não era mais uma sequência de letras, mas uma sequência de algarismos ao contrário.

– Do lado certo, acho que seria "271" – disse Orfeu.

– Não, "457".

– Eu vi "124".

Edmond Wells balançou os ombros.

– Mais uma alucinação coletiva? Uma aurora boreal?

– Para as aparições sobre o mar utiliza-se sobretudo o termo "miragem".

– Uma miragem com algarismos? – espantou-se Orfeu.

– Quanto mais nos aproximamos do Grande Deus, mais lógico é que aconteçam coisas incompreensíveis para nós.

– Vamos subir. Não devemos mais estar longe do alto – cortou Afrodite.

Esforçamo-nos a apressar nosso avanço.

Estava à frente do grupo, com Afrodite, e, de repente, fui parado por um choque.

Achatei o nariz numa parede invisível. A cartilagem estourou. A dor era brutal.

Por mais que olhasse, não via nada. A dor, no entanto, estava ali, viva e real.

– Um campo de força envolve o cimo – anunciou Edmond Wells, apalpando o muro invisível.

– Zeus me avisou desse obstáculo maior, mas achei que, para a passagem de Raul, o muro cairia.
– Estamos como espermatozoides diante de um óvulo que já teria dado passagem a um de nós – disse eu.
– E se fechou para impedir outras intrusões – suspirou Édipo.
– Se for este o caso, deve ter ainda a "cicatriz" da passagem. Começamos a dar a volta na montanha, pela lateral.
– Olhem ali... – apontou, de repente, Afrodite.
Distinguimos, na encosta mais oriental, uma estrada em ladeira. Atravessava de um lado a outro a primeira montanha de Zeus, saía por um túnel e seguia por uma ponte de ouro até o cume da segunda montanha.
– Os Campos Elísios...
Adiantamo-nos para alcançar aquela via resplandecente.
Atravessamos o parapeito. O piso era coberto por um revestimento macio e vermelho. Como um espesso tapete de veludo.
Como uma língua comprida.
Nossos pés, enfim, tocaram aquela via mítica. Os Campos Elísios. Notei marcas de passos no veludo púrpura.
– Raul já passou por aqui.
Avançamos e chegamos de novo diante de um obstáculo. Um muro um pouco mais opaco que o campo de força. Era mole, transparente, muito grosso. Por mais que batêssemos, tentássemos enfiar objetos duros, ele resistia.
Edmond Wells, apalpando, encontrou uma zona mais opaca, formando um rasgão vertical.
– Parece uma rachadura na parede.
– A cicatriz deixada pela travessia de Raul. Chegamos tarde demais – murmurei.
– Dessa vez não passaremos – anunciou Orfeu. – Acaba aqui nossa ascensão. Raul será o único a ter ultrapassado a barreira.

— É muita estupidez — exclamou Édipo. — Depois de tantos obstáculos que superamos!

— Fizemos o melhor possível. Tentamos e fracassamos. Resta-nos apenas descer os Campos Elísios de volta.

— E o que faremos lá embaixo? Entramos na guerra civil com os outros?

Virei-me para Afrodite.

— Não pode me pôr de volta na centrifugadora? Para morrer, prefiro estar na Ilha da Tranquilidade.

Com Delfina.

— Não sei fazer no sentido contrário — respondeu secamente a deusa do Amor.

— E se voltássemos a viver com os sátiros do rei Pã? Sexo e humor, afinal, é um programa legal — lembrou Orfeu, como se saísse da embriaguez.

Foi quando Édipo fez um sinal para que nos calássemos.

— Estou ouvindo um barulho.

Procuramos e vimos, ao longe, toda uma tropa que subia os Campos Elísios, em nossa direção. Pelo pouco que podíamos distinguir, havia centauros, grifos e sereias transportadas em banheiras cheias de água.

— As forças de Ares venceram as de Dioniso — esclareceu Edmond Wells. — Atravessaram os campos e estão vindo encontrar o Criador. Em poucas horas estarão aqui.

Voltei à parede que fechava os Campos Elísios e bati com toda a força dos meus punhos, até doer. Depois, me acalmei.

O que se abriu deve poder ser reaberto.

— Certamente há uma solução — articulou Edmond Wells.

Afrodite voltou-se para mim.

— Você soube resolver o enigma da Esfinge, deve poder descobrir como atravessar essa porta.

Foi quando me lembrei do método de Delfina.

— Peço-lhes apenas alguns minutos...

Sentei-me no chão com as pernas cruzadas, diminuí o ritmo do coração, esvaziei a mente. Saí do meu corpo e comecei a voar. Fui acima da montanha e, em seguida, além da atmosfera de Aeden. Voltei a acender o trilho do meu futuro, coloquei a bandeira do Aqui e Agora e prossegui, percorrendo os slides dos instantes mais fortes que viriam. Selecionei o primeiro.

Ao retornar para o meu corpo, trouxe o que vira sendo utilizado pelo "eu do futuro imediato".

Na verdade, visualizando aquela membrana como a de um óvulo, eu não estava enganado. Apenas não tinha ido até o fim da ideia.

O que parecera uma ferida cicatrizada, não era.

Indiquei aos quatro companheiros a maneira de agir.

– Imaginem que essa parede está viva. E ela precisa de carinhos e de... beijos para abrir.

– É ridículo – disse Orfeu.

– De fato, é muito estranho o que nos pede – reconheceu Afrodite. – Não passa de uma parede.

– Não está querendo que lhe façamos as "preliminares"? – perguntou Edmond Wells.

– Sim. Quero que a acariciem e beijem, para relaxá-la, pois é uma parede viva. E tudo que vive precisa se sentir amado. E apenas por meio do afeto ela poderá nos deixar passar. De qualquer maneira, se tiverem algo melhor a propor...

Apontei para a parte de baixo dos Campos Elísios, com o bando de insurretos subindo a passos ligeiros.

– Não perdemos nada tentando – reconheceu Édipo.

Acabaram me ouvindo. Alguns mais dedicados, como Orfeu, se puseram a lamber a parede. Afrodite se contentou em dar beijinhos, e Edmond Wells acariciou as regiões mais macias.

Apalpei, como vira meu eu futuro fazer. Cheguei a passar um dedo, que penetrou na parede transparente até a segunda falange.

— Funciona! Continuem!

Multiplicaram-se os beijos, as lambidas e as carícias. Até Moscona alisava um trecho do muro.

Distante, vimos a multidão de raivosos que vinham de Olímpia em nossa direção.

A parede começou a estremecer. Ficou cinza opaco, atravessada por veios marmóreos em torno da linha vertical.

— Abra, vamos, abra, querida membrana.

Apoiei o indicador. E ele penetrou!

Depois do dedo, atravessei a mão.

Todos aumentamos os esforços.

Afrodite se encostou na parede mole e literalmente se esfregava. Edmond Wells acariciava, murmurando algo.

A parede ondulava, e os veios de mármore ficaram brancos, se distendendo como gelo que começa a fundir.

Apoiei. Depois da mão, passei o braço até o ombro.

Aproximei o alto da cabeça, usando-a como uma ponta de aríete. Empurrei. Minha testa entrou, até as sobrancelhas.

Isso me lembrava uma experiência muito antiga.

Do outro lado, estava morno.

Fechei os olhos, e minhas pálpebras se arrastaram. O nariz passou achatado, mas passou. Depois, a boca. Respirei, de repente, aquele ar úmido.

Meus tímpanos percebiam os estímulos do novo cenário.

Uma espécie de amplo túnel, cercado daquele mesmo muro transparente e vivo.

Não se ouvia mais o vento, nem som algum proveniente de fora. Apenas bem-estar, protegido do exterior.

Uma experiência antiga, mas invertida.

Continuei a pressionar, passando o torso, depois uma perna e o corpo inteiro. Pronto. Estava do outro lado da membrana.

Uma sensação de retorno.

O lugar era confortável, quente, silencioso. Tinha o chão macio e o ar impregnado de um perfume de carne leitosa.

Com sinais, disse aos amigos que viessem.

Graças aos afagos e beijos os quatro companheiros também atravessaram a parede viva. Édipo foi o último a passar, puxado por Edmond Wells e Orfeu. Bem a tempo. Os revoltosos de Olímpia já estavam a ponto de nos alcançar.

Pararam diante do muro cada vez menos transparente. Indo na frente, Posídon sacou seu ankh e quis atacar o obstáculo com raios.

Logo conseguiu o efeito contrário: após umas últimas contrações, o muro endureceu e voltou a ficar invisível.

Irados, os deuses atiraram, bateram, atacaram a muralha, ajudados por centauros, grifos e quimeras.

Gritavam conosco, mas nada ouvíamos.

Edmond Wells se atreveu inclusive a fingir um beijo e a soprá-lo com um gesto em sua direção. Mostrava, com isso, a solução, mas eles tomaram por provocação e aumentaram a violência e as ameaças.

— Se não descobrirem o segredo, nunca passarão — garantiu Édipo.

— Já perdemos tempo demais com esses brutamontes — acrescentou Afrodite, de novo altiva.

Seguimos o túnel transparente, quente e úmido, para o topo da montanha. A parede ficava cada vez mais opaca, mas em tons mais quentes, bege e depois rosado. Em seguida, vermelho. A luz externa mal conseguia atravessar, e avançamos por um tubo mole, vermelho e quente.

— Não devemos mais estar tão longe do cume — estimou Orfeu.

Alcançamos uma membrana macia que, em certos pontos, deixava passar raios de luz.

– O "último véu"?

– O Apocalipse está próximo. O levantar do último véu, revelador da realidade – exclamei.

Orfeu se aproximou, estendeu a mão e parou. Atento, Édipo perguntou:

– O que está esperando? Ficou com medo?

Eu, então, não me controlando mais, adiantei-me e ergui de uma só vez a cortina púrpura.

82. ENCICLOPÉDIA: HISTÓRIA DA ASTRONOMIA

Foi o grego Aristarco de Samos (310-230 a.C.) o primeiro a levantar a hipótese da rotação da Terra em seu eixo e ao redor do sol. Seu trabalho, no entanto, foi questionado por outro grego, Cláudio Ptolomeu (por volta de 100-170). Para ele, a Terra era um planeta fixo, no centro do universo. O sol, a lua, todos os planetas e estrelas giravam ao seu redor. Essa visão foi referencial até a Idade Média, simplesmente porque as pessoas viam o sol se levantar a leste e se pôr a oeste.
O astrônomo polonês Nicolau Copérnico (1473-1543) deduziu de suas próprias observações que Aristarco de Samos tinha razão e que a Terra girava em torno do sol. Mas temendo ser condenado pela Inquisição, não autorizou a publicação de seu *De revolutionibus orbium coelestium libri VI* senão após a sua morte. Enquanto estava vivo, referia-se a isso apenas como hipótese de trabalho. À beira da agonia, confessou ser a sua convicção profunda. O trabalho foi condenado, mas retomado mais tarde por outros. Sobretudo na Dinamarca, por Tycho Brahe

(1546-1601), que conseguiu persuadir seu rei a construir numa ilha um observatório de astronomia, verdadeiro monumento dedicado à ciência. Johannes Kepler (1571-1630), astrônomo do rei da Alemanha — apesar de sua mãe ter sido queimada pela Inquisição por feitiçaria —, tentou descobrir o que se passava na ilha de Tycho Brahe. Tornou-se seu assistente, mas o dinamarquês, temendo uma concorrência desleal, preferiu manter segredo. Johannes Kepler precisou esperar a morte (provavelmente provocada por ele) de Tycho Brahe para ter acesso às suas anotações. Ele aperfeiçoou o trabalho do astrônomo, deduzindo que os planetas têm órbitas elípticas (ovais) e não circulares (redondas). Escreveu, em seguida, o primeiro livro de ficção científica do Ocidente, pondo em cena um povo extraterrestre: os lunianos. Na mesma época, Giordano Bruno (1548-1600) retomou as hipóteses de Copérnico e anunciou que o número de estrelas é infinito. Ele acreditou que o universo era imenso e com uma quantidade incontável de mundos idênticos ao nosso. Foi imediatamente condenado pela Inquisição. Acusado de heresia, foi levado à fogueira após oito anos de torturas e julgamentos. Antes de ser queimado, teve a língua arrancada, para que parasse de "mentir". O italiano Galileu (1564-1642) teve a prudência de buscar a proteção do Papa e deu prosseguimento às pesquisas de Giordano Bruno. Foi encarregado da fabricação de máquinas destinadas a calcular a trajetória de projéteis de artilharia. Conseguiu, graças a espiões, lentes fabricadas pelos holandeses e alinhou-as para observar as estrelas. Fabricou, desse modo, o primeiro telescópio astronômico. Observou as manchas solares, Saturno, Vênus e inclusive deduziu a existência da Via Láctea. Mas suas pesquisas acabaram irritando pessoas ao redor do Papa, e um processo inquisitorial foi aberto. Suas descobertas foram negadas e depois associadas a ilusões óticas criadas pelas lentes.

Galileu aceitou reconhecer publicamente, de joelhos, ter se enganado. Foi-lhe atribuída a famosa frase: "E, no entanto... ela gira!"

Foram necessários três séculos para que o sistema oficial dos países ocidentais aceitasse rever as obras científicas e considerar que a Terra gira em torno do sol e que pode haver uma infinidade de estrelas.

Segundo pesquisa de opinião, no ano 2000, a maior parte das pessoas indagadas ainda achava que o sol gira ao redor da Terra.

Edmond Wells,
Enciclopédia dos saberes relativo e absoluto, tomo VI.

83. LEVANTAR DO VÉU

Atrás da cortina, tudo estava escuro.
Como uma noite sem estrelas.
Tomei a mão de Afrodite e andei um passo adiante. Depois, mesmo que eu quisesse continuar, tudo desapareceu. No entanto, eu respirava e estava vivo. Apenas a mão de Afrodite me servia de referência sensorial.

Por sorte, ela não havia largado a de Orfeu. Formávamos uma corrente. Estávamos os cinco a nos segurarmos as mãos, no meio do escuro. Do silêncio. Do vazio.

— Estão vendo alguma coisa?

– Não. Mais nada.
– Pelo menos há o chão duro.
Como se respondesse a essa frase, o chão sumiu sob nossos pés e começamos a flutuar.
– Vamos voltar – sugeriu Orfeu.
Nossas pernas pedalaram no vazio.
– Não é mais possível.
– Estamos no espaço?
– Mas respiramos ar.
– Nenhuma lua, de nenhum planeta.
– Onde podemos estar?
– Em lugar nenhum.
– Vamos permanecer unidos. Ninguém se solte – intimou Édipo, cuja cegueira não importava mais.

Girei a cabeça para todos os lados e apertei forte a mão de Afrodite, única referência naquele cenário inexistente.

Há tanto tempo brincávamos com aquela noção, a busca do vazio, do nada, da ausência de tudo, e agora a experimentávamos. Sentia-me feliz por ter meus companheiros; sem isso, ficaria instantaneamente louco. Apertei também minha mochila, onde se encontravam Delfina e o seu planeta.

Lembrei que, quando fazia aulas de meditação, o professor pedia que imaginasse o vazio... Na realidade, a experiência era bem difícil de se suportar.

– Devemos estar dentro de uma caixa – supôs Edmond Wells.
– Mas uma caixa sem beiradas – observei.
Esperamos.
Num momento em que larguei a mão de Afrodite, ouvi gritos que foram se apagando.
– Michael! Michael! Michael! Ele nos largou!
Não os ouvia mais. Tornaram-se um ruído difuso, longínquo.

A mão de Afrodite era a minha última referência de distância. Perdi a noção da altura.

Tinha a impressão de enxergar bem distante, pois havia um horizonte.

Tinha a impressão de enxergar bem alto, pois havia um céu.

Sem referências, estava perdido

A noção de tempo se diluiu.

Dei-me conta de que até então percebia o passar do tempo graças à luz. Acordava mais ou menos com o sol e me deitava com a noite.

PERDIDO NO TEMPO E NO ESPAÇO.

Tomei como nova unidade de tempo minha própria respiração.

Depois, como o silêncio era completo e minha escuta total, tomei como unidade para a contagem do tempo os batimentos do coração.

Duas outras unidades de contagem apareceram: o cansaço e a fome. Mas essas duas possibilidades igualmente se diluíram. Eu entrava numa espécie de plataforma máxima em que as sensações de fome e de cansaço desapareciam.

De repente, no fim de uma hora, um dia, um mês ou um ano, minhas roupas desapareceram como sob o efeito de um apodrecimento acelerado.

E, com minhas roupas, a mochila contendo "Terra 18".

– Delfina! Delfina!

Continuei nu, sem sentir frio nem calor.

Flutuava no vazio.

Manter os olhos abertos ou fechados não fazia diferença alguma. Abaixei as pálpebras.

Encolhi-me enquanto girava. Como um feto.

Estava surpreso por não me sentir asfixiado.

Então, havia ar. Suficiente para me manter vivo.

Isso me lembrou uma experiência de antigamente, quando era mortal, a dos caixotes de isolamento sensorial. Eu flutuava numa espécie de caixão de plástico cheio de água salgada morna que permitia não esbarrar em nenhuma parede.

A sessão tinha me feito planar, mas restava o contato com a água. Além disso, se produzia um fenômeno de condensação. Gotas salgadas me caíam no rosto, me mantendo desperto ou, pelo menos, em contato com o mundo. Eu sabia que lá fora pessoas me esperavam.

Ali, estava sozinho.

"Se não quer ficar louco, lembre-se de quem você é, quem você é de verdade, pois todas as experiências de espiritualidade visam apenas isto: lembrar-se da própria essência, aquela que se situa além da matéria e do tempo", me dissera Zeus.

Agarrei-me às lembranças como um náufrago a tábuas que boiam.

Quando era médico, meus colegas que trabalhavam com a doença de Alzheimer me contaram que quando a memória desaparece, a última coisa que resta é o nome.

EU ME CHAMO "MICHAEL".

O sobrenome de família eu não me lembrava muito bem. Acho que tinha a ver com um passarinho. Um pintassilgo? Um melharuco? Um pardal?

UM PINSON, que significa "tentilhão" em francês.

Veio-me a imagem de um tentilhão que eu tinha capturado e colocado numa caixa de sapatos cheia de algodão branco.

Agarrei-me a essa imagem: eu, Michael, menino, colocando um passarinho numa caixa de papelão para salvá-lo. Dei-lhe água com uma mamadeira de brinquedo.

Com estupefação, constatei que minhas lembranças de infância chegavam a mim em preto e branco.

Entendi o porquê.

Quando era criança, achava que o mundo do passado era em preto e branco, por ter visto fotografias antigas em álbuns de família.

O mundo que me circundava sequer era em preto e branco, era apenas negro.

Toquei-me com as mãos. Felizmente, ainda podia me tocar. Enquanto pudesse fazer isso, eu existia.

O tempo continuava a passar. Não sabia mais se dormia ou estava acordado. Chamava-me ainda Michael.

Talvez tivesse ficado muito velho.

Talvez tivesse morrido, sem nem me dar conta.

Era o que havia atrás do véu. NADA. De fato, ninguém está preparado para receber isso. O Apocalipse é o fim de tudo. É nada.

Assim passaram-se outros minutos, outras horas, outros dias, outros anos, outros séculos a flutuar nu no vazio, sem barulho, sem contato, sem qualquer referência.

Guardei minhas lembranças.

Um filme que voltava a passar sem-fim.

Fui mortal.

Depois fui tanatonauta.

Depois fui anjo.

Depois fui aluno-deus.

Depois encontrei Zeus.

Depois fui de novo mortal.

Depois de novo aluno-deus.

Fiz desfilarem os rostos que conheci.

Delfina.

Mata.

Afrodite.

Edmond.

Raul.

Este último me interpelou particularmente. Sei que é importante, não devo esquecer.
Não esquecer... Raul o que mesmo?
E meu nome de família, qual era?
Um passarinho. Pardal. Meu nome era Michael Pardal.
Ainda alguns séculos.
Quem sou eu mesmo?
Mi e alguma coisa. Acho que começava por uma nota musical. Mi ou Ré. Rémi? Ou Sol.
Solange?
Não, sou um homem.
Ou talvez mulher.
Não me lembro mais do meu sexo.
Além disso, não me lembro mais da forma do meu rosto. Quando toco-o, sinto apenas um nariz e uma boca. Tenho os cílios longos. Devo ser mulher.
E não lembro mais o meu tamanho. Sou grande ou pequeno?
Acho que sou uma mulher grande e esbelta.
Tenho vagas lembranças.
Fui mulher. Solange Pardal.
Além disso, que idade tinha quando houve a transferência para o escuro?
Era bem jovem. 19 anos. Não mais do que isso. Apalpei-me.
Não tenho muito peito. Ah não, tenho um sexo. Sou um homem. E quem eu era antes?
Ignoro. O passado se apagou. Não tenho nem mais lembrança de qual era o meu mundo.
Aliás, que animal eu era?
Acho que um animal bípede de sangue quente, mas qual?
Talvez fosse uma planta.
Ou uma pedra.

Do que tenho certeza é de ser uma "coisa" que flutua no escuro e que tem pensamentos.

De início, esse desaparecimento de tudo me irritou, enervou, revoltou. Depois, esqueci e aceitei. Estava ali e nada acontecia.

Mais tarde, um dia, uma hora, um minuto, um segundo, um ano ou um século, algo apareceu à minha frente. Um tubo brilhante.

Não sabia o que era, mas aquela aparição me alegrou como raramente algo me alegrou na vida.

O tubo se aproximou, era imenso. Girou e revelou um lado furado cuja extremidade era enviesada.

Vinda do tubo, houve uma forte aspiração.

Fui carregado como uma poeira dentro de um aspirador.

Já tinha tido tal experiência.

É uma passagem para uma dimensão superior.

O sopro aspirante continuou me levando pelo tubo metálico.

Minha percepção do tempo mudou. Tudo se passava lentamente e rápido ao mesmo tempo.

Finalmente na ponta do tubo-túnel, desemboquei num tubo mais largo e claro.

Enfim, a luz.

Enfim, podia tocar em algo.

O contato com a matéria e a luz me restituiu de uma só vez a memória.

Sou um homem tendo evoluído para se tornar um aluno-deus.

Michael PINSON.

Subi a montanha para encontrar o Criador e logo vou saber o que todos os seres humanos quiseram saber desde a noite dos tempos.

Do outro lado do vidro, vi um olho imenso.

Será possível que seja...
Uma pinça com as pontas cobertas de borracha surgiu, me pegou pela batata da perna e me ergueu fora da seringa. O olho gigante se aproximou, tendo em torno um rosto e uma silhueta. Descobri, então, quem executava aquela manipulação.
— Zeus!?
— Bom-dia, Michael — respondeu o rei do Olimpo. — Voltamos a nos ver mais uma vez.
Eu continuava nu, agarrado a uma pinça monumental, como um inseto à mercê do entomologista, numa espécie de laboratório gigante.
— Mas eu achava que você estivesse limitado à primeira montanha e não pudesse ter acesso à segunda, por causa do campo de força!
— Não contei toda a verdade. E há muitas outras surpresas para você.
— Você, então, é o deus supremo, o Criador!
— Não, sinto muito. Não sou o Criador. Sou o que faz a travessia. Sou um 8. O deus infinito. E vou enviá-lo a um lugar em que poderá ver o verdadeiro 9.
— Mas você está no alto da segunda montanha.
— De fato, estou na segunda montanha, mas tenho acesso a este lugar apenas para me servir do laboratório e executar esta manipulação.
Senti a pinça escorregar em minha panturrilha. Lá embaixo, via o chão. Pouco antes que eu caísse, Zeus me pegou com outra pinça, dessa vez pelo quadril.
— Onde eu estava antes?
— Numa caixa de "nada absoluto". Faz parte da limpeza. Antes de colocar animais num ninho novo, deve-se limpá-los, não é?

Lembrei, então, que Zeus me mostrara com orgulho a sua esfera cheia de nada. Uma esfera com ar negro, nenhuma matéria, nenhum fulgor. Era usada para limpar os seres. Pensei também que o mergulho no nada fosse uma experiência extrema. Se minha alma não estivesse habituada às viagens de descorporificação, isso teria me enlouquecido.

– O que vai fazer comigo?

– Sabe, Michael, o maior dos problemas na vida é: "cada um tem o que deseja." Todo mundo vê seus desejos se realizarem. Só que alguns se enganam quanto ao desejo e se arrependem depois. Você, então, vai ter seu desejo mais antigo, mais profundo, realizado. Desde sempre quis saber o que existe acima de tudo. Muito bem, isso vai se realizar logo, logo. Vai, enfim, saber.

Com a pinça gigante, depositou-me numa proveta de vidro. Vi o laboratório que parecia, pelo pouco que pude distinguir, uma catedral com vitrais multicoloridos e uma bancada coberta de aparelhos, espelhos e lentes óticas. Ele, em seguida, me levou até uma espécie de carrossel, com vários tubos de ensaio suspensos.

Colocou o meu num apoio da centrífuga.

– É o único meio de fazê-lo subir, não tenha medo – disse Zeus.

Fez um gesto de saudação.

– *Bon voyage*.

Fixei-me com os pés no fundo da proveta. Sabia que a experiência era desagradável, mas, pelo menos, já tinha passado por isso antes. O desconhecido é o que mais assusta.

Estava preparado para sofrer de novo o suplício da aceleração.

A tampa da centrífuga foi abaixada, e o tubo vertical começou a girar.

Uma vez mais, vieram as lembranças de mortal em "Terra 1", em parques de diversão, subindo – por vontade própria e até pagando para isso – em máquinas gigantescas que giravam cada vez mais rápido, enquanto eu apertava a namorada, aos gritos.

A centrifugadora fez um zumbido de motor, a proveta girou e começou a se erguer.

Estando já completamente na horizontal, flutuei no tubo.

O movimento se acelerou. Fui achatado contra a parede.

Se tivesse ainda qualquer alimento no estômago, certamente o teria vomitado.

Meu rosto inchou.

O corpo se espalhou. Aspirado por todos os lados, os braços estalaram e se desprenderam dos ombros. As pernas cederam logo em seguida, e eu não era mais do que um tórax com uma cabeça.

Os olhos incharam, assim como os lábios.

A boca foi aberta, e a língua posta para fora.

Sangue escorria em linhas das orelhas e do nariz, cobrindo a parede do tubo de ensaio, que se transformou em uma pequena caverna vermelha e lustrosa.

A cabeça foi ejetada do pescoço com um barulho de rolha de champanhe.

Não me sentia mal, superara há muito tempo o limite da dor. Estava apenas curioso.

É um simples meio de se chegar à dimensão superior.

Vou, enfim, saber.

A proveta acelerou ainda mais e a pressão me esmagou o rosto. Os olhos explodiram, os dentes foram arrancados, as orelhas ficaram coladas na parede em frente.

Transformara-me em pasta avermelhada.

Depois, em líquido.

Do líquido, tornei-me vapor.

Eu era uma nuvem de átomos.
Estava reduzido à mais simples expressão.
A última experiência tinha parado ali.
Daquela vez, continuou.
Os átomos aqueceram e explodiram, libertando núcleo e elétrons.
Transformei-me num conjunto de partículas que, elas próprias, com a pressão, se transformaram em fótons. Um feixe de fótons levados por uma onda.
Santo deus, eu não era sequer um conjunto de átomos.
TORNARA-ME LUZ!

84. ENCICLOPÉDIA: O HOMEM SUPERLUMINOSO

Dentre as teorias mais vanguardistas de compreensão do fenômeno da consciência, a de Régis Dutheil, professor de física da faculdade de medicina de Poitiers, é particularmente original. A tese básica desenvolvida por ele é a de que existem três mundos, definidos pela velocidade dos elementos que os compõem.

O primeiro é o mundo "subluminoso", o mundo de matéria que vemos e que obedece à física clássica das leis de Newton sobre a gravidade. Ele se constitui, segundo Dutheil, de bradions, isto é, partículas cuja velocidade de agitação é inferior à da luz.

O segundo é o mundo "luminoso", constituído por partículas que se aproximam ou atingem a velocidade da luz e que são submetidas às leis da relatividade de Einstein. Dutheil chama-as de luxons.

Existiria, enfim, um terceiro mundo "superluminoso", constituído de partículas que ultrapassam a velocidade da luz. Ele chama essas partículas de tachions.

Para aquele cientista, os três mundos corresponderiam a três níveis de consciência do homem. O nível dos sentidos, que percebe a matéria; o nível de consciência local, que é um pensamento luminoso, ou seja, que segue a velocidade da luz; e a supraconsciência, que é um pensamento mais rápido que a luz. Dutheil acha que se pode chegar à supraconsciência pelos sonhos, pela meditação e pelo uso de certas drogas. Mas ele se refere também a uma noção mais vasta: o conhecimento. Graças ao verdadeiro conhecimento das leis do universo, nossa consciência se acelera e chega ao mundo dos tachions. Dutheil acha que "haveria, para um ser que vive no universo superluminoso, uma instantaneidade completa de todos os acontecimentos constituindo a sua vida". A partir disso, as noções de passado, presente e futuro se fundem e desaparecem. Aproximando-se das pesquisas de Bohm, Dutheil crê que, no momento da morte, nossa consciência superluminosa se encaminharia para outro nível de energia mais evoluído: o espaço-tempo dos tachions. Já no final da vida, Régis, ajudado pela filha Brigitte Dutheil, desenvolveu uma teoria ainda mais audaciosa, segundo a qual não só o passado, o presente e o futuro estariam unidos no Aqui e Agora, mas todas as nossas vidas anteriores e futuras se desenvolveriam, ao mesmo tempo que a nossa vida presente, na dimensão superluminosa.

Edmond Wells,
Enciclopédia dos saberes relativo e absoluto
(a partir de lembrança do tomo V).

85. ESTRELA

A sensação era incrível. Indescritível. Eu não tinha mais forma. Não tinha mais consistência. Era pura energia que clareava o tubo de vidro, apenas isso.

E pensar que Delfina me achava "brilhante". O que diria se me visse como pura claridade?

A centrífuga parou e a proveta foi retirada, sendo rapidamente coberta por um tecido negro.

Zeus confina a minha luz.

Um pedaço do tecido negro foi levantado e imediatamente escapei, mas fui interrompido por um espelho côncavo que me concentrou para que eu me tornasse um raio coerente, tubular e reto.

Era então para isso que serviam aqueles espelhos e lentes do laboratório. Eu era um raio bem retilíneo. Recolhido por lentes óticas que me concentravam ainda mais.

Como raio luminoso, atravessei um espaço que sequer identifiquei e me estendi. Um espelho refletor apareceu e eu quiquei nele. Formei um "V". Em seguida, outro espelho me transformou em "W".

Estendi-me na sala, concentrado como um raio laser, mas clareando tudo ao meu redor.

Ao passar perto dos objetos, eu os revelava. Meus fótons, de número ilimitado, repercutiam neles e expulsavam as sombras.

Zeus colocou o rosto perto da minha luz, e eu o iluminei.

É a luz que tudo revela. Ela que transforma os seres em imagens. Ela que mostra as cores e as formas.

Uma lente foi colocada diante do meu raio e alarguei-me como cone.

Uma outra lente me concentrou e me tornei um facho coerente, ainda mais fino e luminoso.

Minha percepção do tempo mudou. Eu era tão rápido que tudo parecia estar em câmera lenta.

Um espelho me dirigiu a um triângulo de cristal formando um prisma. Minha luz se descompôs em arco-íris, indo do violeta ao amarelo, passando pelo vermelho, verde, azul e rosa.

Quer dizer que em minha luz branca havia todas essas cores? Zeus está me mostrando tudo que posso fazer como pura luz.

Um segundo prisma de cristal reuniu todas as minhas cores num belo branco, novamente concentrado pelas lentes óticas.

Viajei pelo laboratório a quase trezentos mil metros por segundos, ampliando-me infinitamente, quicando nos espelhos, revelando o cenário e afastando as sombras.

No final, uma lente de aumento me focalizou na direção de um espelho côncavo. Todos os meus fótons ficaram ali. Era uma armadilha. Um segundo espelho côncavo hemisférico fechou aquele sarcófago de luz. Minha luz foi, dessa forma, confinada, mas não se esgotou.

Eu girava em redor de mim mesmo.

Após um momento, aconteceu um fenômeno durante o qual minha bola de luz ganhou consistência.

A esfera-espelho que me continha foi manipulada. Tive a impressão de que Zeus a colocava numa catapulta. Ouvi uma janela se abrir. Em seguida, o mecanismo da catapulta foi acionado, e a esfera-espelho, projetada no céu. Viajei no meu sarcófago e, de repente, ele diminuiu a velocidade.

Devia estar em algum lugar, no espaço.

Pelo exclusivo poder do meu pensamento, girei cada vez mais rápido na esfera-espelho. Aqueci, fiz subir a pressão e acabei explodindo o sarcófago.

Lá fora, não havia nada senão um céu com alguns fulgores, e compreendi então minha nova metamorfose.
EU ME TORNARA UMA ESTRELA!
Ao meu redor, outras estrelas brilhavam.
Todas essas estrelas...
Será possível que todas tenham passado pela mesma história que eu? Seria este o final para todas as almas evoluídas? Tornar-se estrela?
– Psiu!
Quem falou? Tive a impressão de alguém ter dito "Psiu!".
– Pense menos forte, aqui você pode pensar mais suave.
As frases chegavam ao meu "espírito de estrela" diretamente.
– Quem está falando?
Todas as estrelas me responderam em coro.
– Nós.
– Onde estou? Quem são vocês?
– Eu estou aqui – disse a estrela de Edmond Wells, que era uma bela estrela amarela com reflexos avermelhados.
– Você também é uma estrela?
– Claro.
– E eu também – disse uma estrela mais cor-de-rosa, que reconheci como sendo Afrodite. – No fundo, sempre sonhei em ser uma constelação – reconheceu. – Meu desejo se realizou. E é verdade, todos conhecem Andrômeda, Hércules e Pégaso graças às suas constelações no céu noturno, mas ninguém conhecia ainda a "constelação de Afrodite".
Dei-me conta de que a mitologia grega sempre indicou que os semideuses se transformavam em estrelas depois da morte, mas ninguém jamais pensou que isso pudesse se realizar "de verdade".
– E os outros? – perguntei.
– Eu estou aqui – anunciou Orfeu, pequena estrela azulada.

– E eu, aqui – manifestou-se Édipo, mais verde.
– Até eu estou aqui – disse Moscona, toda amarela.
Fiquei feliz de reencontrar meus amigos.
– Todos, vagamente, tínhamos constelações ou estrelas com nossos nomes, mas agora somos realmente nós – afirmou Édipo, satisfeito.
– Aqui, realmente, estamos bem – suspirou Orfeu.
– Não tenho mais medo de envelhecer – afirmou Afrodite.
– Eu finalmente me perdoei por ter matado meu pai e feito amor com minha mãe – garantiu Édipo.
– E eu me perdoei por ter me virado para ver Eurídice – completou Orfeu.
– E eu, enfim, posso me exprimir – anunciou Moscona.
– Então, aproveitando que pode falar, me diga, Moscona. De qual pessoa conhecida do meu passado você era a quimerização?
– O amor que lhe estava destinado desde o início da sua vida de mortal. Lembre-se de que, durante a existência como tanatonauta, Raul lhe revelou a mulher da sua vida.
– Natália Kim?
– De fato, foi um dos meus antigos nomes.
Natália Kim. Lembrei-me. Era a minha outra "metade da laranja", mas eu preferi não encontrá-la porque estava com minha mulher, Rosa, e não queria complicar minha vida...

Ela então me seguiu até aqui!

– Quanto a mim, enfim, tenho acesso a todo o saber possível – disse Edmond Wells. – Todos os segredos, todos os mistérios, todos os conhecimentos estão disponíveis às nossas almas. Pois aqui, como estrelas, podemos ver tudo e compreender tudo, em todo lugar.
Os amigos resplandeciam.

— E o Grande Deus que está acima de nós? O famoso 9? — perguntei.

— A dimensão superior? Muito bem, está diante de você — respondeu Edmond Wells. — Olhe com seus novos sentidos de estrela.

— Um 9, em algum lugar? Não vejo.

— Olhe o que tem a forma de um "nove", salta aos olhos.

Olhei e só via o vazio e as estrelas.

— Não vejo nada.

— Amplie a percepção. Não se limite à sua maneira habitual de ver.

Ampliei a minha "visão" e... de repente, O vi.

Ou melhor, A vi.

Pois não era "um", mas "uma".

ELA.

Estava atônito com sua evidência.

Sua majestade.

Sua amplidão.

Sua beleza.

Os seus longos braços graciosos.

Compreendi o que era 9 e me saltava aos olhos.

A GALÁXIA.

Ela é que nos superava a todos. Evidentemente. A começar por sua dimensão.

— Bom-dia — emitiu a Galáxia.

Fui imediatamente tomado por um sentimento de profundo respeito. Estranhamente visualizei a voz daquela entidade como sendo a de uma senhora idosa, cheia de generosidade.

Não ousei sequer responder, tamanha a minha emoção. Lembrei-me de ter visto, em outros tempos, na simbólica dos templos franco-maçons, no centro do triângulo, um "G". Meu amigo maçom me explicara: "É o G de GADU: Grande Arquiteto Do Universo". Da mesma maneira, na Cabala, a letra

G, Guimel, representa a "entidade de cima". De fato, alguns tinham intuitivamente percebido que se devia utilizar aquela letra.

G de Galáxia.

Se eu pudesse, acrescentaria na *Enciclopédia dos saberes relativo e absoluto*:

9. A Galáxia. A espiral aberta. Uma pura linha de afeto virada para o exterior. A espira de espiritualidade. A dimensão do humor e do amor que gira para se estender.

Ela é o "9", é a Grande Deusa. E eu, finalmente, a via em toda a sua majestade cósmica.

Ela se comunicava diretamente comigo, de Galáxia-Mãe a "simples noviço incluído num dos seus amplos braços".

— Quer dizer que você também voltou, Michael. Foi luz originada no Big Bang e retornou para ser novamente luz. Mas agora capaz de ter claridade própria.

Tinha me chamado pelo nome

— A senhora me conhece?

— "Pessoalmente não, mas meu filho o lê e adora o que escreve."

A frase que acompanhara minha vida como Gabriel Askolein me surpreendeu. Minha Galáxia sabia fazer graça.

"Deus é humor", dizia Freddy Meyer. E tinha razão. Tudo aquilo era uma grande piada, retirada de algum espírito brincalhão.

— E, sendo estrela, o que faço?

— Está com medo de se entediar? Não tenha medo, está rodeado de milhões de colegas. Nunca vai se sentir sozinho. Aliás, algumas estrelas que já conhece não estão tão longe.

— Eu estou aqui.

Reconheci de imediato aquele pensamento de estrela.

— Raul!

— Acabamos todos aqui. É apenas um problema de tempo — reconheceu. — Você vai ver, estrela não é um "estado da alma" tão ruim.

— Mas se também está aqui, qual vantagem de ter ganhado o jogo da divindade?

— Cheguei um pouco antes de vocês. Afinal, como disse a Galáxia, originamo-nos todos nas estrelas e terminamos todos como estrelas. Todo o restante foram apenas "pequenas peripécias intermediárias". A vitória acelerou a minha chegada. Agora, tome consciência da sorte de estar aqui, sob essa forma.

Tentei "sentir" a mim mesmo, como aconselhava o amigo.

É verdade que me sentia bem.

Não tinha mais aquela impaciência para progredir. Não tinha mais aquele medo de morrer. Não tinha mais rancor e nem feridas, culpa, ou medo de me enganar. Estava totalmente relaxado. No entanto, uma ideia ainda me preocupava.

Delfina.

— E "Terra 18"? — perguntei.

Foi Afrodite que respondeu.

— Não se preocupe com sua amiguinha mortal. A Galáxia instalou "seu" planeta aqui. Está agora em nossa dimensão. Não têm mais esfera de vidro ao redor, vão poder inclusive viajar no espaço.

— Onde está "Terra 18"? — perguntei, nada tranquilo.

Para afastar minhas últimas preocupações, a Galáxia me indicou seu posicionamento estelar, e me dei conta de que o planeta gravitava em torno da estrela Afrodite.

— Se você, Afrodite, é o seu sol, em respeito a mim, peço que não envie nenhuma insolação exagerada a Delfina e ao nosso bebê.

— Fique tranquilo, cuidarei deles Sendo estrela, estou distante da mesquinharia de Aeden. Entendi o que é uma verdadeira elevação da alma. Seria impossível desejar o mal à sua amiga. Não tenho mais o menor grão de ciúme.

Senti que estava sendo sincera.

— Pode acreditar nela – confirmou Moscona.

Dei umas palpitações em sinal de agradecimento.

— E, sendo sol, será também a deusa de "Terra 18"? – perguntei para Afrodite.

— Dentro dessa Galáxia, todos resolvemos, em comum acordo, tornar "Terra 18" um planeta-teste – observou uma estrela que eu não conhecia.

— Ele funciona por conta própria. Tornou-se PSD, o que significa "Planeta Sem Deuses".

— Tendo tido 144 deuses, o que é muito, pareceu lógico deixá-lo descansar sem qualquer interferência – acrescentou Raul Razorback.

Isso me lembrou a questão colocada por Edmond Wells. "Se Deus for onipotente e onipresente, existe um lugar em que ele nada possa e onde não esteja?"

"Terra 18", então, seria esse tal lugar.

Continuei, no entanto, preocupado: não havendo mais deus em "Terra 18", Proudhon poderia assumir o poder com a sua seita e a mídia, os grupos fanáticos e os partidos extremistas que tinha.

Os outros ouviram meus pensamentos. Raul respondeu por eles:

— Fique tranquilo, você fez o necessário. Semeou o germe da resistência com o jogo *O reino dos deuses*. Os mortais vão reproduzir, em partidas simuladas, a experiência divina.

— E vão ler o seu livro – assinalou outra estrela.

— Mas não vão compreender – observei.

Todas as estrelas responderam:
— Outra vez seus medos antigos.
— Essa angústia de não ser compreendido tem que acabar.
— Confie neles.
— Não confia nos próprios leitores?
— Se não compreenderem de imediato, a própria vida deles entrará em ressonância com certos trechos.
— Tudo se fará aos poucos. Cada um tem seu ritmo.
— Vão reler.
— O poder dos livros é grande. Você sempre soube disso.
— Utilizou esse poder e não acredita nele?
— Acabarão compreendendo.
As estrelas se sucediam, falando:
— Todos acabarão compreendendo.
— É o que vai impedir Proudhon de propagar suas ideias.
— Se tiver alguma dúvida, saiba que podemos ver daqui, sem ankh, o que se passa lá — indicou um solzinho meio azulado.
Basta pensar no que se quer ver, e se vê. Pode tentar.
Fechei os olhos e, de fato, era como se tivesse enviado uma câmara-sonda em "Terra 18". Vi a Ilha da Tranquilidade de cima. Vi nossa casa. Vi nosso quarto. Vi Delfina com uma criança. Um menino.

Em volta, construíam-se casas e instalavam-se antenas. Tinham progredido muito, desde que eu partira.

Desviei minha visão no planeta e constatei que o jogo *O reino dos deuses* era praticado por vários milhões de pessoas. Eliott tinha encontrado novos slogans fantasistas: "E você, no lugar de Deus, o que faria?", ou "Após um dia de trabalho, nada mais relaxante do que criar um planeta." E ainda: "A melhor maneira de se compreender o mundo é dirigindo-o." "A história da humanidade não é boa? Tente fazer melhor, se acha que é capaz!"

Nada mau.

— Graças a esse joguinho que parece anódino, vão acabar compreendendo — insistiu uma estrela.

Pensei que talvez o sol, quando eu estava em "Terra 1", também tivesse uma consciência. E nos observava. E as civilizações que invocavam o "Deus Sol", como por exemplo a asteca, provavelmente nem imaginavam o quanto tinham razão.

De repente, passei a apreciar enormemente meu novo estado estelar.

— Estou tão feliz de estar aqui — confessei. — Tão contente de finalmente encontrar o que está acima de todos nós. A senhora, Mãe. A senhora, Galáxia, que a todos engloba com sua consciência protetora.

Silêncio.

— Lamento dizer, Michael, mas está enganado. Não estou acima de tudo — respondeu a Galáxia com sua voz de velha dama generosa. — Há algo mais alto ainda.

Não, essa não!

Mal ousava fazer a pergunta.

— E o que há acima?

— O que acha que há depois do 9?

86. ENCICLOPÉDIA: GATOS E CÃES

O cachorro pensa: "O homem me alimenta, então, ele é meu deus."

O gato pensa: "O homem me alimenta, então, eu sou seu deus."

Edmond Wells,
Enciclopédia dos saberes relativo e absoluto, tomo VI.

87. ADONAI

Minha consciência se ampliou ainda.

Era como um esplendor partindo de mim, ou de minha estrela, com a pergunta fatídica:

"O que há acima?"

Foi quando me veio um flash de clarividência, de grandiosa evidência, que tinha sido pronunciada centenas de vezes por meus amigos, por Delfina, por todo mundo.

Da mesma maneira que o enigma do Nada, era tão simples, tão lógico, tão natural que não se pensava nisso.

A solução saltava aos olhos.

O "Deus acima da Galáxia" é visível em todo lugar, em todo lugar imenso, imenso, IMENSO.

Eu estou NELE.

ELE está em mim.

Desde sempre e para sempre.

Quando Delfina dizia: "Para mim, Deus nos envolve. Está no canto dos pássaros, no movimento das nuvens, no menor dos insetos e na menor das folhas da árvore, em seu sorriso e nas minhas lágrimas, em nossa alegria e nossa dor", não imaginava estar tão certa.

O Deus acima da Galáxia está realmente em todo lugar.

É...

O UNIVERSO.

Mal pensei nisso e, de fato, minha alma se conectou numa entidade mais ampla, infinitamente mais vasta do que a Galáxia.

Todas as demais estrelas que, como "8", percorreram o caminho para imaginar o "9" da Galáxia, deviam ter feito o mesmo trajeto para imaginar o que eu não podia deixar de pensar como um "10".

Isto é, o número que inclui todas as dimensões, inclui todos os algarismos em si.

O Grande Deus universal é o "10". Assim que concebi sua natureza, me senti conectado com ele.

Não era mais um homem maduro como Zeus.

Nem uma entidade feminina como a Galáxia.

Era um "Tudo, compreendendo tudo, além do Tudo".

O UNIVERSO EM SEU CONJUNTO.

Meu pensamento se plugou no Universo e imediatamente senti os bilhões de Galáxias como entidades-mãe semelhantes àquela em que me encontrava.

O Universo em sua globalidade é um organismo vivo cujas células são formadas por Galáxias-Mãe.

E o Universo pode se comunicar conosco.

Como, anteriormente, Delfina me mostrara que podemos falar com nossas células, para nos curar.

Era um pensamento imenso, maior do que o meu mais comprido raio de luz estelar, maior do que o mais amplo horizonte que minha imaginação pudesse visualizar.

O UNIVERSO.

– Bom-dia, Universo – pronunciei respeitosamente com a minha alma.

– Bom-dia, Michael.

Eu falava e o Universo me respondia. Em minha língua, em meu sistema de compreensão. O Universo me respondia simplesmente. Tudo se comunica. Tudo fala. Pode-se dialogar com qualquer entidade consciente do Universo, inclusive o próprio Universo, em pessoa.

– Quem é o senhor?

– Você já sabe. E você, quem é?

— Sou uma parte sua.

— Está vendo, você já sabe. Cada pergunta é uma resposta.

— Como devo chamá-lo?

— Como acha que deve me chamar?

— A parte que dialoga comigo está viva. É, então, uma energia viva.

— Continue.

— Essa energia se decompõe em três. Três forças. Amor, Dominação, Neutralidade: o ADN ou DNA. É a força secreta dos átomos. Positivo, Negativo, Neutro.

— Continue.

— ADN, ou DNA, é o ácido desoxirribonucleico. A fórmula secreta dos núcleos das células vivas.

— Continue.

— ADÃO. Foi o nome do protótipo animal com capacidade de compreensão das ideias abstratas.

— Continue.

— ADN é Aeden, o lugar experimental onde foi deixado ADÃO, e o lugar derradeiro onde seus descendentes se preparam para a compreensão do projeto em seu conjunto.

— Continue.

— E o senhor, creio que os hebreus chamaram outrora ADN, Adonai. O Deus-Universo. Eu apenas retificaria, dizendo: o Universo em pessoa, já que todos estamos inclusos no SENHOR.

— Está vendo, então, eu nada tinha a lhe ensinar. Você sempre soube disso, mas havia esquecido. Agora se lembrou e sabe.

Entendi, nesse momento, que Delfina me preparara para esse encontro, trazendo todos os elementos. Todos estamos incluídos dentro desse tudo. E o Universo se comunicava conosco, como podemos nos comunicar com nossas células e átomos.

Digeri calmamente a força dessa descoberta e de suas consequências. O círculo se fechava.
Acima do "9", da Galáxia, há o "10", do Universo.
Perpassou-me, no entanto, uma sensação de decepção. Nada mais havia a descobrir. A aventura terminava. Eu tinha chegado ao final do percurso da minha alma, já que compreendera que o maior de todos os deuses era o Universo em pessoa e que nada podia haver de mais forte e maior.

Galáxia percebeu esse pensamento e respondeu:
– Nada disso, estrelinha, a aventura não acaba aqui. E se está conosco AQUI e AGORA, isso não é uma simples coincidência.
– O que pode ainda acontecer?
– Na verdade, o Universo, esse Universo, tem um projeto pessoal há muito tempo, que resolveu realizar hoje. Talvez por causa de você – disse Galáxia. – Você é "aquele que se esperava".

Vi a Galáxia em sua totalidade, com seus dois imensos braços formados por uma poeira de estrelas fulgurantes, girando suavemente e espalhando uma claridade cheia de bilhões de cores.

– Houve a vida, houve o homem, houve a divindade, não pode haver projeto maior para um Universo.
– Pode sim – disse a Galáxia. – Toda estrutura quer conhecer a estrutura superior.
– Mas acima do universo não há NADA!
– Pare com esses aforismos – interveio Edmond Wells. – Ouça agora a Galáxia, que é nossa nova instrutora.

Ouvi, então, a voz da velha senhora cheia de luz.
– Acima do Universo ainda existe algo – disse ela.
– Impossível.
– Ela está dizendo a verdade. Essa turma era particularmente interessante, e resolvi me lançar no grande projeto da minha vida – admitiu o Universo, sempre presente em nosso diálogo.

– Qual? – perguntei.

– Descobrir o que há acima de mim.

Não, essa não. Outra vez, não.

– Algo existe além do "10".

Como pequena estrela que era, palpitei de excitação, mas, ao mesmo tempo, estava consciente do risco de queimar alguns planetas em volta, então me acalmei.

– Além do "10" há...

Nesse instante, todas as estrelas em coro responderam:

– O "11"!

– E o "11" é o quê?

– Não, estão enganadas, meu projeto não é o "11". Nem o "12". Sendo "10", contenho todos os algarismos, mas também todos os números com dois algarismos. Meu próximo limite é o nível de consciência "111" – emitiu o Universo.

– "111"?

– Isso mesmo, três vezes o algarismo 1.

– É um dos meus mais antigos projetos – prosseguiu o Universo. – Penso nisso há 111 bilhões de anos. Tenho a intuição de que algo vive acima de mim. Denomino-o "111". E acho que vou aproveitar o fato de ter, entre vocês, duas estrelas pioneiras, particularmente boas nisso, para enviá-las a descobrir esse mundo acima de mim.

Teria ouvido bem?

– Exatamente, você, Michael, e você, Edmond Wells. Vou projetá-los graças ao poder centrípeto da sua Galáxia, até o limite de uma das minhas beiras. De pouco tempo para cá, consigo perceber uma parede, dada a minha expansão de consciência.

De novo a exaltação diante da descoberta de novos mundos atravessou minha alma.

Quem estaria acima do Universo?

88. ENCICLOPÉDIA: A TEORIA DO TUDO

A meta final da ciência é a de fornecer uma teoria única que possa descrever e explicar os mecanismos da grande Relojoaria do Universo.
Essa explicação foi batizada "Teoria do Tudo". Consiste em unificar a física do infinitamente pequeno e a física do infinitamente grande.
Ela busca encontrar um laço entre as quatro forças conhecidas.
A Gravitação: força que se exerce sobretudo entre os planetas.
O Eletromagnetismo: força que se exerce entre partículas carregadas.
A Interação fraca: força que rege os átomos.
A Interação forte: força que rege as partículas no interior dos núcleos atômicos.
Albert Einstein foi o primeiro a falar dessa "Teoria do Tudo", em 1910. Enquanto viveu, ele procurou um princípio de unificação das quatro forças. Mas a física clássica não conseguia conciliar o infinitamente pequeno e o infinitamente grande, os planetas e os átomos. Ao mesmo tempo, a emergência da física quântica e a descoberta de novas partículas abriram as vias de pesquisa. Dentre as mais promissoras, a teoria das cordas propõe um universo com mais de dez dimensões, em vez das nossas quatro habituais. Nessa teoria, os físicos evocam partículas que circulam não mais num universo esférico, mas em "folhas de universo" superpostas, interligadas por cordas cósmicas.

Edmond Wells,
Enciclopédia dos saberes relativo e absoluto, tomo VI.

89. O MUNDO DE CIMA

A partir daí, tudo entrou no lugar.

O Universo em seu conjunto conspirava para me tornar seu herói, explorador de um dos seus extremos.

Todas as estrelas olharam para mim.

Todas as Galáxias do Universo estavam atentas ao menor dos meus movimentos.

Nossa Galáxia se pôs a girar um pouco mais rapidamente. O movimento provocou um vórtice no centro. Como um "buraco negro".

– Prefere ir sozinho ou acompanhado? – perguntou-me o Universo.

– Prefiro ir acompanhado.

Senti à minha volta Afrodite, Raul, Moscona, Edmond Wells, Orfeu e Édipo, todos palpitando de vontade de partir comigo à descoberta daquele mundo superior ao Universo.

Todos queriam saber o que seria o "111", o famoso número de três algarismos.

– Edmond! – chamei em pensamento.

No final das contas, sua *Enciclopédia dos saberes relativo e absoluto* sempre sustentara minha aventura. Edmond Wells sempre foi meu guia no mais escuro das trevas. Que ele fosse, então, meu companheiro naquela última epopeia radical.

Sua estrela suavemente se aproximou de mim.

Fomos sugados pelo vórtice central da Galáxia. Até mesmo nossos raios luminosos foram encurvados e depois inexoravelmente tragados pelo buraco negro.

Nossas duas estrelas estavam no turbilhão do centro da Galáxia.

A boca da Galáxia.

Entramos num cone imenso em que tudo girava, como num ralo de pia.

Tudo se acelerou.

As duas esferas luminosas giraram e depois, chegando no centro do cone, foram aspiradas.

Partimos como bólides num túnel tubular escuro, atravessado por relâmpagos e que não parava de se estreitar.

O intestino da Galáxia.

A velocidade aumentava cada vez mais.

A pressão também.

A Galáxia nos digeria.

Em seguida, chegamos num inchaço em que fomos freados e depois imobilizados.

Estamos no coração da nossa Galáxia-Mãe.

— Preparem-se para ser projetados nos limites do Universo — anunciou-nos. — E nem o Universo sabe o que existe por ali. Observem. Compreendam. E transmitam-nos o segredo daquilo que nos ultrapassa.

Nossa Galáxia-Mãe e o Universo-Pai nos encheram de energia para aquela última viagem de exploração. Depois fomos novamente aspirados por um corredor.

Quanto mais avançávamos, mais o túnel esquentava e se tornava luminoso, até a outra extremidade, desembocando num cone branco.

— Estamos numa fonte branca! — exclamei para o meu parceiro.

— Não. Estamos num Big Bang! — respondeu a estrela Edmond Wells. O Universo criou aqui um Big Bang para nos projetar até os seus limites.

Rebentávamos.

O vórtice e o Big Bang serviam apenas como canhão, dando-nos velocidade e nos projetando através do espaço, de maneira a nos fazer chegar aos confins do Universo.

Como dois obuses inflamados e ejetados de um canhão, estávamos indo à escuridão daquele canto extremo do espaço, desconhecido do próprio Universo.

Não havia mais estrelas e nem planetas. As beiras do Universo são vazias.

Atravessamos milhões e milhões de quilômetros, num lapso de tempo que eu não podia mais medir, pois, para nós, estrelas, a percepção do espaço-tempo é diferente.

O efeito propulsor do Big Bang começou a se atenuar.

Em certo momento, senti que podia dirigir minha trajetória.

Na dúvida, não sabendo para onde ir, continuamos no mesmo embalo em que vínhamos.

Acabei distinguindo, ao longe, algo como uma imensa parede de vidro, cobrindo todo o horizonte.

Edmond Wells e eu diminuímos a velocidade e paramos a poucas centenas de metros da parede lisa e transparente.

– O que será?

– Provavelmente o limite do Universo – emitiu Edmond Wells.

– O limite de Deus?

– A pele de Deus – consertou Edmond Wells. – Onde acaba TUDO.

– E do outro lado do TUDO, o que pode haver?

Aproximamo-nos um pouco mais da parede lisa.

– Vê alguma coisa? – perguntou a estrela Edmond Wells.

– Não, e você?

Avançamos mais e acabamos distinguindo, do outro lado da parede...

UM OLHO IMENSO!

Eu já tivera pela frente o olho gigante de Zeus, no caminho para a primeira montanha. Já tivera pela frente o olho de Afrodite, acima da minha proveta, quando era um minúsculo habitante de "Terra 18". Naquele momento, porém, não sabia dizer por quê, sentia tratar-se de algo muito... diferente.

— Siga-me! – ordenou Edmond Wells, que parecia ter entendido antes de mim.

Olhei e, percorrendo a parede, acabamos por distinguir um segundo olho.

Eram dois a se agitarem de um lado para o outro como se percorressem a superfície transparente do Universo.

— Acho que começo a compreender – indicou meu amigo, palpitando perto de mim.

— Estou ouvindo.

— Esses dois olhos... nos fazem existir.

— O que está querendo dizer?

— Esses dois olhos fazem existir o Universo em que estamos incluídos. Esses dois olhos e o cérebro que provavelmente está atrás fazem existir nosso espaço-tempo global.

— Continue.

— Você conhece a regra da física quântica que diz: "O observador modifica o mundo que ele observa"? Aqui é mais forte ainda, é... "O observador faz existir o mundo que ele imagina".

— É o quê? Quem? Seja mais claro, Edmond!

— Atrás: é a dimensão de cima.

Fixei os olhos que continuavam a se mover de um lado para outro, atrás da parede transparente, como se não nos visse e estivéssemos ocultos num espelho sem sua película refletora.

— Acho que entendi. Estamos dentro de um jogo. Somos fótons dentro de uma tela. O que eu criei lá embaixo, *O reino dos deuses*, é, na verdade, o que existe em cima!

A ideia me parecia boa, mas Edmond Wells emitiu um sinal negativo.

— Não, não é um jogo, mas outra coisa. Um mundo paralelo que só existe quando o olham. O observador cria esse mundo, que não existe sem isso.

— Seja mais claro.

— Um mundo plano. Um universo que seria, na verdade, um paralelepípedo bem chato. Uma... página. Estamos dentro de uma página! Nosso universo está dentro de uma página!

Eu não me atrevia a incorporar a ideia.

— Impossível! — exclamei.

— Você está vendo, entretanto.

— Vejo dois olhos gigantescos efetuarem idas e vindas por trás de uma parede. Apenas isso.

Um confuso mal-estar me invadiu.

Edmond Wells fez sinal para que eu descesse mais na superfície plana.

Segui seu conselho e distingui um símbolo gigantesco que acabei identificando como um 5 de cabeça para baixo: ᘔ.

Recuei um pouco e vi que fazia parte de um número, "510" invertido: ᘔJ0.

— O que é isso?

— O número da página em que estamos. Está impresso ao contrário. Você se lembra de quando vimos algarismos aparecerem no céu? Já era isso. Uma falha no espaço-tempo nos permitiu perceber um elemento da beirada do universo. E não só isso.

Ele propôs subirmos algumas linhas, que já conseguíamos distinguir claramente.

No alto, vimos caracteres maiores impressos:

".SESUED SOD OIRÈTSIM O"

— Isso não lembra algo?

— IRÈTS... SOD... UED..., as letras surgidas como aurora boreal, quando escalávamos a montanha.

Ele meneou a cabeça.

— Está ao contrário. Vemos as letras pelo verso. De frente seria:

— "O MISTÉRIO DOS DEUSES."

— Diga alguma coisa — intimou a estrela Edmond Wells.
Pronunciei a primeira frase que me veio ao espírito:
— Não entendo, aonde você quer chegar?
— Agora olhe.
Para minha grande surpresa, li na parede transparente:
"?ragehc reuq êcov ednoa, odnetne oãN —"
Em minúsculas, com apenas o N em maiúscula. E com um travessão, mostrando se tratar de um diálogo.
A estrela Edmond Wells enviou-me ondas de excitação.
— De que prova precisa mais?
E vi se estampar:
"?siam asicerp avorp euq eD —"
Com o ponto de interrogação no início e o travessão no fim.
— Nós estamos na página! Esse universo, o "10", é uma página. E vemos o texto invertido, a partir de "dentro" da página. Não somos estrelas, somos minúsculas partículas luminosas incluídas no espaço propriamente da página.
— Não. Você não entendeu? Somos personagens de um romance.
Medi rapidamente o alcance dessa ideia. Se formos personagens de um romance, isso significaria que "Eu" não existo verdadeiramente. Apenas servia a uma história.
Edmond Wells, que devia ouvir meus pensamentos, exprimiu a pergunta:
— No final das contas, o que prova que de fato existimos?
— Eu conheço minha história, meu passado, minhas ambições, minhas esperanças pessoais... São meus, me pertencem, forjei-os a partir da minha única experiência.
— Imaginemos, porém, que tenha sido, mais uma vez, alguém de fora que os tenha inventado e o faça acreditar que são seus.

— Impossível!

— Esse mundo, afinal, pode muito bem ter sido inteiramente criado por um romancista. Se for o caso, acreditamos existir, mas só existimos no imaginário do escritor que inventou nossas aventuras. Afora isso... na imaginação do leitor que lê nossas aventuras e as visualiza em sua cabeça. Aqui, por exemplo, o leitor nos dá uma aparência de acordo com o que ele pensa que somos. Provavelmente nos vê como luzinhas se agitando atrás de um vidro.

— Leitor? Qual leitor?

— ELE ou ELA. Como saber? Os olhos são tão grandes que não se consegue adivinhar se é um homem ou uma mulher que nos lê.

Olhei de novo para os olhos que corriam da direita para a esquerda.

Então, era o que escondia o véu do Apocalipse...

VOCÊ?

A bola de luz Edmond Wells continuou fascinada por aquele olhar que, assim que chegava em determinado ponto (o final de uma linha), voltava tudo, descia um pouco e ia à linha seguinte.

— Esse Universo foi imaginado, colocado num livro, mas, no estado de livro, ele está como num congelador. Só desperta quando o olhar do leitor o aquece. Esses dois olhos indo e vindo na superfície da parede agem como o cristal dos antigos toca-discos que produziam música percorrendo os sulcos do vinil.

— Só que dessa vez os sulcos são linhas cobertas de letras.

— E a música é o universo imaginário em que estamos incluídos. Esse universo foi escrito. E ele vive porque é... lido. E nós existimos também por sermos... lidos!

— E quem seria o autor?

A pequena estrela Edmond Wells mudou de cor e vibrou.

— Seria necessário ir até à capa para ler o seu nome.

— Vamos até lá?

— Ah, na verdade, o nome do autor não tem importância. Deve ser algum escritor desinteressante. O que importa é a tomada de consciência de quem somos e de onde estamos de fato.

Nesse momento se deu um movimento do outro lado da parede transparente.

Uma bola gigantesca surgiu do nada. Quanto mais se aproximava, melhor eu podia distinguir sua superfície coberta de centenas de vales paralelos, formando arabescos. Havia buracos que deviam ser os poros. E ela brilhava, sinal da presença de algum suor ou até de saliva, como às vezes os leitores molham os dedos, para virar as páginas.

Um polegar.

Abaixo, uma outra bola mais alongada.

Um indicador.

Juntos, formaram uma pinça.

Abarcaram toda a espessura da camada de universo.

E fizeram-na virar do lado direito para o lado esquerdo.

Não víamos mais os olhos gigantes.

Edmond Wells me fez sinal para que o seguisse. Chegamos à lombada, e ali a cola fazia aderirem minúsculas fibras.

Subimos as fibras e passamos à nova página virada.

Lembrei-me, na Enciclopédia, de um trecho a respeito da Teoria do Tudo. Os astrofísicos falavam de "corda cósmica" ligando as pontas do espaço. Graças àqueles "fios", era possível passar de uma "página-universo" a outra.

Nós nos recolocamos na nova página, diante do leitor. Voltamos a ver os seus dois olhos, que haviam retomado o movimento de vaivém. A sugestão de Delfina me voltou à mente.

"Universos-lasanhas. Como camadas superpostas."

As camadas eram as páginas. Ela tinha recebido, em visão mística, a solução de tudo. Um universo-lasanha, formado pelas páginas superpostas. Centenas de páginas empilhadas umas sobre as outras.

Os maias já percebiam 11 camadas. Imaginavam, então, um livro de 11 páginas.

11... 111.

O que o nosso Universo-Deus chamava "dimensão acima" não eram algarismos, mas camadas. "111" é uma representação gráfica das páginas paralelas de um livro!

O pequeno sol Edmond Wells palpitou.

— Agora não há dúvida, estamos dentro de uma página de romance. Nosso universo é uma página de papel que, para nós, é transparente por estarmos no infinitamente pequeno, mas para os olhos, lá de fora, esse espaço é opaco e provavelmente branco ou bege claro, para realçar as letras escuras.

Levei algum tempo para digerir a incrível descoberta. Edmond, no entanto, já a tinha escrito na Enciclopédia: "O átomo pode acreditar no deus dos átomos, mas não é capaz de imaginar a real dimensão acima, que é a molécula. Menos capaz ainda de compreender que essa molécula faça parte de um dedo, e que esse dedo pertença a um ser humano. É uma simples questão de dimensão e de tomada de consciência."

Eu não conseguia deixar de olhar o leitor. Gostaria que notasse minha presença e também de dizer que ele podia me ver, mas eu igualmente o via. Tinha conhecimento, porém, de ser para ele uma ínfima partícula luminosa na imensidão da espessura da página que tinha nas mãos.

— Sempre aquele princípio de uma consciência incluída dentro de outra consciência maior — completei.

— Como as bonecas russas. A gnose, no entanto, ensina: "Nosso Deus tem um Deus" e "Nosso Universo se inclui dentro de um Universo". O que ela não especificou é que o último Universo está incluído num livro.

— Acima do homem simples mortal: o anjo. Acima do anjo, o aluno-deus. Acima do aluno-deus: Zeus. Acima de Zeus: a Galáxia. Acima da Galáxia: o Universo. Acima do Universo: o...

— Não consigo acreditar — repeti.

— Algumas místicas já haviam enunciado, há muito tempo: "TUDO ESTÁ ESCRITO". Mas nenhuma chegou ao ponto de claramente informar que... "SOMOS TODOS PERSONAGENS DE ROMANCE".

Flutuamos, incrédulos, maravilhados, fascinados por aquela verdade que nos parecia simultaneamente insuportável e grandiosa.

Edmond Wells vibrava com suas cores amarelas e vermelhas. Senti que refletia com uma nova amplidão.

— O escritor há de morrer um dia. Mas esse Universo, nosso Universo, continuará sempre existindo.

— Quer dizer... existirá enquanto um único indivíduo o acionar com seu olhar e seu imaginário.

— Você e eu, então, somos imortais?

— Acho que sim. Precisaria, para que cessemos de viver, que ninguém mais leia esse livro.

Os olhos imensos do leitor corriam um pouco mais rapidamente pelas linhas. Como se tivessem pressa.

— Nosso Universo vai perdurar até a destruição do último livro que o descreva.

— ... Ou até a destruição do último leitor capaz de lê-lo.

— Enquanto houver um único leitor, nosso Universo pode renascer.

Olhei novamente os olhos indo da esquerda para a direita e descendo. De novo o dedo cor-de-rosa foi buscar o canto inferior da página, e nós passamos para o outro lado. Atravessamos as fibras da lombada para reencontrá-lo.

— Então é "isso" o Deus mais poderoso?

— Receio que sim. Seu poder sobre o nosso Universo é infinito. Nesse livro está o nosso passado, nosso presente e nosso futuro. Você se lembra da teoria do homem superluminoso? Existe um lugar onde o espaço-tempo não obedece mais às leis habituais. Com isso, o passado, o presente e o futuro se confundem.

Um livro contém o passado, o presente e o futuro dos personagens! Basta que o leitor vá à última página do livro e ele instantaneamente conhece o fim. Pode ir diretamente. Assim como pode voltar ao início. Não é obrigado a seguir a continuidade do desenvolvimento do tempo do nosso Universo. O leitor é senhor do espaço-tempo do livro.

Começava a perceber o vertiginoso alcance daquela descoberta.

— E se o leitor parar de ler? — perguntei, bruscamente preocupado.

— Ficamos bloqueados em nossas existências. Paralisados. Em pausa, como com o controle remoto de um videocassete. Obrigados a esperar que ele queira retomar a trama da narrativa.

— E se ele não fizer isso?

— Nosso mundo para no ponto em que ele parou de ler.

— E se ele ler em ritmo acelerado?

— Aceleramos.

— E se nos reler...

— Voltamos a viver exatamente a mesma aventura.

Incrível, eu podia refazer minha vida de tanatonauta, voltar a encontrar Rosa, reencontrar Delfina, reencontrar Afrodite, reviver o que já vivi! E a cada vez, esquecendo tudo. E... ingenuamente redescobrindo, a cada vez, todos os acontecimentos da história, da maneira como foi escrita pelo autor.

Um detalhe, entretanto, me preocupou.

— E se o leitor parar de ler antes do final, se abandonar o livro no meio ou antes das últimas páginas?

— Não muda nada. Ele não é o único. Se outro sujeito, em outro lugar, continua a leitura das nossas aventuras, elas avançam. Para extinguir nosso Universo, seria preciso que todos os leitores parassem juntos de ler.

A bola de luz do meu amigo estava tão excitada quanto eu com o alcance da descoberta.

Nossas esferas de luz se estriaram de veios marmóreos fluorescentes, sinal, entre as estrelas, de intensa atividade mental.

— Com um senão, porém. Nossos personagens são imortais, mas não são "estáveis". O leitor pode nos imaginar de certa maneira numa primeira leitura e de forma diferente ao reler. Dependemos de sua capacidade de visualização — especificou Edmond Wells.

— Sem falar de seu estado emocional e nível cultural. Pois entramos em ressonância com sua própria alma. Se ele nos lê estando deprimido, talvez nos veja num mundo sombrio. Talvez veja Aeden como um mundo triste e sem graça. Estando feliz, porém, vai acrescentar detalhes próprios que nem existem no texto. Vai nos ver mais bonitos, com mais cores, mais sorridentes.

— Tem razão. O leitor pode inventar detalhes. Ele acha que os leu, mas apenas se deixou levar pelo impulso da narrativa ou por suas lembranças próprias.

— Ele pode imaginar Afrodite como uma antiga namorada ou como sua própria mãe quando era mais moça, se for homem.

— E pode imaginá-lo, caro Michael, como um dos seus namorados, se for mulher.

A sensação de vertigem se tornou mais forte. De estranha maneira, o encontro com a consciência de Galáxia, o famoso "9", e com o Universo, o famoso "10", não tinham me impressionado tanto quanto o encontro com o olhar do leitor ou leitora que me liam.

"*Você...*"

— Não! — revoltei-me bruscamente. — Está enganado! Não podemos estar num romance. E por uma razão bem simples: eu o estou vendo, falando com você, ouvindo. Posso, com meu livre-arbítrio, decidir não me mexer mais. E apenas o meu livre arbítrio de Michael Pinson terá assim decidido, sem que ninguém tenha me indicado o que fazer. Nenhum romancista, roteirista ou leitor pode me obrigar a fazer o que for, contra a minha vontade. Eu sou livre. LIVRE. E não sou personagem de romance, sou real. REAL.

Repeti isso como se quisesse me convencer.

Comecei a gritar com toda minha alma.

— NÃO SOU UM PERSONAGEM DE ROMANCE, EU REALMENTE EXISTO!

Cadenciei a frase cada vez mais forte.

Depois, mudei a entonação.

— Uma vez que meu pensamento não tem limites, vou sair do livro e falar com o leitor.

— Não — disse Edmond Wells. — Não podemos sair desse Universo. É o nosso teto e nosso último limite: a folha de papel em que flutuamos.

— Nós sempre superamos os limites. Sempre fomos mais além e nos alçamos à dimensão superior. Lembre a sua própria frase: "Não é por ser impossível que não fazemos algo. É por não fazermos que esse algo se torna impossível."

— Estamos dentro de uma página, Michael! Uma página de livro. Nunca poderemos ultrapassar esse limite. O leitor é o nosso único senhor.

— A partir do momento em que decido ser dono do meu próprio destino, me torno isso. Mando às favas o leitor..

— Sem blasfêmia. Precisamos DELE. Não é um bom momento para provocações.

Lancei-me com toda força contra a parede do Universo, numa área clara, sem caracteres.

— Olhe! Marquei um ponto batendo contra a parede da página. O calor da minha estrela inscreveu um grande impacto redondo.

Fiquei debaixo do meu ponto, admirado com a minha capacidade de agir sobre a parede.

— É verdade, mas olhe os olhos do Leitor. Ele viu o seu ponto e continuou, indo à linha seguinte. Para ele, não passa de um ponto gráfico no livro.

— Espere, pois não disse ainda minha última palavra!

Tomei impulso e apontei para uma página toda branca:

— Pronto. O leitor não pode deixar de ver todas essas marcas alinhadas no lugar das letras, na grande página em branco. Deve perceber que algo anormal está acontecendo. Não se colocam "habitualmente" coisas assim nos livros.

Nossas duas esferas se aproximaram da superfície da página para observar melhor a reação dos olhos, do outro lado do nosso Universo.

— Ele continua a ler! O leitor não nos vê na espessura da página. É como um espelho sem o metal refletor. Para ele, tudo que se passa na superfície da página é normal e faz parte da narrativa. No máximo imagina ser um efeito de estilo do autor.

— Impossível!

— Nós o vemos, mas ele não pode nos ver. Mesmo que a gente ziguezagueie na superfície do papel, ele nunca vai se dar conta da nossa presença.

— Espere! — insisti. — Se podemos colocar pontos, temos o domínio sobre o que se passa na página. Vou tentar outra coisa: aparecer como somos, mas em tamanho maior e na escuridão do espaço que nos envolve!

Os dedos cor-de-rosa viraram a página.
Os dois olhos continuaram no vaivém das linhas, para meu desespero.
— Não deu certo, mais uma vez. O leitor deve ter pensado se tratar de mais alguma astúcia do autor...
— Não estou nem aí para o autor. Vou me dirigir diretamente ao leitor, sem passar pelo autor!

Eu estou dentro da página e olhando para você

— Ele não consegue ler, está escrito ao contrário, para ele.
— Não tem problema, tenho espaço e tempo.
— Se puder, escreva em letra de fôrma. Será mais fácil para o leitor.

EU ESTOU DENTRO DA PÁGINA E OLHANDO PARA VOCÊ

Os olhos continuavam a ler.

— O leitor continua achando que é normal. Para ele, tudo que acontece nas páginas faz parte do romance — lamentou a estrela Edmond Wells.

Concentrei-me e tentei outra coisa: comunicação pelo pensamento:

"*LEITOR, SE ME ESCUTA, SAIBA QUE ESTAMOS AQUI, EDMOND WELLS E EU, NO PRÓPRIO CORPO DA PÁGINA QUE VOCÊ ESTÁ LENDO. NÃO SOMOS APENAS PERSONAGENS DE ROMANCE. REALMENTE EXISTIMOS.*"

Os olhos do leitor continuavam a avançar, inexoráveis.

Isso começava a me irritar.

"*EI, LEITOR! VOCÊ ESTÁ ME LENDO! POIS BEM, SAIBA QUE SOU MICHAEL PINSON, SOU LIVRE E DECIDO MINHA VIDA, INDEPENDENTEMENTE DE VOCÊ E DO ESCRITOR, QUE ACHA QUE ESCREVE MINHAS AVENTURAS.*"

Precisava encontrar algo mais.

Pronto, tive uma ideia.

"EI, LEITOR! SE ME ESCUTA, HÁ UM JEITO DE VOCÊ MOSTRAR QUE NOS COMPREENDE. BASTA RASGAR O PEDAÇO DA PÁGINA ALI NO ALTO, NO CANTO ESQUERDO.

APENAS ALGUNS CENTÍMETROS PARA VOCÊ DE PAPEL RASGADO. VAMOS LÁ, RASGUE UM PEDAÇO DO NOSSO UNIVERSO. VOU FAZER UM PONTILHADO PARA AJUDAR.

ESSE PEDAÇO CORTADO SERÁ O NOSSO SINAL DE ALIANÇA. VAMOS ENTENDER QUE ESTÁ DISPOSTO A DIALOGAR DIRETAMENTE CONOSCO, FORA DO LIVRO QUE TEM NAS MÃOS!"

Esperamos.

— Desista — impacientou-se Edmond Wells. — Mesmo que o leitor tenha obedecido, isso não muda nada, pois a narrativa continua. E se ele ler isso é porque já virou a página. Não podemos, então, ver se a página foi rasgada. Ela já está atrás de nós!

— Nesse caso, podemos vê-la no canto esquerdo.

— De forma alguma, é o que não está compreendendo. Tudo está escrito e o que quer que se tenha passado nas páginas precedentes, a narrativa continua.

Edmond Wells diminuiu um pouco sua claridade estelar.

— Seu poder não é maior do que o do micróbio tentando parar um caminhão numa autoestrada.

Eu não queria desistir. Lancei um novo pensamento focalizado.

"*EI, LEITOR! ESTÁ ME OUVINDO? MUITO BEM, SAIBA QUE NÃO SOMOS OS ÚNICOS... VOCÊ TAMBÉM, PROVAVELMENTE, É UM PERSONAGEM. O MUNDO NO QUAL ACREDITA VIVER E QUE DENOMINA 'REAL' NÃO PASSA DE UM ROMANCE EM QUE VOCÊ ESTÁ INCLUÍDO. E SUA VIDA FOI IMAGINADA POR UM AUTOR, DESDE O INÍCIO ATÉ O FIM!*"

— Pare com isso, Michael, você está vendo que o leitor lê sem compreender o sentido profundo do que está dizendo. Ele não pode questionar a si mesmo.

— E por que não?

— Não pode levá-lo a sério. Continua a vê-lo como um personagem que fala a partir de dentro de um romance. Mesmo que tenha rasgado o canto da página, como você pediu, ele não pode se comunicar com você.

— Como ultrapassar essa barreira, então? Não quero desistir.

"EI, LEITOR! ACIMA DE VOCÊ HÁ UM LEITOR QUE O LÊ. ENTENDEU? SE PUDESSE SE TRANSFORMAR EM ESTRELA E VIAJAR AOS CONFINS DO SEU UNIVERSO, DESCOBRIRIA QUE É UMA PÁGINA E QUE OLHOS O LEEM TAMBÉM!"

Edmond Wells se aproximou de mim e por suas mudanças de cor me fez entender ser hora de desistir.

— Pessoalmente não me incomoda ser um personagem de romance — reconheceu. — Assumo meu status de ser fictício, renascendo incessantemente a cada vez que sou lido. Tenho inclusive a impressão da onipotência. Volto o tempo todo a viver em vários lugares diferentes. Os olhares dos leitores me fazem existir infinitamente. Pare de ver apenas o lado inconveniente de ser uma marionete do imaginário de terceiros. Você também tem o mesmo poder.

— Qual?

— "LER"! E, com esse ato quase divino, criar um mundo. Pode a qualquer momento pegar um romance com personagens imaginários e lhes dar vida. Zeus não disse que o seu nome significa em hebraico "aquele que é como um deus"? Você carrega em si essa questão metafísica. E, finalmente, tem a resposta...

Pronunciei então a palavra mágica, ponto final de todos os Mistérios:

— O LEITOR.

Agradecimentos

Doutor Gérard Amzallag, professora Catherine Vidal, Françoise Chaffanel-Ferrand, Reine Silbert, Patrick Jean Baptiste, Max Prieux, Patrice Lanoy, Stéphanie Janicot, Sthéphane Krausz, Karine Lefebre,

Henri Lovenbruck, Gilles Malençon, Sacha Baraz, professor Boris Cyrulnik, Claude Lelouch, Jean Maurice Belayche, Pierre Jovanovic, Ariane Leroux, Sylvain Timsit, ESRA on-line.

Músicas ouvidas durante a redação:
Alex Jaffray & Loïc Etienne: música do filme *Nos amis les Terriens*.
Clint Mansell: música dos filmes *Fonte da vida*, *Réquiem para um sonho*, *Pi*.
Thomas Newman: *The Baudelaire orphans*, *A sete palmos*, *Beleza americana*.
Ludwig Van Beethoven: as 6.ª e 7.ª sinfonias.
Mike Oldfield: *Incantations*, *Tubular bells*.
Sia: *Colour the small one*.
Howard Shore: *O senhor dos anéis* (os três discos).
Kate Bush: *Aerial*.
Andreas Volleweider: *Book of the roses*, *Caverna magica*.

Site:
www.bernardwerber.com

Impresso no Brasil pelo
Sistema Cameron da Divisão Gráfica da
DISTRIBUIDORA RECORD DE SERVIÇOS DE IMPRENSA S.A.
Rua Argentina 171 – Rio de Janeiro, RJ – 20921-380 – Tel.: 2585-2000